ROT
wie die Liebe

Durch einen Blizzard entdeckte Nora Roberts ihre Leidenschaft fürs Schreiben: Tagelang fesselte sie 1979 ein eisiger Schneesturm in ihrer Heimat Maryland ans Haus. Um sich zu beschäftigen, schrieb sie ihren ersten Roman. Zum Glück – denn inzwischen zählt Nora Roberts zu den meistgelesenen Autorinnen der Welt. Unter dem Namen J. D. Robb veröffentlicht sie seit Jahren ebenso erfolgreich Kriminalromane. Auch in Deutschland sind ihre Bücher von den Bestsellerlisten nicht mehr wegzudenken.
Weitere Informationen finden Sie unter:
www.noraroberts.com

NORA ROBERTS

ROT
wie die Liebe

ROMAN

Aus dem Amerikanischen von
Margarethe van Pée

Weltbild

Die amerikanische Originalausgabe erschien 2006 unter dem Titel *Valley of Silence* bei Jove Books, The Berkley Publishing Group, a division of Penguin Putnam (USA), Inc., New York.

Besuchen Sie uns im Internet:
www.weltbild.de

Genehmigte Lizenzausgabe für Verlagsgruppe Weltbild GmbH,
Steinerne Furt, 86167 Augsburg

Übersetzung: Margarethe van Pée
Umschlaggestaltung: Johannes Frick, Neusäß / Augsburg
Umschlagmotiv: Landschaft: Trevillion Images, Brighton
(© Maggie McCall), Symbol: © AnkaMax via Johannes Frick
Gesamtherstellung: CPI Moravia Books s.r.o., Pohorelice
Printed in the EU
ISBN 978-3-86800-905-7

2014 2013 2012 2011
Die letzte Jahreszahl gibt die aktuelle Lizenzausgabe an.

Für meinen eigenen Zirkel,
meine Freunde und meine Familie

Wir wissen, dass in dieser Welt das Gute und das Böse fast nicht voneinander zu trennen sind.

John Milton

Glaub nicht, dass ich das bin, was ich war.

William Shakespeare

Prolog

Es waren Bilder im Feuer. Drachen, Dämonen und Krieger. Die Kinder konnten sie ebenso gut sehen wie er. Der alte Mann wusste, dass gerade die sehr jungen und sie sehr alten Menschen sehen konnten, was andere nicht sahen. Oder nicht sehen wollten.

Er hatte ihnen schon viel erzählt. Seine Geschichte hatte mit dem Zauberer begonnen, den die Göttin Morrigan gerufen hatte. Hoyt von den Mac Cionaoith war von den Göttern beauftragt worden, in andere Welten und andere Zeiten zu reisen und eine Armee zusammenzustellen, die der Vampirkönigin die Stirn bot.

Die große Schlacht zwischen Menschen und Dämonen würde am Sabbat von Samhain im Tal des Schweigens im Land Geall stattfinden.

Er hatte ihnen auch von Cian erzählt, dem Bruder des Zauberers, der von der bösen Lilith getötet und verwandelt worden war. Sie selbst hatte beinahe schon ein Jahrtausend als Vampir existiert, bevor sie Cian zu einem der Ihren gemacht hatte. Und auch für Cian vergingen beinahe tausend Jahre, ehe er sich mit Hoyt und der Hexe Glenna zusammenschloss, um den Zirkel der sechs zu gründen. Die nächsten beiden Mitglieder stammten aus Geall – der Gestaltwandler und die Gelehrte schlossen sich ihnen ebenfalls an. Und als Letzte stieß die Kriegerin zu ihrem Kreis, eine Dämonenjägerin vom Blute der Mac Cionaoith.

Die Geschichten, die er den Kindern erzählt hatte, hatten von Schlachten und Mut, von Tod und Freundschaft gehandelt. Und von Liebe. Die Liebe, die zwischen dem Zauberer und der Hexe entstanden war, und die Liebe zwischen dem

Gestaltwandler und der Kriegerin hatten den Zirkel so gefestigt, wie es nur wahre Magie vermag.

Aber es gab noch mehr zu erzählen. Triumph und Verlust, Furcht und Tapferkeit, Liebe und Opfer – und dazu gehörten die Dunkelheit und das Licht.

Während die Kinder darauf warteten, dass er weiter erzählte, überlegte er, wie er mit dem Ende der Geschichte am besten beginnen sollte.

»Sie waren sechs«, sagte er und blickte ins Feuer, während die Kinder erwartungsvoll verstummten und still wurden. »Und jeder hatte die Wahl, anzunehmen oder abzulehnen. Denn auch wenn man Welten in den Händen hält, muss man sich entschließen, sich dem zu stellen, was sie zerstören will, oder sich abzuwenden. Und mit dieser Entscheidung«, fuhr er fort, »gehen zahlreiche andere Entscheidungen einher.«

»Sie waren tapfer und aufrecht«, rief eines der Kinder. »Sie haben sich für den Kampf entschieden.«

Ein leises Lächeln glitt über das Gesicht des alten Mannes. »Ja, das taten sie. Und doch stand ihnen jeden Tag und jede Nacht innerhalb der ihnen gewährten Zeit die Wahl frei, und sie mussten die Entscheidung immer wieder aufs Neue treffen. Einer unter ihnen, das wisst ihr ja noch, war kein Mensch mehr, sondern Vampir. Jeden Tag und jede Nacht innerhalb der ihnen gewährten Zeit wurde er daran erinnert, dass er kein Mensch mehr war. Er war nur ein Schatten in den Welten, die zu schützen er beschlossen hatte.

Und deshalb«, sagte der alte Mann, »träumte der Vampir.«

I

Er träumte. Und im Traum war er noch ein Mann. Jung, vielleicht dumm, zweifellos unbesonnen. Und die Frau, die er sah, war so schön.

Sie trug ein Gewand in einem tiefen Rot, eleganter, als es für den Landgasthof eigentlich angebracht war, mit langen, weiten Ärmeln. Es umschmiegte ihre Gestalt und ließ ihre weiße Haut strahlen. Ihre Haare waren golden, und die Locken schimmerten unter ihrem Kopfputz.

Das Kleid, der Schmuck, der an ihrem Hals und ihren Fingern funkelte, sagten ihm, dass sie eine nicht unvermögende Dame war.

Im dämmerigen Licht des Gasthauses erschien sie ihm wie eine Flamme, die im Schatten emporzüngelte.

Zwei Diener hatten einen privaten Raum zum Essen für sie vorbereitet, und als sie hereinrauschte, waren Gespräche und Musik sofort verstummt. Aber ihre Augen, so blau wie ein Sommerhimmel, hatten nur ihn angeschaut. Nur ihn.

Als später einer der Diener auf ihn zugekommen war und erklärt hatte, die Dame wünsche mit ihm zu speisen, hatte er nicht eine Minute gezögert.

Warum sollte er auch?

Möglicherweise hatte er über die gutmütigen Kommentare der Männer, mit denen er zusammensaß, gegrinst, aber er war sofort aufgestanden, ohne sich etwas dabei zu denken.

Sie stand im Schein des Kaminfeuers und der Kerzen und schenkte bereits Wein ein.

»Ich bin so froh, dass Ihr eingewilligt habt, mir Gesellschaft zu leisten«, sagte sie. »Ich hasse es, alleine zu essen,

Ihr auch?« Mit anmutigen Bewegungen trat sie auf ihn zu. »Ich heiße Lilith.« Sie reichte ihm Wein.

Ihre Aussprache hatte etwas Exotisches, das ihn an heißen Sand und üppig wuchernde Ranken denken ließ, und so war er schon halb verführt und restlos bezaubert.

Sie teilten sich das einfache Mahl, obwohl er keinen Appetit aufs Essen hatte. Ihre Worte hingegen verschlang er. Sie sprach von Ländern, die sie bereist und von denen er nur gelesen hatte. Sie war im Mondschein bei den Pyramiden gewesen, erzählte sie ihm, war über die Hügel von Rom geritten und hatte die griechischen Tempel besucht.

Er war nie über Irland hinausgekommen, und die Bilder, die ihre Worte entstehen ließen, waren beinahe so aufregend wie sie selbst. Er fand, dass sie jung war für ihre zahlreichen Abenteuer, aber als er es aussprach, lächelte sie ihn nur über den Rand ihres Pokals hinweg an.

»Wozu sind Welten gut«, erwiderte sie, »Wenn man sie nicht nutzt? Ich nutze so vieles. Wein, der getrunken werden kann, Essen, das man schmecken kann, Länder, die es zu erforschen gilt. Ihr seid zu jung«, fügte sie mit wissendem Lächeln hinzu, »um Euch mit so wenig zufrieden zu geben. Habt Ihr nicht den Wunsch, mehr zu sehen als das, was Ihr kennt?«

»Ich habe daran gedacht, vielleicht ein Jahr lang durch die Welt zu reisen, wenn ich dazu in der Lage bin.«

»Ein Jahr?« Lachend schnipste sie mit den Fingern. »Das ist ein Jahr. Nichts, ein Wimpernschlag. Was würdet Ihr denn tun, wenn Ihr die Ewigkeit zur Verfügung hättet?« Ihre Augen waren unergründlich tief wie der Ozean. »Was würdet Ihr damit anfangen?«

Ohne auf seine Antwort zu warten, erhob sie sich und trat an das kleine Fenster. Duft umhüllte sie. »Ah, die Nacht ist so weich. Wie Seide auf der Haut.« Ihre strahlend blauen Augen funkelten, als sie sich ihm wieder zuwandte. »Ich bin ein

Geschöpf der Nacht. Und ich glaube, Ihr auch. Solche wie wir fühlen uns in der Dunkelheit am wohlsten.«

Er war ebenfalls aufgestanden, und als sie jetzt auf ihn zutrat, wurde ihm von ihrem Duft und dem Wein, den sie ihm gegeben hatte, ganz schwindlig. Und noch etwas anderes, etwas Undurchdringliches, Nebelhaftes betäubte ihm die Sinne wie eine Droge.

Sie warf den Kopf zurück, und dann küsste sie ihn. »Und warum sollten wir die dunklen Stunden allein verbringen, da wir uns doch in der Dunkelheit am wohlsten fühlen?«

Es war wie ein Traum, undeutlich und verschwommen. Er war in ihrer Kutsche und umfasste ihre üppigen weißen Brüste. Sie küsste ihn heiß und gierig und lachte, als er ihr das Kleid hochschob. Einladend spreizte sie die Beine.

»Starke Hände«, murmelte sie. »Ein angenehmes Gesicht. Genau das brauche ich und nehme ich mir. Tust du, was ich von dir verlange?« Leise lachend knabberte sie an seinem Ohrläppchen. »Ja? Tust du es, junger, gut aussehender Cian mit den starken Händen?«

»Ja, natürlich. Ja.« Er konnte keinen klaren Gedanken mehr fassen und wollte nur noch in ihr versinken. Verzückt warf sie den Kopf zurück, als er in sie eindrang. Die Kutsche schwankte bedenklich.

»Ja, ja, ja. So fest, so heiß. Gib mir mehr und noch mehr! Und ich werde dir Welten zeigen, von denen du nichts ahnst!«

Er stieß in sie hinein und keuchte, als sich sein Höhepunkt näherte, und sie hob wieder den Kopf.

Ihre Augen waren auf einmal nicht mehr blau und strahlend, sondern rot und wild. Erschreckt wollte er sich zurückziehen, aber ihre Arme umfingen ihn wie eiserne Fesseln. Sie schlang die Beine um seine Taille und hielt ihn in sich. Und während er gegen ihre unglaubliche Kraft ankämpfte, lächelte sie mit schimmernden Reißzähnen.

»Wer bist du?«, fragte er angstvoll. »Was bist du?«

Ihre Hüften hoben und senkten sich weiter, und er wurde hilflos immer näher zum Höhepunkt getrieben. Mit der Faust packte sie in seine Haare und zerrte seinen Kopf zurück, um seine Kehle freizulegen. »Prachtvoll«, sagte sie. »Ich bin prachtvoll, und das wirst du auch sein.«

Sie schlug ihre Reißzähne in seinen Hals. Er hörte sich selbst schreien. Der Biss brannte unbeschreiblich und fraß sich durch seine Haut ins Blut, bis auf den Knochen. Und damit vermischt war schreckliche, schreckliche Lust.

In der wirbelnden, tönenden Dunkelheit kam er, von seinem Körper verraten. Ein Teil von ihm klammerte sich noch ans Licht, ans Überleben. Aber der Schmerz und die Lust zogen ihn immer weiter in den Abgrund.

»Du und ich, mein hübscher Junge. Du und ich.« Sie wiegte ihn in den Armen. Mit dem Fingernagel ritzte sie sich die Haut um die Brustwarze auf, sodass das Blut davon heruntertropfte wie von ihren Lippen. »Und jetzt trink. Trink mich, und du bist ewig.«

Nein. Seine Lippen wollten das Wort nicht formen, aber es schrie durch seinen Kopf. Er spürte, wie das Leben aus ihm entwich, und kämpfte um den letzten Halt. Selbst als sie seinen Kopf an ihre Brust zog, wehrte er sich noch mit dem letzten Rest von Kraft in sich.

Und dann schmeckte er ihr Blut. Und wie ein Säugling an der Mutterbrust trank er seinen eigenen Tod.

Der Vampir erwachte in völliger Dunkelheit und absoluter Stille. Seitdem er vor so langer Zeit verwandelt worden war, erhob er sich jeden Tag nach Sonnenuntergang, aber kein Schlag seines Herzens regte die Luft.

Obwohl er den Traum zahllose Male in zahllosen Jahren geträumt hatte, empfand er ihn immer noch als verstörend. Sich so zu sehen, wie er einst gewesen war, sein eigenes Gesicht zu sehen, das er im Wachen seit jener Nacht nicht mehr gesehen hatte, machte ihn ärgerlich und gereizt.

Er grübelte über sein Schicksal. Das war sinnlos. Er akzeptierte doch, was aus ihm geworden war, und nutzte es. Aufgrund seiner persönlichen Ewigkeit hatte er Reichtum angehäuft, Frauen, Komfort, Freiheit. Mehr konnte ein Mann sich doch nicht wünschen, oder?

Dass sein Herz nicht schlug, war nur ein kleiner Preis. Ein lebendiges Herz wurde alt und schwach und hörte irgendwann auf zu schlagen.

Wie viele Körper hatte er in seinen neunhundert Jahren verfallen und sterben sehen? Er konnte sie nicht mehr zählen. Und obwohl er sein eigenes Spiegelbild nicht sehen konnte, wusste er aber, dass er noch genauso aussah wie in jener Nacht, als Lilith ihn genommen hatte. Seine Knochen waren immer noch stark, die Haut spannte sich fest, geschmeidig und ohne Falten darüber. Seine Augen waren scharf und klar, und er hatte kein einziges graues Haar.

Manchmal, im Dunkeln, wenn er alleine war, tastete er sein Gesicht mit den Fingern ab. Die hohen, ausgeprägten Wangenknochen, das kleine Grübchen im Kinn, die tiefliegenden, strahlend blauen Augen. Seine Nase, der feste Schwung seiner Lippen.

Dasselbe. Immer noch dasselbe. Ab und zu gönnte er sich diesen Luxus, sich an sich selbst zu erinnern.

Er erhob sich im Dunkeln, sein schlanker, muskulöser Körper war nackt, und schwarze Haare umrahmten sein Gesicht. Er war als Cian Mac Cionaoith geboren und hatte seitdem unter vielen Namen gelebt. Jetzt war er wieder Cian – daran war sein Bruder schuld. Hoyt würde ihn nie anders nennen, und da er in dieser Schlacht, die zu kämpfen er zugestimmt hatte, möglicherweise sein Ende finden würde, war es Cian nur recht, wenn er dann seinen Geburtsnamen trug.

Allerdings wäre es ihm lieber gewesen, wenn er weitermachen konnte. Seiner Meinung nach hielten nur Irre oder ganz junge Leute Sterben für ein Abenteuer. Wenn dies jedoch sein Schicksal wäre, dann würde er sich zumindest mit Stil verabschieden. Und wenn es irgendwo auf der Welt Gerechtigkeit gäbe, dann würde er Lilith mit sich in den Staub reißen.

Seine Augen waren so scharf wie seine übrigen Sinne, deshalb bewegte er sich geschmeidig in der Dunkelheit und trat an eine Truhe, um eines der Päckchen mit Blut herauszuholen, die sie aus Irland mitgebracht hatten. Anscheinend hatten die Götter gegen das Blut ebenso wenig einzuwenden gehabt wie gegen den Vampir, der es brauchte, da beides ohne Probleme durch ihren Steinkreis von einer Welt in die andere gereist war.

Allerdings handelte es sich auch um Schweineblut. Cian hatte schon seit Jahrhunderten kein Menschenblut mehr zu sich genommen. Das war seine persönliche Entscheidung gewesen, dachte er, als er das Päckchen öffnete und den Inhalt in einen Becher schüttete. Es hatte etwas mit Willenskraft zu tun und, nun ja, auch mit guten Manieren. Schließlich lebte er unter Menschen, machte Geschäfte mit ihnen und schlief mit ihnen, wenn er in der Stimmung dazu war. Unter diesen Umständen kam es ihm ungehörig vor, sich von ihnen zu ernähren.

Jedenfalls fand er es einfacher, so zu leben, wie es ihm beliebte, wenn er nicht in der Nacht loszog, um irgendeine arme Seele zu töten. Natürlich war es ungleich viel aufregender und geschmacklich auch besser, sich von lebenden Kreaturen zu nähren, aber es war doch ein schmutziges Geschäft.

Er hatte sich an den langweiligeren Geschmack des Schweinebluts gewöhnt, und vor allem fand er es viel bequemer, es jederzeit zur Hand zu haben, um seinen Hunger stillen zu können.

Er trank sein Blut so wie andere ihren Morgenkaffee – aus

Gewohnheit und um wach zu werden. Es machte seinen Kopf klar und setzte seinen Organismus in Betrieb.

Er machte sich nicht die Mühe, zur Körperpflege Kerzen oder Feuer anzuzünden. Die Gegebenheiten in Geall begeisterten ihn nicht gerade. Schloss hin oder her, er war wohl in einer mittelalterlichen Umgebung genauso fehl am Platz wie Glenna und Blair.

Er hatte einmal in dieser Ära gelebt, und einmal war genug. Die modernen Annehmlichkeiten wie fließend kaltes und warmes Wasser und elektrische Energie zog er bei weitem vor.

Er vermisste sein Auto, sein Bett, seine Mikrowelle. Er vermisste die Lebendigkeit und den Lärm des Stadtlebens mit all seinen Vorzügen. Es wäre wirklich ein Schlag für ihn gewesen, hier, in dieser Zeit, in der er begonnen hatte, sein Leben auch beenden zu müssen.

Als er angezogen war, machte er sich auf den Weg zu den Stallungen, um nach seinem Pferd zu sehen.

Die Leute, denen er begegnete – Dienstboten, Wachleute, Höflinge –, lebten und arbeiteten auf Schloss Geall. Die meisten mieden ihn, wandten den Blick ab oder beschleunigten ihre Schritte. Manche machten hinter seinem Rücken das Zeichen gegen das Böse. Es bekümmerte Cian nicht.

Sie wussten, was er war – und sie hatten auch gesehen, wozu Geschöpfe wie er fähig waren, da Moira, die gelehrte Gladiatorin, gegen einen von ihnen auf dem Turnierplatz gekämpft hatte.

Es war eine gute Strategie von Moira gewesen, dachte er jetzt, ihn, Blair und Larkin zu bitten, die beiden Vampire zu fangen, die ihre Mutter, die Königin, getötet hatten. Moira hatte begriffen, wie wichtig es war, die Vampire lebendig zurückzubringen, damit ihr Volk sie sehen konnte. Zugleich hatte Moira sich als Kriegerin bewiesen, weil sie gegen einen gekämpft und ihn besiegt hatte.

In wenigen Wochen nun würde sie ihr Volk in die Schlacht führen. Wenn ein Land so lange im Frieden gelebt hatte wie Geall, brauchte man eine starke Führungspersönlichkeit, um aus Bauern und Kaufleuten, Hofdamen und Höflingen Soldaten zu machen.

Cian war sich nicht ganz sicher, ob sie der Aufgabe gewachsen war. Tapfer genug war sie ja, dachte er, während er einen Hof überquerte, der zu den Stallungen führte. Und auch intelligent genug. Außerdem hatte sie in den vergangenen beiden Monaten beachtliche Fähigkeiten im Kämpfen entwickelt. Zweifellos war sie seit ihrer Geburt in Staatsführung und Etikette unterrichtet worden, und sie war klug und offen.

In Friedenszeiten hätte sie ihre hübsche, kleine Welt sicher gut regiert. Aber im Krieg musste ein Herrscher auch General sein.

Wenn es nach ihm gegangen wäre, hätte er Riddock, ihrem Onkel, die Verantwortung überlassen. Aber es ging nicht nach ihm.

Er hörte sie, bevor er sie sah, und noch eher roch er sie. Fast wäre er auf dem Absatz umgekehrt und wäre wieder in sein Zimmer gegangen. Dass er aber auch ausgerechnet gerade jetzt, wo er an sie gedacht hatte, der Frau begegnen musste!

Das Problem war, dass er viel zu oft an sie dachte.

Sie zu meiden hatte keinen Zweck, schließlich waren sie in diesem Krieg auf Gedeih und Verderben miteinander verbunden. Ihr jetzt auszuweichen wäre leicht gewesen, aber auch feige, und wie immer stand ihm dabei sein Stolz im Weg.

Sie hatten seinen Hengst ganz hinten im Stall untergebracht, weit von den anderen Pferden entfernt. Cian verstand und tolerierte die Tatsache, dass die Pferdeknechte und Stallburschen das Pferd eines Dämons nicht versorgen wollten, und er wusste, dass entweder Larkin oder Hoyt seinen temperamentvollen Vlad morgens putzten und fütterten.

Heute jedoch schien Moira sich in den Kopf gesetzt zu haben, das Tier zu verwöhnen. Sie hatte Karotten dabei und versuchte gerade, Vlad dazu zu bewegen, eine von ihrer Schulter zu nehmen.

»Ich weiß doch, dass du sie willst«, murmelte sie. »Sie ist so lecker. Du musst sie dir nur nehmen.«

Das galt auch für sie selbst, dachte sich Cian.

Sie trug ein blaues Gewand über einem einfachen Leinenwams, deshalb nahm er an, dass sie heute nicht mehr trainieren wollte. Für eine Prinzessin kleidete sie sich schlicht, am Mieder war nur ein Hauch von Spitze zu sehen. Um den Hals trug sie das silberne Kreuz, eins von neun, die Hoyt und Glenna geschaffen hatten. Ihre glänzenden braunen Haare fielen ihr offen über den Rücken bis zur Taille, und auf ihrem Kopf saß das zierliche Krönchen ihres Amtes.

Sie war keine Schönheit. Das sagte er sich häufiger, fast genauso oft, wie er an sie dachte. Sie war im besten Fall ein hübsches Ding. Klein und zierlich, mit großen, schräg stehenden Augen, die ihr Gesicht beherrschten. Taubengrau, wenn sie nachdenklich und still zuhörte; grau wie Höllenrauch, wenn sie erregt war.

Über die Jahrhunderte hatte er viele der schönsten Frauen besessen. Sie war nicht schön, aber sie ging ihm trotz allen Bemühens nicht mehr aus dem Kopf.

Er wusste, dass er sie haben könnte, wenn er nur seine Verführungskünste einsetzte. Sie war jung, unschuldig und neugierig und deshalb äußerst empfänglich. Aber er hatte schon genug unschuldige Frauen gehabt, und wenn es ihm nur um die Unterhaltung und Erleichterung gegangen wäre, hätte er besser daran getan, eine ihrer Hofdamen zu verführen.

Sein Pferd jedoch schien weniger Willenskraft zu besitzen. Vlad senkte den Kopf und nahm die Karotte von Moiras Schulter.

Lachend streichelte sie die Ohren des Hengstes. »Siehst du, das war doch gar nicht so schwer, oder? Wir sind doch Freunde, wir zwei. Und ich weiß doch, wie einsam du manchmal bist. Das geht uns allen so.«

Sie wollte sich gerade eine weitere Karotte auf die Schulter legen, als Cian aus den Schatten trat. »Du machst ein Hündchen aus ihm, und was für ein Streitross wird er dann an Samhain noch sein?«

Sie zuckte zusammen, und ihr Körper wurde steif. Als sie sich jedoch zu Cian umdrehte, hatte sie sich wieder gefasst. »Es macht dir doch nicht wirklich etwas aus, oder? Er liebt es, ab und zu ein bisschen verwöhnt zu werden.«

»Geht es uns nicht allen so?«, murmelte Cian.

Ihre Wangen röteten sich, aus Verlegenheit, dass sie belauscht worden war. »Das Training heute war gut. Die Leute strömen aus ganz Geall herbei. Es wollen so viele kämpfen, dass wir beschlossen haben, einen zweiten Übungsplatz auf dem Land meines Onkels einzurichten. Tynan und Niall können die Kämpfer dort unterweisen.«

»Wie sieht es mit Unterkünften aus?«

»Ja, das wird langsam ein kleines Problem. Wir bringen so viele unter wie möglich und mein Onkel ebenso. Dann gibt es noch das Gasthaus, und auch viele Bauern und Häusler hier in der Nähe beherbergen bereits Freunde und Familie. Und wir wollen natürlich niemanden abweisen. Aber wir finden schon einen Weg.«

Während sie sprach, betastete sie das Kreuz um ihren Hals, aber nicht aus Angst vor Cian, sondern aus nervöser Gewohnheit. »Wir müssen auch daran denken, dass alle Nahrung brauchen. So viele mussten ihre Felder und ihr Vieh zurücklassen, als sie hierher gekommen sind. Aber auch das werden wir schaffen. Hast du schon gegessen?«

Die Röte auf ihren Wangen wurde tiefer, und verlegen fuhr sie fort: »Ich meine, es gibt Abendessen im Salon, wenn …«

»Ich weiß, was du gemeint hast. Nein, ich wollte zuerst nach dem Pferd schauen, aber er scheint bereits gefüttert und geputzt zu sein.« Wie auf Kommando stieß Vlad mit dem Kopf nach Moiras Schulter. »Und verwöhnt«, fügte Cian hinzu.

Moira runzelte die Stirn. »Es sind doch nur Karotten, und sie sind gut für ihn.«

»Da wir gerade von Nahrung sprechen, ich brauche nächste Woche neues Blut. Du könntest ein paar Schweine schlachten lassen und das Blut für mich auffangen.«

»Selbstverständlich.«

»Na, du gehst ja souverän damit um.«

Jetzt glitt doch ein Hauch von Zorn über ihr Gesicht. »Du nimmst eben das vom Schwein, was du brauchst. Ich esse ja auch Schinken, oder?« Sie drückte Cian die letzte Karotte in die Hand und wandte sich zum Gehen.

Dann drehte sie sich jedoch noch einmal um. »Ich weiß nicht, warum du mich so leicht wütend machst. Und ich weiß auch nicht, ob du es absichtlich tust. Aber nein.« Sie hob die Hand. »Ich will die Antwort auch gar nicht wissen. Ich möchte allerdings kurz mit dir über etwas anderes sprechen.«

Nein, er konnte ihr einfach nicht aus dem Weg gehen, dachte er. »Ich habe einen Moment Zeit.«

Sie blickte sich im Stall um, um sich zu vergewissern, dass nur die Pferde Ohren hatten. »Am liebsten wäre es mir, wenn du ein paar Schritte mit mir gehen könntest. Ich möchte nicht, dass uns jemand belauscht.«

Achselzuckend verfütterte er Vlad die Karotte und ging dann mit Moira aus dem Stall. »Staatsgeheimnisse, Euer Hoheit?«

»Warum musst du dich über mich lustig machen?«

»Das habe ich ja gar nicht getan. Du bist heute ziemlich reizbar, was?«

»Ja, vielleicht.« Sie warf die Haare zurück, die ihr wie ein Wasserfall über die Schultern fielen. »Der Krieg und das Ende der Tage stehen bevor, und ich muss mich ständig mit praktischen Angelegenheiten herumschlagen wie Wäsche waschen und die Soldaten mit Essen versorgen. Es könnte sein, dass ich deshalb ein wenig gereizt bin.«

»Du musst die Aufgaben delegieren.«

»Das tue ich ja. Aber es dauert auch seine Zeit, die richtigen Leute dafür zu finden und ihnen zu erklären, wie alles getan werden muss. Aber darüber wollte ich nicht mit dir sprechen.«

»Setz dich.«

»Was?«

»Setz dich.«

Er ergriff sie am Arm und drückte sie auf eine Bank. Dass sich ihre Muskeln unter seiner Hand anspannten, ignorierte er. »Setz dich und gönn wenigstens deinen Füßen ein bisschen Ruhe, wenn du schon nicht deinen Kopf abschalten kannst.«

»Ich kann mich nicht erinnern, wann ich zum letzten Mal eine Stunde für mich ganz allein hatte, um ein Buch zu lesen. Doch, das stimmt nicht, ich weiß, wann das war – in Irland, in deinem Haus. Das fehlt mir – die Bücher, die Ruhe, die von ihnen ausgeht.«

»Du solltest dir diese Stunde ab und zu nehmen. Sonst verbrauchst du dich zu schnell und nützt niemandem mehr etwas.«

»Meine Hände sind so voll, dass meine Arme schmerzen.« Sie seufzte. »Und schon wieder schweife ich ab. Wie sagt Blair immer? Scheiße, Scheiße, Scheiße.«

Als er überrascht auflachte, blickte sie ihn lächelnd an.

»Ich nehme an, eine Königin wie dich hat Geall noch nie gehabt.«

Ihr Lächeln erlosch. »Nein, da hast du Recht. Und wir sehen es ja bald. Morgen Früh gehen wir in der Dämmerung zum Stein. Und wenn ich das Schwert herausziehe, wie es meine Mutter damals gemacht hat und ihr Vater und alle, die vorher regiert haben, dann hat Geall eine Königin wie mich.« Sie blickte über die Sträucher hinweg zu den Toren. »Weder Geall noch ich haben die Wahl.«

»Möchtest du es denn lieber anders haben?«

»Ich weiß nicht, was ich möchte, deshalb wünsche ich mir gar nichts – außer, dass es endlich überstanden ist. Dann könnte ich in Ruhe den nächsten Schritt tun. Ich wollte es dir sagen.« Wieder blickte sie ihn an. »Ich hatte gehofft, es gäbe eine Möglichkeit, die Zeremonie nachts durchzuführen.«

Sanfte Augen, dachte er, und so ernst. »Es ist zu gefährlich, sich nach Sonnenuntergang außerhalb der Schlossmauern aufzuhalten.«

»Ich weiß. Alle, die dem Ritus beiwohnen möchten, können teilnehmen, nur du nicht. Das tut mir leid. Außerdem scheint es mir falsch zu sein, weil ich finde, wir sechs, unser Zirkel, sollten bei einer solchen Gelegenheit zusammen sein.«

Ihre Hand glitt zu ihrem Kreuz. »Geall bedeutet dir nichts. Das weiß ich auch, aber dieser Moment ist wichtig für alles Spätere. Ich weiß jetzt mehr als vorher.«

Sie holte zitternd Luft. »Sie haben meinen Vater getötet.«

»Was sagst du da?«

»Ich muss mich wieder bewegen. Ich kann nicht ruhig sitzen bleiben.« Rasch stand sie auf und rieb sich die Arme. Sie fröstelte plötzlich. Langsam gingen sie über den Hof in einen der Gärten.

»Ich habe es noch nie jemandem erzählt – und dir wollte ich es eigentlich auch nicht erzählen. Wozu sollte es gut sein? Außerdem habe ich keinen Beweis, sondern nur eine Ahnung.«

»Was weißt du?«

Sie stellte fest, dass es ihr leichter fiel, mit ihm zu reden, als sie angenommen hatte, weil er so sachlich blieb. »Es war einer der beiden, die meine Mutter getötet haben. Der, gegen den ich gekämpft habe.« Sie hob die Hand, und er sah ihr an, wie sie um Fassung rang. »Bevor ich ihn tötete, sagte er etwas über meinen Vater und wie er starb.«

»Wahrscheinlich, um dich abzulenken und deine Konzentration zu brechen.«

»Ja, das war natürlich auch der Zweck, aber es steckte trotzdem mehr dahinter. Ich spürte es, hier drinnen.« Sie legte sich die Hand aufs Herz. »Ich wusste es, als ich den, den ich tötete, anschaute. Sie haben nicht nur meine Mutter, sondern auch meinen Vater umgebracht. Lilith hat sie vermutlich noch einmal hierher geschickt, weil sie beim letzten Mal, als ich noch ein Kind war, Erfolg hatten.«

Sie hielt beim Gehen den Kopf gesenkt, und ihr Krönchen glitzerte im Schein der Fackeln. »Man glaubte damals, er wäre von einem wild gewordenen Bären angegriffen worden. Er war in den Bergen auf der Jagd. Er kam dabei um, er und der jüngere Bruder meiner Mutter. Mein Onkel Riddock war nur deshalb nicht dabei, weil meine Tante damals kurz vor der Niederkunft stand. Ich ...«

Sie brach ab, weil sich Schritte näherten, und schwieg, bis sie sich wieder entfernt hatten. »Die, die sie fanden und nach Hause brachten, glaubten, es wären Tiere gewesen. Und so war es ja auch«, fuhr sie mit harter Stimme fort. »Nur dass diese aufrecht wie Menschen gingen. Sie hat sie geschickt, damit es keine weiteren Kinder von ihm gäbe als nur mich.«

Sie wandte sich zu ihm, und der Schein der Fackeln schimmerte rot auf ihrem blassen Gesicht. »Vielleicht wusste sie ja damals nur, dass der Herrscher von Geall zum Zirkel gehören würde. Oder es war damals vielleicht einfacher, ihn anstatt mich zu töten, weil ich ja noch ein Baby war und rund um die Uhr behütet wurde. Sie hatte noch so viel Zeit, um sich um mich zu kümmern. Aber stattdessen töteten sie meine Mutter.«

»Die, die es taten, sind tot.«

»Ist das ein Trost?«, fragte sie. »Ich weiß nicht, was ich empfinden soll. Ich weiß nur, dass sie mir meine Eltern genommen hat. Dadurch wollte sie aufhalten, was nicht aufzuhalten ist. An Samhain treffen wir mit ihr auf dem Schlachtfeld zusammen, weil es so sein soll. Und ob ich nun Königin bin oder nicht, ich werde kämpfen. Sie hat sie vergeblich getötet.«

»Und auch du hättest nichts tun können, um sie aufzuhal-ten.«

Ja, er will mich wahrhaftig trösten, dachte sie. Und seltsamerweise tat es ihr gut. »Ich kann nur hoffen, dass das stimmt. Auf jeden Fall weiß ich, dass der morgige Tag über einen Ritus und ein Ritual weit hinausgeht. Wer morgen das Schwert herauszieht, führt diesen Krieg an und rächt den Tod meiner Eltern. Und das kann sie nicht aufhalten.«

Sie trat zurück und zeigte nach oben. »Siehst du die Fahnen? Der Drache und der Claddaugh. Seit jeher die Symbole von Geall. Ich werde ein weiteres hinzufügen.«

Er überlegte, wofür sie sich entschieden haben mochte – ein Schwert, ein Pflock, ein Pfeil. Dann jedoch wusste er es. Keine Waffe, kein Instrument des Krieges und des Todes, sondern ein Symbol für Hoffnung und Dauer. »Eine Sonne, die ihr Licht über die Welt erstrahlen lässt.«

Überrascht blickte sie ihn an, und ihr Gesicht hellte sich auf. »Ja. Du verstehst, was ich denke und brauche. Eine goldene Sonne auf der weißen Fahne, die für das Licht steht, für das Morgen, um das wir kämpfen. Diese Sonne wird das dritte Symbol von Geall sein. Und sie soll verflucht sein. Sie und was sie hierher gebracht hat.«

Moira holte tief Luft. »Du hörst gut zu – und ich rede zu viel. Komm mit hinein. Die anderen sitzen sicher schon beim Abendessen.«

Er legte ihr die Hand auf den Arm, um sie zurückzuhalten. »Bisher habe ich gedacht, du würdest dich als Königin in Kriegszeiten nicht eignen. Ich fürchte, ich habe mich geirrt.«

»Wenn das Schwert mein ist«, sagte sie, »dann hast du dich geirrt.«

Als sie hineingingen, dachte er, dass dies gerade das längste Gespräch gewesen war, seit sie einander zwei Monate zuvor kennengelernt hatten.

»Du musst es auch den anderen sagen. Du musst ihnen sagen, was deiner Meinung nach mit deinem Vater passiert ist. Der Kreis darf nicht durch Geheimnisse geschwächt werden.«

»Du hast Recht. Ja, du hast Recht.«

Mit hoch erhobenem Kopf und klarem Blick ging sie voraus.

2

Sie schlief nicht. Wie sollte eine Frau auch in einer solchen Nacht schlafen? Wenn es ihr Schicksal war, morgen Früh das Schwert aus seiner steinernen Scheide zu ziehen, war sie Königin von Geall. Als Königin würde sie herrschen und regieren, und sie übernahm Pflichten, die ihr von klein auf beigebracht worden waren. Aber sie würde als Königin ihr Volk auch in den Krieg führen, wie sie bereitwillig jemand anderem in die Schlacht folgen würde, wenn er das Schwert herauszöge.

Konnten diese wenigen Wochen Training jemanden auf eine so gewaltige Aufgabe und Verantwortung vorbereiten? In dieser Nacht wäre sie zum letzten Mal die Frau, die sie eigentlich hatte werden wollen. Was auch immer die Morgendämmerung ihr brächte, nichts wäre jemals wieder so, wie es einmal war.

Vor dem Tod ihrer Mutter hatte sie geglaubt, dieser Zeitpunkt wäre noch Ewigkeiten entfernt. Sie hatte geglaubt, noch jahrelang die Gesellschaft, den Trost und den Rat ihrer Mutter in Anspruch nehmen und in Ruhe und Frieden lernen und studieren zu können, sodass sie, wenn die Zeit gekommen, nicht nur für die Krone bereit, sondern ihrer auch würdig wäre.

Insgeheim hatte sie angenommen, dass ihre Mutter noch Jahrzehnte lang regieren und sie selbst heiraten würde. In ferner Zukunft, so hatte sie sich vorgestellt, würde eines ihrer Kinder die Krone an ihrer Statt tragen.

Aber all das hatte sich geändert, als ihre Mutter getötet worden war. Nein, korrigierte Moira sich, es war schon anders geworden mit dem Tod des Vaters. Und jetzt konnte sie nur darum beten, dass sie so viel Weisheit und Einsicht wie ihre Mutter besitzen würde, wenn sie morgen Früh das Schwert zog.

Sie stand auf und ging auf die Schlosszinnen. Die Mondsichel stand am Himmel. Wenn er wieder voll wäre, wäre sie weit weg von hier, auf dem kalten Schlachtfeld. Von hier oben konnte sie die Fackeln sehen, die den Turnierplatz erleuchteten. Cian brachte in der Nacht Männern und Frauen bei, wie sie stärker und schneller kämpfen konnten als Menschen. Mit ihr und den anderen im Zirkel hatte er es in Irland Nacht für Nacht ebenso gemacht.

Nicht alle vertrauten ihm, das wusste sie. Manche hatten

sogar Angst vor ihm, aber das war vielleicht gar nicht so schlecht. Er wollte hier keine Freundschaften schließen, sondern Krieger ausbilden.

In dieser Hinsicht hatte auch sie ihm viel zu verdanken.

Sie glaubte zu verstehen, warum er mit ihnen kämpfte – oder sie ahnte zumindest, warum er so viel für die Menschheit riskierte. Zum Teil geschah es aus Stolz – davon besaß er reichlich. Er würde sich Lilith nie beugen. Zum Teil auch, ob er es nun zugab oder nicht, aus Loyalität seinem Bruder gegenüber. Und der Rest hatte etwas mit Mut und seinen eigenen widersprüchlichen Emotionen zu tun.

Denn dass er Gefühle hatte, wusste sie. Sie konnte sich nur nicht vorstellen, wie er nach tausend Jahren mit ihnen umging, wo schon ihre eigenen nach nur zwei Monaten voller Erlebnisse von Blut und Tod so aufgewühlt waren, dass sie sich kaum selbst erkannte.

Wie mochte es dann wohl für ihn sein, nach allem, was er gesehen und getan, gewonnen und verloren hatte? Er wusste mehr als jeder von ihnen von der Welt, von ihren Freuden, ihren Schmerzen, ihren Möglichkeiten. Nein, sie konnte es sich nicht vorstellen, wie es sein mochte, das alles zu wissen und doch das eigene Sein aufs Spiel zu setzen.

Es nötigte ihr Respekt ab, dass er es dennoch riskierte und sich die Zeit nahm, ihre Truppen zu unterweisen. Und sein geheimnisvolles Wesen faszinierte sie.

Sie war sich nicht sicher, was er von ihr hielt. Selbst als er sie geküsst hatte – in diesem einen leidenschaftlichen, verzweifelten Augenblick –, hatte sie es nicht gewusst. Und sie hatte noch nie widerstehen können, den Dingen auf den Grund zu gehen.

Sie hörte Schritte, und als sie sich umdrehte, sah sie Larkin auf sich zukommen.

»Du solltest im Bett liegen«, meinte er.

»Ich würde ja doch nur an die Decke starren. Hier ist die

Aussicht besser.« Sie griff nach seiner Hand – ihr Vetter, ihr Freund –, und gleich ging es ihr besser. »Und warum bist du nicht im Bett?«

»Ich habe dich gesehen. Blair und ich haben Cian ein wenig geholfen.« Er blickte auf den Turnierplatz unter ihnen. »Ich habe dich hier alleine stehen sehen.«

»Ich bin heute Abend keine gute Gesellschaft, noch nicht einmal für mich selbst. Ich wünschte nur, es wäre alles schon geschehen, dann könnte man sehen, wie es weitergeht. Ich wollte hier oben ein bisschen darüber nachdenken.« Sie ließ den Kopf an seine Schulter sinken. »So vergeht wenigstens die Zeit.«

»Wir könnten hinunter in den Familiensalon gehen, und ich könnte dich beim Schach gewinnen lassen.«

»Mich gewinnen lassen? Oh, hör sich das einer an!« Sie warf ihm einen Blick zu. Seine Augen waren goldbraun und standen leicht schräg, wie ihre. Das Lächeln, das darin stand, verbarg nicht ganz die Sorge, mit der er sie anschaute. »Dann hast du mich vermutlich über die Jahre unzählige Male gewinnen lassen.«

»Ich hielt es für dein Selbstvertrauen für gut.«

Lachend knuffte sie ihn. »Ich vertraue darauf, dass ich dich neun von zehn Malen beim Schach schlagen kann.«

»Das sollten wir besser einmal nachprüfen.«

»Nein.«

Sie gab ihm einen Kuss und strich ihm das goldbraune Haar aus der Stirn. »Du gehst jetzt ins Bett zu deiner Dame und vergeudest nicht deine Zeit damit, mich aufzumuntern. Komm, wir gehen hinein. Vielleicht langweilt mich ja in meinem Zimmer der Blick an die Decke so sehr, dass ich darüber einschlafe.«

»Wenn du Gesellschaft willst, brauchst du bloß an die Tür zu klopfen.«

»Ich weiß.«

Sie wusste jedoch auch, dass sie das Angebot nicht in Anspruch nehmen würde.

Aber sie schlief nicht.

Wie die Tradition es vorschrieb, wurde sie in der letzten Stunde vor Sonnenaufgang von ihren Hofdamen gekleidet und geschmückt. Moira lehnte das rote Gewand ab, das sie ihr aufdrängen wollten. Es war zwar eine königliche Farbe, aber sie stand ihr einfach nicht. Stattdessen wählte sie die Farben des Waldes, ein dunkelgrünes Kleid über einem blassgrünen Rock.

Den Schmuck jedoch ließ sie sich anlegen, schließlich hatte er ihrer Mutter gehört. Die schwere Kette aus Zitrinen wurde um ihren Hals gelegt. Aber das Kreuz legte sie nicht ab.

Die Haare wollte sie offen und unbedeckt tragen, und Dervil bürstete es ihr unermüdlich, während die Frauen um sie herum schwatzten.

»Wollt Ihr nicht ein wenig essen, Hoheit?«

Ceara, eine ihrer Kammerzofen, hielt ihr einen Teller mit Honigkuchen hin. »Hinterher«, antwortete Moira. »Danach bin ich ruhiger.«

Erleichtert erhob Moira sich, als Glenna das Zimmer betrat. »Wie wundervoll du aussiehst!« Moira streckte die Hände aus. Sie hatte die Gewänder für Glenna und Blair höchstpersönlich ausgesucht, und jetzt sah sie, dass sie eine gute Wahl getroffen hatte. Allerdings war Glenna ohnehin so attraktiv, dass ihr alles schmeichelte.

Der tiefblaue Samt betonte jedoch ihre cremeweiße Haut und das Feuer ihrer Haare.

»Ich komme mir selbst vor wie eine Prinzessin«, sagte Glenna. »Vielen, vielen Dank. Und du, Moira, bist jeder Zoll eine Königin.«

»Ja?« Sie wandte sich zu ihrem Spiegel, sah jedoch nur sich selbst. Lächelnd blickte sie Blair entgegen, die gerade ins Zimmer kam. Für sie hatte sie die Farbe Rostbraun ausgesucht, mit einem Rock aus blassem Gold. »Ich habe dich noch nie in einem Kleid gesehen.«

»Und das ist vielleicht ein Wahnsinnskleid!« Blair betrachtete ihre Freundinnen und blickte dann an sich hinunter. »Hier geht es ja zu wie im Märchen.« Sie fuhr sich mit den Fingern durch die kurzen, dunklen Haare.

»Dann macht es dir also nichts aus? Die Tradition erfordert formellere Kleidung.«

»Es gefällt mir eigentlich ganz gut, ein Mädchen zu sein, und ich ziehe mich ab und zu auch ganz gerne so an, selbst wenn es Mode aus einer anderen Zeit ist.« Blair erblickte die Honigkuchen und bediente sich. »Nervös?«

»Weit darüber hinaus. Lasst Ihr mich bitte einen Moment mit den Damen Glenna und Blair alleine?«, bat Moira ihre Frauen. Sie huschten hinaus, und Moira ließ sich in den Sessel vor dem Kamin sinken. »Sie machen schon seit einer Stunde an mir herum. Es ist anstrengend.«

»Du siehst müde aus.« Blair setzte sich auf die Armlehne. »Du hast nicht geschlafen.«

»Meine Gedanken sind nicht zur Ruhe gekommen.«

»Du hast den Trank nicht genommen, den ich dir gegeben habe«, stellte Glenna seufzend fest. »Du musst für die Aufgabe ausgeruht sein, Moira.«

»Ich musste nachdenken. Es ist eigentlich nicht üblich, aber ich möchte, dass ihr beide und Hoyt und Larkin mit mir nach vorne zum Stein geht.«

»War das nicht sowieso geplant?«, fragte Blair mit vollem Mund.

»Ihr würdet in der Prozession mitgehen, aber ich würde normalerweise alleine vorangehen. Das muss auch so sein, wie es immer gewesen ist. Direkt hinter mir würden jedoch nur meine engsten Familienmitglieder sein, mein Onkel, meine Tante, Larkin und meine anderen Vettern und Kusinen. Und dann alle anderen, ihrem Rang und ihrer Position entsprechend. Ich möchte, dass ihr mit der Familie mitgeht, da ihr meine Familie seid. Ich tue das für mich, aber auch für das Volk von Geall. Sie sollen euch sehen. Leider kann Cian nicht mitgehen.«

»Wir können es nicht im Dunkeln machen, Moira.« Blair legte Moira die Hand auf die Schulter. »Es wäre viel zu riskant.«

»Ich weiß. Und so wird der Zirkel zwar am Stein nicht komplett sein, aber ich werde an ihn denken.« Sie erhob sich und trat ans Fenster. »Es dämmert schon«, murmelte sie. »Und der Tag folgt.«

Als die letzten Sterne erloschen, drehte sie sich zu den beiden anderen Frauen um. »Ich bin bereit, ihm entgegenzutreten.«

Ihre Familie und ihre Hofdamen erwarteten sie unten bereits. Sie nahm den Umhang von Dervil entgegen und befestigte ihn mit der Drachenbrosche.

Als sie aufblickte, sah sie Cian. Zuerst nahm sie an, dass er auf dem Weg in sein Zimmer war, um sich zur Ruhe zu begeben, aber dann sah sie, dass er den Umhang trug, den Glenna und Hoyt für ihn mit einem Zauber belegt hatten, um die tödlichen Sonnenstrahlen abzuhalten.

Sie trat auf Cian zu. »Willst du das wirklich tun?«, fragte sie leise.

»Ich habe selten Gelegenheit zu einem Morgenspaziergang.«

Er sagte das leichthin, aber sie spürte, was dahinter stand. »Ich danke dir, dass du gerade diesen Morgen für deinen Spaziergang gewählt hast.«

»Die Sonne geht auf«, sagte Riddock. »Die Leute warten.«

Moira nickte und setzte die Kapuze auf, wie es Sitte war, bevor sie aus dem Haus in die Dämmerung trat.

Die Luft war kühl und dunstig. Ein leichter Wind hob die Nebel, als Moira über den Hof zu den Toren ging. Alle anderen folgten ihr, die Straße entlang und dann über das grüne Gras, das so feucht von Tau war, dass man das Gefühl hatte, durch einen Fluss zu waten. Sie wusste, dass alle hinter ihr hergingen, Kaufleute und Handwerker, Harfenspieler und Barden. Mütter und Töchter, Soldaten und Söhne.

Ein rosiger Streifen zeigte sich im Osten am Himmel, und der Bodennebel funkelte silbern.

Es roch nach Fluss und nach Erde, und sie stieg die leichte Anhöhe hinauf. Tau benetzte den Saum ihres Gewandes.

Der Stein stand auf einer kleinen, von Bäumen umstandenen Lichtung. Auf den Felsen, die die heilige Quelle umgaben, wuchsen hellgelbe Flechten und grünes Moos.

Im Frühling würden hier fröhlich orangefarbene Lilien wachsen und später dann Fingerhut. Aber jetzt schliefen die Blumen, und die Blätter hatten sich bereits verfärbt.

Der Schwertstein war breit und weiß, wie ein Altar lag er auf einem uralten, grauen Dolmen.

Durch das Laub und den Dunst hindurch drangen die ersten Sonnenstrahlen und brachten den Silberknauf des Schwertes, das in dem weißen Stein steckte, zum Funkeln.

Ihre Hände waren plötzlich eiskalt.

Ihr ganzes Leben lang kannte sie die Geschichte schon. Die Götter hatten das Schwert aus einem Blitz, dem Meer, der Erde und dem Wind geschmiedet. Morrigan selbst hatte den Altarstein und das Schwert an diesen Ort gebracht. Und dort hatte sie es bis zum Knauf hineingestoßen und mit feurigem Finger die Worte in den Stein geschrieben.

Hineingestoßen von der Hand der Götter
Herausgezogen von der Hand eines Sterblichen
Der mit diesem Schwert
Geall regieren wird.

Am Fuß des Steins blieb Moira stehen, um die Worte noch einmal zu lesen. Wenn die Götter es so bestimmten, war es ihre Hand.

Mit wehendem Mantel trat sie durch das taunasse Gras auf ihren Platz hinter dem Stein.

Zum ersten Mal blickte sie auf. Hunderte von Menschen, ihr Volk, hatten sich versammelt. Wenn sie das Schwert herauszog, war sie für jeden Einzelnen verantwortlich. Ihre Hände waren kalt und zitterten.

Sie zwang sich, ruhig zu bleiben, während die drei heiligen Männer hinter ihr Aufstellung nahmen.

Es kamen immer noch Menschen angelaufen, deshalb wartete sie noch ein wenig, bevor sie zu ihnen sprach, und blickte die an, die sie am meisten liebte.

»Mylady«, murmelte einer der heiligen Männer.

»Ja. Einen Moment noch.«

Langsam löste sie die Brosche und reichte ihren Umhang nach hinten. Ihre weiten Ärmel glitten zurück, als sie die Arme hob, aber sie spürte die Kälte auf ihrer Haut nicht. Ihr war heiß.

»Ich bin eine Dienerin Gealls«, rief sie aus. »Ich bin ein Kind der Götter. Ich stehe hier an diesem Ort, um mich beiden zu beugen. Mit meinem Blut, meinem Herzen, meinem Geist.«

Dann trat sie auf den Stein zu.

Es war jetzt totenstill. Sogar die Luft schien den Atem anzuhalten, als Moira den Arm ausstreckte und die Hand um den silbernen Schwertknauf legte.

Oh, dachte sie, als sie die Hitze spürte, die davon ausging. Ja, natürlich, es ist mein. Das war es schon immer.

Mit Leichtigkeit zog sie es heraus und hob die Spitze zum Himmel.

Sie wusste, dass sie jubelten und dass einige weinten. Sie wusste, dass sie alle die Knie beugten. Ihre Augen jedoch waren auf die Spitze gerichtet und auf den Lichtblitz, der vom Himmel darauf herunterging.

Sie spürte das Licht in sich. Dann brannte es plötzlich auf ihrem Arm, und als ob die Götter es eingeritzt hätten, bildete sich das Zeichen des Claddaugh, um sie als Königin von Geall zu kennzeichnen. Freudig und demütig zugleich blickte sie auf ihr Volk, und ihre Augen begegneten Cians.

Einen Augenblick lang schien alles andere sich aufzulösen. Es gab nur noch ihn und seine strahlend blauen Augen.

Wie konnte es sein, dass sie ihr Schicksal in der Hand hielt und dabei nur ihn sah?, fragte sie sich unwillkürlich.

»Ich bin eine Dienerin Gealls«, sagte sie, ohne den Blick von ihm zu wenden. »Ich bin ein Kind der Götter. Dieses Schwert und alles, was es schützt, ist mein. Ich bin Moira, Kriegerkönigin von Geall. Erhebt euch und wisset, dass ich euch liebe.«

Mit hoch erhobenem Schwert blieb sie stehen, und einer der heiligen Männer setzte ihr die Krone auf den Kopf.

Cian war Magie nicht fremd, weder schwarze noch weiße, aber etwas Machtvolleres hatte er noch nie gesehen. Ihr blasses Gesicht hatte geleuchtet, als sie das Schwert ergriffen hatte, und ihre traurigen Augen hatten gestrahlt. Als sie ihn anschaute, hatte ihn ihr Blick bis ins Mark getroffen.

Dort stand sie, schlank und geschmeidig und so prachtvoll wie jede Amazone. Plötzlich wirkte sie königlich und leidenschaftlich, wunderschön.

Was sich in ihm regte, durfte nicht sein. Er trat einen Schritt zurück und wandte sich zum Gehen. Hoyt legte ihm die Hand auf den Arm.

»Du musst auf die Königin warten.«

Cian zog eine Augenbraue hoch. »Du vergisst, dass es für mich keine Königin gibt. Und ich stecke jetzt schon lange genug in diesem blöden Umhang.«

Er bewegte sich rasch. Er wollte weg vom Licht, weg von diesem Menschengeruch. Weg von der Macht ihrer grauen Augen. Er brauchte Kühle und Dunkelheit und Stille.

Er war gerade erst ein paar Schritte gegangen, als Larkin neben ihm auftauchte. »Moira hat mich gebeten, dich zu fragen, ob du vielleicht zurückreiten möchtest.«

»Nein, es ist schon in Ordnung, aber danke für das Angebot.«

»Es war fantastisch, nicht wahr? Und sie war … na ja, strahlend wie die Sonne. Ich wusste immer schon, dass sie Königin werden würde, aber sie dort stehen zu sehen, war schon etwas Besonderes. In dem Augenblick, in dem sie das Schwert berührte, war sie die Königin. Man konnte es förmlich sehen.«

»Wenn sie Königin bleiben und ein Volk zum Regieren haben möchte, dann sollte sie das Schwert besser auch benutzen.«

»Das wird sie auch. Komm, Cian, heute ist nicht der Tag für düstere Stimmungen. Wir haben es uns verdient, ein paar Stunden zu feiern. Und zu essen.« Grinsend stupste Larkin Cian mit dem Ellenbogen an. »Sie mag ja Königin sein, aber ich kann dir versprechen, dass wir Übrigen heute wie die Könige tafeln werden.«

»Nun, eine Armee ist so gut wie ihre Ernährung.«

»Ach ja?«

»Irgendjemand hat das mal gesagt. Feiert ihr heute nur, aber morgen bereiten wir uns besser alle wieder auf den Krieg vor.«

»Es kommt mir so vor, als täten wir nichts anderes. Nicht dass ich mich beklage«, fuhr Larkin fort, bevor Cian etwas erwidern konnte. »Ich bin es vermutlich nur leid, mich ständig vorzubereiten, und ich möchte gerne kämpfen.«

»Hast du in der letzten Zeit noch nicht genug gekämpft?«

»Ich muss immer noch für das bezahlen, was Blair beinahe

zugestoßen wäre. Ihre Rippen schmerzen immer noch, und sie ist schneller erschöpft, als sie zugibt.« Grimmig verzog er das Gesicht. »Natürlich heilt bei ihr alles schnell, aber ich werde nie vergessen, was sie ihr angetan haben.«

»Es ist gefährlich, mit persönlichen Rachegefühlen in eine Schlacht zu gehen.«

»Ach, Blödsinn. Wir haben doch alle irgendein persönliches Anliegen. Du willst mir doch nicht erzählen, dass du nicht mehr daran denkst, was diese Schlampe mit King gemacht hat.«

Das konnte Cian nicht leugnen, deshalb ließ er das Thema auf sich beruhen. »Wie ist das eigentlich, Larkin? Bist du meine Eskorte?«

»Ja, es sieht so aus. Es war die Rede davon, dass ich mich mit meinem Körper über dich werfen soll, um dich vor dem Sonnenlicht zu schützen, falls die Magie im Umhang nachlässt.«

»Das wäre großartig. Wir würden beide auflodern wie Fackeln«, sagte Cian in beiläufigem Tonfall, aber er musste zugeben, dass er froh war, als sie das Schloss betraten.

»Man hat mich auch gebeten, dich in den Familiensalon einzuladen, wenn du nicht zu erschöpft bist. Moira wäre dir dankbar, wenn du ihr wenigstens ein paar Minuten gewähren würdest.«

Moira wäre gerne ein paar Minuten alleine gewesen, aber alle standen um sie herum. Den Gang zurück ins Schloss nahm sie wie durch einen Schleier wahr. Sie spürte das Gewicht des Schwertes in ihrer Hand, die Krone auf dem Kopf, während sie von Freunden und Familienmitgliedern mitgerissen wurde. Überall ertönten Jubelrufe. Das Volk von Geall feierte die neue Königin.

»Du musst dich ihnen zeigen«, sagte Riddock. »Geh auf die königliche Terrasse, das erwarten sie von dir.«

»Ja. Aber nicht allein. Ich weiß, dass es so üblich ist«, fuhr sie fort, bevor ihr Onkel etwas erwidern konnte, »aber wir leben in anderen Zeiten. Mein Zirkel soll bei mir sein.« Sie blickte Glenna, Hoyt und Blair an. »Das Volk soll nicht nur seine Königin sehen, sondern auch die, die auserwählt wurden, um in diesen Krieg zu ziehen.«

»Das ist deine Entscheidung, du hast zu bestimmen«, entgegnete Riddock mit einer leichten Verbeugung. »Aber an einem solchen Tag sollte Geall frei sein vom Schatten des Krieges.«

»Der Schatten des Krieges wird erst nach Samhain von Geall genommen. Und bis zu diesem Tag muss jeder Gealler wissen, dass ich mit dem Schwert regiere. Und dass ich Teil der sechs bin, die von den Göttern auserwählt wurden.«

Sie ergriff seine Hand, als sie durch das Tor traten. »Es wird ein Festmahl geben. Ich schätze deinen Rat, wie immer, und ich werde mich zeigen und zum Volk sprechen. Aber heute haben die Götter in mir die Königin und die Kriegerin zugleich erwählt. Und das werde ich sein. Das werde ich Geall bis zum letzten Atemzug geben. Ich werde dir keine Schande machen.«

Er zog ihre Hand an die Lippen. »Mein liebes Mädchen. Du hast mich immer nur mit Stolz erfüllt, und das wird auch so bleiben. Von diesem Tag an gehöre ich bis zu meinem letzten Atemzug der Königin.«

Die Diener hatten sich versammelt und knieten nieder, als die königliche Familie das Schloss betrat. Sie kannte sie alle mit Namen. Einige von ihnen hatten schon ihrer Mutter gedient, noch bevor Moira auf der Welt gewesen war.

Aber jetzt war es anders. Jetzt war sie nicht mehr die Tochter des Hauses, sondern dessen Herrin. Und damit auch ihre Gebieterin.

»Erhebt euch«, sagte sie. »Ihr sollt wissen, wie dankbar ich für eure treuen Dienste bin. Und ihr sollt wissen, dass auch ich euch treu dienen werde, solange ich Königin bin.«

Später, sagte sie sich, als sie die Treppe hinaufging, würde sie mit jedem Einzelnen sprechen. Das war wichtig. Aber im Moment hatte sie andere Pflichten.

Im Familiensalon brannte ein Feuer im Kamin. Frisch geschnittene Blumen aus den Gärten und den Treibhäusern schmückten das Zimmer. Der Tisch war mit feinstem Silber und Kristall gedeckt, und später würde die engste Familie mit Wein auf die neue Königin anstoßen.

Sie holte tief Luft, um die richtigen Worte zu finden, die sie zu ihren Liebsten sprechen wollte. Aber Glenna schlang einfach die Arme um sie. »Du warst großartig.« Sie küsste Moira auf beide Wangen. »Strahlend schön.«

Moiras Anspannung ließ ein wenig nach. »Ich komme mir so vor wie immer, aber auch wieder nicht. Verstehst du, was ich meine?«

»Ich kann nur versuchen, es mir vorzustellen.«

»Gut gemacht.« Blair trat vor und umarmte sie. »Darf ich es mal sehen?«

Von Kriegerin zu Kriegerin, dachte Moira und hielt Blair das Schwert hin.

»Hervorragend«, sagte Blair leise. »Es hat genau das richtige Gewicht für dich. Ich hätte erwartet, dass es mit Edelsteinen verziert ist oder so, aber es ist gut, dass das nicht der Fall ist. Es ist ein Kampfschwert und nicht nur ein Symbol.«

»Es kam mir so vor, als wäre der Knauf genau für meine Hand gemacht. Als ich es berührte, fühlte es sich an wie … wie meins.«

»Ja, das ist es auch.« Blair gab ihr das Schwert zurück. »Es ist deins.«

Moira legte es auf den Tisch, um sich von Hoyt umarmen zu lassen. »Die Macht in dir ist warm und beständig«, flüsterte er ihr ins Ohr. »Geall hat Glück mit seiner Königin.«

»Danke.« Lachend ließ sie sich von Larkin herumwirbeln.

»Nun sieh dich an! Majestät!«

»Du machst dich über meine Würde lustig.«

»Ja, aber nicht über dich, *a stór.*« Als Larkin sie wieder auf die Füße stellte, wandte sie sich an Cian. »Danke, dass du gekommen bist. Es bedeutet mir viel.«

Er umarmte sie weder, noch berührte er sie, sondern neigte nur den Kopf. »Wie hätte ich diesen Moment verpassen können!«

»Ein Moment, der umso wichtiger für mich geworden ist, weil du daran teilgenommen hast. Ihr alle«, fuhr sie fort und wandte sich ihrer jüngsten Kusine zu, die an ihrem Rock zupfte. »Aideen.« Sie nahm das Kind auf den Arm und ließ sich einen feuchten Kuss geben. »Und wie hübsch du heute aussiehst.«

»Hübsch«, wiederholte Aideen und berührte Moiras juwelenbesetzte Krone. Dann drehte sie den Kopf und lächelte Cian scheu an. »Hübsch«, sagte sie noch einmal.

»Ein kluges Mädchen«, stellte Cian fest. Er sah, dass der Blick des Kindes auf den Anhänger fiel, den er um den Hals trug, und hob ihn an, damit sie auch ihn anfassen konnte.

Aber Aideen hatte noch nicht die Hand ausgestreckt, als ihre Mutter förmlich auf sie zuflog. »Nicht, Aideen!«, rief sie.

Sinann, die mit dem dritten Kind schwanger war, entriss Moira ihre Tochter und drückte sie fest an sich.

Erschreckte Stille trat ein. Moira hauchte den Namen ihrer Kusine.

»Ich hatte noch nie viel für Kinder übrig«, sagte Cian kühl. »Du entschuldigst mich.«

»Cian.« Moira warf Sinann einen zornigen Blick zu und eilte hinter ihm her. »Bitte, einen Moment noch.«

»Ich hatte für heute Früh genug Momente, ich möchte jetzt ins Bett.«

»Ich möchte mich bei dir entschuldigen.« Sie hielt ihn am Arm fest, bis er stehen blieb und sich zu ihr umdrehte. Seine Augen waren hart wie blauer Stein. »Meine Kusine Sinann ist eine einfache Frau. Ich spreche mit ihr.«

»Mach dir wegen mir keine Umstände.«

»Sir.« Bleich wie Wachs trat Sinann auf ihn zu. »Ich bitte Euch aufrichtig um Verzeihung. Ich habe Euch und meine Königin mitsamt ihren Gästen beleidigt. Ich bitte Euch um Vergebung für das dumme Betragen einer Mutter.«

Sie bedauerte die Beleidigung, dachte Cian, aber nicht die Tat selbst. Das Kind befand sich jetzt am anderen Ende des Zimmers, auf dem Arm seines Vaters. »Angenommen.« Er entließ sie mit einem flüchtigen Blick. »Wenn du jetzt bitte meinen Arm loslassen würdest, Majestät.«

»Ich möchte dich um einen Gefallen bitten«, begann Moira.

»Übertreib es nicht.«

»Ich stehe sowieso schon in deiner Schuld«, erwiderte Moira gleichmütig. »Ich muss hinaus auf die Terrasse, um mich meinem Volk zu zeigen. Sie müssen ihre Königin und auch ihren Zirkel sehen. Wenn du mir noch ein paar Minuten deiner Zeit schenken würdest, wäre ich dir dankbar.«

»Draußen in der Sonne.«

Entspannt lächelte sie ihn an, als sie merkte, dass sein resignierter Tonfall Zustimmung bedeutete. »Nur wenige Augenblicke. Dann kannst du dich mit der befriedigenden Gewissheit in die Einsamkeit deines Zimmers zurückziehen, dass ich dich darum beneide.«

»Dann wollen wir es rasch hinter uns bringen. Ich sehne mich nach ein wenig Einsamkeit und Befriedigung.«

Moira richtete es absichtlich so ein, dass Larkin – der in Geall geliebt und geachtet wurde – auf einer Seite neben ihr stand und Cian, der Fremde, den viele fürchteten, auf der anderen. Sie hoffte, den Menschen so zeigen zu können, dass sie sie als gleichwertig betrachtete und beide ihr Vertrauen besaßen.

Die Menge jubelte und rief ihren Namen, und als sie das Schwert hob, schwoll der Jubel an. Dann reichte sie das Schwert an Blair weiter, solange sie ihre Rede hielt. Auch das war eine absichtliche Geste, weil das Volk sehen sollte, dass die Frau, mit der Larkin verbunden war, wert war, es zu halten.

»Volk von Geall!«, rief sie, aber der Jubel dauerte an. Er verebbte erst, als sie an die Brüstung trat und die Hände hob.

»Volk von Geall, ich stehe vor euch als Königin, als Bürgerin und als Beschützerin. Ich stehe vor euch wie meine Mutter, wie deren Vater und alle davor. Und ich stehe vor euch als Teil des Zirkels, den die Götter erwählt haben. Ein Zirkel, der aus Kriegern besteht.«

Sie breitete die Arme aus, um die anderen fünf, die neben ihr standen, mit einzubeziehen. »Mit diesen hier wurde der Kreis gebildet. Sie sind diejenigen, die ich am meisten liebe und denen ich am meisten vertraue. Als Bürgerin bitte ich euch, ihnen ebenso wie mir eure Treue, euer Vertrauen und euren Respekt zu schenken. Als eure Königin befehle ich es euch.«

Sie musste ständig innehalten, bis die Jubelrufe und Schreie wieder abgeebbt waren. »Heute scheint die Sonne auf Geall, aber das wird nicht immer so sein. Das, was kommt, sucht die Dunkelheit, und wir werden uns ihm stellen und es besiegen. Heute feiern wir, essen ein Festmahl und sagen Dank. Morgen jedoch werden wir die Kriegsvorbereitungen wieder aufnehmen. Jeder waffenfähige Gealler wird an der Schlacht teilnehmen, und wir werden zu *Ciunas,* dem Tal des Schweigens, marschieren. Wir werden es mit unserer Kraft und unserer Willensstärke überfluten und werden die, die uns vernichten wollen, im Licht ertränken.«

Sie streckte die Hand nach dem Schwert aus und hielt es

wieder hoch. »Dieses Schwert wird nicht wie sonst ungenutzt an der Wand hängen. Es wird Flammen sprühen und in meiner Hand singen, wenn ich für euch, für Geall und für die ganze Menschheit kämpfe.«

Erneut jubelte die Menge zustimmend.

Plötzlich flog ein Pfeil durch die Luft.

Bevor Moira reagieren konnte, drückte Cian sie zu Boden, und sie hörte ihn durch den Lärm und das Chaos, das ausbrach, leise fluchen. Sein Blut tropfte warm auf ihre Hand.

»O Gott, o mein Gott, du bist getroffen.«

»Er hat das Herz verfehlt«, knirschte er mit zusammengebissenen Zähnen. Sie sah ihm den Schmerz an, als er sich hinsetzte.

Glenna hockte sich neben ihn und sagte: »Lass mich mal sehen.«

»Er hat das Herz verfehlt«, wiederholte er und griff nach dem Pfeil. Er zog ihn heraus. »Oh, verdammt! Zum Teufel!«

»Hinein mit ihm«, ordnete Glenna an. »Bringt ihn hinein.«

»Warte.« Obwohl ihre Hand leicht zitterte, packte Moira Cian an der Schulter. »Kannst du stehen?«

»Natürlich kann ich stehen. Wofür hältst du mich?«

»Bitte, zeig dich ihnen.« Sie strich ihm zart über die Wange. »Zeig dich ihnen. Bitte.«

Als sie seine Hand ergriff, meinte sie, eine Regung in seinen Augen zu erkennen. Und auch ihr Herz machte einen Satz.

Aber dann war es wieder vorbei, und er herrschte sie mit rauer Stimme an: »Dann mach mir etwas Platz.«

Moira stand wieder auf. Unten war das Chaos ausgebrochen. Der Mann, von dem sie annahm, dass er der Mörder war, wurde von allen Seiten gestoßen und verprügelt.

»Haltet ein!«, schrie sie, so laut sie konnte. »Ich befehle euch, haltet ein! Wachen, bringt den Mann in den großen Saal. Volk von Geall! Ihr seht, dass selbst an diesem Tag, wenn die Sonne scheint, die Dunkelheit uns zu vernichten sucht. Und sie scheitert.« Sie hob Cians Hand hoch. »Sie scheitert, weil es auch in dieser Welt Meister gibt, die ihr Leben aufs Spiel setzen.«

Sie legte die Hand auf Cians Wunde und spürte, wie er zusammenzuckte. Dann hob sie die blutige Hand. »Er blutet für uns. Und angesichts dieses Blutes, das er für mich, für euch alle vergossen hat, ernenne ich ihn zu Sir Cian, Lord of Oiche.«

»Oh, um Himmels willen«, murmelte Cian.

»Sei still«, sagte Moira leise, aber bestimmt, ohne den Blick von der Menge abzuwenden.

3

»Halb-Vampir«, verkündete Blair, als sie wieder in den Salon kam. »Zahlreiche Bisswunden. Die Menge hat ihn auch ganz schön zugerichtet«, fügte sie hinzu. »Ein normaler Mensch wäre nach den Schlägen, die er eingesteckt hat, hinüber. Aber so ganz gut geht es ihm auch nicht.«

»Er kann versorgt werden, wenn ich mit ihm gesprochen habe. Zuerst muss Cian behandelt werden.«

Blair blickte Moira über die Schulter hinweg an. Glenna verband gerade Cians Wunde. »Wie geht es ihm?«

»Er ist wütend und unkooperativ, deshalb nehme ich an, es geht ihm ganz gut.«

»Wir können alle nur dankbar sein für seine hervorragenden Reflexe. Du hast deine Sache auch gut gemacht«, fügte Blair an Moira gewandt hinzu. »Bist ganz kühl geblieben und hattest alles im Griff. Es war ganz schön hart für dich, gleich am ersten Tag in deinem Job fast ermordet zu werden, aber du hast dich wirklich tapfer geschlagen.«

»Nicht gut genug, um vorauszusehen, dass wir auch bei Tageslicht angegriffen werden können. Ich hätte daran denken müssen, dass nicht alle von Liliths Hunden eine Einladung brauchen, um die Schlossmauern zu überwinden.« Sie dachte daran, wie ihr Cians Blut über die Hand gelaufen war. »Diesen Fehler mache ich nicht noch einmal.«

»Wir werden alle daran denken. Jetzt müssen wir auf jeden Fall erst einmal Informationen aus diesem Kerl herauspressen. Aber es gibt ein Problem. Er kann oder will nicht englisch oder gälisch sprechen.«

»Ist er stumm?«

»Nein, nein. Er spricht, aber keiner von uns kann es verstehen. Es klingt osteuropäisch. Vielleicht ist es Tschechisch.«

»Ich verstehe.« Moira warf Cian einen Blick zu. Er war nackt bis zur Taille, wenn man von dem Verband absah. Sein Gesichtsausdruck war eher zornig als schmerzverzerrt, während er aus einem Kelch trank, der wohl Blut enthielt. Er sah zwar nicht so aus, als ob er besonders gute Laune hätte, aber sie würde ihn wohl noch einmal um einen Gefallen bitten müssen.

»Einen Moment noch«, bat sie Blair. Sie trat zu Cian, wobei sie sich zwang, unter seinem kühlen Blick nicht zusammenzuzucken. »Können wir noch irgendetwas für dich tun, um es dir bequemer zu machen?«

»Nur Frieden, Ruhe und Einsamkeit.«

Jedes der Worte kam wie ein Peitschenschlag aus seinem Mund, aber sie blieb gelassen. »Es tut mir leid, aber genau diese Dinge sind zurzeit ein wenig knapp. Ich werde sie dir so bald wie möglich bestellen.«

»Scherzkeks«, murmelte er.

»Ja. Der Mann, dessen Pfeil du aufgefangen hast, spricht

in einer fremden Sprache. Dein Bruder hat mir einmal erzählt, dass du viele Sprachen sprichst.«

Er trank einen Schluck und blickte sie dabei an. »Reicht es nicht, dass ich den Pfeil *abgefangen* habe? Soll ich jetzt auch noch deinen Mörder verhören?«

»Ich wäre dir dankbar, wenn du es zumindest versuchen würdest. Das heißt natürlich, falls er eine Sprache spricht, die du verstehst. Wahrscheinlich gibt es auch ein paar Dinge auf der Welt, die du nicht beherrschst, deshalb bist du ja möglicherweise gar nicht von Nutzen für mich.«

Seine Augen flackerten amüsiert auf. »Jetzt bist du aber garstig.«

»Wie du mir, so ich dir.«

»Na gut, na gut. Glenna, meine Schöne, hör auf, an mir herumzumachen.«

»Du hast eine ganze Menge Blut verloren«, begann sie, aber Cian hob nur den Kelch.

»Ich habe es während unserer Unterhaltung schon ersetzt.« Er verzog leicht das Gesicht, als er aufstand. »Ich brauche ein verdammtes Hemd.«

»Blair«, sagte Moira gleichmütig, »Würdest du bitte Cian ein verdammtes Hemd bringen?«

»Schon dabei.«

»Du hast es dir zur Gewohnheit gemacht, mir das Leben zu retten«, sagte Moira zu Cian.

»Ja, offensichtlich. Ich denke allerdings darüber nach, es wieder aufzugeben.«

»Das kann ich dir nicht verdenken.«

»Hier, du Meister.« Blair reichte Cian ein frisches, weißes Hemd. »Ich glaube, der Kerl ist Tscheche, oder vielleicht Bulgare. Kannst du eine der beiden Sprachen?«

»Zufällig ja.«

Sie gingen in den großen Saal, wo der Mörder, der aus zahlreichen Wunden blutete, unter schwerer Bewachung saß. Zu den Bewachern gehörten sowohl Hoyt als auch Larkin. Als Cian eintrat, kam Hoyt auf ihn zu.

»Geht es dir besser?«, fragte er.

»Ja, es geht. Und es heitert mich beträchtlich auf, dass er wesentlich schlimmer zugerichtet ist als ich. Zieh deine Wachen zurück«, sagte er zu Moira. »Der Mann läuft nicht weg.«

»Zieht euch zurück. Sir Cian übernimmt das Kommando.«

»Sir Cian, du liebe Güte«, murmelte Cian, als er zu dem Gefangenen trat.

Er ging um ihn herum und musterte ihn. Der Mann war mager und trug die grobe Kleidung eines Bauern oder Schäfers. Ein Auge war zugeschwollen, das andere wurde bereits schwarz und blau. Auch einige Zähne hatte man ihm ausgeschlagen.

Cian herrschte ihn auf Tschechisch an. Der Mann zuckte zusammen und riss überrascht sein intaktes Auge auf.

Aber er schwieg.

»Du hast mich verstanden«, fuhr Cian in der gleichen Sprache fort. »Ich habe dich gefragt, ob noch andere bei dir waren. Ich werde die Frage nicht noch einmal stellen.«

Als er keine Antwort bekam, schlug er so fest zu, dass der Gefangene mitsamt dem Stuhl, an dem er angekettet war, gegen die Wand flog.

»Solange du schweigst, bereite ich dir alle dreißig Sekunden Schmerzen.«

»Ich habe keine Angst vor Schmerzen.«

»Oh, die wirst du noch bekommen.« Cian zerrte den Mann mit dem Stuhl nahe an sein Gesicht. »Weißt du, was ich bin?«

»Ich weiß, was du bist.« Der Mann verzog höhnisch die blutigen Lippen. »Ein Verräter.«

»Das ist ein Standpunkt. Wichtig daran ist jedoch zu wissen, dass ich dir Schmerzen bereiten kann, die über alles, was du kennst, weit hinausgehen. Ich kann dich Tage und Wochen am Leben halten. Und in ständigen Todesqualen.« Er senkte die Stimme und zischte: »Und ich würde es genießen. Also noch mal von vorne.«

Er machte sich nicht die Mühe, die Frage noch einmal zu stellen. Er hatte ihn ja gewarnt, dass er sie nicht wiederholen würde.

»Ich könnte einen Löffel brauchen«, sagte er beiläufig. »Das linke Auge sieht schrecklich aus. Wenn ich einen Löffel zur Hand hätte, könnte ich es dir herausschälen. Natürlich könnte ich auch meine Finger benutzen«, fuhr er fort. »Aber dann müsste ich mir ja die Hände schmutzig machen.«

»Tu, was du nicht lassen kannst«, spuckte der Mann – aber er begann bereits zu zittern. »Ich werde meine Königin nie verraten.«

»Blödsinn.« Das Zittern und der Schweiß verrieten Cian, dass der Mann leicht zu brechen war. »Bevor ich mit dir fertig bin, hast du deine Königin nicht nur verraten, sondern tanzt auch noch und spielst Flöte dabei. Aber wir wollen lieber schnell und direkt vorgehen, schließlich haben wir alle noch etwas anderes zu tun.«

Der Kopf des Mannes zuckte zurück, als Cian sich bewegte. Aber statt nach dem Auge zu fassen, wie sein Opfer fürchtete, packte Cian die Geschlechtsteile des Mannes. Er drückte sie so fest zusammen, bis der Gefangene nur noch schrie.

»Es war niemand dabei! Ich bin allein, ich bin allein.«

»Hoffentlich bist du dir sicher.« Cian verstärkte den Druck. »Wenn du lügst, werde ich es herausfinden. Und dann werde ich dir dieses Teil Stück für Stück abschneiden.«

»Sie hat nur mich geschickt.« Er weinte jetzt, und die Tränen strömten ihm übers Gesicht. »Nur mich.«

Cian milderte den Druck ein wenig. »Warum?«

Die einzige Antwort war ein raues Keuchen, und sofort drückte Cian wieder stärker zu. »Warum?«

»Einer konnte leicht ungesehen hindurchschlüpfen. Un… unbemerkt.«

»Diese Logik hat dir wenigstens für den Moment erspart, ein Eunuch zu werden.« Cian holte sich einen Stuhl heran und setzte sich dem Gefangenen gegenüber. Im Plauderton sagte er: »So ist es doch besser, nicht wahr? Zivilisierter. Wenn wir hier fertig sind, versorgen wir deine Wunden.«

»Ich möchte Wasser.«

»Das glaube ich dir. Du bekommst welches – später. Lass uns jetzt erst einmal ein wenig über Lilith plaudern.«

Es dauerte dreißig Minuten – und Cian musste noch zweimal Gewalt anwenden –, bis der Mann alles gesagt hatte, was er wusste. Cian erhob sich.

Der Möchtegern-Mörder weinte jetzt heftig. Vielleicht vor Schmerzen, dachte Cian. Vielleicht aber auch, weil er glaubte, es wäre vorbei.

»Was warst du, bevor sie dich nahm?«

»Lehrer.«

»Hattest du eine Frau, eine Familie?«

»Sie waren nur als Nahrung zu gebrauchen. Ich war arm und schwach, aber die Königin sah mehr in mir. Sie gab mir Kraft und Willensstärke. Und wenn sie dich und diese … diese Ameisen bei dir abschlachtet, wird sie mich belohnen. Ich bekomme ein schönes Haus, alle Frauen, die ich haben möchte, Reichtum und Macht.«

»Das hat sie dir alles versprochen?«

»Das und noch mehr. Du hast doch gesagt, ich bekäme Wasser.«

»Ja, das habe ich gesagt. Ich muss dir noch etwas zu Lilith erklären.« Er trat hinter den Mann, den er die ganze Zeit über nicht nach seinem Namen gefragt hatte, und flüsterte ihm ins Ohr: »Sie lügt. Und ich auch.«

Dann schloss sich seine Hand um den Nacken des Mannes, und mit einer einzigen schnellen Bewegung brach er ihm das Genick.

»Was hast du getan?« Schockiert stürzte Moira auf ihn zu. »Was hast du getan?«

»Was getan werden musste. Sie hat nur einen geschickt – dieses Mal. Wenn dir der Anblick etwas ausmacht, lass ihn von deinen Wachen hinausbringen, bevor ich euch berichte, was er gesagt hat.«

»Du hattest nicht das Recht dazu.« Sie hätte sich am liebsten übergeben. Ihr Magen hatte vom ersten Augenblick des qualvollen Verhörs an revoltiert. »Du hast ihn ermordet. Was unterscheidet dich von ihm, nachdem du ihn ohne Prozess getötet hast?«

»Was mich von ihm unterscheidet?« Kühl zog Cian die Augenbrauen hoch. »Er war immer noch zum größten Teil ein Mensch.«

»Und das Leben bedeutet dir so wenig? So wenig?«

»Im Gegenteil.«

»Moira. Er hat Recht.« Blair trat zwischen sie. »Er hat getan, was notwendig war.«

»Wie kannst du das sagen?«

»Ich hätte genau dasselbe getan. Er war Liliths Hund, und wenn er entkommen wäre, hätte er es erneut versucht. Wenn er dich nicht bekommen hätte, dann hätte jemand anderer dran glauben müssen.«

»Ein Kriegsgefangener …«, begann Moira.

»In diesem Krieg gibt es keine Gefangenen«, unterbrach Blair sie. »Auf keiner Seite. Wenn du ihn eingesperrt hättest, hättest du Männer vom Training abziehen müssen, um ihn zu bewachen. Er war ein Mörder, ein Spion, der im Krieg hinter die Linien geschickt wurde. Und ihn größtenteils menschlich zu nennen, ist großzügig«, fügte sie mit einem Blick auf Cian hinzu. »Er wäre nie wieder ein Mensch geworden. Wenn hier ein Vampir gesessen hätte, hättest du ihn ohne zu zögern gepfählt. Das ist nichts anderes.«

Nur dass dann keine Leiche auf dem Fußboden gelegen hätte, dachte Moira.

Sie wandte sich an eine der Wachen. »Tynan, bringt die Leiche des Gefangenen weg und sorgt dafür, dass er begraben wird.«

»Majestät.«

Sie sah den Blick, den Tynan Cian zuwarf – offenbar billigte er sein Verhalten.

»Wir gehen wieder in den Salon«, fuhr sie fort. »Wir haben alle noch nichts gegessen. Du kannst uns dabei von dem Verhör berichten.«

»Er war allein«, sagte Cian, der sich nach einer Tasse Kaffee sehnte.

»Ja, das ergibt Sinn.« Blair nahm sich Eier und eine dicke Scheibe gebratenen Speck.

»Warum?«, fragte Moira Blair.

»Sie haben ein paar Halb-Vampire für die Schlacht trainiert.« Sie nickte Larkin zu. »So wie die, mit denen Larkin und ich an den Höhlen gekämpft haben, aber das kostet Zeit und Mühe. Und es ist eine ständige Anstrengung, sie unter dem Bann zu halten.«

»Und wenn er durchbrochen wird?«

»Dann werden sie wahnsinnig«, erwiderte Blair knapp. »Sie brechen völlig zusammen. Ich habe von Halb-Vampiren gehört, die sich die Hand abgefressen haben, um zurück zu ihrem Schöpfer zu gelangen.«

»Er war von vornherein dem Untergang geweiht«, murmelte Moira.

»Ja, von der Minute an, als Lilith ihn in die Finger bekommen hat. Ich nehme an, es war als Selbstmord-Aktion geplant, und warum sollte man dazu mehr als einen vergeuden? Und wenn alles klappt, braucht man auch nur einen.«

»Ja, ein Mann, ein Pfeil.« Moira überlegte. »Wenn es ihm gelungen wäre, wäre der Kreis durchbrochen worden, und Geall wäre erneut ohne Herrscher. Das wäre ein guter, effizienter Schlag gewesen.«

»Ja.«

»Aber warum hat er gewartet, bis wir wieder hier waren? Warum hat er es nicht schon am Stein versucht?«

»Er ist nicht rechtzeitig dorthin gekommen«, erwiderte Cian. »Er hat die Entfernung, die er zurücklegen musste, unterschätzt und ist erst angekommen, als alles schon vorbei war. Auf dem Rückweg warst du ständig von Menschen umringt, und da konnte er keinen Schuss abgeben. Deshalb hat er gewartet.«

»Iss etwas.« Hoyt tat Moira etwas auf den Teller. »Dann wusste Lilith also, dass Moira heute zum Stein gehen wollte?«

»Sie hat ihre Ohren überall«, bestätigte Cian. »Und wahrscheinlich hatte sie gar nicht geplant, das Ritual zu stören, bevor Blair Lora so zugerichtet hat. Sie war wütend«, sagte er. »Außer sich, wie unser verstorbener, unbeweinter Bogenschütze erklärt hat. Wie ich schon einmal sagte, ihre Beziehung zu Lora mag seltsam und kompliziert sein, aber sie ist sehr tief und aufrichtig. Und so hat sie einen Bogenschützen mit dem Pferd losgeschickt – und sie haben nur eine begrenzte Anzahl von Pferden.«

»Und wie geht es der kleinen französischen Nutte?«, fragte Blair.

»Als der Mann aufbrach, war sie noch voller Narben und schrie die ganze Zeit. Sie wurde von Lilith persönlich gepflegt.«

»Wichtiger ist jedoch«, warf Hoyt ein, »Wo ist Lora, und wo sind die anderen?«

»Unser Informant konnte zwar mit einem Bogen umgehen, war aber nicht besonders aufmerksam oder scharfsinnig. Ich konnte aus ihm nur herausbekommen, dass Liliths Hauptstützpunkt ein paar Kilometer vom Schlachtfeld entfernt liegt. Er beschrieb eine kleine Ansiedlung mit einem großen Gehöft, zu dem mehrere Cottages gehören, und einem Herrenhaus aus Stein, wo anscheinend die adlige Familie lebte, der das Land gehört. Lilith hält sich im Herrenhaus auf.«

»Ballycloon.« Larkin blickte Moira an, die ganz blass geworden war. »Das muss Ballycloon sein. Und O'Neills Land. Das war die Familie, der wir an dem Tag geholfen haben, als Blair und ich die Fallen überprüft haben und Lora sie aus dem Hinterhalt überfallen hat. Sie kamen aus der Gegend von Drombeg, und das liegt westlich von Ballycloon. Wir wären auch noch weiter nach Osten geritten, um die letzte Falle zu überprüfen, aber ...«

»Ich war verletzt«, beendete Blair seinen Satz. »Und es war ein Glück, dass wir nur so weit gekommen sind. Wenn sie an dem Tag ihren Stützpunkt schon eingerichtet hatte, wären wir rettungslos verloren gewesen.«

»Ja, und tot«, fügte Cian hinzu. »Sie sind in der Nacht vor deinem Zusammenstoß mit Lora eingezogen.«

»Da müssen noch Leute unterwegs gewesen sein.« Bei dem Gedanken daran krampfte sich Larkin der Magen zusammen. »Und auch die O'Neills selbst. Ich weiß nicht, ob sie in Sicherheit sind. Wie sollen wir wissen, wie viele ...«

»Das können wir nicht«, warf Blair mit erstickter Stimme ein.

»Du und Cian, ihr habt gesagt, wir sollten, wenn nötig, alle zwingen, wegzugehen, und anschließend alle Häuser und Cottages um das Schlachtfeld herum verbrennen, damit Lilith und ihre Armee nirgendwo Unterschlupf finden. Ich hielt es für kalt und grausam. Für herzlos. Aber jetzt ...«

»Wir können es nicht ändern. Und ich hätte nie befohlen, Häuser niederbrennen zu lassen«, sagte Moira. »Vielleicht wäre es klüger gewesen, aber die Menschen, die ihr Heim verloren hätten, hätten keine Kraft mehr zum Kämpfen gehabt. Deshalb ist es so geschehen.«

Sie hatte keinen Hunger, sondern ergriff nur ihren Becher mit Tee, um sich die Hände zu wärmen. »Blair und Cian verstehen etwas von Strategie, so wie Hoyt und Glenna etwas von Magie verstehen. Aber du und ich, Larkin, wir kennen Geall und sein Volk. Wir hätten ihnen Herz und Geist gebrochen.«

»Sie werden sowieso verbrennen, was sie nicht brauchen oder wollen«, warf Cian ein.

»Ja, aber dann halten nicht wir die Fackel in den Händen. Und das ist das Entscheidende. Wir glauben also, wir wissen, wo sie sich aufhalten. Wissen wir auch, wie viele es sind?«

»Er faselte etwas von Unzähligen, aber er hat gelogen. Er wusste es einfach nicht«, sagte Cian. »Lilith benutzt Sterbliche zwar, aber sie würde sie nie in ihren inneren Zirkel hineinlassen oder ihnen wichtige Informationen anvertrauen. Sie dienen als Nahrung, Dienstboten, Unterhaltung.«

»Wir können ja nachschauen«, erbot sich Glenna. »Da wir jetzt wissen, in welcher Gegend sie sich aufhalten, können wir ja einen Ortszauber machen, um eine Vorstellung davon zu bekommen, wie viele es sind. Wir wissen ja von Larkins Ausflug in die Höhlen, dass sie Waffen für tausend oder sogar mehr haben.«

»Wir werden nachschauen.« Hoyt legte seine Hand über Glennas. »Aber ich glaube, sie werden auf jeden Fall mehr Krieger und auch mehr Waffen haben als wir. Lilith hatte Jahrzehnte, vielleicht sogar Jahrhunderte Zeit, um sich auf diesen Moment vorzubereiten. Wir hatten nur ein paar Monate.«

»Und doch werden wir gewinnen.«

Cian zog eine Augenbraue hoch und blickte Moira an. »Weil du gut bist und sie böse sind?«

»Nein, so einfach ist es nicht. Du selbst bist ja der Beweis dafür, denn du bist weder wie sie noch wie wir, sondern etwas ganz anderes. Wir werden siegen, weil wir klüger sind, und wir werden stärker sein. Sie steht mit niemandem so eng zusammen, wie wir sechs es tun.«

Sie wandte sich an seinen Bruder. »Hoyt, du bist der Erste von uns. Du hast uns zusammengebracht.«

»Morrigan hat uns ausgewählt.«

»Sie oder das Schicksal«, stimmte Moira zu. »Aber du hast das Werk begonnen. Du hast daran geglaubt, hattest die Macht und die Stärke, diesen Kreis zu bilden. Ich regiere Geall, aber nicht diesen Zirkel.«

»Ich auch nicht.«

»Nein, keiner von uns hat die Vorherrschaft, weil wir trotz unserer Unterschiede eine Einheit bilden müssen. Ich bin bei weitem nicht die stärkste Kriegerin hier, und meine Magie ist nur ein Schatten. Ich besitze nicht Larkins Geschick und kann auch nicht kaltblütig töten. Aber ich kann Wissen und Autorität anbieten. Und jetzt muss ich bestimmte Dinge erledigen. Sobald ich kann, komme ich wieder zum Training.«

»Ganz schön königlich«, kommentierte Blair, als Moira hinausgegangen war.

»Sie trägt eine große Last.« Glenna wandte sich an Hoyt. »Was steht auf dem Plan?«

»Wir sollten versuchen, etwas vom Feind zu sehen. Und dann sollten wir weitere Schwerter mit unserem Feuerzauber belegen. Feuer ist immer noch eine unserer stärksten Waffen.«

»Bei manchen, die wir trainieren, ist es schon riskant genug, ihnen ein Schwert in die Hand zu geben«, sagte Blair. »Ganz zu schweigen von brennenden Schwertern.«

»Du hast Recht.« Hoyt nickte. »Wir müssen entscheiden, wer diese Waffen bekommt. Gute Leute müssen wir so nahe wie möglich an Liliths Stützpunkt platzieren. Sie brauchen eine Unterkunft, die nach Sonnenuntergang sicher ist.«

»Du meinst eine Kaserne. Es gibt natürlich Cottages und Hütten dort.« Larkin kniff nachdenklich die Augen zusammen. »Wenn nötig, können wir noch weitere Unterkünfte bauen lassen. Zwischen Liliths Stützpunkt und der nächsten Ansiedlung befindet sich auch ein Gasthaus.«

»Sollen wir uns das nicht mal ansehen?« Blair schob ihren Teller weg. »Du und Glenna, ihr könnt auf eure Art schauen, und Larkin und ich fliegen mal schnell vorbei. Bist du in der Stimmung für den Drachen?«

»Ja.« Er lächelte sie an. »Vor allem, wenn du mich reitest.«

»Sex, Sex, Sex. Der Mann hat nur das eine im Kopf.«

»Apropos«, warf Cian trocken ein. »Ich gehe jetzt ins Bett.«

Hoyt drückte Glennas Hand und murmelte: »Einen Moment noch.« Dann folgte er seinem Bruder.

»Ich muss mit dir sprechen.«

Cian warf ihm einen Blick zu. »Ich finde, ich habe heute Früh schon genug gesprochen.«

»Du musst noch ein bisschen mehr ertragen. Mein Zimmer liegt näher, wenn es dir nichts ausmacht. Ich hätte gerne ein Gespräch unter vier Augen.«

Hoyt trat in ein Zimmer, streckte aber sofort den Arm aus, um Cian am Eintreten zu hindern. »Die Sonne«, sagte er und zog rasch die Vorhänge zu.

Im Zimmer wurde es dunkel. Ohne nachzudenken, wies Hoyt auf einen Kerzenleuchter, und die Kerzen flammten auf.

»Das ist praktisch«, meinte Cian. »Ich bin im Anzünden ein bisschen aus der Übung.«

»Das ist eine grundlegende Fähigkeit, die du auch hättest, wenn du nur ein wenig Zeit und Mühe darauf verwenden würdest.«

»Das ist mir zu langweilig. Ist das Whiskey?« Cian trat auf eine Karaffe zu und schenkte sich ein Glas ein. »Oh, schau mich nicht so missbilligend an«, sagte er zu seinem Bruder und trank einen Schluck. »Vergiss nicht, für mich ist der Tag zu Ende.«

Er blickte sich um. »Hier riecht es nach Frau. Frauen wie Glenna lassen immer etwas zurück, damit der Mann an sie denkt.« Er ließ sich in einen Sessel fallen und streckte die Beine aus. »Nun, was musst du denn unbedingt mit mir besprechen?«

»Es gab eine Zeit, da hast du meine Gesellschaft geradezu gesucht.«

Cian zuckte gleichgültig mit den Schultern. »Wenn man sich neunhundert Jahre lang nicht sieht, wird die Zuneigung vermutlich nicht größer.«

Eine Spur von Bedauern glitt über Hoyts Gesicht, aber er wandte sich ab, um das Kaminfeuer zu schüren. »Wollen wir uns wieder streiten?«

»Das liegt an dir!«

»Ich wollte mit dir unter vier Augen über das sprechen, was du mit dem Gefangenen gemacht hast.«

»Ja, ja, ich hätte ihm den Kopf tätscheln sollen, damit man ihn vor Gericht stellen kann. Ich hätte die verdammte Genfer Konvention beachten müssen. Das ist doch Unsinn!«

»Ich weiß nichts von einer Konvention, aber in einer solchen Angelegenheit kann es in so kurzer Zeit gar keinen Gerichtsprozess geben. Das behaupte ich doch gar nicht, du Blödmann. Ich hätte nicht anders gehandelt als du – aber ich hätte es nicht so öffentlich gemacht.«

»Ach so, du hättest ihn also erst in ein Verlies werfen lassen und ihm dann ein Messer zwischen die Rippen gestoßen.« Cian zog die Augenbrauen hoch. »Und das wäre dann in Ordnung gewesen?«

»Nein. Nichts von alledem ist in Ordnung. Das Ganze ist ein verdammter Albtraum, und wir stecken alle darin. Natürlich hast du das getan, was notwendig war. Er hat versucht, Moira zu töten, die ich wie eine meiner Schwestern liebe, und er hat dich mit seinem Pfeil getroffen, und ich hätte genauso gehandelt wie du, wenn du mir nicht zuvorgekommen wärst. Ich habe nie in meinem Leben einen Menschen umgebracht, aber diesen hätte ich getötet.«

Hoyt schwieg, um Luft zu holen und seine Fassung wiederzugewinnen. »Das wollte ich dir sagen, damit du weißt, was ich empfinde. Aber ich hätte mir die Worte wahrscheinlich auch sparen können, da es dir völlig egal zu sein scheint, was ich fühle.«

Cian bewegte sich nicht. Er betrachtete den Whiskey in seinem Glas. »Deine Gefühle sind mir durchaus nicht gleichgültig, auch wenn ich mir manchmal das Gegenteil wünsche. Du hast Dinge in mir aufgewühlt, an die ich mich kaum noch erinnern kann. Du hast mir die Familie wieder ins Gedächtnis gerufen, Hoyt, als ich längst damit abgeschlossen hatte.«

Hoyt setzte sich in den Sessel gegenüber. »Aber du bist meine Familie.«

Cian blickte ihn ausdruckslos an. »Nein.«

»Vielleicht war das so vom Zeitpunkt deines Todes bis zu dem Moment, als ich dich gefunden habe, aber jetzt bist du wieder da. Und auch wenn es dir nichts bedeutet, sage ich dir doch, dass ich stolz auf dich bin. Ich weiß, dass dir die ganze Angelegenheit schwerer fällt als jedem von uns.«

»Vampire oder Menschen zu töten fällt mir aber anscheinend leichter.«

»Glaubst du, ich sehe nicht, wie dir die meisten Leute hier aus dem Weg gehen? Ich habe auch bemerkt, dass Sinann ihr Kind von dir weggerissen hat, als ob du ihm jeden Moment etwas antun wolltest. Mir entgeht nicht, wie man dich beleidigt.«

»Das spielt keine Rolle. Nein, wirklich nicht«, sagte Cian. »Für mich ist diese Zeitspanne hier ein Fingerschnipsen. Weniger. Wenn sie vorüber ist, gehe ich wieder meiner Wege, falls ich nicht einen Pflock durchs Herz bekomme.«

»Ich hoffe, dass du Glenna und mich von Zeit zu Zeit besuchen kommst.«

»Ja, das kann sein. Ich schaue sie gerne an.« Cian grinste. »Und wer weiß, vielleicht kommt sie ja irgendwann auch zu Verstand und begreift, dass sie sich den falschen Bruder ausgesucht hat. Ich habe Zeit genug.«

»Sie ist verrückt nach mir«, erwiderte Hoyt lässig. Er griff nach dem Whiskeyglas seines Bruders und genehmigte sich selbst einen Schluck.

»Verrückt muss sie auch sein, um sich mit dir einzulassen, aber Frauen sind seltsame Geschöpfe. Du hast großes Glück mit ihr, Hoyt, falls ich es noch nicht erwähnt habe.«

»Sie besitzt alle Magie.« Hoyt reichte Cian das Glas. »Ohne sie wäre ich nichts. Seit ich sie kenne, hat sich meine Welt verändert. Ich wünschte, du hättest …«

»Das ist im Buch des Schicksals für mich nicht vorgesehen. Die Dichter mögen ja behaupten, dass Liebe ewig währt, aber wenn du die Ewigkeit zur Verfügung hast und die Frau nicht, sieht die Sache anders aus.«

»Hast du jemals eine Frau geliebt?«

Cian blickte auf sein Glas und überlegte. »Nicht so, wie du es meinst. Nicht so wie du und Glenna. Aber ich habe schon genug Gefühle entwickelt, um zu wissen, dass ich diese Entscheidung nicht treffen kann.«

»Liebe ist eine Entscheidung?«

»Du kannst alles entscheiden.« Cian trank den letzten Schluck und stellte das leere Glas ab. »Und jetzt entscheide ich mich dafür, ins Bett zu gehen.«

»Du hast dich heute auch dafür entschieden, den Pfeil von Moira abzuwenden«, sagte Hoyt, als Cian sich zum Gehen wandte.

Cian blieb stehen, und als er sich umdrehte, blickten seine Augen misstrauisch. »Ja.«

»Das war eine sehr menschliche Entscheidung.«

»Ach ja?« Cian zuckte mit den Schultern. »Ich fand sie eher impulsiv – und schmerzhaft.«

Mit diesen Worten verließ er das Zimmer und machte sich auf den Weg in sein Zimmer im nördlichen Flügel des Schlosses. Impulsiv, dachte er noch einmal, und sich selbst gegenüber konnte er auch den Moment nackter Angst zugeben. Wenn er den Pfeil nur eine Sekunde später gesehen hätte oder sich einen Bruchteil später bewegt hätte, wäre sie tot gewesen.

In diesem Moment hatte er sie sterben sehen. Sie war zu Boden gesunken, und ihr Blut war über ihr moosgrünes Gewand auf die harten, grauen Steine geflossen.

Davor hatte er Angst. Er hatte Angst, sie nie mehr sehen oder berühren zu können. Mit diesem Pfeil hätte Lilith ihm beinahe noch etwas genommen, was er nie wieder zurückgewinnen konnte. Denn er hatte seinen Bruder angelogen. Obwohl er sich immer dagegen gewehrt hatte, liebte er doch eine Frau. Er liebte die frisch gekrönte Königin von Geall.

Aber es war lächerlich und unmöglich, und er würde schon darüber hinwegkommen. In zehn oder zwanzig Jahren würde er sich nicht mehr an den Farbton ihrer grauen Augen erinnern können. Der Duft, der sie umgab, würde seine Sinne nicht mehr quälen. Er würde den Klang ihrer Stimme vergessen und ihr ruhiges, ernstes Lächeln.

Solche Dinge verblassten, rief er sich ins Gedächtnis. Man musste es nur zulassen.

Er trat in sein Zimmer und verriegelte die Tür hinter sich.

Die Vorhänge waren zugezogen, und es brannte kein Licht. In dieser Hinsicht hatte Moira genaue Anweisungen erteilt, und sie hatte auch das Zimmer ganz bewusst für ihn ausgesucht, weil es nach Norden ging.

Weniger Sonnenlicht, dachte er. Eine umsichtige Gastgeberin.

Er zog sich im Dunkeln aus, und flüchtig ging ihm durch den Kopf, dass er normalerweise vor dem Einschlafen gerne Musik hörte, damit es nicht so still war.

Aber hier in dieser Zeit und an diesem Ort gab es keine CD-Player oder Radios. Nackt legte er sich ins Bett. Und in der absoluten Dunkelheit zwang er sich zum Schlafen.

4

Moira stahl sich Zeit. Sie entwischte ihren Hofdamen, ihrem Onkel, ihren Pflichten. Schon jetzt hatte sie ein schlechtes Gewissen und fürchtete, als Königin zu versagen, weil sie sich so nach Einsamkeit sehnte.

Sie hätte zu gerne zwei Tage auf Essen oder zwei Nächte auf Schlaf verzichtet, um nur eine Stunde mit ihren Büchern allein verbringen zu können. Egoistisch, sagte sie sich, als sie vor dem Lärm, den Menschen und all den Problemen davonlief. Es war egoistisch, sich um sich selbst zu kümmern, wo doch so viel auf dem Spiel stand.

Aber wenn sie sich schon nicht mit einem Buch an ein sonniges Fleckchen zurückziehen konnte, so würde sie sich jetzt zumindest die Zeit nehmen, diesen Besuch zu machen.

An dem Tag, an dem sie zur Königin gekrönt worden war, brauchte sie ihre Mutter. Deshalb raffte sie ihre Röcke und lief, so schnell sie konnte, den Hügel hinunter zu dem kleinen Tor in der Steinmauer, die den Friedhof umgab.

Sofort wurde ihr ruhiger ums Herz.

Zuerst ging sie zu dem Stein, den sie in Auftrag gegeben hatte, als sie nach Geall zurückgekehrt war. In Irland hatte sie selbst für King einen Stein auf dem Friedhof von Cians und Hoyts Vorfahren gesetzt, aber sie hatte gelobt, dies auch hier zu Ehren des Freundes tun zu wollen.

Sie legte Blumen vor den Stein und las die Worte, die sie in die polierte Oberfläche hatte eingravieren lassen.

King
Dieser tapfere Krieger liegt nicht hier
Sondern in einem fernen Land.
Er gab sein Leben für Geall
Und die gesamte Menschheit.

»Ich hoffe, der Stein und die Worte gefallen dir. Es scheint schon so lange her zu sein, seit wir uns kennengelernt haben, und dabei ist es kaum mehr als ein Wimpernschlag. Ich muss dir leider berichten, dass Cian heute verletzt worden ist, weil er mich retten wollte. Aber es geht ihm wieder ganz gut. Gestern Abend haben Cian und ich beinahe wie Freunde miteinander gesprochen. Heute aber überhaupt nicht freundlich. Es ist schwer zu verstehen.«

Sie legte eine Hand auf den Stein. »Ich bin jetzt Königin. Auch das ist schwer zu begreifen. Ich hoffe, es macht dir nichts aus, dass ich dieses Monument hier habe errichten lassen, wo meine Familie liegt. Genau das warst du nämlich für mich in der kurzen Zeit, in der wir uns gekannt haben. Familie. Ich hoffe, du ruhst jetzt in Frieden.«

Sie wandte sich zum Gehen, drehte sich aber dann noch einmal um. »Oh, ich wollte dir noch sagen, dass ich meine Linke oben halte, wie du es mir beigebracht hast.« Sie hob die Arme in einer Boxhaltung. »Damit ich nie mehr eine Faust ins Gesicht bekomme. Danke.« Dann drehte sie sich um und ging durch das hohe Gras zum Grab ihrer Eltern.

Sie legte Blumen an den Stein ihres Vaters. »Sir. Ich kann mich kaum an dich erinnern, und ich glaube, die meisten Erinnerungen, die ich an dich habe, hat Mutter mir erzählt. Sie hat dich so geliebt und oft von dir gesprochen. Du musst ein guter Mann gewesen sein, sonst hätte sie dich nicht geliebt. Und alle, die von dir sprechen, sagen, du seist stark und freundlich gewesen und hättest gerne gelacht. Ich wünschte, ich könnte mich an den Klang deines Lachens erinnern.«

Sie blickte über die Steine hinweg zu den Hügeln und den fernen Bergen. »Ich habe erfahren, dass du nicht so gestorben bist, wie wir alle geglaubt haben, sondern dass du ermordet wurdest. Du und dein jüngerer Bruder. Ermordet von den Dämonen, die auch jetzt in Geall sind und sich auf den Krieg vorbereiten. Du hast nur mich hinterlassen, und ich kann nur hoffen, dass es reicht.«

Sie kniete sich hin, um die restlichen Blumen auf das Grab ihrer Mutter zu legen. »Du fehlst mir, jeden Tag. Du weißt, dass ich weit weggehen musste, um stärker zurückzukehren. *Mathair.*«

Sie schloss die Augen, und wieder stand ihr das Bild vor Augen, deutlich wie im Leben.

»Ich habe nicht verhindern können, was man dir angetan hat, und jener Abend liegt immer noch wie hinter einem Schleier für mich. Die, die dich getötet haben, wurden bestraft, der eine durch meine eigene Hand. Mehr konnte ich nicht für dich tun. Ich kann nur kämpfen und mein Volk in die Schlacht führen. Ich trage das Schwert und die Krone von Geall und werde mich ihrer würdig erweisen.«

Sie setzte sich einen Moment und lauschte dem Wind, der durch das hohe Gras rauschte.

Als sie sich wieder erhob und in Richtung Schloss wandte, stand die Göttin Morrigan an der Steinmauer.

Sie trug ein hellblaues Gewand, das in einem dunkleren

Blau gesäumt war. Die leuchtend roten Haare fielen ihr wie Flammen über die Schultern.

Moira war das Herz schwer, als sie durch das Gras auf die Göttin zutrat.

»Mylady.«

»Majestät.«

Verwirrt über Morrigans Verneigung faltete Moira die Hände. »Verneigen Göttinnen sich vor Königinnen?«

»Natürlich. Wir haben diesen Ort geschaffen und die von deinem Blut dazu ausersehen, ihn zu regieren und ihm zu dienen. Wir sind erfreut über dich, Tochter.« Sie legte die Hände leicht auf Moiras Schultern und küsste sie auf beide Wangen. »Unsere Segenswünsche für dich.«

»Mir wäre es lieber, Ihr würdet mein Volk segnen und ihm Sicherheit gewähren.«

»Das ist deine Aufgabe. Du hast das Schwert aus der Scheide gezogen. Schon als es geschmiedet wurde, stand fest, dass es eines Tages in der Schlacht klingen würde. Und auch das ist deine Aufgabe.«

»Es wurde bereits geallisches Blut vergossen.«

Morrigans Augen waren tief und ruhig wie ein See. »Mein Kind, das Blut, das Morrigan vergossen hat, würde einen Ozean füllen.«

»Und meine Eltern sind nur Tropfen in diesem Meer?«

»Jeder Tropfen ist kostbar und dient einem bestimmten Zweck. Hebst du das Schwert nur für dein eigenes Blut?«

»Nein.« Moira drehte sich halb um und zeigte hinter sich. »Dort steht auch ein Stein für einen Freund. Auch für ihn und seine Welt kämpfe ich, und für alle Welten. Wir sind alle miteinander verbunden.«

»Es ist wichtig, das zu wissen. Wissen ist eine große Gabe, und Wissensdurst ist sogar noch größer. Benutz dein Wissen, und sie wird dich nie besiegen. Kopf und Herz, Moira. Du bist nicht geschaffen, um dem einen größeres Gewicht zu geben als dem anderen. Dein Schwert wird Funken sprühen, das verspreche ich dir, und deine Krone wird leuchten. Aber das, was du im Kopf und im Herzen behältst, ist die wahre Macht.«

»Mir scheint, ich bin voller Angst.«

»Es gibt keinen Mut ohne Angst. Vertraue und wisse. Und halte dein Schwert bereit. Sie will vor allem deinen Tod.«

»Meinen Tod? Warum?«

»Das weiß sie nicht. Wissen ist deine Macht.«

»Mylady«, begann Moira, aber Morrigan war bereits verschwunden.

Für das Festmahl musste sie ein anderes Gewand anlegen und sich wieder eine Stunde lang in die Hände ihrer Hofdamen begeben. Da sie so beschäftigt gewesen war, hatte sie die Kleidungsfrage ihrer Tante überlassen und freute sich, als sie sah, wie schön das Kleid war.

Der wasserblaue Stoff schmeichelte ihr. Sie machte sich gern hübsch zurecht, aber im Moment schien es ihr so, als müsste sie ständig etwas anderes anziehen und wäre dauernd von ihren aufgeregt schnatternden Hofdamen umgeben gewesen.

Insgeheim gestand sie sich ein, wie bequem die Jeans und die weiten Blusen gewesen waren, die sie in Irland getragen hatte. Morgen würde sie sich auch endlich wieder so anziehen wie eine Kriegerin, die sich auf die Schlacht vorbereitete, auch wenn es ihre Damen schockierte.

Heute Abend jedoch trug sie Samt und Seide und Juwelen.

»Ceara, wie geht es deinen Kindern?«

»Gut, Mylady, danke.« Ceara stand hinter Moira und flocht ihr die dicken Haare in seidige Zöpfe.

»Deine Pflichten und das Training halten dich häufiger von ihnen fern, als mir lieb ist.«

Ihre Augen begegneten sich im Spiegel. Ceara war eine vernünftige Frau, nach Moiras Überzeugung die aufmerksamste und beste ihrer drei Zofen.

»Meine Mutter versorgt sie, und sie ist glücklich darüber. Die Zeit, die ich fern von ihnen verbringe, ist gut genutzt, weil ich nicht möchte, dass ihnen etwas passiert.«

»Glenna hat mir berichtet, dass du gut im Faustkampf bist.«

»Ja, das stimmt.« Ceara verzog das Gesicht zu einem grimmigen Lächeln. »Zum Schwertkampf bin ich noch nicht ausgebildet, aber wir haben ja noch Zeit. Glenna ist eine gute Lehrerin.«

»Sie ist streng«, warf Dervil ein. »Zwar nicht so streng wie Lady Blair, aber sie verlangt auch viel von uns. Wir laufen und kämpfen jeden Tag und müssen Pflöcke schnitzen. Und jeden Abend schmerzen die Gliedmaßen, und wir haben blaue Flecken und Splitter in den Händen.«

»Besser erschöpft und voll blauer Flecken als tot.«

Bei Moiras Kommentar errötete Dervil. »Ich meinte das nicht respektlos, Majestät. Ich habe viel gelernt.«

»Und bist ein Dämon mit dem Schwert geworden, wie man mir berichtet hat. Ich bin stolz auf dich, Und du, Isleen, sollst gut mit dem Bogen umgehen können.«

»Ja«, erwiderte Isleen, die Jüngste der drei, errötend. »Das gefällt mir besser als der Kampf mit Fäusten und Füßen. Dabei schlägt Ceara mich immer nieder.«

»Wenn du immer quietschst wie eine Maus und mit den Händen flatterst, könnte dich jeder niederschlagen«, warf Ceara ein.

»Ceara ist größer, und ihre Arme sind länger als deine, Isleen«, sagte Moira. »Deshalb müsst ihr lernen, schneller und gerissener zu werden. Aber ich bin stolz auf jede Einzelne von euch. Ab morgen werde ich jeden Tag mindestens eine Stunde lang mit euch trainieren.«

»Aber, Majestät«, begann Dervil, »Ihr könnt doch nicht …«

»Doch, ich kann«, unterbrach Moira sie. »Und ich werde es auch tun. Von euch und von allen anderen Frauen erwarte ich, dass ihr euer Bestes gebt, um mich niederzustrecken. Aber ich werde es euch nicht leichtmachen.« Sie erhob sich. »Ich habe ebenfalls viel gelernt.« Sie setzte sich die Krone auf den Kopf. »Ihr könnt mir gerne glauben, dass ich euch alle drei und jeden, der noch dazukommt, überwältigen kann.«

Sie drehte sich um und stand prachtvoll in ihrem schimmernden Samtgewand vor ihnen.

»Und diejenige, der es gelingt, mich zu Boden zu werfen, bekommt eines der Silberkreuze, die Glenna und Hoyt mit einem Zauber belegt haben. Das ist mein Geschenk. Sagt es den anderen.«

Cian kam sich vor wie in einem Theaterstück. Der Prachtsaal war die Bühne, geschmückt mit Fahnen und Blumen, erleuchtet von Kerzen und dem Feuer im Kamin. Die Anwesenden waren prächtig gekleidet, und er erblickte sogar einige Männer und Frauen in den Schuhen mit den langen, nach oben gebogenen Spitzen, die zu seinen Lebzeiten modern gewesen waren.

Selbst peinliche Modestile kamen also in allen Welten vor, dachte er.

Die langen Tische bogen sich unter Speisen und Getränken, und in der Ecke sorgte ein Harfenspieler für musikalische Untermalung. Die Gespräche, die er mitbekam, drehten sich um Mode, Politik, Klatsch und Tratsch, Flirts und Finanzen.

Nicht viel anders als in seinem Nachtclub in New York, dachte er. Natürlich hatten die Frauen dort weniger an, und die Musik war lauter. Aber im Grunde hatte sich im Lauf der Jahrhunderte nicht allzu viel geändert. Die Leute trafen immer noch gerne bei Musik, Essen und Trinken zusammen.

Wieder dachte er an seinen Club und fragte sich, ob er ihn vermisste. Der Lärm, das Gedränge, das nächtliche Treiben. Nein, stellte er fest, all das fehlte ihm überhaupt nicht.

Höchstwahrscheinlich hätte es ihn in absehbarer Zeit ohnehin gelangweilt, und er hätte etwas Neues in Angriff genommen. Und so war er eben durch die Zeitreise, die Hoyt mit ihm unternommen hatte, wieder bei seinen Anfängen gelandet.

Ohne Hoyt und seine Mission von den Göttern jedoch hätte er seinen Namen und seinen Aufenthaltsort ändern und seinen Besitz transferieren müssen. Das war kompliziert und zeitaufwändig, allerdings auch interessant. Cian hatte mehr als hundert Namen und hundert Wohnsitze, aber er fand es immer noch unterhaltsam, etwas Neues zu schaffen.

Wohin wäre er dann wohl gegangen? Nach Sydney vielleicht oder nach Rio. Möglicherweise auch nach Rom oder Helsinki. Er hätte praktisch jeden Ort auf der Welt wählen können. Es gab nur wenige Orte, an denen er noch nicht gewesen war.

In seiner Welt zumindest. Mit Geall war es etwas anderes. In dieser Kultur und dieser Mode hatte er schon einmal gelebt, und er hatte eigentlich keine Lust, sich zu wiederholen. Seine Familie war ebenfalls von Adel gewesen, und solche Feste hatte er zur Genüge miterlebt.

Alles in allem wären ihm jetzt ein Cognac und ein gutes Buch wesentlich lieber gewesen.

Er hatte nicht vor, lange zu bleiben, und war nur gekommen, weil er wusste, dass sonst jemand zu ihm geschickt worden wäre. Und Hoyt hätte ihm am nächsten Tag bestimmt den Kopf gewaschen, wenn er nicht erschienen wäre.

Da war es doch einfacher, kurz aufzutauchen, der neuen

Königin zuzuprosten und sich unbemerkt wieder zu verdrücken.

Er hatte sich geweigert, die höfische Kleidung anzulegen, die auf sein Zimmer gebracht worden war. Er mochte sich hier ja im Mittelalter befinden, aber er wollte sich nicht mehr so kleiden.

Also trug er eine schwarze Hose und einen schwarzen Pullover. Anzug und Krawatte hatte er für diese Reise nicht eingepackt.

Er lächelte mit einer gewissen Herzlichkeit, als Glenna in einer smaragdgrünen Robe auf ihn zukam. Das Kleid war sehr elegant und festlich und betonte mit seinem tiefen Ausschnitt ihre hübschen Brüste.

»Na, das ist ein Anblick, den ich jeder Göttin vorziehe.«

»Ich komme mir beinahe vor wie eine.« Glenna breitete die Arme aus, um die weiten Ärmel zu präsentieren. »Es ist aber schwer, der Stoff wiegt mindestens zehn Pfund. Ich sehe, du hast dich für ein leichteres Ensemble entschieden.«

»Ich glaube, ich würde mir eher selbst einen Pflock ins Herz rammen, bevor ich mich noch einmal in so einen Aufzug quäle.«

Glenna lachte. »Ich verstehe dich ja, aber ich muss sagen, mir gefällt es, Hoyt so aufgeputzt zu sehen. Für mich – vielleicht ja auch für dich nach so langer Zeit – ist es wie ein Kostümball. Moira hat für den Hauszauberer königliches Schwarz und Gold gewählt. Es steht ihm mindestens genauso gut wie dir dein moderneres Outfit. Aber der ganze Tag kommt mir vor wie ein sehr seltsamer Traum.«

»Ich habe eben auch gedacht, es hat etwas von einer absurden Theateraufführung.«

»Ja, so ähnlich. Auf jeden Fall ist das Festmahl heute Abend eine kurze, bunte Verschnaufpause. Wir haben heute ein wenig gekundschaftet. Hoyt und ich magisch, Larkin und Blair von der Luft aus. Wir berichten dir alles, wenn …«

Sie wurde von Fanfarenklängen unterbrochen.

Moira betrat den Saal, die Schleppe ihres Gewandes floss hinter ihr her, und ihre Krone funkelte im Licht der Hunderte von Kerzen.

Sie selbst strahlte wie eine Königin.

Obwohl Cians Herz nicht mehr schlug, zog es sich in seiner Brust zusammen, und fast hätte er sie mit offenem Mund angestarrt.

Beim Essen blieb ihm nichts anderes übrig, als sich mit den anderen an den Ehrentisch zu setzen. Vorher zu verschwinden wäre eine offene Beleidigung gewesen – nicht dass es ihm allzu viel ausgemacht hätte, aber es hätte vor allem Aufmerksamkeit erregt. Also blieb er wohl oder übel da.

Moira saß am Kopfende des Tisches, flankiert von ihrem Onkel und Larkin. Neben Cian saß zum Glück Blair, eine informative und unterhaltsame Tischnachbarin.

»Lilith hat noch nichts verbrannt, was mich überrascht hat«, begann sie. »Aber wahrscheinlich ist sie viel zu sehr damit beschäftigt, ihre Fifi zu pflegen. Oh, ich habe eine Frage. Die französische Schlampe gibt es jetzt seit ungefähr vierhundert Jahren, oder? Und dich mehr als doppelt so lange. Warum sprecht ihr eigentlich beide noch mit Akzent?«

»Warum glauben eigentlich Amerikaner, dass alle so reden müssten wie sie?«

»Guter Einwand. Ist das hier Wildbret? Ich glaube, ja.« Sie aß einen Bissen. »Nicht übel.«

Sie trug ein signalrotes Kleid, das ihre starken Schultern unbedeckt ließ. Ihre glatten, kurzen Haare waren ohne Schmuck, aber an den Ohren baumelten Goldmedaillons, die fast so groß waren wie die Fäuste eines Säuglings.

»Wie hältst du eigentlich mit diesen Ohrringen den Kopf aufrecht?«

»Ich leide für die Mode«, erwiderte Blair leichthin. »Sie haben Pferde«, fuhr sie fort. »Zwei Dutzend auf verschiedenen

Weiden, und in den Ställen möglicherweise noch mehr. Wir könnten vielleicht Larkin hinschicken, damit er die Pferde freilässt. Einfach nur, um sie zu ärgern. Vielleicht kann ich ihn ja auch dazu überreden, ein bisschen Feuer zu legen. Wenn sich Vampire in den Ställen aufhalten, verbrennen sie. Wenn sie hinauslaufen, auch.«

»Guter Gedanke. Aber möglicherweise hat sie drinnen Wachen mit Pfeil und Bogen postiert.«

»Ja, daran habe ich auch schon gedacht. Ich wollte ein paar Brandpfeile hinunterschicken, um ihre Aufmerksamkeit zu erregen. Als Ziel hatte ich mir das Cottage, das der größten Weide am nächsten liegt, ausgesucht. Du kannst dir vorstellen, wie überrascht ich war, als die Pfeile in der Luft wie von einer Mauer abprallten.«

Cian kniff die Augen zusammen. »Redest du von einem Kraftfeld? Wie in *Star Trek?«*

»Genau so.« Blair stieß ihm zustimmend an die Schulter. »Ihr Zauberer, dieser Midir, hat wahrscheinlich Überstunden gemacht. Und ihr Basislager liegt wie in einer schützenden Hülle. Larkin ist tiefer geflogen, um besser sehen zu können, und wir haben beide einen Stromschlag versetzt bekommen. Das war übel.«

»Verstehe.«

»Und dann kommt der Typ auch noch selbst aus dem Haus – aus diesem Herrenhaus. Ich sage dir, der sah unheimlich aus. Flatterndes schwarzes Gewand, silbergraue Haare. Er blieb einfach da stehen und blickte zu uns hinauf, und wir zu ihm hinunter. Schließlich habe ich es kapiert. Wir kommen zwar nicht durch, aber sie auch nicht. Wenn der Schutzschild eingeschaltet ist, dann sind sie eingesperrt, so wie wir ausgesperrt sind. Das ist so gut wie eine Festung. Besser noch.«

»Sie weiß schon, wie sie die Leute, die sie sich holt, am besten nutzt«, sagte Cian.

»Sieht so aus. Ich habe also bloß ein paar ungezogene Gesten gemacht, damit es nicht so eine Zeitverschwendung war. Nachts öffnet sie den Schutzschild doch sicher, oder?«

»Wahrscheinlich. Selbst wenn sie sich Nahrung mitgebracht haben, so liegt die Jagd doch in ihrer Natur. Sie will bestimmt nicht, dass ihre Truppen unruhig werden.«

»Dann könnten wir also vielleicht einen kleinen nächtlichen Angriff planen. Irgendetwas, was sie aus der Fassung bringt. Ist das hier Haggis?« Sie zog die Nase kraus. »Ich glaube, das esse ich lieber nicht.« Sie beugte sich dichter zu Cian und senkte die Stimme. »Larkin sagt, alle reden davon, wie du mit dem Typen umgesprungen bist, der Moira hatte töten wollen. Du hast die Schlosswachen und alle Ritter hinter dir.«

»Das ist mir gleichgültig.«

»Das sollte es aber nicht. Du wirst in gewisser Hinsicht diese Armee anführen, und da spielt es eine große Rolle, ob die vorderste Front hinter dir steht oder nicht, Sir Cian.«

Er zuckte sichtlich zusammen. »Nenn mich nicht so.«

»Ich finde, es klingt gut. Was ist das Gelee-Zeug hier? Es sieht ein bisschen eklig aus.«

Cian wartete absichtlich, bis sie einen Bissen probiert hatte. »Innereien in Gelee – wahrscheinlich Schwein.«

Als Blair würgte, musste er unwillkürlich lachen.

Ein seltsames Geräusch, dachte Moira, ihn lachen zu hören. Ungewöhnlich, aber es gefiel ihr sehr. Es war ein Fehler gewesen, ihm Kleidung zu schicken. Er war zu sehr ein Geschöpf seiner eigenen Zeit – oder dessen, was zu seiner Zeit geworden war –, um sich von ihr ausstaffieren zu lassen.

Aber er war immerhin gekommen, und dessen war sie sich gar nicht so sicher gewesen. Gesprochen hatte er allerdings nicht mit ihr. Kein einziges Wort.

Er tötet für mich, dachte sie, aber er spricht nicht mit mir.

Sie würde ihn einfach aus ihren Gedanken verbannen, wie er es ja offensichtlich auch getan hatte.

Wenn nur der Abend endlich vorbei wäre. Sie wollte nur noch ins Bett und schlafen. Sie sehnte sich danach, das schwere Samtkleid abzulegen und in die Dunkelheit einzutauchen.

Aber zuerst musste sie am Mahl teilnehmen, obwohl sie gar keinen Appetit hatte. Und sie musste wenigstens so tun, als ob sie den Gesprächen lauschte, auch wenn sie am liebsten die Augen geschlossen hätte.

Sie hatte zu viel Wein getrunken, und ihr war warm. Jedes Mal, wenn einer der Ritter sein Glas auf sie erhob, musste sie lächelnd den Trinkspruch erwidern. Und es würde noch Stunden dauern, bis sie sich endlich hinlegen konnte.

So war es eine große Erleichterung, als sie verkünden konnte, dass jetzt der Tanz begann.

Von ihr wurde selbstverständlich erwartet, dass sie den Reigen eröffnete. Und sie musste feststellen, dass sie sich wohler fühlte, wenn sie sich bewegte.

Er tanzte natürlich nicht, sondern blieb an seinem Platz sitzen. Wie ein missmutiger König, dachte sie gereizt, weil sie gerne mit ihm getanzt hätte. Seine Hände auf ihren Händen, sein Blick in ihrem.

Aber er saß nur da, beobachtete die Tanzenden und trank Wein. Sie tanzte mit Larkin, ihrem Onkel und Hoyt. Und als sie wieder zum Tisch blickte, war er verschwunden.

Er brauchte frische Luft, und vor allem brauchte er die Nacht. Die Nacht war seine Zeit, und er würde sie immer suchen.

Er ging hinaus, bis die Musik vom Saal nur noch ein hell klingendes Echo war. Wolken waren vor den Mond gezogen, und es waren auch keine Sterne zu sehen. Noch vor dem Morgen würde es regnen, er konnte es schon riechen.

Unten waren die Höfe von Fackeln erhellt, und an den Toren und auf den Mauern standen Wachen.

Er hörte einen von ihnen husten und spucken, und er hörte, wie die Fahnen in einer plötzlichen Windbö schlugen. Wenn er sich anstrengte, vernahm er sogar das Piepsen der Mäuse in ihrem Nest oder das Flügelrauschen einer Fledermaus, die über ihren Köpfen kreiste.

Er konnte mehr als andere hören.

Er konnte Menschen riechen – das Salz auf der Haut und den Blutfluss darunter. Ein kleiner Teil von ihm empfand immer schmerzhaftes Verlangen nach der Jagd, danach, zu töten und zu trinken.

Dieser Geschmack von Blut in seinem Mund. Der Geschmack des schieren Lebens, den der Inhalt der Plastikbeutel niemals vermitteln konnte. Er war heiß, immer heiß, dachte er, und wärmte alle Stellen, die kalt und tot waren, und einen Moment lang regte sich neues Leben – oder zumindest die Illusion – in der Eiseskälte der Schatten.

Von Zeit zu Zeit tat es ihm gut, an diese unaussprechliche Lust zu denken, daran zu denken, was er mit seinem Willen niederkämpfte.

Die Menschen konnten das nicht nachvollziehen, noch nicht einmal Blair, die mehr als die meisten verstand.

Und doch würden sie kämpfen und sterben. Natürlich würden manche auch davonlaufen – es gab immer welche, die das taten. Manche würden auch vor Angst erstarren und einfach stehen bleiben und sich abschlachten lassen wie Kaninchen im Scheinwerferlicht.

Aber die meisten würden nicht davonlaufen, sie würden sich nicht verstecken, sie würden nicht vor Angst erstarren. In all den Jahren, in denen er Menschen leben und sterben hatte sehen, hatte er gelernt, dass sie kämpfen konnten wie Dämonen, wenn sie mit dem Rücken zur Wand standen.

Wenn sie siegten, würden sie das Ganze mit Liedern und

Geschichten romantisch verklären. Alte Männer würden am Feuer sitzen, ihre Narben zeigen und von der guten, alten Zeit erzählen.

Wieder andere würden nachts schweißgebadet aus dem Schlaf auffahren, weil sie in ihren Träumen das Entsetzen jener Schlacht noch einmal durchlebten.

Wie mochte er es als Mensch wohl empfinden, fragte er sich. Ruhmreiche Tage oder Albträume? Keines von beiden, dachte er dann, er war eben kein Mensch, und er hatte keine Zeit, sich mit Vergangenem aufzuhalten.

Wenn es Lilith gelänge, seinem Dasein ein Ende zu setzen, nun gut. Wahrer Tod war eine Erfahrung, die er bisher noch nicht gemacht hatte. Das wäre möglicherweise interessant.

Und weil er hörte, was anderen entging, vernahm er die Schritte auf der Steintreppe. Moiras Schritte, denn er kannte ihren Gang so gut wie ihren Duft.

Fast wäre er in der Dunkelheit verschwunden, aber dann verfluchte er sich wegen seiner Feigheit. Sie war doch nur eine Frau, nur ein Mensch. Mehr würde sie nie für ihn sein.

Als sie herauskam, hörte er, wie sie einen langen, tiefen Seufzer ausstieß, als ob sie gerade ein ungeheures Gewicht abgelegt hätte. Sie trat an die Brüstung, warf den Kopf zurück, schloss die Augen und atmete tief durch.

Ihr Gesicht war von der Hitze des Kaminfeuers und der Anstrengung des Tanzens gerötet, aber er sah auch die tiefen Schatten der Müdigkeit unter ihren Augen.

Jemand hatte ihre langen Haare zu dünnen, mit Goldbändern durchwirkten Zöpfen geflochten.

Er sah ihr an, wie sie plötzlich spürte, dass sie nicht allein war. Sie reckte die Schultern, und ihre Hand glitt in die Falten ihres Gewands.

»Wenn du dort einen Pflock hast, wäre es mir lieber, du würdest damit nicht auf mich zielen«, sagte Cian.

Ihre Hand sank herunter, und sie drehte sich um. »Ich habe

dich nicht gesehen. Ich wollte etwas frische Luft schnappen. Es ist so warm drinnen, und ich habe zu viel getrunken.«

»Es liegt wohl eher daran, dass du so wenig gegessen hast. Ich lasse dich in der frischen Luft alleine.«

»Ach, nein, bleib doch. Ich will ja nur einen Moment hier sein, dann kannst du die ganze Luft wieder für dich haben.« Sie legte den Kopf schräg und blickte ihn an.

»Kommst du eigentlich hier heraus, um nachzudenken? Ich bin mir nicht sicher, ob tiefe Gedanken eher Raum brauchen oder sich besser in geschlossenen Räumen denken lassen.«

Sie schwankte ein wenig und lachte, als er sie am Arm festhielt, sie jedoch gleich wieder losließ.

»Du achtest so sehr darauf, mich nicht anzufassen«, sagte sie. »Es sei denn, du rettest mir gerade das Leben. Oder gehst im Training auf mich los. Ich finde das interessant. Und du?«

»Ich nicht.«

»Nur das eine Mal«, fuhr sie fort, als hätte er gar nichts gesagt, und trat einen Schritt auf ihn zu. »Dieses eine Mal hast du mich richtig angefasst. Du hast mir die Hände auf die Schultern gelegt und deinen Mund auf meinen gesenkt. Darüber habe ich oft nachgedacht.«

Er wäre beinahe einen Schritt zurückgewichen, was ihm schrecklich peinlich war. »Ich wollte dir damit eine Lektion erteilen.«

»Ich liebe Lektionen. Willst du mir nicht noch eine erteilen?«

»Der Wein macht dich albern.« Er ärgerte sich über den steifen, aufgeblasenen Tonfall seiner eigenen Stimme. »Du solltest hineingehen und dich von deinen Hofdamen zu Bett bringen lassen.«

»Ja, er macht mich albern. Morgen wird es mir leid tun, aber das ist erst morgen, oder? Oh, was für ein Tag heute war!« Sie drehte sich langsam um die eigene Achse, sodass ihr weiter Rock schwang. »Bin ich erst heute Früh zum Stein gegangen? Ist es tatsächlich erst heute Früh gewesen? Ich habe das Gefühl, als hätte ich den Stein und das Schwert den ganzen Tag mit mir herumgeschleppt, aber jetzt lege ich sie weg. Bis morgen lege ich sie jetzt beiseite. Ich habe viel zu viel getrunken.«

Sie trat noch dichter an ihn heran, aber sein Stolz ließ nicht zu, dass er zurückwich.

»Ich hatte gehofft, dass du heute Abend mit mir tanzt. Das hatte ich gehofft, und ich habe mich gefragt, wie es wohl wäre, dich zu berühren, wenn ich nicht gerade mit dir kämpfe.«

»Ich war nicht in der Stimmung zum Tanzen.«

»Ja, du hast ja auch so viele unterschiedliche Stimmungen.« Aufmerksam musterte sie ihn, als ob er ein Buch wäre, in dem sie lesen musste. »Und ich natürlich auch. Ich war ärgerlich, als du mich das erste Mal geküsst hast. Und ein bisschen Angst hatte ich auch. Aber jetzt bin ich weder ärgerlich noch ängstlich. Du aber schon, glaube ich.«

»Mach dich nicht lächerlich.«

»Dann beweis es mir.« Sie hob ihm das Gesicht entgegen. »Erteile mir eine Lektion.«

Dafür konnte er wohl kaum verdammt werden. Außerdem war er ja schon viel früher verdammt worden. Er war nicht sanft, er war nicht zärtlich. Grob riss er sie an sich, und sie verlor fast den Boden unter den Füßen, als seine Lippen sich auf ihre senkten.

Er schmeckte den Wein und die Wärme – und einen Mutwillen, den er nicht erwartet hatte. Das war wohl sein Fehler.

Dieses Mal war sie für ihn bereit. Ihre Hände glitten in seine Haare, sie öffnete gierig den Mund. Sie schmolz nicht dahin und erbebte auch nicht unter seiner Berührung. Sie wollte mehr.

Verlangen stieg in ihm auf, ein weiterer Dämon, der ihn quälte.

Sie fragte sich, warum sie beide nicht einfach in Flammen aufgingen, so leidenschaftlich war ihr Kuss.

Wie hatte sie nur all die Jahre ohne eine solche Erfahrung leben können?

Noch als er sie losließ und zurückstieß, brannte es wie ein Fieber in ihr.

»Hast du das gespürt?«, flüsterte sie verwundert. »Hast du es auch gespürt?«

Alles in ihm sehnte sich nach mehr, darum antwortete er nicht. Er verschwand in der Dunkelheit, bevor sie Luft holen konnte.

5

Sie erwachte früh und voller Tatendrang. Den ganzen vorangegangenen Tag lang hatte sie ein Gewicht wie eine Bleikugel an ihrem Bein mitgeschleppt. Aber jetzt war die Kette zerbrochen. Es spielte keine Rolle, dass der Himmel grau war und es in Strömen regnete. In ihr war wieder Licht.

Sie schlüpfte in ihre irischen Kleider – Jeans und ein Sweatshirt. Die Zeit für festliche Zeremonien war vorbei, und sie brauchte zunächst einmal keine Rücksichten mehr zu nehmen.

Sie mochte ja Königin sein, dachte sie, während sie ihre Haare zu einem Zopf flocht, aber sie war eine berufstätige Königin. Sie war Kriegerin.

Sie stieg in ihre Stiefel und schnallte sich das Schwert um. Die Frau, die Moira im Spiegel sah, kannte und schätzte sie. Es war eine selbstbewusste, kluge Frau.

Sie drehte sich um und betrachtete ihr Zimmer. Das Gemach der Königin, dachte sie. Früher einmal war es das Heiligtum ihrer Mutter gewesen, und jetzt war es ihr Zimmer. Das Bett war breit mit blauen Samtvorhängen und schneeweißer Spitzenbettwäsche, denn ihre Mutter hatte es weich und hübsch geliebt. Die Pfosten waren dick, aus polierter geallischer Eiche, in die die Symbole Gealls eingeschnitzt waren. Auch auf den Gemälden an den Wänden waren die Hügel, Felder und Wälder Gealls zu sehen.

Auf einem Tisch neben dem Bett stand ein kleines Porträt in einem Silberrahmen. Moiras Vater hatte jede Nacht über ihre Mutter gewacht – jetzt würde er über seine Tochter wachen.

Sie blickte zu den Türen, die auf den Balkon ihrer Mutter führten. Die Vorhänge waren noch zugezogen, und sie würde es auch so belassen. Zumindest noch eine Zeit lang. Sie war noch nicht in der Lage, die Türen zu öffnen und auf die Steine hinauszutreten, wo ihre Mutter ermordet worden war.

Stattdessen dachte sie lieber an die glücklichen Stunden, die sie mit ihrer Mutter hier in diesem Zimmer verbracht hatte.

Sie ging hinaus und klopfte an die Tür von Hoyts und Glennas Zimmer. Als keine Reaktion erfolgte, bemerkte sie, wie früh es noch war. Rasch trat sie zurück und hoffte, sie hätten ihr Klopfen vielleicht gar nicht gehört.

Aber da öffnete Hoyt bereits die Tür. Er verknotete gerade den Gürtel an seinem Morgenmantel. Seine langen, dunklen Haare waren zerzaust, und er blickte sie verschlafen an.

»Oh, Entschuldigung«, stammelte Moira. »Ich habe nicht daran gedacht …«

»Ist etwas passiert? Stimmt etwas nicht?«

»Nein, nein, nichts. Ich habe nur nicht daran gedacht, wie früh es noch ist. Bitte, geh wieder ins Bett.«

Glenna tauchte hinter Hoyt auf. »Was ist los? Moira? Gibt es ein Problem?«

»Nein, nur mit meinen Manieren. Ich war schon so früh wach und habe nicht überlegt, dass andere ja vielleicht noch schlafen wollen, vor allem nach dem gestrigen Fest.«

»Es ist schon in Ordnung.« Glenna legte Hoyt die Hand auf den Arm und drängte sich an ihm vorbei. »Was wolltest du denn?«

»Ich wollte nur mit dir reden. Eigentlich wollte ich dich fragen, ob du mit mir im Wohnzimmer meiner Mutter ... in meinem Wohnzimmer mit mir frühstückst, damit ich etwas mit dir besprechen kann.«

»Gib mir zehn Minuten.«

»Bist du sicher? Es macht mir nichts aus, länger zu warten.«

»Zehn Minuten«, wiederholte Glenna.

»Danke. Ich lasse uns etwas zu essen bringen.«

»Sie scheint zu irgendetwas bereit zu sein«, meinte Hoyt, als Glenna an ihre Waschschüssel trat.

Glenna tauchte die Fingerspitzen in das Wasser und überlegte. Duschen konnte sie hier ja leider nicht, aber sie würde sich auf keinen Fall mit kaltem Wasser waschen.

Hoyt schürte das Feuer, und sie wärmten das Wasser ein wenig an. Anschließend schminkte Glenna sich ein wenig.

»Vielleicht will sie ja nur über das Training heute sprechen.« Glenna legte Ohrringe an. Sie durfte nicht vergessen, sie vor dem Training abzunehmen. »Ich habe dir doch erzählt, dass sie jeder Frau, die sie im Kampf besiegt, eins von den Kreuzen versprochen hat.«

»Es war ein geschickter Schachzug von ihr, einen Preis anzubieten, aber ich frage mich, ob unser Kreuz so am besten genutzt ist.«

»Es waren neun«, rief Glenna ihm ins Gedächtnis, während sie sich anzog. »Unsere fünf und Kings natürlich machen sechs. Dann die beiden, die wir Larkins Mutter und seiner schwangeren Schwester gegeben haben. Das neunte muss einen bestimmten Zweck haben. Vielleicht ist er das.«

»Wir werden sehen, was der Tag bringt.« Er lächelte sie an, als sie sich einen grauen Pullover über den Kopf zog. »Wie kommt es nur, *a ghrá,* dass du jeden Tag hübscher wirst?«

»Du bist von Liebe verblendet.« Sie schmiegte sich in seine Arme und warf einen sehnsüchtigen Blick auf das Bett. »Es ist so regnerisch heute Früh. Es wäre schön, noch eine Stunde mit dir zu kuscheln.« Sie küsste ihn. »Aber es sieht so aus, als müsste ich mit der Königin frühstücken.«

Wie gewöhnlich saß Moira mit einem Buch am Kamin, als Glenna eintrat. Sie lächelte der Freundin verlegen entgegen.

»Es tut mir leid, dass ich dich und deinen Mann zu so einer frühen Stunde aus dem warmen Bett gejagt habe.«

»Das Privileg einer Königin.«

Lachend wies Moira auf einen Stuhl. »Das Frühstück kommt gleich. Eines Tages, wenn die Samen gedeihen, die ich mitgebracht und eingepflanzt habe, kann ich auch mit Orangensaft aufwarten. Der Geschmack fehlt mir.«

»Ich würde töten für einen Kaffee«, gestand Glenna. »Aber in gewisser Weise tue ich das ja auch. Für Kaffee, Apfelkuchen, Fernsehen und alles Menschliche.« Sie setzte sich und musterte Moira. »Du siehst gut aus«, stellte sie fest. »Ausgeruht und, wie Hoyt sagte, bereit.«

»Das bin ich auch. Gestern hatte ich so viel im Kopf und im Herzen, dass mir alles nur schwer erschien. Das Schwert und die Krone haben meiner Mutter gehört, und ich habe sie jetzt nur, weil sie tot ist.«

»Und du hattest nicht wirklich Zeit zu trauern.«

»Nein. Und doch weiß ich, dass sie nichts anderes von mir erwartet hätte. Sie hätte nicht gewollt, dass ich mich trauernd zurückziehe. Aber ich habe natürlich auch ein wenig Angst gehabt, weil ich mich gefragt habe, was für eine Königin ich sein werde.«

Zufrieden blickte Moira an sich herunter. »Nun, jetzt weiß ich, dass ich versuchen werde, stark und kämpferisch zu sein. Ich habe keine Zeit, auf einem Thron zu sitzen und lange Reden zu halten. Politik und Protokoll müssen warten. Wir hatten unsere Zeremonie und unser Fest, und beides war auch nötig. Aber jetzt sind Schmutz und Schweiß an der Reihe.«

Sie erhob sich, als das Essen gebracht wurde. Sie redete mit dem kleinen Jungen, der noch ein wenig verschlafen wirkte, und dem Dienstmädchen, das bei ihm war.

Glenna fiel auf, wie ungezwungen sie mit ihnen sprach. Offenbar kannte sie beide mit Namen. Als sie den Tisch gedeckt hatten, dankte sie ihnen und ordnete an, dass sie und ihr Gast nicht gestört werden sollten.

Am Frühstückstisch fiel Glenna auf, dass Moira, die seit Tagen kaum einen Bissen zu sich genommen hatte, mit einem Appetit aß, der Larkin zur Ehre gereicht hätte.

»Das Wetter heute ist schrecklich zum Trainieren«, begann Moira, »und ich finde das gut. Es ist gut für die Disziplin. Ich werde zwar heute und jeden Tag bis zur Schlacht teilnehmen, aber natürlich liegt die Leitung auch weiterhin bei dir und Blair. Ich werde mich so richtig schmutzig machen.«

»Es klingt so, als ob du dich darauf freutest.«

»Ja, bei Gott, das tue ich.« Moira schaufelte sich Rührei auf den Teller. Sie hatte dem Koch beigebracht, es nach Glennas Art zuzubereiten, mit Speck und Zwiebelstückchen. »Weißt du noch, wie Larkin und ich damals durch den Tanzplatz nach Irland gekommen sind? Mit Pfeil und Bogen war ich unschlagbar, aber jeder von euch konnte mich mit Leichtigkeit umpusten.«

»Aber du bist immer wieder aufgestanden.«

»Ja, ich bin immer wieder aufgestanden. In der letzten Zeit wirft mich allerdings niemand mehr so leicht um. Und das sollen auch alle sehen.«

»Du hast ihnen ja schon gezeigt, wie du kämpfen kannst, als du den Vampir getötet hast.«

»Ja. Und jetzt zeige ich ihnen einen Soldaten. Und ich wollte noch etwas mit dir besprechen.«

»Das habe ich mir doch gedacht«, erwiderte Glenna und schenkte ihnen beiden noch Tee ein. »Raus damit.«

»Ich habe mich nie um meine Magie gekümmert. Es ist ja auch nichts Bemerkenswertes, wie du ja selbst gesehen hast. Etwas Heilkräfte und ein bisschen Macht, die von anderen, die mehr besitzen, wie Hoyt und du, leicht übertrumpft werden kann. Auch Träume. Ich habe ihre Bedeutung studiert und Bücher darüber gelesen. Und natürlich auch Bücher über Magie. Aber ich fand eigentlich immer, dass ich sie höchstens anwenden kann, um Schmerzen bei anderen ein bisschen zu lindern. Kleinigkeiten also.«

»Und jetzt?«

»Und jetzt«, erwiderte Moira und nickte, »jetzt hat sie einen Zweck, und ich brauche sie auch. Und je mehr ich weiß, was in mir steckt, desto besser kann ich es benutzen. Als ich das Schwert berührt habe, als ich meine Hand um den Knauf gelegt habe, ist die Macht in mich hineingeflossen. Das Wissen, dass es mein ist, immer schon mein war. Und die Macht ist wie ein Wind durch mich hindurchgeweht. Verstehst du?«

»Ja, absolut.«

Moira aß noch einen Bissen. »Ich habe diese Gabe vernachlässigt, weil sie mich nicht so interessiert hat. Ich wollte lesen und studieren, mit Larkin auf die Jagd gehen, ausreiten.«

»Eben die Dinge, die einer jungen Frau Spaß machen«, unterbrach Glenna sie. »Warum hättest du das nicht tun sollen? Du wusstest doch nicht, was auf dich zukam.«

»Das stimmt, aber ich frage mich, ob ich es nicht hätte wissen können, wenn ich genauer hingeschaut hätte.«

»Du hättest deine Mutter nicht retten können, Moira«, sagte Glenna sanft.

Moira blickte sie an. »Du siehst mit solcher Leichtigkeit, was ich denke.«

»Ich glaube, an deiner Stelle ginge es mir genauso. Du hättest sie nicht retten können. Und außerdem ...«

»... sollte es auch nicht sein«, beendete Moira den Satz. »Das weiß ich in meinem Herzen auch. Aber wenn ich mich mehr angestrengt hätte, hätte ich vielleicht gesehen, dass etwas auf uns zukam. So wie Blair. Ich habe in meinen Träumen auch das Schlachtfeld gesehen, aber im Gegensatz zu ihr habe ich mich nicht damit beschöftigt. Aber das ist vorbei. Ich mache mir deshalb keine Vorwürfe, weil ich ohnehin nichts mehr daran ändern kann. Ich wollte dich nur fragen, ob du mir vielleicht dabei helfen kannst, die Fähigkeiten, die ich besitze, zu entwickeln, so wie ich meine Kampffähigkeiten entwickelt habe.«

»Ja, das kann ich tun. Schrecklich gerne.«

»Danke.«

»Du brauchst dich nicht zu bedanken. Es wird harte Arbeit werden. Magie ist eine Kunst und ein Handwerk. Und es ist auch eine Gabe. Allerdings ist es gar nicht so abwegig, es mit unserem körperlichen Training zu vergleichen. Es ist auch wie, na ja, wie ein Muskel.« Glenna klopfte sich auf den Bizeps. »Man muss ihn üben und aufbauen. Und man hört nie auf zu lernen.«

»Jede Waffe, mit der ich in die Schlacht ziehe, ist eine weitere Waffe gegen den Feind.« Moira beugte den Arm. »Deshalb werde ich diesen Muskel so gut trainieren, wie ich kann. Ich möchte sie vernichten, Glenna. Und das aus vielen Gründen. Wegen meiner Eltern, wegen King und Cian«, fügte sie nach einer Pause hinzu. »Es würde ihm sicher nicht gefallen, wenn er erführe, dass ich ihn als Opfer betrachte, oder?«

»Er sieht sich selbst nicht so.«

»Nein, er weigert sich. Deshalb geht es ihm ja in gewisser Weise auch gut. Er hat seinen ... nein, ich kann nicht sagen, dass er seinen Frieden gemacht hat, weil er kein besonders friedfertiges Geschöpf ist, aber er hat sein Schicksal akzeptiert und das Beste daraus gemacht.«

»Ich glaube, du verstehst ihn sehr gut.«

Moira zögerte. Dann sagte sie: »Er hat mich wieder geküsst.«

»Oh. Oh.« Glenna blickte sie überrascht an.

»Ich habe ihn dazu gebracht.«

»Ich will ja deine magischen Kräfte nicht herabsetzen, aber ich glaube nicht, dass irgendjemand von uns Cian zu etwas bringen kann, was er nicht will.«

»Es kann sein, dass er es auch wollte, aber er hat es erst getan, als ich ihn dazu aufgefordert habe. Ich habe mir Mut angetrunken.«

»Hmm.«

»Ich war nicht richtig betrunken.« Moira lachte nervös auf. »Nur ein bisschen lockerer als sonst. Ich brauchte frische Luft und ein bisschen Ruhe, deshalb bin ich hinaus auf die Zinnen gegangen. Und da stand er.«

Sie rief sich die Szene noch einmal vor Augen. »Er hätte ja irgendwo anders hingehen können, und ich sicher auch, aber wir haben uns nun einmal dort oben getroffen. In der Nacht. Und die Musik und die Lichter waren ganz im Hintergrund.«

»Romantisch.«

»Ja. Es duftete schon nach dem Regen, der im Morgengrauen eingesetzt hat, und die dünne Mondsichel stand weiß am Himmel. Es ist etwas Geheimnisvolles um ihn, das ich ergründen will.«

»Du wärst kein Mensch, wenn du ihn nicht faszinierend fändest«, sagte Glenna.

Sie wussten beide, was sie nicht gesagt hatte. Er war kein Mensch.

»Er war so steif und förmlich mir gegenüber, und ich, ich gebe es ja zu, ich habe ihn provoziert. Andererseits überkommt mich immer so etwas, wenn ich mit ihm zusammen bin.«

Sie legte eine Hand auf ihren Bauch und ließ sie nach oben zu ihrem Herzen gleiten. »Weißt du, es ... es steigt so auf. Ich habe noch nie für einen Mann so stark empfunden. Es ist wie so ein Flattern im Bauch. Irgendetwas an ihm fasziniert mich. Er ist so ...«

»Sexy«, ergänzte Glenna.

»Ich wollte einfach wissen, ob es genauso wäre wie beim letzten Mal, als wir beide so wütend waren. Deshalb habe ich ihn aufgefordert, es noch einmal zu tun, und ein Nein habe ich nicht gelten lassen.«

Sie legte den Kopf schräg. »Weißt du, ich glaube, ich habe ihn nervös gemacht. Ihn so verwirrt zu sehen, hat mich genauso berauscht wie der Wein.«

»Gott, ja.« Glenna trank einen Schluck Tee. »Das ist eben so.«

»Und als er mich dann küsste, war es wie beim ersten Mal, nur noch stärker. Und einen Moment lang war er genauso hingerissen wie ich. Ich wusste es einfach.«

»Was erwartest du von ihm, Moira?«

»Ich weiß nicht. Vielleicht nur diese Hitze, dieses Verlangen. Ist das falsch?«

»Das kann ich nicht sagen.« Aber sie machte sich Sorgen. »Er wird dir nie mehr geben können, das musst du begreifen. Er wird nicht hier bleiben, und selbst wenn er es eine gewisse Zeit lang täte, könntest du nie mit ihm leben. Du bewegst dich auf gefährlichem Terrain.«

»Jeder Tag von heute bis Samhain ist gefährliches Terrain. Ich weiß, dass aus dir der gesunde Menschenverstand spricht, aber im Kopf und im Herzen begehre ich ihn. Ich muss erst noch ein bisschen darüber nachdenken, bevor ich den nächsten Schritt mache, aber ich weiß ganz genau, dass ich keine Angst davor habe.«

Glenna seufzte. »Es mag ja gesunder Menschenverstand sein, aber ich glaube, wenn ich an deiner Stelle wäre, würde ich meinen Rat auch nicht annehmen.«

Moira ergriff Glennas Hand. »Es hilft schon, wenn ich mit einer anderen Frau darüber reden kann, ihr sagen kann, was ich empfinde.«

In einem anderen Teil von Geall saßen in einem Haus, in das kein Lichtstrahl von außen drang, ebenfalls zwei Frauen und redeten miteinander. Für sie war der Tag vorüber, und sie nahmen ein stilles Nachtmahl zu sich.

Ganz still, weil der Mann, den sie aussaugten, sich nicht mehr wehren oder dagegen protestieren konnte.

»Du hattest Recht.« Lora lehnte sich zurück und tupfte sich mit einem Leinentuch das Blut von den Lippen. Der Mann war auf den Tisch gekettet worden, weil Lilith wollte, dass ihre Freundin sich hinsetzte und selbst aß, statt im Bett zu liegen und aus Bechern zu trinken. »Aufzustehen und jemanden zu töten war genau das, was ich gebraucht habe.«

»Siehst du.« Lilith lächelte erfreut.

Loras Gesicht war immer noch schlimm verbrannt. Das Weihwasser, das diese Schlampe von Jägerin ihr ins Gesicht geschleudert hatte, hatte schrecklichen Schaden angerichtet. Aber mittlerweile heilten die Wunden, und das gute, frische Essen würde ihr Kraft geben.

»Iss doch bitte noch ein bisschen mehr.«

»Ja, das tue ich. Du warst so gut zu mir, Lilith. Und ich habe versagt.«

»Nein, das hast du nicht. Der Plan war gut und hat auch

beinahe funktioniert. Du hast einen so hohen Preis dafür gezahlt. Ich kann es nicht ertragen, an deine Schmerzen zu denken.«

»Ohne dich wäre ich gestorben.«

Sie waren Liebhaber und Freunde, Konkurrenten und Gegner. Vier Jahrhunderte lang waren sie einander all das gewesen. Aber Loras Verletzungen hatten sie einander näher gebracht als jemals zuvor.

»Erst als du verletzt warst, wusste ich, wie sehr ich dich liebe und brauche. Komm, mein Liebling, iss noch ein wenig.«

Lora gehorchte. Sie ergriff den schlaffen Arm des Mannes und schlug ihre Eckzähne in das Handgelenk.

Vor den Verbrennungen war sie eine hübsche, junge Blondine gewesen, jetzt jedoch war ihr Gesicht wund und rot und übersät mit nur teilweise verheilten Wunden. Der verschwommene Ausdruck des Schmerzes war jedoch aus ihren blauen Augen verschwunden, und auch ihre Stimme war wieder kräftiger geworden.

»Das war wundervoll, Lilith.« Sie lehnte sich zurück. »Aber ich kann keinen Tropfen mehr zu mir nehmen.«

»Dann lasse ich abräumen, und wir setzen uns vor dem Schlafengehen noch ein wenig an den Kamin.«

Lilith läutete eine kleine, goldene Glocke und wies einen der Diener an, den Tisch abzuräumen. Die Essensreste, das wusste sie, würden wohl kaum im Abfall landen.

Sie erhob sich, um Lora zum Sofa zu geleiten, auf dem sie schon Kissen und eine Decke bereitgelegt hatte.

»Hier ist es viel komfortabler als in den Höhlen«, meinte Lilith. »Aber ich bin trotzdem froh, wenn wir hier erst wieder weg und richtig untergebracht sind.«

Sie sorgte dafür, dass Lora es bequem hatte, bevor sie sich selbst niederließ. In ihrem roten Gewand mit den aufgesteckten goldenen Haaren sah sie aus wie eine Königin. In den zweitausend Jahren seit ihrem Tod hatte ihre Schönheit nicht gelitten.

»Hast du Schmerzen?«, fragte sie Lora.

»Nein, mir geht es beinahe schon wieder gut. Es tut mir leid, dass ich mich gestern Morgen so kindisch benommen habe, als dieses Luder auf ihrem lächerlichen Drachenmann über uns hinweggeflogen ist. Allein sie zu sehen hat mich die Angst und die Qualen noch einmal spüren lassen.«

»Wir haben ihr eine ganz schöne Überraschung bereitet, was?« Lilith strich die Decke glatt und steckte sie um Lora fest. »Was meinst du, wie erschrocken sie war, als ihre Pfeile an Midirs Schutzschild abgeprallt sind. Du hattest Recht damit, dass du mich davon abgehalten hast, ihn zu töten.«

»Wenn ich ihr das nächste Mal begegne, werde ich mich nicht wie ein verängstigtes Kind weinend unter der Decke verstecken. Dann stirbt sie von meiner Hand, das schwöre ich.«

»Möchtest du sie immer noch zu einer Spielgefährtin umwandeln?«

»Nein, ich würde dieser Hure nie ein solches Geschenk machen.« Lora presste die Lippen zusammen. »Sie bekommt nur den Tod von mir.« Seufzend legte sie den Kopf auf Liliths Schulter. »Sie hätte mir ohnehin nie so viel bedeutet wie du. Ich wollte nur ein wenig Spaß mit ihr haben. Und ich habe gedacht, sie wäre vielleicht für uns beide im Bett unterhaltsam, weil in ihr so viel Energie und Gewalttätigkeit steckt. Aber ich hätte sie nie so lieben können wie dich.«

Sie hob den Kopf, und ihre Lippen trafen sich zu einem langen, sanften Kuss. »Ich gehöre dir, Lilith. Auf ewig.«

»Mein süßes Mädchen.« Lilith drückte Lora einen Kuss auf die Schläfe. »Weißt du noch, wie ich dich zum ersten Mal gesehen habe? Weinend auf den dunklen, feuchten Straßen von Paris? Ich wusste sofort, dass du zu mir gehörst.«

»Ich glaubte einen Mann zu lieben«, murmelte Lora. »Und dass er mich liebte. Dabei benutzte er mich nur und warf mich dann weg für eine andere. Ich dachte, es bräche mir das Herz. Und dann kamst du.«

»Weißt du noch, was ich zu dir gesagt habe?«

»Das werde ich nie vergessen. Du sagtest: ›Mein süßes, trauriges Kind, bist du ganz allein?‹ Und ich antwortete, mein Leben sei vorbei, am nächsten Morgen sei ich vor Kummer gestorben.«

Lilith lachte und streichelte Lora über die Haare. »Du warst so dramatisch. Wie hätte ich dir widerstehen sollen?«

»Ich konnte dir auch nicht widerstehen. Du warst so schön – wie eine Königin. Aber das bist du ja auch. Du trugst Rot, wie jetzt, und deine blonden Locken. Du nahmst mich mit zu dir nach Hause, gabst mir Brot und Wein, hast meiner traurigen Geschichte gelauscht und meine Tränen getrocknet.«

»Du warst so jung und reizend. Und du warst dir so sicher, dass dieser Mann, der dich verschmäht hatte, deine große Liebe war.«

»Jetzt kann ich mich nicht einmal mehr an sein Gesicht oder an seinen Namen erinnern.«

»Du kamst so bereitwillig in meine Arme«, murmelte Lilith. »Ich fragte dich, ob du für immer jung und schön bleiben wolltest, ob du Macht über Männer haben wolltest, und du sagtest Ja, immer wieder Ja. Und selbst als ich dich biss, schmiegtest du dich an mich und sagtest wieder: Ja, Ja.«

In Loras Augen glommen rote Flecke auf, als sie sich an jene Nacht erinnerte. »Es war ein wunderbares Gefühl.«

»Als du von mir getrunken hast, habe ich dich über alles geliebt.«

»Und als ich wieder lebte, hast du ihn mir gebracht, damit

er der Erste wäre, von dem ich mich nährte. Wir teilten ihn uns, wie so viele danach.«

»Nach Samhain werden wir alles teilen.«

Während die Vampire schliefen, stand Moira auf dem Turnierplatz. Sie war schmutzig und klatschnass. Ihre Hüfte schmerzte von einem Schlag, den sie aus Unachtsamkeit abbekommen hatte, und sie war noch völlig außer Atem von ihrem letzten Kampf.

Sie fühlte sich wundervoll.

Sie streckte die Hand aus, um Dervil beim Aufstehen zu helfen.

»Das hast du sehr gut gemacht«, lobte Moira sie. »Fast hättest du mich geschlagen.«

Dervil rieb sich über den ausladenden Busen. »Das glaube ich nicht.«

Glenna, die Hände in die Hüften gestemmt und auf dem Kopf einen breitkrempigen Lederhut, hatte die beiden beobachtet. »Doch, du bist dieses Mal länger auf den Beinen geblieben und auch schneller wieder aufgestanden.« Sie nickte Dervil zustimmend zu. »Du hast dich wirklich verbessert. Du würdest sogar schon mit einigen der Männer hier fertig werden, hat man mir gesagt.«

»Das hat sie auch schon gemacht«, rief Isleen und erntete Gelächter.

»Und ich weiß genau, was ich danach mit ihnen vorhabe«, erwiderte Dervil.

»Wenn du diese Energie in deinen nächsten Kampf steckst«, meinte Glenna, »könntest du ihn gewinnen, statt im Schlamm zu liegen. Kommt, wir machen jetzt noch Bogentraining, und dann sind wir fertig für heute.«

Die Frauen reagierten erleichtert auf die Ankündigung, dass das Training beinahe vorbei war, aber Moira hob die Hand. »Ich habe noch nicht mit Ceara gekämpft. Sie soll die Beste sein, deshalb habe ich sie mir für zuletzt aufgespart, damit ich als endgültiger Champion vom Platz gehen kann.«

»He, wie kokett! Das gefällt mir«, sagte Blair, die gerade auf den Platz kam. »Die Waffenproduktion läuft. Wir haben sie gerade entscheidend erhöht.« Sie legte den Kopf in den Nacken. »Ich kann euch sagen, der Regen fühlt sich großartig an, wenn man zwei Stunden lang in der Schmiede gearbeitet hat. Und was gibt es hier Neues?«

»Moira hat bereits mit allen Frauen gekämpft und jetzt als Letzte Ceara herausgefordert. Danach wollen wir noch ein bisschen mit Pfeil und Bogen trainieren.«

»Gut. Ich kann ja schon mal mit ein paar Frauen zu den Zielscheiben gehen, während du hier aufpasst.«

Die anderen Frauen protestierten. Alle wollten sich den letzten Kampf ansehen.

»Blutrünstig.« Blair nickte zustimmend. »Das gefällt mir auch. Na gut, meine Damen, macht ihnen Platz. Auf wen setzt du?«, fragte sie Glenna leise.

»Moira ist äußerst motiviert. Sie hat gerade sämtliche Kämpfe gewonnen, und heute würde ich auf sie setzen.«

»Ich bin für Ceara. Sie ist geschickt und hat keine Angst davor, Schläge einzustecken. Siehst du?«, fügte sie hinzu, als Ceara bäuchlings im Schlamm landete, aber sofort wieder aufsprang, um erneut anzugreifen.

Sie täuschte an, wirbelte jedoch im letzten Augenblick herum und traf Moira mit dem Fuß in den Bauch. Die Königin taumelte zurück, bewahrte aber das Gleichgewicht und wich dem nächsten Schlag aus. Sie schleuderte Ceara über die Schulter, aber als sie sich umdrehte, lag Ceara nicht flach auf dem Rücken, sondern stieß Moira mit den Füßen in den Schlamm.

Moira sprang rasch wieder auf. Ihre Augen funkelten. »Nun, dein Ruf ist nicht übertrieben, wie ich sehe.«

»Ich will den Preis«, erwiderte Ceara und umkreiste sie in der Hocke. »Nimm dich in Acht.«

»Dann hol ihn dir.«

»Guter Kampf«, kommentierte Blair. »Ceara, halt die Ellbogen oben.«

Glenna stieß Blair an. »Keine Zwischenrufe von der Tribüne.« Aber sie lächelte dabei, nicht nur, weil es ein guter, starker Kampf war, sondern weil alle Frauen schrien und die beiden anfeuerten.

Langsam wurden sie zu einer Einheit.

Moira fiel auf den Rücken, spreizte die Beine und schlug Ceara die Füße unter dem Boden weg. Aber als sie sich auf ihre Gegnerin stürzen wollte, um sie festzuhalten, bäumte Ceara sich auf und schleuderte Moira über ihren Kopf.

Mitfühlende Laute waren zu hören, als Moira krachend auf dem Boden landete. Bevor sie sich wieder aufrichten konnte, saß Ceara rittlings auf ihr, den Ellbogen an Moiras Hals und die Faust an ihr Herz gedrückt.

»Du bist tot!«

»Ja, verdammt, das bin ich. Runter von mir, du zerquetschst mir die Lunge.«

Keuchend rang Moira nach Luft und rappelte sich auf. Ceara ließ sich neben ihr in den Schlamm sinken, und die beiden musterten einander stumm.

Schließlich sagte Moira: »Du bist ein ganz schönes Luder im Kampf.«

»Dasselbe gilt für Euch, bei allem Respekt, Mylady. Ich bin völlig zerschlagen.«

Moira wischte sich mit dem Unterarm den Dreck aus dem Gesicht. »Ich war nicht mehr frisch.«

»Das stimmt, aber auch dann hätte ich Euch besiegt.«

»Ich glaube, du hast Recht. Du hast den Preis gewonnen, Ceara, und du hast ihn auf faire Weise gewonnen. Ich bin stolz darauf, von dir besiegt worden zu sein.«

Sie schüttelten einander die Hände, und Moira hielt Cearas Arm hoch. »Hier ist der Champion im Zweikampf.«

Jubelrufe ertönten, und die Frauen umarmten sich gegenseitig. Aber als Ceara Moira die Hand hinhielt, um ihr aufzuhelfen, schüttelte Moira den Kopf. »Ich bleibe hier noch ein bisschen sitzen, um wieder zu Atem zu kommen. Geh, hol deinen Bogen. Im Bogenschießen übertrifft mich keiner.«

»Nein, nie, selbst wenn wir tausend Jahre Zeit hätten. Euer Majestät?«

»Ja? O Gott, ich glaube, ich könnte eine Woche hier sitzen bleiben«, fügte Moira hinzu und rieb sich die schmerzende Hüfte.

»Ich war noch nie so stolz auf meine Königin.«

Moira lächelte still, erwiderte jedoch nichts. Unwillkürlich glitt ihr Blick zu der Stelle, wo sie am Abend zuvor mit Cian gestanden hatte. Und dort stand er, im Dämmerlicht und im Regen und blickte auf sie herunter. Selbst aus dieser Entfernung spürte sie, welche Kraft er ausstrahlte.

»Na, was gibt es da zu sehen?«, sagte sie zu sich selbst. »Ob es wohl amüsant ist, mich hier auf dem Hintern sitzen zu sehen?«

Vermutlich schon, dachte sie, und wer konnte es ihm verdenken? Sie gab wahrscheinlich ein komisches Bild ab.

»Wir beide kämpfen auch bald miteinander. Früher oder später muss das einfach sein. Und dann werden wir ja sehen, wer dir überlegen ist.«

Sie sprang auf und biss die Zähne zusammen, um nicht zu humpeln. Aufrecht und ohne einen Blick zurück ging sie weg.

6

Nachdem sie sich vom Schlamm befreit hatte, traf Moira sich mit den anderen zu einer Strategiesitzung. Sie betrat den Raum genau an dem kritischen Punkt zwischen Diskussion und Streit.

»Ich behaupte ja gar nicht, dass du es nicht kannst«, sagte Larkin gerade ungeduldig zu Blair. »Ich sage doch nur, dass Hoyt und ich es machen können.«

»Und ich habe lediglich gesagt, dass es zu dritt schneller geht.«

»Und was?«, fragte Moira.

Alle zugleich antworteten ihr. »Ich versteh kein Wort.« Sie hob die Hand. »Wenn ich richtig verstanden habe, geht es darum, schon einmal einen Stützpunkt in der Nähe des Schlachtfelds zu errichten.«

»Und am Morgen sollen schon die ersten Truppen dahinter einrücken«, ergänzte Hoyt. »Wir haben bereits die Stellen markiert, wo sie sicher untergebracht werden können. Hier«, sagte er und tippte auf die Landkarte, die auf dem Tisch ausgebreitet war. »Ein Tagesmarsch nach Osten. Und dann von dort aus noch einen Tagesmarsch weiter.«

»Tatsache ist aber, dass Lilith sich hier eingebuddelt hat.« Blair legte die Faust auf die Landkarte. »Sie hat es ausgenutzt, dass sie als Erste dort war. Wir können unsere Frontlinie im Zickzack anlegen, aber wir müssen jetzt langsam beginnen, unsere Truppen zu bewegen, und vorher müssen wir die Stützpunkte sichern. Und zwar nicht nur entlang der Strecke, sondern auch an den besten Stellen in der Nähe des Tals.«

»Das stimmt.« Nachdenklich betrachtete Moira die Landkarte. Sie mussten tagsüber von Stützpunkt zu Stützpunkt gelangen. »Larkin kann die Entfernung am schnellsten von uns allen zurücklegen – sind wir uns darin einig?«

»Ja, so wie es bis jetzt aussieht. Aber wenn wir noch andere Drachen zur Verfügung hätten …«

»Blair, ich habe dir doch gesagt, dass das nicht geht.«

»Drachen?« Moira hob erneut die Hand, um die anderen zum Schweigen zu bringen. »Wie meinst du das?«

»Wenn Larkin sich verwandelt, kann er, zumindest auf einem sehr niedrigen Level, mit den Wesen kommunizieren, zu denen er wird«, begann Blair.

»Ja. Und?«

»Wenn er also als Drache andere Drachen ruft, dann kann er doch bestimmt auch einige von ihnen überreden, ihm zu folgen – mit Reitern.«

»Es sind friedliche, sanfte Geschöpfe«, unterbrach Larkin sie. »Wir sollten sie nicht in etwas hineinziehen, wobei sie verletzt werden könnten.«

»Warte mal.« Moira lehnte sich auf ihrem Stuhl zurück. »Ginge das wirklich? Ich habe das noch nie erlebt, aber wenn es funktionieren würde, dann könnten wir natürlich sogar nachts sicher reisen. Und in der Schlacht …«

Sie brach ab, als sie Larkins Gesichtsausdruck sah. »Oh, es tut mir wirklich leid. Aber wir können uns keine Sentimentalitäten leisten. Der Drache ist ein Symbol von Geall, und Geall braucht seine Symbole. Wir bitten ja auch unser Volk, die Frauen, die jungen und die alten Leute, zu kämpfen und sich zu opfern. Wenn so etwas ginge, dann sollten wir es auch machen.«

»Ich weiß nicht, ob es geht.«

Moira wusste, wie sie mit dem störrischen Larkin umgehen musste. »Du musst es einfach versuchen, Larkin. Wir lieben unsere Pferde ja auch«, erinnerte sie ihn. »Und trotzdem reiten wir auf ihnen in die Schlacht. Und jetzt, Hoyt, würdest du mir bitte aufrichtig sagen, ob du und Larkin am besten zu zweit geht oder ob es zu dritt besser ist.«

Hoyt warf ihr einen gequälten Blick zu. »Du verlangst das Unmögliche von mir. Larkin macht sich Sorgen, dass Blair sich vielleicht noch nicht vollständig von dem Angriff erholt haben könnte.«

»Ich bin absolut in Ordnung«, beharrte Blair und boxte Larkin an den Arm. »Willst du mit mir kämpfen, um es herauszufinden, Cowboy?«

»Am Abend tun ihre Rippen immer noch weh, und die Schulter, die verletzt war, ist noch schwach.«

»Ich gebe dir gleich schwach.«

»Kinder, Kinder«, warf Glenna in leichtem Tonfall ein. »Blair ist absolut fit. Tut mir leid, mein Lieber«, sagte sie zu Larkin, »aber wir können sie wirklich nicht auf die Krankenliste setzen.«

»Es wäre am besten, wenn sie mitginge.« Hoyt warf Larkin einen mitfühlenden Blick zu. »Zu dritt brauchen wir bestimmt nicht länger als einen Tag. Die ersten Truppen können bei Tagesanbruch losgeschickt werden und es bis zum ersten Stützpunkt schaffen.«

»Ja, und wir sind immer noch zu dritt hier, um weiter alles vorzubereiten.« Moira nickte. »Das wäre das Beste. Meinst du, die ersten Truppen sollte Tynan anführen, Larkin?«

»Fragst du das, um meinen verletzten Stolz wieder aufzurichten, oder willst du wirklich meine Meinung wissen?«

»Beides.«

Unwillkürlich musste er lachen. »Ja, er wäre absolut der Richtige dafür.«

»Wir sollten jetzt anfangen.« Blair blickte in die Runde. »So schnell, wie Larkin sich durch die Luft bewegen kann, müssten wir eigentlich vor Einbruch der Dunkelheit einen, vielleicht sogar schon zwei Basislager eingerichtet haben.«

»Nehmt mit, was ihr braucht«, sagte Moira. »Ich rede mit Tynan, damit er im Morgengrauen mit den ersten Truppen aufbricht.«

»Sie wird schon auf euch warten.« Zum ersten Mal, seitdem Moira den Raum betreten hatte, ergriff Cian das Wort. »Und wenn Lilith nicht damit gerechnet hat, dann ganz bestimmt einer ihrer Ratgeber. Sie hat bestimmt Truppen im Hinterhalt postiert.«

Blair nickte. »Das habe ich mir auch schon gedacht. Deshalb sind wir auch besser zu dritt und kommen aus der Luft. Dann können sie uns kaum überraschend erwischen, aber wir sie umso besser.«

»Die beste Chance habt ihr, wenn ihr aus dieser Richtung kommt.« Er stand auf und zeigte es ihnen auf der Karte. »Zieht einen Kreis und kommt aus dem Osten oder Norden. Das dauert zwar länger, aber sie halten wahrscheinlich in der anderen Richtung Ausschau nach euch.«

»Ja, das ist ein guter Vorschlag«, sagte Blair. Nachdenklich runzelte sie die Stirn. »Du könntest Hoyt und mich ungesehen absetzen«, sagte sie zu Larkin, »und sie dann als Vogel oder sonst ein Tier, was es dort häufig gibt, auskundschaften. Wir müssen allerdings zusätzlichen Proviant mitnehmen«, fügte sie an die anderen gewandt hinzu. »Wenn er sich mehrmals verwandelt, braucht er eine Menge Treibstoff. Aber sicher ist sicher.«

»Es sollte ein kleines Tier sein«, warnte Cian Larkin. »Wenn du als Reh ankommst, schießen sie vielleicht auf dich, einfach nur zum Spaß oder als Mahlzeit. Vermutlich langweilen sie sich sowieso. Wenn das Wetter so ist wie heute, sind sie wahrscheinlich drinnen oder unter einem Schutzdach. Wir lassen uns auch nicht gerne nassregnen.«

»Okay, wir kümmern uns um alles.« Blair sprang auf. »Du kannst auch ruhig ein paar Zaubertricks mitnehmen«, sagte sie zu Hoyt.

»Sei vorsichtig.« Glenna machte sich an Hoyts Umhang zu schaffen, als sie am Tor voneinander Abschied nahmen.

»Mach dir keine Sorgen.«

»Das ist wohl unvermeidlich.« Sie legte beide Hände auf seine Schultern und blickte ihm in die Augen. »Wir waren jetzt die ganze Zeit unzertrennlich. Ich wünschte, ich könnte mitkommen.«

»Du wirst hier gebraucht.« Er berührte ihr Kreuz, dann sein eigenes. »Du wirst immer wissen, wo ich bin. In höchstens zwei Tagen bin ich wieder zurück.«

»Ja, pass auf dich auf.« Sie zog ihn an sich und küsste ihn leidenschaftlich. Ihr war das Herz schwer. »Ich liebe dich. Pass auf.«

»Ich liebe dich. Sei stark. Und jetzt geh hinein, du wirst ja ganz nass.« Aber sie wartete, bis Larkin sich schimmernd in einen Drachen verwandelt hatte und Hoyt und Blair Waffen und Proviant aufgeladen hatten. Dann kletterten sie auf den Rücken des Drachen, und Glenna blickte ihnen nach, als sie in den grauen Regendunst aufstiegen.

»Es ist schwer, die Zurückbleibende zu sein«, sagte Moira hinter ihr.

»Ja, schrecklich.« Glenna ergriff Moiras Hand. »Gib mir etwas zu tun. Am besten gehen wir hinein, damit ich dir die erste Lektion erteilen kann.« Sie gingen aufs Schloss zu. »Kannst du dich noch daran erinnern, wann du zum ersten Mal die Macht gespürt hast?«

»Nein. Es ist nichts Konkretes, wie bei Larkin, sondern eher so, dass ich manchmal Dinge wusste. Wo ein verloren gegangener Gegenstand zu finden war. Oder wo sich jemand verborgen hielt, wenn wir als Kinder Verstecken spielten. Aber es hätte genauso gut auch Glück oder gesunder Menschenverstand sein können.«

»Hatte deine Mutter die Gabe?«

»Ja, aber nur ganz sanft, wenn du weißt, was ich meine.

Eher eine Art Empathie. Unter ihren Händen ist alles gediehen. Du hast ja die Gärten hier gesehen. Sie sind ihr Werk. Wenn sie bei einer Geburt oder an einem Krankenbett war, konnte sie Trost und Erleichterung spenden. Für mich war das, was sie besaß, so eine Art Frauenmagie. Empathie, Intuition, Heilung.«

Sie traten durch den Bogengang und gingen die Treppe hinauf. »Aber seit ich begonnen habe, mit Hoyt und dir zu arbeiten, habe ich mehr gespürt. Es war wie ein Echo auf die stärkere Macht, die ihr beide besitzt. Und dann habe ich das Schwert herausgezogen.«

»Ein Auslöser vermutlich«, spekulierte Glenna. »Oder vielmehr ein Schlüssel, der die Tür zu dem öffnete, was bereits in dir war.«

Sie betrat mit Moira den Raum, in dem sie und Hoyt arbeiteten. Er unterschied sich kaum von dem Turmzimmer in Irland. Er war größer, dachte Moira, und man gelangte von hier aus auf einen der zahlreichen Balkone des Schlosses.

Aber es roch genauso, nach Kräutern, Asche und einer Mischung aus pflanzlichen und metallischen Düften. Auf Tischen und Truhen standen Glennas Kristalle. Und überall waren Schalen, Bücher und Phiolen.

An jeder Öffnung nach draußen hingen Kreuze – aus Silber, Holz, Stein und Kupfer.

»Es ist feucht und kühl hier drin«, meinte Glenna. »Machst du uns ein Feuer an?«

»Ja, natürlich.« Aber als Moira auf den großen steinernen Kamin zutreten wollte, griff Glenna lachend nach ihrer Hand.

»Nein, nicht so. Feuer ist elementar und gehört zu den grundlegenden Fertigkeiten. Um Magie ausüben zu können, benutzen wir die Elemente, die Natur. Wir respektieren sie. Zünde das Feuer von hier aus an, mit mir zusammen.«

»Ich wüsste gar nicht, wie ich das anfangen sollte.«

»Mit dir selbst. Kopf, Herz, Bauch, Knochen und Blut. Sieh das Feuer, seine Farbe und Form. Spüre die Hitze, riech den Rauch und den brennenden Torf. Nimm das aus dir heraus und lege es in den Kamin.«

Moira tat, was sie ihr gesagt hatte, und sie spürte auch, wie etwas über ihre Haut glitt, aber der Kamin blieb kalt.

»Tut mir leid.«

»Das muss es nicht. Du brauchst Zeit, Energie und Konzentration dazu. Und Glauben. Du kannst dich nicht mehr daran erinnern, wie du deine ersten Schritte getan und laufen gelernt hast. Wie oft du hingefallen und wieder aufgestanden bist. Mach jetzt deinen ersten Schritt, Moira. Streck deine rechte Hand aus. Stell dir vor, wie das Feuer in dir heiß und hell lodert. Es fließt von deinem Bauch durch dein Herz und deinen Arm bis zu den Fingerspitzen. Sieh es, spüre es und schick es, wohin du willst.«

Glennas ruhige Stimme versetzte sie beinahe in Trance, und sie spürte, wie sich die Wärme in ihr aufbaute. Und dann entstand eine kleine Flamme am Rande der Torfstücke.

»Oh! Es war wie ein Blitz, der mir durch den Kopf gefahren ist. Aber das Meiste hast du gemacht.«

»Nein, nur ein bisschen«, korrigierte Glenna sie. »Das war nur ein kleiner Schubs.«

Moira stieß die Luft aus. »Ich habe das Gefühl, im Laufschritt auf einen Berg gestiegen zu sein.«

»Mit der Zeit wird es leichter.«

Moira blickte auf das Feuer im Kamin und nickte. »Bring es mir bei.«

Nach zwei Stunden jedoch hatte Moira das Gefühl, nicht nur einen Berg bezwungen zu haben, sondern auch von einem heruntergefallen zu sein, und zwar auf den Kopf. Aber sie hatte immerhin gelernt, zwei der vier Elemente zu rufen und in gewisser Weise auch zu kontrollieren. Glenna hatte ihr eine Liste mit einfachen Zaubersprüchen und Beschwörungen gegeben, die sie an sich selbst üben sollte.

Hausaufgaben, hatte Glenna es genannt, und die Gelehrte in Moira konnte es kaum erwarten, sie anzuwenden.

Aber sie musste sich auch um andere Dinge kümmern. Daher zog sie ein förmlicheres Gewand an, setzte sich die Krone auf den Kopf und ging zu ihrem Onkel, um mit ihm über die Finanzen zu sprechen. Kriege kosteten Geld.

»Viele mussten ihre Felder unabgeerntet zurücklassen«, erklärte Riddock. »Die Vieh- und Schafherden sind sich selbst überlassen, und einige werden sicher ihre Häuser verlieren.«

»Wir helfen ihnen, sie wieder aufzubauen. Zwei Jahre lang werden wir keine Steuern erheben.«

»Moira ...«

»Die Staatskasse wird es schon aushalten, Onkel. Ich kann nicht auf Gold und Edelsteinen sitzen, während unser Volk Opfer bringt. Ich würde als Erstes die Krone von Geall einschmelzen, wenn es sein müsste. Wenn dies hier vorüber ist, will ich Land bebauen und Weideland anlegen, und der Erlös daraus wird denen zugute kommen, die gekämpft haben, oder den Familien, aus denen jemand in Gealls Diensten getötet oder verletzt wurde.«

Riddock rieb sich den Kopf.

»Und woher willst du wissen, wer gedient und wer sich versteckt hat?«

»Wir müssen es einfach glauben. Du hältst mich für naiv und weichherzig. Vielleicht bin ich das ja auch, und wenn alles vorüber ist, braucht das Volk auch eine solche Königin. Jetzt jedoch kann ich nicht naiv und weichherzig sein, weil ich von den Menschen hier alles verlangen muss. Auch von dir verlange ich viel. Du bist hier, während Fremde dein Haus in eine Kaserne verwandeln.«

»Das ist nichts.«

»Es ist sehr viel, und es wird nicht das Letzte sein, was ich von dir verlange. Oran marschiert morgen los.«

»Er hat mit mir gesprochen.« Riddocks Stimme klang stolz, wenn auch deutliche Sorge in seinen Augen stand. »Mein jüngerer Sohn ist ein Mann und muss wie ein Mann handeln.«

»Es kann ja gar nicht anders sein, da er dein Sohn ist. Aber auch hier muss die Arbeit weitergehen, auch wenn die Truppen bereits marschieren. Waffen müssen geschmiedet, Leute müssen untergebracht und verpflegt werden. Wir müssen sämtliche Mittel dazu bereitstellen. Aber ...« Sie lächelte schmallippig. »Wenn ein Kaufmann oder Handwerker zu viel Profit machen will, wird er eine Audienz bei der Königin haben.«

Riddock erwiderte ihr Lächeln. »Sehr wohl. Deine Mutter wäre stolz auf dich.«

»Das hoffe ich. Ich denke jeden Tag an sie.« Sie erhob sich, und auch er stand auf. »Ich muss jetzt zu meiner Tante gehen. Sie war so lieb und hat in den letzten Wochen die Verwaltung des Schlosses übernommen.«

»Sie liebt diese Aufgabe.«

»Ich bewundere sie dafür. Die Küche, die Wäsche, die Näharbeiten und das Saubermachen. Ich wäre rettungslos verloren ohne sie.«

»Es wird sie freuen, das zu hören. Aber sie hat mir berichtet, dass du jeden Tag zu ihr kommst und auch mit den Mädchen in der Küche und der Wäscherei sprichst. Ich habe dir ja auch empfohlen, mit den Schmieden und den Jungen, die die Pflöcke schnitzen, zu reden. Und heute hast du mit den Frauen trainiert.«

»Ich habe nie geglaubt, dass mich mein Amt nicht ausfüllt.«

»Nein, aber du brauchst auch Ruhe, Moira. Du hast Schatten unter den Augen.«

Moira notierte sich im Geiste, dass sie Glenna bitten wollte, ihr das Schminken beizubringen. »Wenn alles vorüber ist, kann ich mich noch lange genug ausruhen.«

Eine Stunde lang besprach sie mit ihrer Tante Rechnungen und Pflichten des Haushalts und richtete ein paar Worte an die Frauen, die in der Küche arbeiteten.

Als sie sich schließlich auf den Weg zum Salon machte, um ein leichtes Essen zu sich zu nehmen, hörte sie Cian lachen.

Es erleichterte sie, dass er Glenna Gesellschaft leistete, aber sie fragte sich, ob sie selbst nach diesem langen Tag noch die Energie hatte, sich mit ihm zu befassen.

Sie wollte sich schon umdrehen, rief sich dann aber ärgerlich zur Ordnung. Musste sie sich wirklich erst Mut antrinken, um sich in seiner Nähe wohl zu fühlen? Was war sie bloß für ein Feigling!

Sie straffte die Schultern und trat ein. Glenna und Cian saßen am Kamin bei Obst und Tee.

Sie wirkten so unbeschwert miteinander, dachte Moira. Ob Glenna es wohl seltsam fand, dass Cian seinem Bruder so ähnlich sah? Natürlich gab es kleine Unterschiede. Im Gegensatz zu Cian hatte Hoyt kein Grübchen im Kinn. Und Cians Gesicht war schmaler als Hoyts, und seine Haare waren kürzer.

Seine Haltung und seine Bewegungen waren selbstbewusst und anmutig. Sie beobachtete ihn gerne, gestand Moira sich ein.

Er wusste mit Sicherheit, dass sie den Raum betreten hatte. Sie hatte noch nie erlebt, dass ihn etwas unvorbereitet getroffen hatte. Trotzdem blieb er in seinem Sessel sitzen, anstatt wie die meisten Männern bei ihrem Erscheinen aufzuspringen.

Es war wie eine bewusste Nachlässigkeit, dachte sie. Und sie wünschte, sie fände sein Verhalten nicht so faszinierend.

»Störe ich?«, fragte sie und trat auf die beiden zu.

»Nein.« Glenna drehte sich lächelnd zu ihr um. »Ich habe genug für drei Personen auftragen lassen, weil ich hoffte, dass du ein wenig Zeit hättest. Cian hat mich gerade mit Geschichten aus Hoyts Kindheit unterhalten.«

»Ich lasse die Damen jetzt allein.«

»Bitte geh nicht.« Glenna legte ihm die Hand auf den Arm. »Es ist dir so gut gelungen, mich von meinen Sorgen abzulenken.«

»Wenn du es gemerkt hast, habe ich mich wahrscheinlich nicht genügend angestrengt.«

»Du hast mir eine Atempause gegönnt, und dafür danke ich dir. Wenn alles geklappt hat wie geplant, müssten sie jetzt am Stützpunkt sein. Ich möchte einmal nachschauen.« Ihre Hand war ruhig, als sie Moira Tee einschenkte. »Ich glaube, es wäre besser, wenn wir dabei alle zusammen sind.«

»Kannst du ihnen helfen, wenn …« Moira beendete den Satz nicht.

»Hoyt ist nicht der Einzige mit einer magischen Trumpfkarte im Ärmel. Aber ich kann deutlicher sehen und auch, wenn nötig, besser helfen, wenn ihr beide mitarbeitet. Ich weiß, du hattest einen langen Tag, Moira.«

»Sie gehören ja auch zu meiner Familie.«

Glenna nickte und erhob sich. »Ich habe alles Notwendige mitgebracht.« Sie holte ihre Kristallkugel, ein paar kleinere Kristalle und Kräuter und legte alles auf den Tisch zwischen ihnen. Dann nahm sie die Kette mit dem Kreuz ab und ließ es über der Kristallkugel kreisen.

»So.« Sie legte die Hände über die Kugel. »Dann wollen wir mal sehen, was los ist.«

Der Flug war elend gewesen, weil es in ganz Geall regnete. Sie waren einen weiten Bogen geflogen und fast einen Kilometer östlich von dem Hof gelandet, den sie als Stützpunkt benutzen wollten. Die Lage war bestens, von dem Land, das Lilith jetzt besetzt hielt, und dem Schlachtfeld ungefähr gleich weit entfernt.

Und aus diesem Grund war auch zu befürchten, dass Cian Recht gehabt hatte, als er sie vor einem Hinterhalt gewarnt hatte.

Die beiden Reiter stiegen vom Rücken des Drachen und luden Vorräte und Waffen ab. Es gab einige geschützte Stellen – die niedrigen Steinmauern der Felder und einige Bäume, aber es rührte sich nichts.

Der Drache verwandelte sich wieder in den Mann, und Larkin fuhr sich mit beiden Händen durch die tropfnassen Haare. »Ein ungemütlicher Tag. Habt ihr unser Ziel klar und deutlich gesehen?«

»Ja, ein zweistöckiges Cottage«, erwiderte Blair. »Drei Außengebäude, zwei Pferche. Schafe. Kein Rauch oder sonst ein Lebenszeichen, keine Pferde. Wenn sie dort sind, haben sie wahrscheinlich Wachen aufgestellt, vermutlich zwei pro Gebäude, die sich abwechseln. Sie brauchen auch etwas zu essen, also haben sie wahrscheinlich auch Gefangene. Oder sie haben sich ihr Essen im Henkelmann oder in Wasserflaschen mitgebracht.«

»Ich könnte ja mal nachschauen«, sagte Hoyt. »Aber wenn sie ihnen etwas Macht mitgegeben hat, würden sie es spüren, und uns damit auch.«

»Es ist wohl einfacher, wenn ich mich auf den Weg mache.« Larkin biss in einen Apfel. Der lange Flug hatte ihn hungrig gemacht. »Hier haben sie bestimmt keinen Schutzschild errichtet wie an ihrem Basislager, weil sie ja hoffen, ein paar von uns zu erwischen, wenn wir vorbeikommen.«

»Verwandle dich in ein kleines Tier«, rief Blair ihm ins Gedächtnis. »Cian hat das nicht ohne Grund gesagt.«

»Ja, gut.« Larkin stopfte sich einen Bissen Brot in den

Mund. »Eine Maus ist sicher klein genug, und das hat ja schon einmal funktioniert. Ich brauche dann nur länger als ein Wolf oder ein Reh.« Er nahm die Kette mit seinem Kreuz ab. »Du musst das für mich aufheben.«

»Das hasse ich.« Blair nahm das Kreuz. »Ich hasse es, wenn du ohne Schutz oder Waffe zu ihnen gehst.«

»Hab ein wenig Vertrauen.« Er umfasste ihr Gesicht und küsste sie. Dann trat er ein paar Schritte zurück, um sich in eine kleine Feldmaus zu verwandeln.

»Nicht zu fassen, dass ich sie gerade noch geküsst habe«, murmelte Blair, als die Maus ins hohe Gras huschte. Sie schloss die Hand fest um das Kreuz. »So, jetzt können wir nur noch warten.«

»Wir ergreifen besser Vorsichtsmaßnahmen. Ich schlage einen Kreis.«

Larkin war schon fast an dem ersten Außengebäude angelangt, als er den Wolf erblickte. Groß und schwarz hockte er im Gebüsch. Er achtete nicht auf die Maus, sondern beobachtete aufmerksam das Feld und die Straße nach Westen. Larkin machte trotzdem sicherheitshalber einen großen Bogen um ihn, bevor er sich unter der Tür hindurchquetschte.

In dem roh gezimmerten Stall standen zwei Pferde. Und auf dem Boden saßen zwei Vampire und vertrieben sich die Zeit mit Würfeln. Überrascht legte die Maus den Kopf schräg. Larkin hatte nicht damit gerechnet, dass Vampire spielten. Also war der Wolf ihr Ausguck, und auf ein Zeichen von ihm würden sie in Aktion treten. Aber im Moment waren sie viel zu vertieft in ihr Würfelspiel, um auf eine Maus zu achten.

An der Wand lehnten Schwerter und zwei Köcher voll mit Pfeilen. Rasch huschte Larkin zu den Bogen und nagte die Sehnen durch.

Einer der Vampire fluchte gerade, weil sein Kumpan gewonnen hatte, als das Mäuschen wieder hinauslief.

In jedem der Gebäude bot sich ihm ein ähnliches Bild, wobei der Hauptteil der Truppe sich im Cottage befand. Obwohl es nach Blut roch, sah er keinen Menschen. Im Cottage schliefen vier Vampire unter dem Dach, während fünf weitere Wache hielten.

Was immer eine Maus an Zerstörung anzurichten vermochte, tat er, und dann huschte er wieder zurück.

Hoyt und Blair waren noch immer dort, wo er sie verlassen hatte. Sie saßen auf einer feuchten Decke in einem Kreis, der leise glomm. »Ich habe fünfzehn gezählt«, berichtete Larkin. »Und einen Wolf. An ihm müssen wir ungesehen vorbeikommen, wenn wir die anderen überraschen wollen.«

»Also müssen wir leise sein.« Blair ergriff ihren Bogen. »Und so, dass er uns nicht wittert. Hoyt, kannst du mir helfen, den Wolf zu sehen, wenn Larkin mir die genaue Position sagt?«

»Natürlich sage ich dir die genaue Position«, antwortete Larkin, bevor Hoyt etwas erwidern konnte. »Von jetzt an gehen wir schließlich zusammen. Ich lasse dich auf keinen Fall allein in dieses Dämonennest.«

»Nein, auf gar keinen Fall«, sagte Hoyt zu Blair. »Aber da du am besten mit einem Bogen umgehen kannst, schießt du. Wir decken dich von den Seiten, und ich tue mein Möglichstes, damit du klare Sicht hast.«

»Es hat wohl keinen Sinn einzuwenden, dass einer schneller und leiser ist als drei? Nein? Das habe ich mir gedacht«, stellte Blair fest, als sie auf eisiges Schweigen stieß. »Dann also los.«

Sie mussten einen weiten Bogen schlagen, um nicht gesehen und gewittert zu werden. Aber als sie hinter dem Wolf angelangt waren, schüttelte Blair den Kopf. »Ich glaube, von hier hinten treffe ich das Herz nicht. Moira vielleicht, aber so gut bin ich nicht. Ich werde mehr als einen Schuss brauchen.«

Sie überlegte, wie sie es am besten anstellen sollte.

»Schieß du zuerst auf ihn«, flüsterte sie Larkin zu. »Und zwar so nahe heran, wie du kannst. Wenn er sich herumdreht, kann ich ihn erwischen. Aber wir müssen leise sein.«

Er nickte, zog einen Pfeil aus dem Köcher und spannte den Bogen. Es war ein langer Schuss für ihn, und der Winkel war schlecht, aber er zielte, so gut er konnte. Er traf den Wolf zwischen die Schulterblätter. Der Körper des Tieres zuckte herum, und Blairs Pfeil traf mitten ins Herz.

»Gute Arbeit«, sagte sie, als schwarzer Rauch von dem Aschehäufchen aufstieg.

Hoyt wollte etwas sagen, aber plötzlich hörte er Glennas Stimme in seinem Kopf so klar, als ob sie neben ihm stünde.

Hinter dir!

Er wirbelte herum. Ein zweiter Wolf setzte zum Angriff an. Hoyt wurde zu Boden geworfen, und das Tier landete auf Larkin. Einen Moment lang rangen Mann und Wolf miteinander, aber als Blair und Hoyt ihre Schwerter gezogen hatten, hatte sich Larkin bereits in einen Bären verwandelt.

Der Bär schlitzte dem Wolf mit seinen Pranken die Kehle auf, und ein Schwall Blut quoll heraus. Dann lag nur noch der Bär auf der schwarzen Asche und wurde wieder zum Menschen.

Blair sank neben ihm auf die Knie und betastete ihn voller Panik am ganzen Körper. »Hat er dich gebissen? Hat er dich gebissen?«

»Nein, nur ein bisschen angekratzt. Nicht gebissen. Puh, wie der gestunken hat!« Außer Atem rappelte sich Larkin auf und betrachtete angewidert sein blutdurchtränktes Hemd. »Der gute Jagdumhang, ganz ruiniert.« Er blickte zu Hoyt. »Ist bei dir alles in Ordnung?«

»Das hätte schiefgehen können. Aber anscheinend beobachtet uns Glenna. Ich habe sie plötzlich in meinem Kopf gehört.« Hoyt streckte die Hand aus, um Larkin aufzuhelfen. »Wenn du das weiterhin trägst, riechen sie uns schon von weitem. Du musst … warte mal.« Er lächelte grimmig. »Ich habe eine Idee.«

Der schwarze Wolf hockte hinter den Ställen über der blutigen Gestalt und stieß ein Geheul aus. Sofort öffnete ein mit einer Streitaxt bewaffneter Vampir die Tür.

»Was haben wir denn hier?« Er blickte über seine Schulter. »Einer der Wölfe hat uns ein Geschenk gebracht.«

Hoyt, der mit dem Gesicht nach unten hing, stöhnte leise.

»Er lebt noch. Wir schaffen ihn hinein, schließlich müssen wir ihn ja nicht mit den anderen teilen, oder? Ich könnte zur Abwechslung mal was Frisches vertragen.«

Sie kamen heraus, und der zweite Vampir grinste den Wolf an. »Gutes Hündchen. Lass uns bloß …«

Er zerbarst zu Asche, als Blair ihm den Pflock von hinten durchs Herz stieß. Der zweite hatte noch nicht einmal Zeit, seine Streitaxt zu heben, so schnell war Hoyt aufgesprungen und hatte ihm mit dem Schwert den Kopf abgeschlagen.

»Ja, gutes Hündchen«, äffte Blair den Vampir nach und wuschelte Larkins durchs Fell. »Ich würde sagen, das hat so gut geklappt, dass wir das beim nächsten Schuppen auch versuchen.«

Auch beim zweiten Gebäude hatten sie Erfolg, aber beim dritten kam nur ein Vampir heraus. Er blickte sich so verstohlen um, dass seine Absicht, die unerwartete Mahlzeit für sich selbst behalten zu wollen, deutlich zu erkennen war. Als er Hoyt umdrehte, stieß ihm die »Mahlzeit« einen Pflock durchs Herz.

Mit Handzeichen signalisierte Blair, dass sie als Erste hineingehen wollte und Hoyt sie decken sollte.

Rasch und leise, dachte sie, als sie in den Schuppen schlüpfte. Der andere Vampir hatte es sich mit Decken gemütlich gemacht und hielt ein Mittagsschläfchen.

Er schnarchte sogar.

Blair musste sich richtig zusammenreißen, damit sie nicht aussprach, was ihr auf der Zunge lag, sondern ihm einfach nur den Pflock ins Herz stieß.

Sie stieß die Luft aus. »Ich will mich ja nicht beklagen, aber das hier ist beinahe peinlich und auch ein bisschen langweilig.«

»Bist du enttäuscht, dass wir nicht um unser Leben kämpfen müssen?«, fragte Hoyt.

»Ja, ein bisschen schon.«

»Mach dir nichts draus.« Larkin kam herein und blickte sich um. »Im Cottage sind neun Vampire, da sind wir klar in der Minderzahl.«

»Ah, danke, Liebling. Du weißt doch immer, womit du mich aufheitern kannst. Dann wollen wir doch mal loslegen.«

Hinter einem Wassertrog versteckt musterten Blair und Hoyt das Cottage. Die Nummer mit dem verwundeten Mann und dem Wolf würde hier nicht funktionieren, und die Alternative, auf die sie sich geeinigt hatten, war riskant.

»Er hat sich schon so oft verwandelt«, murmelt Blair. »Das kostet ihn zu viel Kraft.«

»Er hat vier Honigkuchen gegessen.«

Blair nickte. Hoffentlich reichte das. Aber da landete der Drache schon auf dem Strohdach der Kate. Larkin erschien, nahm seinen Pflock und gab ihnen ein Zeichen, bevor er sich herunterschwang, um durch eines der Fenster im ersten Stock zu schauen.

Anscheinend konnte er auch ohne Verwandlung klettern wie ein Affe, dachte Blair. Larkin hob vier Finger.

»Vier oben, fünf unten.« Sie hockte sich hin. »Fertig?«

Geduckt rannten sie zur Tür. Blair zählte bis zehn, und dann trat sie die Tür ein.

Mit der Streitaxt, die sie dem ersten Vampir abgenommen hatte, enthauptete sie den Vampir, der rechts von ihr auftauchte, und benutzte dann den Griff, um ein Schwert abzuwehren. Aus dem Augenwinkel sah sie einen Feuerball in Hoyts Hand, und jemand schrie.

Von oben fielen Larkin und ein Vampir hart auf den Fußboden. Sie versuchte, sich zu ihm durchzukämpfen, erhielt aber einen Schlag in ihre noch nicht ganz verheilten Rippen, der so schmerzhaft und heftig war, dass sie gegen einen Tisch taumelte, der unter ihrem Gewicht zusammenbrach.

Mit dem zersplitterten Tischbein pfählte sie den Vampir, der auf sie zusprang, und erledigte damit auch gleich noch einen weiteren, der sich von hinten auf Hoyt stürzen wollte. Sie verfehlte jedoch das Herz und fluchte atemlos.

Hoyt trat nach hinten aus, und als der Vampir zu Boden sank, schlug ihm Larkin den Kopf ab.

»Wie viele?«, schrie Blair. »Wie viele?«

»Ich habe zwei erledigt«, sagte Hoyt.

»Vier, bei den Göttern!« Larkin grinste, packte aber besorgt nach Blairs Arm. »Ist es schlimm?«

»Er hat mir in die Rippen getreten. Ich habe nur zwei erwischt. Einer fehlt noch.«

»Er ist oben durchs Fenster abgehauen. Komm, bleib sitzen. Dein Arm blutet auch.«

»Mist.« Sie blickte an sich herunter und sah die klaffende Wunde, die sie gar nicht bemerkt hatte. »Mist. Deine Nase blutet auch. Hoyt?«

»Nur ein paar Kratzer.« Er trat humpelnd auf sie zu. »Ich glaube nicht, dass wir uns wegen dem einen, der weggelaufen ist, allzu große Sorgen machen müssen. Aber ich mache trotzdem einen Zauber, um jede Einladung abzuwehren. Lass mich mal nach deinem Arm schauen.«

»Zuerst den Zauber.« Sie zog die Luft durch die Zähne und blickte Larkin an. »Vier also?«

»Zwei haben sich anscheinend gerade gepaart und waren deshalb abgelenkt, als ich durchs Fenster kam. Deshalb habe ich sie beide mit einem einzigen Schlag erwischt.«

»Dann zählen sie aber nur für einen.«

»O nein, so ist es nicht!« Er befestigte den provisorischen Verband um ihren Arm und wischte sich das Blut unter der Nase weg. »Jesus, habe ich einen Hunger!«

Blair musste unwillkürlich lachen, und trotz ihrer schmerzenden Rippen schlang sie die Arme um ihn, um ihn zu küssen.

»Es geht ihnen gut.« Glenna stieß zitternd die Luft aus. »Sie sind ein wenig angeschlagen, ein bisschen blutig, aber ansonsten in Ordnung. Und sie sind in Sicherheit. Entschuldigung. Aber ihnen so zuzusehen, ohne helfen zu können … Ich glaube, ich bekomme mal kurz einen Nervenzusammenbruch.«

Sie schlug die Hände vors Gesicht und weinte.

7

Cian ergriff die Flucht und überließ es Moira, Glenna zu trösten. Seiner Erfahrung nach konnten Frauen am besten mit den Tränen anderer Frauen umgehen. Er hatte auf das, was sie in der Kristallkugel gesehen hatten, nicht mit Angst oder Erleichterung reagiert, sondern war einfach nur frustriert gewesen.

Er hatte tatenlos zusehen müssen, während andere kämpften. Er saß gemütlich in diesem blöden Salon mit Frauen und Teetassen wie ein alter Großvater.

Zwar war das Training für ihn ganz unterhaltsam gewesen, aber er hatte keinen guten Kampf mehr gehabt, seitdem er Irland verlassen hatte. Und noch länger hatte er keine Frau mehr gehabt. Zwei äußerst befriedigende Arten, Spannungen abzubauen, waren ihm verwehrt geblieben oder verwehrte er sich selbst.

Kein Wunder, dass diese grauen Augen ihn so aus der Fassung brachten.

Er könnte natürlich ein Dienstmädchen verführen, aber das gab nur Komplikationen und war wahrscheinlich Zeit und Mühe nicht wert. Und richtig kämpfen konnte er ja wohl auch nicht mit einem der Menschen in seiner Umgebung.

Wenn er jetzt auf die Jagd ginge, könnte er sicher ein paar von Liliths Soldaten ausschalten, aber er hatte eigentlich keine Lust, bei dem strömenden Regen unterwegs zu sein.

In seiner eigenen Zeit, seiner eigenen Welt hatte er zumindest Arbeit, die ihn beschäftigt hielt. Auch Frauen natürlich, wenn er wollte, aber vor allem eine Beschäftigung, um die endlose Zeit auszufüllen.

Da er diese Möglichkeit hier nicht hatte, zog er sich auf sein Zimmer zurück. Er aß etwas und ging dann zu Bett.

Und träumte davon, Menschen zu jagen – was er seit Jahrzehnten nicht mehr geträumt hatte.

Ihr starker, salziger Geruch stieg ihm in die Nase, und das verführerische Parfüm weckte sein Verlangen.

Sie war nur eine Hure in den Gassen Londons. Aber sie war jung und hübsch, was ihm sagte, dass sie ihrem Gewerbe noch nicht allzu lange nachging. Der Duft von Sex umgab sie, und er wusste, dass sie in jener Nacht schon ein paar Kupfermünzen verdient hatte.

Er hörte Musik und grölendes, betrunkenes Gelächter aus irgendeiner Kneipe. Eine Kutsche, die über das Pflaster rumpelte. Alles weit entfernt – für menschliche Ohren viel zu weit entfernt. Und vor allem zu weit entfernt für sie, falls sie versuchte wegzulaufen.

Sie eilte durch den dicken, gelben Nebel und blickte sich von Zeit zu Zeit nervös um, weil sie seine Schritte hörte.

Der Geruch ihrer Angst berauschte ihn – er war so frisch, so lebendig.

Es war leicht, sie einzuholen, ihr den Mund zuzuhalten, damit sie nicht aufschrie. Er spürte den rasend schnellen Schlag ihres Herzens, als er die Hand darauf legte.

Amüsiert sah er, wie sie ihn musterte – sein junges, gut aussehendes Gesicht, die teure Kleidung – und auf einmal ganz kokett wurde.

»Sir, Ihr erschreckt ein armes Mädchen. Ich hielt Euch für einen Räuber.«

»Nein, nichts dergleichen.« Sein kultivierter Akzent stand in starkem Kontrast zu ihrem breiten Cockney. »Ich suche nur ein wenig Trost und bin bereit, Euren Preis zu zahlen.«

Kichernd nannte sie eine Summe, die mindestens doppelt so hoch war wie ihre übliches Salär. »Dafür musst du mir aber schon etwas bieten.«

»Es tut mir leid, dass ich von so einem eleganten, gut aussehenden Gentleman Geld verlangen muss, aber ich muss meinen Lebensunterhalt verdienen. Ich habe ein Zimmer hier in der Nähe.«

»Das brauchen wir nicht.«

»Oh!« Sie lachte, als er ihr die Röcke hochschob. »Also hier, auf der Straße?«

Mit seiner freien Hand zerrte er ihr Mieder herunter, sodass er ihre Brust umfassen konnte. Er musste spüren, wie ihr Herz schlug. Er drang in sie ein und stieß so heftig zu, dass ihre nackten Hinterbacken gegen die Steinmauer der Gasse klatschten. Und er sah den Schock und die Überraschung in ihren Augen, weil er ihr Lust verschaffen konnte.

Ihr Herzschlag wurde schneller, und sie atmete keuchend. Er ließ sie kommen – eine kleine Geste – und zeigte ihr erst dann seine Reißzähne.

Sie schrie – ein kurzer, hoher Laut, der abbrach, als er seine Zähne in ihren Hals schlug. Ihr Körper zuckte zusammen, was ihm einen äußerst befriedigenden Orgasmus verschaffte, während er ihr Blut trank.

Der Herzschlag unter seiner Hand wurde langsamer und hörte schließlich ganz auf.

Gesättigt und befriedigt ließ er sie auf dem Pflaster bei den Ratten zurück. Das Geld, das sie verlangt hatte, warf er neben sie. Er schlenderte davon und wurde vom gelben Nebel verschluckt.

Fluchend erwachte er im Hier und Jetzt. Die Traumerinnerung hatte lange unterdrückte Gelüste und Leidenschaften geweckt. Fast konnte er ihr Blut in seiner Kehle schmecken, und er zitterte am ganzen Leib wie ein Süchtiger auf Entzug.

Er zwang sich aufzustehen und das Tierblut zu trinken, das er sich als Ersatz für Menschenblut gestattete.

Es wird dich nie befriedigen. Es wird dich nie erfüllen. Warum kämpfst du gegen das an, was du bist?

»Lilith«, sagte er leise. Er erkannte die Stimme in seinem Kopf und verstand jetzt, wer ihm den Traum geschickt hatte.

War es überhaupt eine Erinnerung gewesen? Jetzt, im Wachen, kam ihm die Szene falsch vor, wie ein Theaterstück, in das er hineingeraten war. Andererseits hatte er durchaus Huren in dunklen Gassen getötet. Es waren so viele gewesen, wer konnte sich schon an die Details erinnern?

Lilith erschien in der Dunkelheit. An ihrem Hals, ihren Ohren und Handgelenken, selbst in ihren üppigen Haaren glitzerten Diamanten. Sie trug ein königsblaues Gewand, das am Saum mit Zobel besetzt war. Der tiefe Ausschnitt betonte ihre prachtvollen Brüste. Sie hatte sich für diesen illusionären Besuch große Mühe mit ihrer Kleidung gegeben, dachte Cian.

»Da ist ja mein hübscher Junge«, murmelte sie. »Aber du wirkst angespannt und müde. Na, das ist ja auch kein Wunder bei deinen Unternehmungen.« Scherzhaft drohte sie ihm mit dem Finger. »Ungezogener Junge. Aber ich gebe mir selbst die Schuld. Ich habe mich am Anfang zu wenig um dich kümmern können, und jetzt ist der Schaden nicht mehr zu beheben.«

»Du hast mich verlassen«, erwiderte Cian. Obwohl er das Licht nicht brauchte, zündete er Kerzen an. Dann schenkte er sich einen Whiskey ein. »Du hast mich getötet und verwandelt, mich auf meinen Bruder angesetzt und mich dann am Fuß der Klippen liegen lassen.«

»Wohin du dich von ihm hattest werfen lassen. Aber du warst jung und voreilig. Was hätte ich schon tun können?« Sie zog ihren Ausschnitt herunter, um ihm die Narbe des Pentagramms zu zeigen. »Er hat mich verbrannt. Mich gebrandmarkt. Ich konnte dir nicht helfen.«

»Und später? Die Tage, Monate und Jahre danach?« Seltsam, dachte er, dass ihn diese Wunde immer noch schmerzte. Er war sich vorgekommen wie ein Kind, das von seiner Mutter abgelehnt wurde. »Du hast mich geschaffen, Lilith, und mich dann einfach zurückgelassen.«

»Du hast Recht. Du hast ja Recht. Ich kann dir nicht widersprechen.« Sie durchquerte das Zimmer, und der weite Saum ihres Gewandes schwang durch einen Tisch. »Ich habe mich nicht um dich gekümmert, mein geliebter Junge, und es ist eine Schande, dass ich meinen Zorn auf deinen Bruder an dir ausgelassen habe.«

Ihre schönen, blauen Augen funkelten vor Vergnügen. »Aber du bist ja auch alleine ganz gut zurechtgekommen – zumindest im Anfang. Kannst du dir meinen Schock vorstellen, als Lora mir sagte, die Gerüchte seien wahr, du habest das Jagen aufgegeben? Oh, sie lässt dich übrigens grüßen.«

»Ach ja? Ich nehme an, sie ist im Moment ein besonders hübscher Anblick.«

Liliths Lächeln erlosch, und in ihre Augen trat eine Spur von Rot. »Gib Acht, was du sagst, sonst reiße ich, wenn die Zeit gekommen ist, nicht nur diese verdammte Dämonenjägerin in Stücke.«

»Glaubst du, das schaffst du?« Er setzte sich auf einen Sessel. »Ich würde ja mit dir wetten, aber du könntest deinen Einsatz nicht bezahlen, weil du am Ende nur noch ein Häufchen Asche sein wirst.«

»Ich habe im Rauch gesehen, wie es ausgeht.« Sie trat zu ihm und beugte sich über ihn – so real, dass er sie beinahe riechen konnte. »Diese Welt wird brennen. Ich brauche sie nicht. Jeder Mensch auf dieser albernen Insel wird geschlachtet und schreiend in seinem eigenen Blut ertrinken. Dein Bruder und sein Zirkel werden auf die allerschrecklichste Weise sterben. Ich habe es gesehen.«

»Dein Zauberer würde dir kaum etwas anderes zeigen«, erwiderte Cian achselzuckend. »Warst du immer schon so leicht zu beeindrucken?«

»Er zeigt mir die *Wahrheit!*« Wütend wandte sie sich ab. »Warum hältst du an diesem zum Scheitern verurteilten Unternehmen fest? Warum bekämpfst du diejenige, die dir das größte Geschenk gemacht hat? Ich kam hierher, um dir einen Pakt anzubieten – eine persönliche Vereinbarung, nur zwischen dir und mir. Wenn du dich zurückziehst, mein Liebling, dann verzeihe ich dir. Wenn du dich jedoch zurückziehst und zu mir kommst, verzeihe ich dir nicht nur, sondern du hast auch jeden Tag einen Platz an meiner Seite. Alles, wonach es dich jemals verlangt hat, werde ich dir zu Füßen legen – als Buße dafür, dass ich dich verlassen habe, als du mich brauchtest.«

»Ich brauche also nur in meine Zeit und meine Welt zurückzukehren, und alles ist vergessen?«

»Ich gebe dir mein Wort darauf. Aber wenn du zu mir kommst, gebe ich dir noch viel, viel mehr«, schnurrte sie und umfasste ihre Brüste mit den Händen. »Weißt du noch, wie es in jener Nacht zwischen uns war? Die Funken, die Hitze?«

Er beobachtete, wie ihre Hände über ihren Körper glitten. »Ich erinnere mich noch sehr gut.«

»Das können wir wieder haben und noch viel mehr. Du wirst ein Prinz an meinem Hof sein. Und du wirst als General Armeen führen, statt mit den Menschen durch den Schlamm zu kriechen. Du darfst dir deine Welten und all ihre Freuden aussuchen. Eine Ewigkeit voll erfüllter Wünsche.«

»Ich meine mich erinnern zu können, dass du mir schon einmal Ähnliches versprochen hast. Und dann war ich allein, verletzt und verwirrt, noch voller Friedhofserde.«

»Aber jetzt zeige ich dir meine Reue. Komm jetzt, komm. Du gehörst nicht hierher, Cian. Du gehörst zu uns.«

»Interessant.« Er tippte mit dem Finger an seinen Becher. »Ich soll mich also nur auf dein Wort verlassen, dass du mich belohnen wirst, statt mich zu foltern und zu vernichten?«

»Warum sollte ich meine eigene Schöpfung zerstören?«, erwiderte sie. »Und dann auch noch jemanden, der sich als starker Krieger erwiesen hat?«

»Aus Hass natürlich, und weil dein Wort genauso ein Trug ist wie dein Erscheinen hier. Aber ich verspreche dir auch etwas, Lilith, und mein Wort ist so hart und klar wie diese Diamanten, die du trägst. Ich komme zu dir, Lilith, und ich werde dich vernichten.«

Er ergriff ein Messer und ritzte sich die Handfläche auf. »Ich schwöre es dir bei meinem Blut. Als Letztes wirst du mein Gesicht sehen.«

Mit wutverzerrter Stimme stieß sie hervor: »Du hast dich selbst verdammt.«

»Nein«, murmelte er, als ihre Gestalt verschwunden war. »Du hast mich verdammt.«

Es war mitten in der Nacht, und er konnte nicht mehr schlafen.

Wenigstens konnte er um diese Uhrzeit überall herumlaufen, ohne ständig auf Diener, Höflinge oder Wachen zu stoßen. Er hatte genug von Gesellschaft – ob nun Menschen oder Vampire. Und doch brauchte er Ablenkung und Bewegung, um den bitteren Nachgeschmack des Traums und des Besuchs, der darauf gefolgt war, loszuwerden.

Er bewunderte die fantasievolle Architektur des Schlosses und die märchenhafte Atmosphäre. Natürlich war es nicht als Festung, sondern eher als großzügige Behausung gebaut worden. Zu einer Königin passte es ganz sicher. Schließlich hatte bis zu Liliths Ankunft in Geall Frieden geherrscht, und das Hauptaugenmerk hatte auf Kunst und Kultur gelegen.

In der Stille der Nacht konnte er in aller Ruhe die Kunstwerke bewundern – die Gemälde und Wandteppiche, die Wandbilder und Schnitzereien. Er konnte den Duft der Treibhauspflanzen genießen oder in der Bibliothek die Regale erkunden.

Geall war als Land eher geschaffen für Kunst, Bücher und Musik als für Krieg und Waffenproduktion. Und genau diesen Ort hatten Götter wie Dämonen erkoren für diesen verdammten Krieg.

Die Bibliothek war eine stille Kathedrale der Bücher. Er hatte schon einige Zeit dort verbracht und es interessant und unterhaltsam gefunden, dass die Inhalte der Bücher sich gar nicht so sehr von denen unterschieden, die zu seinen Lebzeiten geschrieben worden waren.

Ob Geall wohl, wenn es überlebte, seinen eigenen Shakespeare, Yeats oder seine eigene Austen hervorbringen würde? Ob es wohl eine geallische Version von Monet oder Degas gäbe?

Ein faszinierender Gedanke.

In dieser Nacht jedoch war er zu unruhig und gereizt, um zu lesen, deshalb machte er sich auf den Weg zu den Räumen, die er noch nicht erforscht hatte.

Er kam durch ein Zimmer, das früher einmal ein Empfangssalon gewesen sein mochte, jetzt aber als Waffenkammer diente. Er nahm ein Schwert in die Hand, prüfte dessen Gewicht, seine Ausgewogenheit, die Schärfe seiner Klinge. Gealls Handwerker mochten sich früher hauptsächlich mit den schönen Künsten befasst haben, aber sie verstanden sich darauf, ein Schwert zu schmieden.

Die Zeit würde zeigen, ob das ausreichte.

Ziellos bog er auf dem Gang ab und betrat ein Musikzimmer.

Eine vergoldete Harfe lehnte elegant in einer Ecke. In einem Gestell daneben hing ihre kleinere Verwandte, genauso geformt wie eine traditionelle irische Harfe. Auch ein Monochord gab es, dessen Klangkasten mit hübschen Schnitzereien verziert war.

Müßig zupfte er an der Saite und stellte erfreut fest, dass es hell und klar klang.

Er drehte an der Kurbel einer Drehleier, und als der Bogen über die Saiten glitt, ertönte eine klagende Musik wie von einem Dudelsack.

Er sah Lauten und Flöten, alle wunderschön gearbeitet. Es war ein schönes Zimmer, mit bequemen Sitzgelegenheiten und einem hübschen Kamin aus dem Marmor der Gegend, angenehm für Musiker wie Musikliebhaber.

Dann entdeckte er die Viella. Er hob sie hoch. Ihr Körper war länger als der einer Violine, die daraus entstanden war, und hatte fünf Saiten. Als die Instrumente populär gewesen waren, hatte er kein Interesse an Musik gehabt. Nein, da hatte er lieber Huren in Gassen umgebracht.

Aber wenn man die Ewigkeit vor sich hat, braucht man

Hobbys und Ziele, mit denen man sich jahrelang beschäftigen kann.

Cian setzte sich, stellte die Viella auf seinen Schoß und begann zu spielen.

Alles fiel ihm wieder ein, die Noten, die Töne, und es beruhigte ihn so, wie es nur die Musik vermochte. Das Rauschen des Regens bildete den Hintergrund, und er ließ sich von der Musik verzaubern. Wenn er nicht so versunken gewesen wäre, hätte sie sich ihm nie unbemerkt nähern können.

Sie hatte das leise Schluchzen der Musik gehört, als sie selbst auf ihrem nächtlichen Rundgang durch das Schloss unterwegs war. Sie war ihr gefolgt, und jetzt stand sie wie gebannt in der Tür und lauschte den Klängen.

So sieht er also aus, wenn er im Frieden mit sich ist und nicht nur so tut, dachte Moira. So hatte er vermutlich ausgesehen, bevor Lilith ihn genommen hatte, ein wenig verträumt, ein wenig traurig, ein wenig verloren.

Alleine saß er da und suchte Trost in der Musik, und alles, was sie für ihn zu empfinden begann, kam in ihr hervor. Sie wünschte sich Glennas Geschick mit Farben oder Kreide, um ihn so malen zu können. So, wie ihn nur wenige jemals gesehen hatten.

Er hatte die Augen geschlossen, und auf seinem Gesicht zeichnete sich eine Mischung aus Melancholie und Zufriedenheit ab. Seine langen, schlanken Finger entlockten dem Instrument wehmütige Klänge.

Plötzlich hörte er so abrupt auf, dass sie einen leisen Protestschrei ausstieß. Mit der Kerze in der Hand trat sie auf ihn zu. »Oh, bitte, spiel doch weiter. Es war so schön.«

Lieber hätte er geduldet, sie wäre mit einem Messer auf ihn losgegangen, als dass sie ihn so süß und unschuldig anlächelte. Sie trug ein weißes Nachtgewand, und ihre offenen Haare fielen ihr über die Schultern. Im Kerzenschein wirkte ihr Gesicht weich und geheimnisvoll.

»Die Böden sind zu kalt für nackte Füße«, sagte er nur und erhob sich, um das Instrument wegzustellen.

Der verträumte Gesichtsausdruck war verschwunden, und er blickte sie kühl an. Frustriert stellte Moira die Kerze ab. »Es sind ja meine Füße. Du hast mir nie gesagt, dass du spielen kannst.«

»Es gibt vieles, was ich dir nie gesagt habe.«

»Ich bin leider gar nicht musikalisch, zur Verzweiflung meiner Mutter und jedes Musiklehrers, den sie engagiert hat. Egal, welches Instrument man mir in die Hand drückt, am Ende klingen sie alle wie eine Katze, der man auf den Schwanz tritt.«

Sie fuhr mit den Fingern über die Saiten. »In deinen Händen klang es wie verzaubert.«

»Ich hatte mehr Jahre Zeit, es zu lernen, als du auf der Welt bist. Viele Jahre mehr.«

Sie blickte ihn an. »Das ist sicher richtig, aber deswegen ist die Kunst doch nicht geringer. Du hast ein Talent. Warum nimmst du denn das Kompliment nicht einfach an?«

»Euer Majestät.« Er verneigte sich tief. »Ihr ehrt meine armseligen Bemühungen.«

»Ach, scheiß darauf«, fuhr sie ihn, und er musste unwillkürlich lachen. »Ich weiß nicht, warum du dir immer etwas Neues einfallen lässt, um mich zu beleidigen.«

»Ein Hobby muss man ja schließlich haben. Ich wünsche gute Nacht.«

»Warum? Das ist doch deine Zeit, und du willst doch gar nicht ins Bett. Ich kann nicht schlafen. Irgendetwas Kaltes.« Sie verschränkte die Arme und erschauerte. »Etwas Kaltes in der Luft hat mich geweckt.« Sie bemerkte sofort, dass sich sein Gesichtsausdruck veränderte. »Was ist? Weißt du etwas? Ist irgendetwas passiert? Larkin ...«

»Damit hat es nichts zu tun. Soweit ich weiß, sind er und die anderen wohlauf.«

»Was dann?«

Er zögerte einen Moment lang. Sein eigenes Verlangen, von ihr wegzukommen, musste warten. Er durfte ihr die Ereignisse nicht vorenthalten. »Hier drin ist es zu kalt für nächtliche Geständnisse.«

»Dann mache ich Feuer.« Sie trat an den Kamin und ergriff die Zunderschachtel, die dort lag. »In dem bemalten Schrank dort befindet sich immer Whiskey. Ich hätte gerne einen.«

Sie musste sich nicht umdrehen, um zu wissen, dass er sarkastisch die Augenbrauen hochzog, bevor er ihrem Wunsch nachkam.

»Hat deine Mutter dir nicht beigebracht, dass es für dich unschicklich ist, mitten in der Nacht mit einem Mann Whiskey trinkend am Kamin zu sitzen, vor allem, wenn der Mann gar kein Mann ist?«

»Über Schicklichkeit mache ich mir im Moment keine Gedanken.« Sie hockte sich hin und wartete, bis der Torf Feuer gefangen hatte. Dann setzte sie sich in einen Sessel und streckte die Hand nach dem Becher mit Whiskey aus. »Danke.« Sie trank einen Schluck. »Heute Abend ist etwas passiert. Wenn es Geall betrifft, muss ich es wissen.«

»Es betrifft mich.«

»Es hatte etwas mit Lilith zu tun. Ich dachte zuerst, es läge an meinen eigenen Ängsten, aber es war mehr als das. Ich habe einmal von ihr geträumt, das heißt, es war mehr als ein Traum. Du hast mich damals aufgeweckt.«

Und er war hinterher so nett zu ihr gewesen, dachte sie. Widerwillig zwar, aber trotzdem nett.

»Es war so etwas in der Art«, fuhr sie fort, »aber ich habe nicht geträumt. Ich spürte nur …«

Sie brach ab, und ihre Augen weiteten sich. »Nein, ich habe es nicht nur gespürt. Ich habe dich reden hören. Ich habe deine Stimme in meinem Kopf gehört, und es war kalt.

Ich werde dich vernichten, hast du gesagt. Ich habe dich ganz deutlich sprechen hören. Als ich aufwachte, dachte ich, ich würde erfrieren, wenn du mit solcher Kälte mit mir sprächest.«

Und sie hatte das Gefühl gehabt, aufstehen zu müssen, dachte sie. Und dann war sie seiner Musik gefolgt. »Wer war es?«

Das Rätsel, wie sie ihn in ihren Träumen sprechen hören konnte, würde er später lösen, dachte er. »Lilith.«

»Ja.« Moira blickte geistesabwesend ins Feuer und rieb sich über die Arme. »Ich wusste es. Es war etwas Dunkles in der Kälte, und das warst nicht du.«

»Warst du dir so sicher?«

»Du hast einen anderen … Farbton«, erklärte sie. »Lilith ist schwarz. Pechschwarz. Du, na ja, hell bist du auch nicht gerade. Bei dir es grau und blau. Zwielicht.«

»Was ist das? Siehst du die Aura?«

Bei seinem kühl-amüsierten Tonfall stieg ihr die Röte ins Gesicht. »So sehe ich es eben manchmal. Glenna hat gesagt, ich soll daran arbeiten. Sie ist rot und golden, wie ihre Haare – falls es dich interessiert. War das mit Lilith ein Traum?«

»Nein. Aber sie hat mir einen Traum geschickt, der vielleicht eine Erinnerung war. Eine Hure, die ich in einer schmutzigen Londoner Gasse gefickt und getötet habe.« Er trank einen Schluck. »Wenn es nicht genau diese war, dann war es eine andere. Ich habe so viele gefickt und getötet, dass es kaum eine Rolle spielt.«

Moira blickte ihn unverwandt an. »Du glaubst, dass mich das schockt. Du sagst es absichtlich so, um etwas Grausames zwischen uns zu stellen.«

»Zwischen uns ist eine Menge Grausamkeit.«

»Was du vor der Nacht auf der Lichtung in Irland getan hast, als du mir zum ersten Mal das Leben gerettet hast, steht nicht zwischen uns. Es liegt hinter dir. Glaubst du, ich wäre so naiv, nicht zu wissen, dass du alle möglichen Frauen hattest und auch alle möglichen Frauen umgebracht hast? Du beleidigst mich damit nur.«

»Ich verstehe dich nicht.« Normalerweise ging er den Dingen nach, die er nicht verstand, weil auch das zum Überleben notwendig war.

»Das liegt doch sicher nicht an mir, oder? Ich drücke mich meistens verständlich aus. Sie hat dir den Traum, wahr oder nicht, geschickt, um dich zu beunruhigen.«

»Zu beunruhigen«, wiederholte er und wandte sich zum Feuer. »Du bist ein seltsames Geschöpf. Der Traum hat mich erregt. Und er hat mich, in Ermangelung eines besseren Ausdrucks, nervös gemacht. Das war ihre Absicht, und es ist ihr gelungen.«

»Und sie hat einen wunden Punkt bei dir getroffen und ist dir erschienen. Wie Lora bei Blair.«

Er drehte sich zu ihr um. »Ich bekam eine seit Jahrhunderten überfällige Entschuldigung, weil sie mich damals im Stich gelassen hat, nur wenige Tage nach der Verwandlung und dem Tode nahe, weil Hoyt mich von einer Klippe gestoßen hat.«

»Vielleicht ist Verspätung relativ, angesichts der Dauer eurer Existenz.«

Er lachte laut auf. »Ja, du bist wirklich ein seltsames Geschöpf. Und witzig dazu. Sie hat mir einen Handel angeboten. Willst du ihn hören?«

»Ja, es interessiert mich sehr.«

»Ich muss euch vor Samhain nur verlassen. Wenn ich das tue, sind sie und ich sozusagen quitt. Aber noch besser gefiele es ihr, wenn ich euch verließe und in ihr Lager wechselte. Dann will sie mich reich belohnen, mit allem, was ich mir nur wünsche. Und ich bekomme einen Platz an ihrer Seite. Auch in ihrem Bett.«

Moira schürzte die Lippen und trank noch einen Schluck Whiskey. »Wenn du das glaubst, bist du naiver als ich.«

»Ich war nie so naiv wie du.«

»Nein? Nun, wer von uns war denn wohl naiv genug, sich mit einem Vampir einzulassen und sich von ihm beißen zu lassen?«

»Ha. Ein Punkt für dich. Aber du warst auch nie ein geiler, junger Mann.«

»Und Frauen haben ja kein Interesse an fleischlichen Dingen. Wir sitzen viel lieber brav in der Ecke, sticken und beten.«

Cians Mundwinkel zuckten. Er schüttelte den Kopf. »Noch ein Punkt für dich. Jedenfalls, da ich schon lange kein geiler, junger Mann mehr bin und auch nicht der leiseste Hauch von Naivität in mir steckt, ist mir völlig klar, dass Lilith mich sofort einsperren und foltern würde. Sie könnte mich ewig am Leben halten und mir dabei unsägliche Schmerzen zufügen.«

Angeregt durch das Gespräch mit Moira überlegte er. »Oder sie würde ihr Versprechen – hinsichtlich Sex und anderen Belohnungen – halten, solange es ihr in den Kram passte. Sie wüsste ja, dass ich ihr zumindest bis Samhain nützlich sein könnte.«

Moira nickte zustimmend. »Sie würde mit dir schlafen, dich mit Geschenken überhäufen, dir eine hohe Position geben. Und wenn alles vorüber wäre, würde sie dich einsperren und foltern.«

»Genau. Aber ich habe nicht die Absicht, mich bis in alle Ewigkeit foltert zu lassen oder ihr zu nützen. Sie hat einen guten Mann getötet, für den ich Zuneigung empfunden habe. Und zumindest für King soll sie mir büßen.«

»Deine Weigerung hat ihr bestimmt missfallen.«

Er warf ihr einen Blick zu. »Du bist heute Nacht die Königin der Untertreibung.«

»Und als Meisterin der Intuition behaupte ich, dass du ihr erklärt hast, du würdest sie eigenhändig vernichten.«

»Ich schwor es bei meinem Blut. Dramatisch«, sagte er und blickte auf den fast verheilten Schnitt in seiner Handfläche. »Aber ich kam mir ziemlich theatralisch dabei vor.«

»Ich finde es bezeichnend, dass du so leichthin darüber redest. Du brauchst ihren Tod von deiner Hand mehr, als du zugibst. Sie versteht das nicht, und sie versteht auch dich nicht. Du willst nicht nur Vergeltung, sondern etwas abschließen.« Als er schwieg, fuhr sie fort: »Findest du es seltsam, dass ich dich besser verstehe als sie? Dass ich dich besser kenne, als sie es jemals vermag?«

»Ich glaube, dein Verstand arbeitet unablässig«, erwiderte er. »Ich höre ihn förmlich rattern. Es überrascht mich kaum, dass du in letzter Zeit nicht gut schläfst, bei all dem Lärm in deinem Kopf.«

»Ich habe Angst.« Er kniff die Augen zusammen, aber sie wandte den Blick ab. »Angst zu sterben, bevor ich wirklich gelebt habe. Angst, meinem Volk, meiner Familie, euch und den anderen gegenüber zu versagen. Wenn ich so wie heute Nacht diese Kälte und Dunkelheit spüre, weiß ich, was aus Geall würde, wenn sie die Schlacht gewinnt. Es wäre leer und schwarz, verbrannt und öde. Und der Gedanke macht mir solche Angst, dass ich nicht schlafen kann.«

»Dann muss die Antwort lauten, dass sie nicht siegen darf.«

»Ja, das muss die Antwort sein.« Sie stellte den Becher mit Whiskey beiseite. »Du musst es auch Glenna erzählen. Zwischen uns darf es keine Geheimnisse geben.«

»Wenn ich es ihr nicht erzähle, wirst du es tun.«

»Natürlich. Aber es sollte trotzdem von dir kommen. Und du darfst gerne jedes der Instrumente spielen, wann immer du möchtest. Du kannst sie auch mit auf dein Zimmer nehmen, wenn du dabei lieber allein wärst.«

»Danke.«

Lächelnd erhob sie sich. »Ich glaube, ich kann jetzt ein bisschen schlafen. Gute Nacht.«

Sie nahm ihre Kerze und ging hinaus. Und er blieb noch Stunden in dem vom Kaminfeuer erhellten Raum sitzen.

In der frühen, regengrauen Dämmerung stand Moira bei Tynan, der mit einigen handverlesenen Soldaten zum Abmarsch bereit war.

»Ihr werdet ganz schön nass werden.«

Tynan lächelte sie an. »Regen ist gut für die Seele.«

»Dann müssen nach diesen letzten Tagen unsere Seelen ja äußerst gesund sein. In diesem Regen können sie unterwegs sein, Tynan.« Sie fuhr mit dem Finger leicht über das Kreuz, das auf seinem Brustpanzer aufgemalt war. »Ich habe schon überlegt, ob wir nicht lieber warten sollten, bis es aufklart.«

Tynan schüttelte den Kopf. »Mylady, die Männer sind bereit. Weiteres Zuwarten würde nur die Moral schwächen und an ihren Nerven zerren. Sie brauchen Bewegung, und wenn es nur ein langer Tagesmarsch im Regen ist. Wir sind ja kampferprobt«, fuhr er fort, bevor sie noch etwas einwenden konnte. »Wir wissen, was zu tun ist, wenn die Vampire uns angreifen.«

»Ja, das weiß ich.« Sie musste einfach darauf vertrauen. Sie kannte Tynan schon ihr ganzes Leben lang, und wen sollten sie als Ersten losschicken, wenn nicht ihn? »Larkin und die anderen warten auf euch. Sie werden kurz nach Sonnenuntergang zurückkehren, um mir zu berichten, dass ihr sicher angekommen seid und den Posten übernommen habt.«

»Darauf und auch auf mich könnt Ihr Euch verlassen, Mylady.« Er ergriff ihre Hände.

Weil sie Freunde waren und weil er der Erste war, den sie

losschickte, stellte sie sich auf die Zehenspitzen, um ihn zu küssen. »Ich verlasse mich auf dich.« Sie drückte ihm die Hand. »Pass auf, dass meine Vettern nicht in Schwierigkeiten geraten.«

»Das, Mylady, gelingt mir möglicherweise nicht.« Sein Blick glitt zu Cian und Glenna, die hinter Moira standen.

»Ein nasser Tag zum Marschieren«, erklärte Cian. »Sie haben vermutlich Truppen entlang der Strecke postiert, um euch ein wenig Training zu verschaffen.«

»Das hoffen meine Männer.« Tynan blickte zu den fast hundert Männern, die sich gerade von ihren Familien und Liebsten verabschiedeten, dann drehte er sich wieder zu Cian um. »Sind wir denn gut genug?«

»Angemessen, würde ich sagen.«

Bevor Moira ihn wegen der Bosheit zurechtweisen konnte, brach Tynan in lautes Lachen aus. »Ein großes Lob von Euch« sagte er und schüttelte Cian die Hand. »Danke für den Unterricht und die blauen Flecken.«

»Nutzt sie gut. *Slán leat.«*

»Slán agat.« Er grinste Glenna verschmitzt an, als er auf sein Pferd stieg. »Ich schicke Euren Mann zu Euch zurück, Mylady.«

»Ja, tu das. Sei gesegnet, Tynan.«

»In Eurem Namen, Majestät«, sagte er zu Moira. Dann trieb er sein Pferd an. »Stellt euch auf!«

Moira beobachtete, wie die Männer Reihen bildeten. Ihr Vetter Oran und zwei weitere Offiziere führten die Fußtruppen an, die als Erste in den Krieg ausrückten.

»Es beginnt«, murmelte sie. »Mögen die Götter sie behüten.«

»Besser wäre es, sie würden sich selbst behüten«, sagte Cian. Aber auch er blieb stehen, bis das erste Bataillon der Armee von Geall nicht mehr zu sehen war.

8

Glenna runzelte die Stirn, als Cian ihr auf Moiras Drängen hin beim Frühstück von seinem Zusammentreffen mit Lilith berichtete.

»Also ähnlich wie das, was Blair widerfahren ist, und auch mir damals in New York. Ich hatte gehofft, dass Hoyt und ich so etwas ein für alle Mal blockiert hätten.«

»Das habt ihr wahrscheinlich auch, aber nur für Menschen«, erwiderte Cian. »Bei Vampiren untereinander ist es vermutlich völlig anders. Vor allem ...«

»... wenn der Eindringling der Erzeuger ist«, beendete Glenna den Satz. »Ja, ich verstehe. Aber es müsste trotzdem einen Weg geben, um das zu verhindern.«

»Es ist deine Zeit und Energie nicht wert, weil es für mich eigentlich kein Problem darstellt.«

»Das sagst du jetzt, aber es hat dich doch aus dem Gleichgewicht gebracht.«

Cian warf Moira einen Blick zu. »Aus dem Gleichgewicht gebracht ist übertrieben. Auf jeden Fall ist sie wütend abgerauscht.«

»Das ist ja schon mal was«, meinte Glenna. »Wenn sie zu dir kommt, um zu verhandeln, kann sie nicht so selbstsicher sein, wie sie vorgibt.«

»Im Gegenteil. Sie ist absolut davon überzeugt, dass sie siegen wird. Ihr Zauberer hat es ihr gezeigt.«

»Midir? Davon hast du letzte Nacht gar nichts gesagt.«

»Darum ging es ja auch nicht«, erwiderte Cian leichthin. In Wahrheit hatte er lange überlegt, ob er es überhaupt erwähnen sollte. »Sie behauptet, er habe ihr den Sieg gezeigt, und meiner Überzeugung nach glaubt sie ihm. Die Verluste, die wir ihr bisher zugefügt haben, sind für sie kaum von Bedeutung. Das sind nur kleine Ärgernisse und Dämpfer für den Stolz. Nichts Besonderes.«

»Wir bestimmen das Schicksal mit jedem Schritt, jeder Entscheidung.« Moira blickte Cian an. »Dieser Krieg ist erst dann gewonnen, wenn er gewonnen ist, ob von ihr oder von uns. Ihr Zauberer sagt und zeigt ihr lediglich, was sie hören und sehen will.«

»Der Meinung bin ich auch«, sagte Glenna. »Wie sollte er sonst überleben?«

»Ich behaupte ja gar nicht, dass ihr beide Unrecht habt.« Cian nahm sich eine Birne. »Aber so ein absoluter Glaube kann eine gefährliche Waffe sein. Allerdings kann man Waffen auch gegen den richten, der sie in Händen hält, und je tiefer wir sie treffen, desto unüberlegter wird sie handeln.«

»Und womit wollen wir zustechen?«, fragte Moira.

»Das überlege ich mir noch.«

»Ich habe etwas, was vielleicht funktionieren könnte.« Glenna kniff die Augen zusammen und rührte ihren Tee um. »Wenn Midir ihr die Tür öffnen kann, sodass sie in deinen Kopf gelangt, Cian, dann kann ich sie für dich ebenfalls öffnen. Wie würde Lilith ein Besuch wohl gefallen?«

Cian lehnte sich zurück. »Na, du bist ja ein kluges Mädchen!«

»Ja. Aber ich brauche euch beide dazu. Sollen wir nicht das Frühstück mit einem netten, kleinen Zauber beenden?«

Er war nicht klein und er war auch nicht nett. Glenna brauchte länger als eine Stunde, um alle Werkzeuge und Zutaten bereitzulegen.

Sie zermahlte Tonkiesel und Türkis und stellte sie beiseite. Dann legte sie Kornblumen, Efeu und Thymianzweige daneben. Sie beschrieb rote und gelbe Kerzen. Und schließlich machte sie Feuer unter ihrem Kessel.

»Das hier kommt von der Erde und wird jetzt mit Wasser vermischt.« Sie begann ihre Ingredienzien ins Becken zu streuen. »Für Traumworte, zum Sehen und für Erinnerungen. Moira, stellst du bitte die Kerzen in einem Kreis um das Becken?«

Sie fuhr fort, während Moira die Kerzen aufstellte. »Ich wollte dies hier versuchen, seit das mit Blair passiert ist, und ich hatte mir schon zurechtgelegt, wie es gemacht werden müsste.«

»Sie hat dich jedes Mal schwer getroffen, wenn du mit Hilfe von Magie in ihre Basis eingedrungen bist«, rief Cian ihr ins Gedächtnis. »Pass also auf. Du musst dir ganz sicher sein. Ich möchte nicht, dass Hoyt mich noch einmal von den Klippen stürzt, weil ich zugelassen habe, dass dir etwas zustößt.«

»Um mich geht es hier nicht, ich stehe nicht an vorderster Front.« Glenna schob sich eine Haarsträhne hinter das Ohr und blickte ihn an. »Das wirst du sein.«

»Na, dann ist es ja perfekt.«

»Es ist riskant, deshalb musst du dir absolut sicher sein.«

Er trat einen Schritt vor und spähte ins Becken. »Was muss ich denn überhaupt machen?«

»Zuerst beobachtest du nur. Wenn du den Kontakt herstellen möchtest ... das liegt an dir, und du musst mir versprechen, dass du die Sache sofort abbrichst, wenn es kritisch wird. Sonst müssen wir dich zurückzerren – und das ist sicher nicht angenehm. Dann bekommst du vermutlich schreckliche Kopfschmerzen und dir ist furchtbar übel.«

»Was für ein Spaß.«

»Der Spaß beginnt erst.« Sie öffnete eine kleine Schachtel und holte ein Wachsfigürchen heraus.

Cian zog die Augenbrauen hoch. »Sehr ähnlich. Du bist geschickt.«

»Bildhauern gehört nicht gerade zu meinen stärksten Fähigkeiten, aber es reicht für den Hausgebrauch.« Glenna drehte die Figur von Lilith um, damit auch Moira sie sehen konnte. »Normalerweise mache ich so etwas nicht – es ist gefährlich für die Person, die du abbildest. Aber die Regel, niemanden zu verletzen, gilt nicht für Untote, Anwesende ausgenommen.«

»Danke.«

»Ich brauche nur noch eine Kleinigkeit von dir.«

»Und die wäre?«

»Blut.«

»Natürlich«, erwiderte Cian resigniert.

»Nur ein paar Tropfen. Ich habe ja nichts von ihr – keine Haare, Nägel oder Hautschüppchen. Aber ihr habt euer Blut einmal gemischt, und ich glaube, das reicht schon.« Sie zögerte und befingerte ihre Kette mit dem Anhänger. »Vielleicht ist es aber auch keine so gute Idee.«

»Doch.« Moira stellte die letzte Kerze hin. »Es wird Zeit, dass wir uns in ihren Kopf begeben. Schließlich ist sie auch schon bei uns gewesen. Wenn du mich fragst, ist das ein guter Vorstoß. Und Cian hat es verdient, ihr einen Denkzettel zu verpassen.«

Sie richtete sich auf. »Können wir zuschauen?«

»Du bist wohl selbst rachedurstig, oder?«, fragte Cian.

»Das kannst du laut sagen.« Moiras Augen blickten kalt. »Und, können wir etwas sehen?«

»Wenn alles so läuft, wie es sollte.« Glenna holte tief Luft. »Und, bist du bereit zur Projektion?«, fragte sie Cian.

»Ja, unbedingt.«

»Tretet in den Kerzenkreis, beide. Du musst dich in einen meditativen Zustand versetzen, Cian. Moira und ich sind die Beobachter. Wir halten deinen Körper hier, während dein Geist und dein Abbild sich dort aufhalten.«

»Stimmt es, dass ein reisender Geist sicherer ist, wenn er etwas von seiner Welt mit dabei hat?«, fragte Moira.

Glenna schob sich die Haare aus der Stirn. »Das ist eine Theorie.«

»Dann nimm das hier.« Moira löste das mit Perlen verzierte Lederband aus ihrem Zopf. »Für den Fall, dass die Theorie stimmt.«

Cian runzelte zweifelnd die Stirn und steckte das Band in die Tasche. »Ich bin mit Haarschmuck bewaffnet.«

Glenna ergriff eine kleine Schale mit Salbe. »Konzentrier dich und öffne die Chakras«, sagte sie und rieb ihn mit der Salbe ein. »Entspann deinen Körper, öffne deinen Geist.«

Sie blickte Moira an. »Wir schließen jetzt den Kreis. Stell dir Licht vor, weiches, blaues Licht. Das ist Schutz.«

Cian konzentrierte sich auf eine weiße Tür. Es war sein übliches Symbol, wenn er meditierte. Wenn er bereit war, würde die Tür sich öffnen, und er würde hindurchgehen.

»Er ist willensstark«, sagte Glenna zu Moira. »Und er hat viel Übung. Er hat mir gesagt, dass er in Tibet studiert hat. Entschuldige«, fügte sie hinzu. »Ich vergeude nur Zeit. Ich bin ein bisschen nervös.«

»Ihr Zauberer ist nicht stärker als du. Was er kann, kannst du auch.«

»Völlig richtig. Aber ich hoffe trotzdem, dass Lilith schläft. Das hoffe ich wirklich.« Glenna blickte durch das Fenster. Der Regen ließ langsam nach. »Gleich werden wir es wissen.«

Sie hatte eine Öffnung in dem Wachspüppchen gelassen und füllte es jetzt mit ein paar Krümeln Friedhofserde, Rosmarin und Salbei, gemahlenem Amethyst und Quarz.

»Für den Kontakt musst du deine Gefühle kontrollieren, Moira. Schieb deinen Hass und deine Angst weg. Wir wollen Gerechtigkeit und einen klaren Blick. Wir können Lilith durch die Magie Schaden zufügen, aber Cian dient als Kanal. Ich möchte nicht, dass etwas Negatives auf ihn zurückfällt.«

»Dann Gerechtigkeit, aber das reicht.«

Glenna verschloss das Püppchen mit einem Wachspfropfen.

»Wir rufen Maat, Göttin der Gerechtigkeit und des Ausgleichs, führe unsere Hand. Mit diesem Bild senden wir Magie durch die Luft und über Land.« Sie legte eine weiße Feder auf die Puppe und umwickelte sie mit schwarzem Band. »Gib dem Wesen, dessen Abbild ich halte, Träume und Erinnerungen, vergangene und alte.«

Sie reichte Moira das rituelle Messer und nickte.

»Versiegelt und gebunden mit ihrem Blut.«

Cian zeigte keine Reaktion, als Moira seine Hand hob, um einen Schnitt auszuführen.

»Geist und Lebensabbild verbinden sich nun, und er kann einen langen Blick dorthin tun. Wir halten ihn sicher mit Herz und Hand, bis er zurückkommt aus diesem Land. Der magische Strom fließt durch uns in sie ein und lässt sie ihr träumendes Selbst für uns sein. Türen öffnen sich, damit wir sehen, und so soll es dann geschehen.«

Glenna hielt das Püppchen über den Kessel und ließ es los, sodass es nur noch von ihrer Willenskraft in der Luft gehalten wurde.

»Nimm seine Hand«, sagte sie zu Moira. »Und halt sie fest.«

Als Moira nach Cians Hand griff, begab sich Cian gerade durch seine Tür. Nicht sanft, wie sonst, sondern er explodierte geradezu durch sie hindurch, flog durch eine Dunkelheit, die seine Augen nicht durchdringen konnten. Er spürte, dass Moira seine Hand hielt, und in seinem Kopf hörte er ihre ruhige, kühle Stimme.

»Wir sind bei dir. Wir lassen dich nicht los.«

Mondlicht schimmerte durch die Dunkelheit, und er konnte verschwommen Formen und Schatten erkennen. Es duftete nach Blumen und Erde, Wasser und Frau.

Nach Menschen.

Und es war heiß. Temperatur bedeutete ihm wenig, aber er spürte deutlich, wie er die feuchte Kälte hinter sich ließ. Glühende Hitze, gemildert nur durch eine leichte Brise vom Wasser.

Vom Meer, korrigierte er sich. Es war ein Ozean, dessen Wellen sanft an den Sandstrand schlugen. Und hinter dem Strand stiegen Hügel auf. Auf den Terrassen der Hügel wuchsen Olivenbäume. Und auf der höchsten Anhöhe stand ein Tempel, dessen Marmorsäulen weiß im Mondlicht schimmerten.

Ein Mann und eine Frau lagen zusammen auf einer weißen, goldgesäumten Decke auf dem Strand, nahe am weißen Schaum der Brandung.

Er hörte die Frau lachen – ein heiseres, erregtes Lachen. Und er wusste, es war Lilith, Liliths Erinnerung oder ihr Traum, in dem er sich befand. Deshalb blieb er abseits stehen und sah zu, wie der Mann das weiße Gewand von ihren Schultern herunterschob und seinen Kopf über ihre Brüste beugte.

Süß, so süß war sein Mund auf ihr. Alles in ihr geriet in Wallung. Wie konnte so etwas Schönes verboten sein? Ihr Körper war dazu bestimmt. Die Götter hatten ihren Geist und ihre Seele geschaffen, um seine Gefährtin zu sein.

Sie bog sich ihm entgegen, und ihre Finger spielten in seinen Haaren. Er roch nach Olivenbäumen und dem Sonnenlicht, in dem die Früchte reiften.

»Geliebter«, murmelte sie, als sich ihre Lippen wieder trafen. Und als sein Körper sich mit ihrem vereinte, trieb ihr die Lust Tränen in die Augen, und aus ihren Seufzern wurde haltloses Keuchen.

Die Liebe schlug wie mit tausend seidenen Fäusten auf ihr Herz ein, und sie drückte ihn an sich, bis sie ihre Freude laut herausschrie.

»Cirio, Cirio.« Sie bettete seinen Kopf an ihre Brust. »Mein Herz. Meine Liebe.«

Er hob den Kopf und strich ihr über die goldenen Haare. »Selbst der Mond verblasst angesichts deiner Schönheit, Lilia, meine Königin der Nacht.«

»Die Nächte gehören uns, aber ich möchte auch die Sonne mit dir erleben – die Sonne, die dein Haar und deine Haut vergoldet, die dich berührt, wenn ich es nicht kann. Ich möchte stolz und frei neben dir einhergehen.«

Er rollte sich auf den Rücken. »Betrachte die Sterne. Sie sind heute Nacht unsere Fackeln. Wir könnten schwimmen gehen und die Hitze im Meer wegspülen.«

Ihre Züge wurden hart. »Warum willst du nicht darüber sprechen?«

»Es ist zu heiß für Gespräche und Probleme.«

Er ließ den Sand durch die Finger rinnen.

»Komm, wir sind Delfine und spielen.«

Aber als er ihre Hand ergriff, um sie mit sich zu ziehen, wandte sie sich schmollend ab. »Aber wir *müssen* reden. Wir müssen doch planen.«

»Meine Süße, wir haben heute Nacht nur noch so wenig Zeit.«

»Wir könnten immer miteinander sein, jede Nacht. Wir müssen nur zusammen fliehen. Ich könnte deine Frau werden und dir Kinder schenken.«

»Fliehen?« Lachend warf er den Kopf zurück. »Was ist denn das für ein alberner Einfall? Komm, ich habe nur noch eine Stunde Zeit. Lass uns ein wenig schwimmen und uns in den Wellen wiegen.«

»Es ist kein alberner Einfall.« Dieses Mal schlug sie nach seiner Hand. »Wir könnten irgendwo hinsegeln, wo wir offen, im Sonnenlicht, zusammen sein dürfen. Ich möchte mehr als nur ein paar Stunden in der Dunkelheit mit dir, Cirio. Du hast mir mehr versprochen.«

»Davonlaufen wie Diebe? Mein Heim ist hier, meine Familie. Meine Pflichten.«

»Dein Vermögen«, sagte sie heftig. »Oder das deines Vaters.«

»Und wenn schon? Glaubst du, ich werde den Namen meiner Familie beschmutzen, indem ich mit einer Tempelpriesterin davonlaufe und in Armut in einem fremden Land lebe?«

»Du hast gesagt, du bräuchtest nichts zum Leben als meine Liebe.«

»Worte gehen einem in der Hitze leicht über die Lippen. Sei doch vernünftig.« Sein Tonfall wurde schmeichelnd, und er fuhr mit dem Finger über ihre bloße Brust. »Wir geben einander Lust. Warum muss es unbedingt mehr sein?«

»Ich *will* mehr. Ich liebe dich. Ich habe mein Gelübde für dich gebrochen.«

»Freiwillig«, erinnerte er sie.

»Aus Liebe.«

»Liebe füllt dir weder den Bauch, Lilia, noch kannst du auf dem Markt etwas dafür kaufen. Sei nicht traurig. Ich kaufe dir ein Geschenk, etwas Goldenes, wie deine Haare.«

»Ich will nichts, was du kaufen kannst. Nur Freiheit. Ich möchte deine Frau sein.«

»Das geht nicht. Wenn wir eine solche Wahnsinnstat begingen und dabei erwischt würden, würden sie uns zum Tode verurteilen.«

»Ich würde lieber sterben, als ohne dich leben.«

»Ich schätze mein Leben anscheinend mehr als du deines.« Er gähnte beinahe, so träge klang seine Stimme. »Ich kann dir Lust geben und dir diese Freiheit anbieten. Aber du weißt, dass bereits eine Frau für mich ausgesucht worden ist.«

»Aber du hast mich ausgesucht. Du hast gesagt …«

»Genug jetzt!« Er warf die Hände hoch, wobei ihn das Gespräch mehr zu langweilen als zu verärgern schien. »Ich habe dich ebenso ausgesucht wie du mich. Du wolltest unbedingt berührt werden, das habe ich in deinen Augen gesehen. Wenn du dir ein Märchen ausgesponnen hast, in dem wir beide miteinander davonlaufen, dann ist das deine Sache.«

»Du hast dich mir verpflichtet.«

»Meinen Körper. Und er ist dir äußerst nützlich.« Er gürtete sein Gewand, als er aufstand. »Ich hätte dich gerne als Geliebte behalten. Aber ich habe weder die Zeit noch die Geduld, mir lächerliche Forderungen von einer Tempelhure anzuhören.«

»Hure.« Die zornige Röte wich aus ihren Wangen, und sie wurde so weiß wie die Marmorsäulen des Tempels auf dem Hügel. »Du hast mir die Unschuld genommen.«

»Du hast sie mir geschenkt.«

»Du meinst es bestimmt nicht so.« Sie kniete sich hin und faltete die Hände, als wollte sie beten. »Du bist zornig, weil ich dich bedrängt habe. Wir sprechen heute Nacht nicht mehr davon. Wir gehen schwimmen, wie du vorgeschlagen hast, und vergessen all die harten Worte.«

»Dafür ist es jetzt zu spät. Meinst du, ich kann nicht lesen, was du jetzt denkst? Du wirst mich immer weiter mit dem quälen, was niemals sein kann. Wir haben die Götter lange genug herausgefordert.«

»Du kannst mich nicht verlassen. Ich liebe dich. Wenn du mich verlässt, gehe ich zu deiner Familie und sage ihnen …«

»Ein Wort von dir, und ich werde schwören, dass du lügst. Du wirst dafür brennen, Lilia.« Er beugte sich zu ihr herunter und fuhr mit dem Finger über ihre Schulter. »Und deine Haut ist viel zu weich und zu glatt für das Feuer.«

»Wende dich nicht ab von mir. Alles soll sein, wie du willst, wie es dir gefällt. Ich spreche nie wieder davon, dass wir von hier weggehen sollen. Verlass mich nicht.«

»Betteln verdirbt nur deine Schönheit.«

Voller Schrecken und Trauer rief sie seinen Namen, aber er ging davon, als könnte er sie nicht hören.

Wild schluchzend warf sie sich auf die Decke und trommelte mit den Fäusten auf den Sand. Der Schmerz war wie das Feuer, von dem er gesprochen hatte, er brannte durch sie hindurch, und ihre Knochen wurden zu Asche. Wie sollte sie mit dem Schmerz weiterleben?

Die Liebe hatte sie verraten, sie benutzt und weggeworfen. Die Liebe hatte sie zur Närrin gemacht. Und doch war ihr Herz immer noch davon erfüllt.

Sie würde sich ins Meer stürzen und ertrinken. Sie würde auf den Tempel steigen und sich von dort herunterstürzen. Sie würde einfach hier sterben, vor Scham und Schmerz.

»Aber ihn töte ich zuerst«, schluchzte sie. »Zuerst ihn, dann mich. Unser Blut soll sich mischen. Das ist der Preis von Liebe und Verrat.«

Sie hörte eine Bewegung, wie ein Flüstern auf dem Sand, und richtete sich voller Freude auf. Er war zu ihr zurückgekommen! »Mein Geliebter.«

»Ja, das werde ich sein.«

Er hatte schwarze Haare, die ihm über die Schultern fielen. Sein langes Gewand hatte die Farbe der Nacht, und seine Augen waren so schwarz, dass sie zu glänzen schienen.

Sie griff nach ihrer Toga und hielt sie sich vor die Brust. »Ich bin eine Priesterin dieses Tempels. Ihr dürft hier nicht entlanggehen.«

»Ich gehe, wo ich will. So jung«, murmelte er und musterte sie aus seinen schwarzen Augen. »So frisch.«

»Geht.«

»Wenn ich will. Ich habe dich in den vergangenen drei Nächten beobachtet, Lilia, dich und den Jungen, an den du dich verschwendet hast.«

»Wie könnt Ihr es wagen!«

»Du hast ihm Liebe gegeben, er gab dir nur Lügen. Beides ist kostbar. Sag mir, wie möchtest du ihn für das Geschenk, das er dir gab, belohnen?«

Etwas regte sich in ihr, die ersten Wogen der Rache. »Er hat nichts von mir verdient, weder er noch ein anderer Mann.«

»Wie wahr. Dann gibst du also mir, was kein Mann verdient.«

Sie bekam Angst und rannte davon. Aber irgendwie stand er immer wieder vor ihr und lächelte sie kalt an.

»Wer bist du?«

»Ah, Einsicht. Ich bin das, was war, bevor deine schwachen Götter vom Himmel ausgerülpst worden sind.«

Wieder wollte sie fortlaufen, aber der Schrei blieb ihr in der Kehle stecken. Er versperrte ihr den Weg, und aus ihrer Angst wurde Entsetzen. »Es bedeutet den Tod, eine Tempelpriesterin zu berühren.«

»Und Tod ist so ein faszinierender Anfang. Ich suche eine Gefährtin, eine Geliebte, eine Frau, eine Schülerin. Das bist du. Ich habe ein Geschenk für dich, Lilia.«

Er lachte, als sie erneut versuchte wegzulaufen. Sie schluchzte, als er sie hochhob und zu Boden warf.

Sie wehrte sich, kratzte, biss und bettelte, aber er war zu stark. Schon war sein Mund an ihrer Brust, und sie weinte vor Scham, während sie ihm mit den Fingernägeln das Gesicht zerkratzte.

»Ja. Ja. Es ist besser, wenn sie kämpfen. Das wirst du noch erfahren. Ihre Angst ist Parfüm, ihre Schreie Musik.« Er umfasste ihr Gesicht, zwang sie, ihm in die Augen zu sehen.«

»Sieh mich an. Sieh mich an.«

Er drang in sie ein. Ihr ganzer Körper erschauerte und bebte.

»Hat er dich auch so genommen?«

»Nein. Nein.« Die Tränen auf ihren Wangen begannen zu trocknen. Und statt sich zu wehren, grub sie die Nägel in den Sand. Sie war in seinen Augen gefangen und begann sich in seinem Rhythmus zu bewegen.

»Nimm mehr. Du willst mehr«, sagte er. »Schmerz ist so ... erregend.«

Er stieß so tief in sie hinein, als wollte er sie in Stücke reißen. Und immer noch schwang ihr Körper mit. Immer noch blickte sie ihn unverwandt an.

Als seine Augen rot zu funkeln begannen, machte ihr Herz einen Satz vor Angst, aber diese Angst war Teil einer ungeheuren Erregung. Er war so schön. Ihr menschlicher Liebhaber wirkte blass neben dieser dunklen Schönheit.

»Ich gebe dir das Instrument deiner Rache. Ich gebe dir deinen Anfang. Du brauchst mich nur darum zu bitten. Bitte mich um mein Geschenk.«

»Ja. Gib mir dein Geschenk. Gib mir Rache. Gib mir ...«

Ihr Körper erbebte, als seine Reißzähne sich in ihren Hals senkten. Und alle Lust, die sie bisher gekannt hatte, wurde unwichtig und klein neben dem Gefühl, das sie überwältigte. Hier war der Ruhm, den sie im Tempel nie gefunden hatte, die schwarze Macht, die sie immer gespürt hatte.

Hier war das Verbotene, nach dem sie sich gesehnt hatte.

Sie wand sich vor Lust und Macht und brachte ihn damit zum Höhepunkt. Und ohne dass er sie erst auffordern musste, trank sie das Blut, das aus den Kratzwunden auf seiner Wange tropfte.

Als sie starb, lächelte sie mit blutigen Lippen.

Zweitausend Jahre später erwachte sie nach dem Traum in ihrem Bett.

Sie fühlte sich zerschlagen und benommen. Wo war das Meer? Wo war der Tempel?

»Cirio?«

»Ach, eine Romantikerin? Wer hätte das gedacht?« Cian

trat aus den Schatten heraus. »Dass du nach dem Liebhaber rufst, der dich fallen gelassen und betrogen hat.«

»Jarl?« So hatte sie ihren Erzeuger genannt. Aber als der Nebel des Traums sich lichtete, erkannte sie Cian. »Du bist also doch gekommen. Mein Angebot ...« Aber alles war so verschwommen.

»Was ist aus dem Jungen geworden?« Wie zu einem gemütlichen Plauderstündchen ließ Cian sich auf ihrer Bettkante nieder.

»Welcher Junge? Davey?«

»Nein, nein, nicht dein Welpe. Dein Liebhaber, als du noch gelebt hast.«

Ihre Lippen bebten, als sie begriff. »Du spielst also mit meinen Träumen. Aber was bedeutet mir das schon?« Und doch war sie zutiefst erschüttert. »Er hieß Cirio. Was glaubst du denn, was aus ihm geworden ist?«

»Ich glaube, dein Meister hat dafür gesorgt, dass er dein erstes Opfer wurde.«

Sie lächelte bei der Erinnerung daran. »Er bepisste sich, als Jarl ihn mir hinhielt, und er schniefte wie ein Kind, als er um sein Leben winselte. Ich war zwar neu, hatte aber doch so viel Kontrolle, dass ich ihn noch stundenlang am Leben halten konnte – lange, nachdem er um seinen Tod gefleht hatte. Bei dir werde ich es besser machen. Dir schenke ich Jahre voller Schmerz.« Sie griff nach ihm und fluchte, als ihre Hand durch ihn hindurchglitt.

»Unterhaltsam, was? Und Jarl? Wie lange hast du ihn noch ertragen?«

Schmollend verzog sie die Lippen. Dann zuckte sie mit den Schultern. »Fast dreihundert Jahre. Es gab viel von ihm zu lernen. Er begann mich zu fürchten, weil meine Macht immer größer wurde. Ich konnte seine Angst riechen, und wenn ich ihn nicht vernichtet hätte, dann hätte er mich vernichtet.«

»Du wurdest Lilia genannt – Lilie.«

»Ja, als jämmerliches Menschenkind. Als ich erwachte, nannte er mich Lilith.« Sie drehte eine Haarlocke um den Finger und musterte Cian. »Hegst du etwa die alberne Hoffnung, dass du weißt, wie du meine Existenz beenden kannst, wenn du meine Anfänge kennst?«

Sie warf die Bettdecke beiseite und trat nackt zu einem Silberkrug.

Als sie das Blut in einen Pokal einschenkte, zitterten ihre Hände wieder.

»Wir wollen offen reden«, schlug Cian vor. »Schließlich sind nur wir beide hier – was seltsam ist. Du schläfst heute nicht mit Lora oder dem Jungen oder jemand anderem deiner Wahl?«

»Selbst ich suche gelegentlich die Einsamkeit.«

»Na gut. Also, ehrlich gesagt, ist es nicht seltsam oder verwirrend, wieder Mensch zu sein, auch wenn es nur in Träumen ist? Sein eigenes Ende, den eigenen Anfang zu sehen, als wenn es gerade erst passiert wäre? Sich wieder menschlich zu fühlen?«

Sie schlüpfte in einen Morgenmantel. »Ich wäre gerne wieder ein Mensch.«

Er zog die Augenbrauen hoch. »Du? Jetzt überraschst du mich aber.«

»Um diesen Moment von Tod und Wiedergeburt noch einmal zu erleben. Dieses wundervolle Gefühl. Ich würde nur zu gerne wieder schwach und blind sein, nur um das Geschenk noch einmal zu bekommen.«

»Natürlich. Das war vorauszusehen.« Cian stand auf. »Wisse, wenn du und dein Zauberer noch einmal meine Träume steuern, dann gebe ich dir den Gefallen dreifach zurück. Du wirst keine Ruhe vor mir oder vor dir selbst haben.«

Er verblasste, ging aber noch nicht zurück. Er spürte

zwar, wie Moiras Gedanken und Glennas Willen an ihm zogen, aber er blieb noch.

Er wollte sehen, was Lilith als Nächstes tat.

Sie hob den Pokal, in dem noch Blut war, und schleuderte ihn an die Wand. Sie zerschmetterte eine hölzerne Schmuckkiste und schlug Löcher in die Wand, bis ihre Fäuste bluteten. Dann schrie sie nach einer Wache.

»Bring diesen wertlosen Zauberer zu mir. Leg ihn in Ketten. Bring ihn ... nein, warte. Warte.« Sie wandte sich ab und rang um Fassung. »Ich töte ihn, wenn er mir jetzt unter die Augen tritt, und dann nützt er mir nichts mehr. Bring mir etwas zu essen.«

Sie wirbelte wieder herum. »Einen jungen Mann. Zwanzig oder so. Blond, wenn wir einen haben. Geh!«

Als sie allein war, rieb sie sich die Schläfen. »Ich töte ihn noch einmal«, murmelte sie. »Danach wird es mir besser gehen. Ich nenne ihn Cirio und töte ihn noch einmal.«

Sie ergriff ihren kostbaren Spiegel, der auf dem Sekretär lag. Und als sie ihr Gesicht sah, wusste sie wieder, warum sie Midir am Leben lassen sollte. Er hatte ihr dieses Geschenk gemacht.

»Da bin ich«, sagte sie leise. »So schön, dass der Mond erblasst. Ja. Hier bin ich. Ich werde immer da sein. Alle Übrigen sind nur Geister. Und ich bin hier.«

Sie ergriff eine Bürste, und während sie sich die Haare bürstete, begann sie zu singen. Mit Tränen in den Augen.

»Trink das.« Glenna hielt Cian einen Becher an die Lippen. Er stieß ihn beiseite.

»Es geht mir gut. Ich will jetzt keinen Whiskey trinken, und ich werde auch nicht in Ohnmacht fallen.«

»Du bist ganz blass.«

Er verzog den Mund. »Das gehört bei den Untoten dazu. Na, das war ja vielleicht ein Ausflug.«

Da er abgelehnt hatte, trank Glenna selbst einen Schluck Whiskey und reichte dann Moira den Becher. »Sie hat uns nicht gespürt«, sagte sie zu ihr. »Ich würde ja gerne glauben, dass meine Abwehr stark genug war, aber ich glaube, sie war einfach zu sehr mit sich selbst beschäftigt, um uns zu spüren.«

»Sie war so jung.« Moira setzte sich hin. »So jung und so verliebt in diesen wertlosen Blödmann. Ich weiß nicht, welche Sprache sie gesprochen haben, aber ich habe sie seltsamerweise verstanden.«

»Es war Griechisch. Sie war Priesterin irgendeiner Göttin. Dazu musste man Jungfrau sein.« Cian hätte am liebsten Blut getrunken, begnügte sich jedoch mit Wasser. »Und spar dir dein Mitleid. Sie war reif für das, was passiert ist.«

»So wie du?«, schoss Moira zurück. »Und tu doch nicht so, als ob du nichts für sie empfunden hättest. Wir waren miteinander verbunden, und ich habe dein Mitgefühl gespürt. Ihr Herz war gebrochen, und nur Augenblicke später wurde sie von einem Dämon genommen und vergewaltigt. Ich kann Lilith verachten und dabei trotzdem Mitleid für Lilia empfinden.«

»Lilia war bereits halb wahnsinnig«, sagte Cian mit gepresster Stimme. »Vielleicht hat die Verwandlung sie letztendlich einigermaßen bei Verstand gehalten.«

»Das glaube ich auch«, warf Glenna ein. »Tut mir leid«, fügte sie an Moira gewandt hinzu. »Mir hat es auch keine Freude gemacht zu sehen, was mit ihr passiert ist, aber da war etwas in ihren Augen, ihrem Tonfall – und Gott, auch in der Art, wie sie letztlich auf Jarl reagiert hat. So ganz richtig im Kopf war sie schon damals nicht, Moira.«

»Dann hätte sie sich vielleicht selbst umgebracht oder wäre hingerichtet worden für den Mord an dem Mann, der sie benutzt hat. Aber sie wäre wenigstens sauber gestorben.« Moira seufzte. »Und wir wären vielleicht gar nicht hier, um über das Thema zu diskutieren. Man bekommt ja Kopfschmerzen davon. Ich habe übrigens eine Frage, vor allem, um meine Neugier zu befriedigen.«

Sie räusperte sich und fragte Cian dann: »Mich interessiert ihre Reaktion, wie Glenna sagte. Ist das nicht normal?«

»Die Meisten wehren sich oder erstarren vor Angst. Sie dagegen machte mit nach der … ach, ich weiß nicht, wie ich es ausdrücken soll«, gab Cian zu. »Nachdem die Vergewaltigung ihr Lust bereitete. Es war ohne Zweifel eine Vergewaltigung, und keine normale Frau empfindet Lust, wenn sie mit Gewalt genommen wird.«

»Sie hat ihm schon vor dem Biss gehört«, murmelte Moira. »Er wusste das, weil er es in ihr erkannt hatte. Sie wusste, was sie tun musste, um verwandelt zu werden – sie musste von ihm trinken. In allen Büchern, die ich gelesen habe, stand, dass das Opfer gezwungen oder aufgefordert werden muss. Sie hat es sich einfach genommen. Sie verstand es, und sie wollte es.«

»Wir wissen jetzt auf jeden Fall mehr als vorher, was immer nützlich ist«, sagte Cian. »Und ein zusätzlicher Nutzen ist noch, dass die Episode sie nervös gemacht hat. Ich werde besser schlafen, nachdem ich das vollbracht habe. Und ich gehe jetzt zu Bett. Meine Damen.«

Moira blickte ihm nach. »Er hat auch Gefühle. Warum bemüht er sich wohl so sehr, sie zu verbergen?«

»Gefühle verursachen die meiste Zeit Schmerzen. Und wenn du so viel gesehen und getan hast, könnten sie ständig wehtun.« Glenna legte Moira die Hand auf die Schulter. »Etwas zu leugnen ist nur eine Methode, um zu überleben.«

»Gefühle, die man zulässt, können Balsam oder Waffe sein.«

Wie wäre es wohl bei ihm, wenn er sie zuließe, fragte sie sich.

9

Auch in der Dämmerung, die wie rauchiger Nebel emporstieg, regnete es weiter. Als die Nacht hereinbrach, durchdrangen weder Mond noch Sterne die Dunkelheit.

Moira trat in den Hof und stellte sich neben Glenna.

»Sie sind fast zu Hause«, murmelte Glenna. »Später, als wir gehofft haben, aber sie sind fast da.«

»Ich habe in deinem und in Larkins Zimmer den Kamin anzünden lassen, und das Badewasser ist vorbereitet. Sie sind bestimmt nass und völlig durchgefroren.«

»Danke. Daran habe ich gar nicht gedacht.«

»Als wir in Irland waren, hast du für allen Komfort gesorgt. Jetzt ist es meine Aufgabe.« Moira blickte ebenfalls zum Himmel. »Ich lasse das Essen in den Familiensalon kommen, es sei denn, du möchtest mit Hoyt lieber allein sein.«

»Nein. Nein. Sie wollen ja sicher alles sofort berichten. Danach sind wir noch lange genug allein.« Glenna hob die Hand und betastete ihr Kreuz und das Amulett, das ebenfalls an der Kette hing. »Ich wusste gar nicht, dass ich mir solche Sorgen mache. Mitten im heftigsten Kampfgetümmel hatte ich nicht solche Angst.«

»Da warst du ja auch bei ihm. Wenn man liebt, ist Warten schlimmer als jede Wunde.«

»Eine von vielen Lektionen, die ich gelernt habe. Du machst dir sicher auch Sorgen um Larkin. Und auch um Tynan. Er hegt Gefühle für dich.«

»Ja, ich weiß. Unsere Mütter hatten gehofft, dass aus uns ein Paar würde.«

»Aber?«

»Ich empfinde nicht, was dazu nötig ist. Und er ist auch

ein viel zu guter Freund. Vielleicht ist für mich alles leichter zu ertragen, weil ich keinen Geliebten habe, auf den ich warte oder den ich verlieren könnte. Aber«, fügte sie halb lachend hinzu, »ich beneide dich um deine Qual.«

Moira sah Cian durch die Dunkelheit auf sich zukommen. Er war offensichtlich bei den Stallungen gewesen. Gegen die Kälte und den Regen trug er nicht den für Männer in Geall üblichen Umhang, sondern einen langen, schwarzen Ledermantel, ähnlich dem von Blair.

Er trat zu ihnen, wobei seine Stiefel kaum ein Geräusch auf den nassen Steinen machten.

»Wenn ihr hier in der feuchten Kälte steht, kommen sie auch nicht eher«, meinte er.

»Sie sind fast da.« Glenna blickte zum Himmel, als könnte sie ihn beschwören, sich zu öffnen und Hoyt zu ihr herunterzuschicken. »Er weiß, dass ich auf ihn warte.«

»Wenn du auf mich warten würdest, Rotschopf, wäre ich gar nicht erst fortgegangen.«

Lächelnd lehnte sie den Kopf an seine Schulter. Als Cian den Arm um sie legte, sah Moira in der Geste dieselbe Zuneigung, die sie für Larkin empfand.

»Dort«, sagte Cian leise. »Im Osten.«

»Kannst du sie sehen?« Glenna kniff die Augen zusammen. »Kannst du sie schon sehen?«

»Gleich siehst du sie auch.«

Sie drückte Moiras Hand, als sie endlich auftauchten. »Gott sei Dank. Oh, Gott sei Dank.«

Der Drachen setzte mit seinen Reitern auf dem Rücken zur Landung an, ein Schimmer von Gold im Dunst. Glenna lief bereits auf sie zu. Hoyt war noch nicht ganz abgestiegen, da stürzte sie schon in seine Arme.

»So ein schöner Anblick«, sagte Moira leise zu Cian, als Hoyt und Glenna einander umarmten. »Heute haben sich so viele verabschiedet, und auch morgen wird es wieder der

Fall sein, da ist es schön zu sehen, wenn jemand wieder nach Hause zurückkehrt, wo ein anderer auf ihn wartet.«

»Früher hat er eher die Einsamkeit geliebt. Frauen verändern die Dinge.«

Sie blickte ihn an. »Nur Frauen?«

»Na ja, Menschen. Aber vor allem Frauen. Sie verändern ein ganzes Universum, nur weil sie Frauen sind.«

»Zum Besseren oder zum Schlechteren?«

»Das hängt von der Frau ab, oder?«

»Und von dem Mann, auf den sie ein Auge geworfen hat.« Sie ließ ihn stehen, um auf Larkin zuzulaufen.

Obwohl er tropfnass war, umarmte sie ihn. »Es gibt etwas zu essen, zu trinken, heißes Wasser, alles, was ihr braucht. Ich bin froh, euch zu sehen, euch alle.« Als sie sich von Larkin abwenden wollte, um die anderen zu begrüßen, packte er sie am Arm.

Moiras Erleichterung verwandelte sich in Angst.

»Was ist? Was ist passiert?«

»Wir sollten hineingehen«, sagte Hoyt leise mit gepresster Stimme.

»Sag mir, was passiert ist«, bat Moira.

»Tynans Truppe wurde ungefähr auf halber Strecke angegriffen.«

In ihr erstarrte alles. »Oran. Tynan.«

»Oran lebt. Tynan wurde verwundet, aber nicht ernst. Sechs andere …«

Moira grub ihre Fingernägel in Larkins Arm. »Tot oder gefangen?«

»Fünf sind tot, einen haben sie mitgenommen. Einige andere sind verletzt, zwei schwer. Wir haben für sie getan, was wir konnten.«

Die Kälte breitete sich wie Eis in ihrem Herzen aus. »Wisst ihr die Namen? Von den Toten, den Verwundeten und dem anderen?«

»Ja. Moira, sie haben Sean mitgenommen, den Sohn des Schmieds.«

Ihr Magen zog sich zusammen bei dem Gedanken, dass den Jungen Schlimmeres als der Tod erwartete. »Ich spreche mit ihren Familien. Sagt niemandem etwas, bevor ich nicht mit ihren Familien gesprochen habe.«

»Ich gehe mit dir.«

»Nein, das ist meine Aufgabe. Du musst jetzt erst einmal trocken und warm werden und etwas essen. Ich muss es tun, Larkin, es ist mein Amt.«

»Wir haben die Namen aufgeschrieben.« Blair zog einen Zettel aus der Tasche. »Es tut mir leid, Moira.«

»Wir wussten ja, dass dies passieren würde.« Sie steckte das Blatt Papier unter ihren Umhang, damit es nicht nass wurde. »Ich komme so bald wie möglich in den Salon, damit ihr mir die Einzelheiten berichten könnt. Aber zunächst einmal müssen die Familien es erfahren.«

»Eine enorme Last«, sagte Blair, als Moira wegging.

»Sie wird sie tragen.« Cian blickte ihr nach. »Königinnen sind daran gewöhnt.«

Sie dachte zwar, sie würde zusammenbrechen, aber sie ertrug es doch. Mütter und Frauen weinten in ihren Armen, und sie spendete Trost, so gut es ging. Sie wusste zwar nichts Genaues über den Angriff, sagte aber jeder, ihr Sohn, Mann oder Bruder sei tapfer wie ein Held gestorben.

Am schlimmsten war es bei Seans Eltern, weil sie die Hoffnung in den tränenfeuchten Augen des Schmieds und seiner Frau sah. Sie brachte es nicht über sich, ihnen diese Hoffnung zu nehmen, und überließ sie ihren Gebeten, dass ihr Sohn irgendwie entkommen und nach Hause zurückkehren würde.

Als sie ihre Aufgabe erfüllt hatte, ging sie in ihre Gemächer und legte den Zettel mit den Namen in eine bemalte Schachtel, die sie neben ihr Bett stellte. Es würde noch weitere Listen geben. Dies war erst der Anfang. Und jeder Name von jedem, der sein Leben gelassen hatte, würde aufgeschrieben und in dieser Schachtel verwahrt werden.

Sie legte noch einen Rosmarinzweig zur Erinnerung und eine Münze als Tribut hinein.

Dann schloss sie die Schachtel, und obwohl sie lieber mit ihrer Trauer allein gewesen wäre, ging sie in den Salon, um sich anzuhören, was geschehen war.

Die Unterhaltung stockte, als sie das Zimmer betrat, und Larkin sprang auf.

»Mein Vater hat uns gerade verlassen. Wenn du willst, hole ich ihn noch einmal zurück.«

»Nein, nein. Er soll zu deiner Mutter und deiner Schwester gehen.« Moira wusste, dass der Mann ihrer schwangeren Kusine morgen Früh die Truppen anführen würde.

»Ich wärme dir etwas zu essen auf. Nein, du musst etwas essen«, sagte Glenna, noch bevor Moira ablehnen konnte. »Betrachte es als Medizin.«

Während Glenna ihr Essen auftat, schenkte Cian ihr einen Apfelbrandy ein und reichte ihr den Becher. »Hier, trink das. Du bist weiß wie Wachs.«

»Wenn ich das trinke, bekomme ich zwar wieder Farbe, kann aber wahrscheinlich keinen klaren Gedanken mehr fassen.« Aber sie schüttete die Flüssigkeit herunter wie Wasser.

»Ich bewundere Frauen, die so trinken können.« Beeindruckt nahm Cian das leere Glas entgegen.

»Es war schrecklich. Wenigstens euch gegenüber kann ich es ja zugeben. Es war schrecklich.« Moira setzte sich an den Tisch und drückte die Hände an die Schläfen. »In ihre Gesichter zu blicken und zu sehen, wie sie sich veränderten, als ich ihnen die Nachricht brachte. Am schwersten war es bei dem, den sie gefangen haben, dem Sohn des Schmieds,

Sean. Seine Eltern haben noch Hoffnung. Wie hätte ich ihnen sagen sollen, dass es für ihn schlimmer als der Tod ist? Ich konnte ihnen doch nicht den letzten Hoffnungsschimmer nehmen, aber ich frage mich, ob es nicht besser gewesen wäre, es zu tun.«

Sie stieß die Luft aus. Dann richtete sie sich auf. Glenna hatte Recht, sie musste etwas essen. »Sagt mir, was ihr wisst.«

»Sie waren im Boden eingegraben«, begann Hoyt, »Wie damals, als sie Blair angegriffen haben. Tynan meint, es wären nicht mehr als fünfzig gewesen, aber die Männer sind von dem Angriff überrascht worden. Zwei unserer Männer fielen sofort, und in der Verwirrung des Kampfes konnten sie drei Pferde entwenden.«

»Beinahe ein Drittel der Pferde, die sie mitbringen konnten.«

»Vier, vielleicht fünf von ihnen nahmen den Sohn des Schmieds mit. Die, die versucht haben, ihn zu retten, sagten, er habe noch gelebt. Sie ritten mit ihm nach Osten, während die anderen weiterkämpften. Die Soldaten haben mehr als zwanzig getötet, und die Übrigen ergriffen die Flucht.«

»Es war ein Sieg. Du musst es so sehen«, beharrte Blair. »Du musst. Deine Männer haben beim ersten Kampf über zwanzig Vampire getötet, und im Vergleich dazu haben sie geringe Verluste. Sag jetzt nicht, dass jeder Tod zu viel ist«, fügte sie rasch hinzu. »Das weiß ich. Aber dies hier ist die Realität, und ihr Training hat sich ausgezahlt.«

»Du hast ja Recht. Ich habe mir das selbst auch schon gesagt. Aber es war auch ihr Sieg. Sie wollten unbedingt einen Gefangenen machen, sonst hätten sie ihn doch nicht mitgenommen. Sie müssen den Auftrag gehabt haben, einen lebend mitzubringen.«

»Ich widerspreche dir ja gar nicht, aber ich empfinde es trotzdem nicht als Sieg für sie. Es war einfach nur eine dumme Verschwendung. Denk doch nur mal an die fünf Vampire für den Gefangenen. Wenn sie dageblieben wären und gekämpft hätten, hätten sie mehr von uns erwischt – tot oder lebendig. Ich nehme an, Lilith hat das befohlen, weil sie sauer war oder aus einem Impuls heraus. Aber eigentlich war es eine schlechte Strategie.«

Moira überlegte. Sie schmeckte gar nicht, was sie aß. »So wie sie King zu uns zurückgeschickt hat. Es war schäbig und widerwärtig, aber auf ihre Art auch ein Spiel. Sie glaubt, so etwas demoralisiert und schwächt uns. Warum kennt sie uns so wenig? Du hast nur die Hälfte ihrer Zeit hinter dir«, sagte sie zu Cian. »Aber du weißt besser Bescheid.«

»Ich finde Menschen ja auch interessant. Sie findet sie … im besten Fall wohlschmeckend. Man braucht nicht wie eine Kuh zu denken, wenn man Steaks aus ihr machen will.«

»Vor allem nicht, wenn man über genügend Cowboys verfügt«, warf Blair ein. »Ich habe ihr Mädchen verletzt, also wollte sie sich dafür rächen. Dann haben wir drei ihrer Stützpunkte aufgelöst – ich sollte hinzufügen, dass wir zwei weitere heute Früh ausgehoben haben.«

»Sie waren schon leer«, erklärte Larkin. »Sie hat sich nicht die Mühe gemacht, dort Fallen aufzustellen oder weitere Soldaten zu positionieren. Und dann hat Glenna uns erzählt, wie ihr mit ihr gespielt habt, während wir weg waren.«

»Also offensichtlich Auge um Auge. Aber sie verliert mehr als wir. Für die Familien der Opfer wird es dadurch allerdings nicht leichter«, fügte Blair hinzu.

»Und morgen schicke ich noch mehr hinaus. Phelan.« Moira griff nach Larkins Hand. »Ich kann ihn nicht zurückhalten. Ich werde mit Sinann sprechen, aber …«

»Nein, das mache ich. Wahrscheinlich hat unser Vater schon mit ihr geredet, aber ich werde es auch noch einmal tun.«

Sie nickte. »Und Tynan? Seine Wunden?«

»Ein Schnitt an der Hüfte. Hoyt hat die Verletzten behandelt. Es ging ihm gut, als wir aufbrachen. Für die Nacht sind sie in Sicherheit.«

»Nun, dann wollen wir für morgen um Sonne beten.«

Ihr stand noch eine Pflicht bevor.

Ihre Frauen hatten ein Wohnzimmer neben ihren eigenen Gemächern, wo sie sitzen und lesen, nähen oder sich einfach nur unterhalten konnten. Moiras Mutter hatte daraus einen heiteren, sehr weiblichen Raum mit weichen Stoffen, vielen Kissen und blühenden Pflanzen gemacht.

Im Kamin brannten duftende Apfelholzscheite, und die Wände zierte ein Fries mit geflügelten Elfen und Feen.

Als sie zur Königin gekrönt worden war, hatte Moira es ihren Hofdamen freigestellt, ob sie etwas verändern wollten. Aber das Zimmer blieb so, wie es seit jeher gewesen war.

Jetzt warteten ihre Frauen darin, dass sie sich für die Nacht zurückzog oder sie einfach entließ.

Sie erhoben sich, als sie eintrat, und knicksten.

»Wir sind hier nur Frauen. In dieser Zeit sind wir hier an diesem Ort nur Frauen.« Sie wandte sich mit ausgebreiteten Armen an Ceara.

»Oh, Mylady.« Die Tränen stürzten Ceara aus den vom vielen Weinen schon roten, geschwollenen Augen. Sie warf sich in Moiras Arme. »Bob ist tot. Mein Bruder ist tot.«

»Es tut mir so leid. Es tut mir so leid. Komm her.« Sie setzte sich mit Ceara, hielt sie umschlungen und weinte mit ihr, wie sie schon mit Cearas Mutter und all den anderen geweint hatte.

»Sie haben ihn dort begraben, auf einem Feld neben der Straße. Sie konnten ihn noch nicht einmal nach Hause bringen. Er hatte keine Totenwache.«

»Wir lassen den Boden von einem heiligen Mann segnen.

Und wir werden denen, die heute gefallen sind, ein Denkmal errichten.«

»Er wollte unbedingt gehen und kämpfen. Bevor sie losmarschiert sind, hat er sich noch umgedreht und mir zugewinkt.«

»Trink einen Tee.« Isleen, deren Augen ebenfalls rot vom Weinen waren, stellte die Teekanne hin. »Trink einen Tee, Ceara, und Ihr auch, Mylady.«

»Danke.« Ceara wischte sich das tränennasse Gesicht ab. »Ich weiß nicht, was ich in den letzten Stunden ohne Isleen und Dervil gemacht hätte.«

»Es ist gut, dass du deine Freundinnen hast. Aber wenn du deinen Tee getrunken hast, geh zu deiner Familie. Du brauchst deine Familie jetzt. Ich gebe dir frei, so lange du möchtest.«

»Ich möchte noch etwas von Euch erbitten, Euer Majestät. Und ich bitte Euch, es mir im Namen meines Bruders zu gewähren.«

Moira wartete, aber Ceara redete nicht weiter. »Soll ich dir mein Wort geben, ohne zu wissen, was ich verspreche?«

»Mein Mann marschiert morgen.«

Moira sank das Herz. »Ceara.« Sie strich dem Mädchen über die Haare. »Sinanns Mann marschiert auch bei Sonnenaufgang. Sie trägt ihr drittes Kind, und ich kann es ihr trotzdem nicht ersparen, dass er gehen muss.«

»Ich bitte Euch nicht, ihn hierzulassen. Ich bitte Euch, mich mit ihm marschieren zu lassen.«

»Mit ihm …« Erstaunt lehnte Moira sich zurück. »Ceara, deine Kinder.«

»Sie bleiben bei meiner Mutter und sind dort so sicher, wie sie nur sein können. Aber mein Mann zieht in den Krieg, und ich habe genauso trainiert wie er. Warum soll ich hier sitzen und warten?« Ceara streckte die Hände aus. »Soll ich nähen oder Unkraut jäten, während er kämpft? Ihr habt gesagt, es muss jeder bereit sein, Geall und die anderen Welten zu verteidigen. Ich bin bereit. Euer Majestät, Mylady, ich bitte Euch, mich morgen Früh mit meinem Ehemann ziehen zu lassen.«

Schweigend stand Moira auf. Sie trat ans Fenster und blickte in die Dunkelheit. Der Regen hatte endlich aufgehört, und Dunstschwaden stiegen auf.

»Hast du mit ihm darüber gesprochen?«, fragte Moira nach einer Weile.

»Ja, und sein erster Gedanke galt meiner Sicherheit. Aber er versteht, dass ich entschlossen bin, und warum.«

»Und warum bist du entschlossen?«

»Er ist mein Herz.« Ceara stand auf und legte sich die Hand auf die Brust. »Ich würde meine Kinder nie schutzlos zurücklassen, aber ich vertraue darauf, dass meine Mutter alles für sie tut, was sie kann. Mylady, haben wir, wir Frauen, denn nur die ganze Zeit trainiert und uns im Schlamm gewälzt, um am Feuer zu sitzen?«

»Nein. Nein, das habt ihr nicht.«

»Ich bin nicht die einzige Frau, die kämpfen möchte.«

Moira drehte sich um. »Du hast mit anderen gesprochen.« Sie blickte Dervil und Isleen an. »Ihr beiden wollt ebenfalls kämpfen?« Sie nickte. »Es war wohl unrecht von mir, euch zurückzuhalten. Wir werden Vorbereitungen treffen. Ich bin stolz darauf, eine Frau von Geall zu sein.«

Aus Liebe, dachte Moira, als sie sich hinsetzte, um eine weitere Liste zu schreiben. Aus Liebe ebenso wie aus Pflicht. Die Frauen würden für Geall kämpfen, aber sie griffen ihrer Ehemänner und Geliebten, ihrer Familien wegen zum Schwert.

Für wen kämpfte sie? Wer gab ihr Wärme und einen Grund zum Kämpfen?

Die Tage verstrichen, und Samhain hing wie eine blutige Streitaxt über ihren Köpfen. Und sie saß hier alleine, war jede Nacht alleine. Sollte sie ein Buch zur Hand, sich eine Landkarte, noch eine Liste vornehmen? Oder sollte sie noch einmal durchs Schloss laufen, in die Gärten und den Hof und sich wünschen …

Er, dachte sie. Sie wünschte sich, er würde sie noch einmal berühren, damit sie sich wieder so lebendig und erfüllt fühlte. Sie wünschte, er würde sich ihr gegenüber so zeigen wie in der Nacht, als er die Viella gespielt und damit ihr Herz wie ihr Blut aufgewühlt hatte.

Sie hatte gekämpft und geblutet und würde wieder kämpfen und bluten. Sie würde als Königin in die Schlacht ziehen, mit dem Schwert der Götter in der Hand. Und hier saß sie, allein in ihrem stillen Zimmer, und wünschte sich wie ein errötendes Mädchen, dass der Einzige sie berührte, der ihr Herz jemals schneller hatte schlagen lassen.

Sie war eine alberne Person. Eine Beleidigung für Frauen in allen Welten.

Nachdenklich ging sie auf und ab. Ja, es war beleidigend und engstirnig. Es waren die gleichen Gründe, warum sie den Frauen verwehrt hatte zu kämpfen. Der Tradition nach ging der Mann auf die Frau zu, der Mann musste sie beschützen und verteidigen. Aber die Zeiten hatten sich geändert, oder?

Hatte sie nicht Wochen in einer Welt und einer Zeit verbracht, in der Frauen wie Glenna und Blair ihr Leben selbst in die Hand nahmen? Wenn sie also wollte, dass Cian sich ihr näherte, dann würde sie auch dafür sorgen müssen, dass er es tat.

Sie wollte das Zimmer schon verlassen, als ihr einfiel, wie sie aussah. Das konnte sie doch besser. Um einen Vampir zu verführen, musste sie sich gut bewaffnen.

Sie schlüpfte aus ihrem Kleid. Sie hätte gerne ein Bad genommen – oder, oh, diese wundervolle Dusche in Irland –, aber für jetzt musste sie mit dem Becken mit duftendem Wasser vorlieb nehmen.

Sie cremte sich ein, wobei sie sich vorstellte, wie Cians lange Finger über ihre Haut glitten. In ihrem Bauch breitete sich bereits Hitze aus, und ihre Finger zitterten, als sie ihr bestes Nachtgewand anlegte. Als sie sich die Haare bürstete, wünschte sie sich einen Moment lang, sie hätte sich von Glenna das Schminken zeigen lassen. Andererseits waren ihre Wangen hübsch gerötet, und ihre Augen glänzten. Sie biss sich auf die Lippen, bis sie schmerzten, damit sie voll und verführerisch wirkten.

Dann trat sie einen Schritt zurück und musterte sich aus jedem Blickwinkel. Hoffentlich sah sie begehrenswert aus.

Sie ergriff eine Kerze und verließ das Zimmer, entschlossen, nicht mehr als Jungfrau zurückzukehren.

In seinem Zimmer brütete Cian über Landkarten. Er war der Einzige aus dem Kreis, der bisher weder in seinen Träumen noch in der Realität einen Blick auf das Schlachtfeld geworfen hatte. Das wollte er jetzt korrigieren.

Zeit war ein Problem. Ein Marsch von fünf Tagen, nun, mit dem Pferd würde er höchstens zwei Tage dazu brauchen. Aber er brauchte während des Tages einen sicheren Unterschlupf.

Möglicherweise reichten die Stützpunkte aus, die die anderen gesichert hatten. Wenn er sich erst einmal das Schlachtfeld angesehen hatte, konnte er sich bis Samhain in eins von diesen Lagern zurückziehen.

Und damit endlich diesem Schloss und seiner allzu verführerischen Königin entfliehen.

Die anderen hätten bestimmt Einwände, aber sie konnten ihn ja wohl kaum in einen Kerker sperren, damit er hier blieb.

Wenn die Sonne nicht schien, konnte er morgen Früh mit den Truppen aufbrechen. Oder er würde einfach bis Sonnenuntergang warten.

Er lehnte sich zurück und trank einen Schluck Blut, den er mit Whiskey versetzt hatte. Eigentlich konnte er auch sofort losreiten, oder? Dann würde er sich wenigstens nicht mit seinem Bruder oder den anderen auseinandersetzen müssen.

Allerdings würde er ihnen wenigstens eine Nachricht hinterlassen müssen. Es war schon seltsam, dass es Menschen gab, die um sein Wohlergehen besorgt waren, aber es gefiel ihm auch, obwohl es ein wenig Mühe bereitete.

Er würde einfach packen und gehen, dachte er und stellte seinen Becher ab. Ohne viel Aufsehen. Und dann brauchte er die anderen erst wiederzusehen, wenn sie ebenfalls am Schlachtfeld eintrafen.

Er ergriff das mit Perlen bestickte Lederbändchen, das er ihr noch nicht zurückgegeben hatte, und drehte es zwischen den Fingern. Wenn er heute Nacht aufbräche, würde er sie nicht mehr sehen oder riechen müssen, und er bräuchte sich nicht mehr vorzustellen, wie es wäre, sie im Dunkeln unter sich liegen zu haben.

Er besaß viel Fantasie.

Um zu entscheiden, was er am sinnvollsten auf die Reise mitnehmen sollte, stand er auf. Als es an der Tür klopfte, runzelte er die Stirn.

Wahrscheinlich Hoyt, dachte er. Na ja, er würde einfach nichts von seinen Plänen erwähnen und dadurch einer langen, irritierenden Debatte über das Thema aus dem Weg gehen. Beinahe hätte er gar nicht erst geöffnet, aber sein Schweigen und eine verschlossene Tür hätten seinen Bruder, den Zauberer, sicher nicht abgehalten.

Dass es Moira war, wusste er in dem Moment, als er die Hand auf den Türgriff legte. Leise fluchend öffnete er die Tür. Er würde sie so schnell wie möglich wieder wegschicken.

Sie trug ein fließendes, dünnes, weißes Gewand mit einem

Überwurf, der fast so grau war wie ihre Augen. Sie roch wie der Frühling – jung und verheißungsvoll.

Verlangen stieg in ihm auf.

»Schläfst du eigentlich nie?«, fragte er.

»Nein. Du?« Sie trat einfach ein, und er war so überrascht, dass er sie nicht daran hinderte.

»Nun, dann komm herein. Fühl dich wie zu Hause.«

»Danke«, erwiderte sie höflich, als ob seine Worte nicht sarkastisch geklungen hätten. Dann stellte sie ihre Kerze ab und wandte sich zum Kamin, den er nicht angezündet hatte.

»Wir wollen doch mal sehen, ob ich es noch kann. Ich habe geübt, bis mir beinahe der Kopf geplatzt ist. Sag jetzt nichts, das lenkt mich nur ab.«

Sie streckte die Hand aus, konzentrierte sich und stellte sich das Feuer vor. Ein einzelnes schwaches Flämmchen flackerte auf. Moira kniff die Augen zusammen und versuchte es noch einmal. »Jetzt!«, sagte sie hocherfreut, als der Torf zu brennen anfing.

»Ich bin wohl von lauter Zauberern umgeben.«

Sie drehte sich zu ihm um. »Das ist eine gute Fähigkeit, und ich habe vor, noch mehr zu lernen.«

»Hier findest du keinen Hexenmeister.«

»Nein.« Sie warf die Haare zurück. »Aber ich hoffe, einen Lehrmeister in anderen Dingen.«

Sie trat an die Tür, verriegelte sie und wandte sich dann zu ihm. »Ich möchte, dass du mit mir ins Bett gehst.«

Er blinzelte verwirrt. »Was?«

»Mit deinen Ohren ist doch alles in Ordnung, oder? Du hast mich schon richtig verstanden, ich möchte bei dir liegen. Ich habe zuerst überlegt, es auf die kokette oder verführerische Art zu versuchen, aber dann habe ich mir gedacht, dass du klare Worte liebst.«

Das Verlangen in seinem Bauch wurde stärker. »Ich sage dir jetzt ein klares Wort. Hinaus.«

»Ich sehe, ich habe dich überrascht.« Sie ging im Zimmer herum. »Das ist nicht einfach. Blair würde jetzt wohl sagen, Punkt für mich.« Wieder drehte sie sich zu ihm um und lächelte. »Für mich ist das alles neu, deshalb sag mir doch: Warum sollte ein Mann böse auf eine Frau sein, die bei ihm liegen will?«

»Ich bin kein Mann.«

»Ah.« Sie hob einen Finger. »Aber du hast trotzdem Bedürfnisse, empfindest Verlangen. Du hast mich begehrt.«

»Ein Mann lässt sich mit fast jeder Frau ein.«

»Aber du bist doch kein Mann«, gab sie grinsend zurück. »Noch ein Punkt für mich. Du holst mich nicht mehr ein.«

»Wenn du wieder getrunken hast ...«

»Nein. Du weißt, dass ich nüchtern bin. Aber ich habe nachgedacht. Ich ziehe in den Krieg, in die Schlacht. Vielleicht überlebe ich nicht. Vielleicht überlebt keiner von uns. Heute sind gute Männer gestorben und haben gebrochene Herzen hinterlassen.«

»Und Sex ist eine Bestätigung für das Leben. Ich weiß, wie du es meinst.«

»Ja, genau, das stimmt. Und auf einer persönlicheren Ebene habe ich mir gedacht, dass ich auf keinen Fall als Jungfrau sterben möchte. Ich möchte *wissen,* wie es ist. Ich möchte es fühlen.«

»Dann besorg dir ein Studienobjekt, Majestät. Ich bin nicht interessiert.«

»Ich will keinen anderen. Vor dir wollte ich noch nie jemanden, und seit ich dich das erste Mal gesehen habe, hat mir keiner sonst gefallen. Es hat mich schockiert, dass ich solche Gefühle für dich empfinde, da ich doch weiß, was du bist. Aber sie sind in mir, und sie verschwinden nicht. Wie jeder andere Mensch habe auch ich Bedürfnisse. Und wenn es sein muss, kann ich sicher auch deinen Widerstand überwinden – auch wenn du schon lange kein stürmischer junger Mann mehr bist.«

»Du bist ja ganz schön direkt«, murmelte er.

»Oh, das war ich immer schon. Ich achte nur sorgfältig darauf, wann ich das zu erkennen gebe.« Sie legte die Hand auf einen der Bettpfosten. »Was würde es dir schon bedeuten? Eine oder zwei Stunden deiner Zeit. Ich glaube, du hast schon seit einer ganzen Weile keine Frau mehr gehabt.«

Er kam sich vor wie ein Idiot. Steif und dumm und voller Verlangen. »Das braucht nicht deine Sorge zu sein.«

»Nein, vielleicht nicht, aber ich habe gelesen, dass es sich bei einem Mann auswirken kann, wenn er eine Zeit lang abstinent war. Allerdings habe ich ja auch gar keine Vergleichsmöglichkeit.«

»Na, was habe ich doch für ein Glück. Oder hätte ich zumindest, wenn ich dich wollte.«

Sie legte den Kopf schräg und blickte ihn neugierig an. »Du glaubst, du kannst mich mit Beleidigungen abschrecken. Ich wette – und ich setze jede Summe, die du nennst –, dass du jetzt hart wie ein Stein bist.« Sie trat auf ihn zu. »Ich will so sehr, dass du mich berührst, Cian. Ich bin es leid, nur davon zu träumen. Ich möchte es endlich fühlen.«

Der Boden bebte unter seinen Füßen. »Du weißt nicht, worum du bittest, was du riskierst. Du kennst die Konsequenzen nicht.«

»Ein Vampir kann mit einem Menschen schlafen. Du wirst mich nicht verletzen.« Sie zog die Kette mit dem Kreuz über den Kopf und legte sie auf den Tisch.

»Du bist ja vertrauensselig.« Er versuchte es mit Sarkasmus, aber die Geste hatte ihn gerührt.

»Vertrauensselig. Ich brauche keinen Schutz oder Schild gegen dich. Warum sagst du eigentlich nie meinen Namen?«

»Was? Das tue ich doch.«

»Nein, das tust du nicht. Du sprichst mit mir, aber du

schaust mich nie an und sagst meinen Namen.« Ihre Augen waren rauchgrau und wissend. »Namen haben Macht. Hast du Angst, ich könnte dir etwas nehmen?«

»Du kannst mir nichts nehmen.«

»Dann sag meinen Namen.«

»Moira.«

»Noch einmal, bitte.« Sie ergriff seine Hand und legte sie auf ihr Herz.

»Tu das nicht.«

»Cian. Jetzt sage ich deinen Namen. Cian. Ich glaube, wenn du mich nicht berührst, mich nicht nimmst, stirbt ein Teil von mir schon vor der Schlacht. Bitte.« Sie umfasste sein Gesicht mit beiden Händen und sah in seinen Augen endlich, was sie sehen wollte. »Sag meinen Namen.«

»Moira.« Er ergriff ihr Handgelenk und drückte seine Lippen in ihre Handfläche. »Moira. Wenn ich nicht schon verdammt wäre, würde mich dies hier geradewegs in die Hölle befördern.«

»Wenn du es mir beibringst, versuche ich, dir zuerst den Himmel zu öffnen.«

Sie stellte sich auf die Zehenspitzen und zog seinen Kopf zu sich herunter. Als sein Mund sich auf ihren senkte, stieß sie einen zitternden Seufzer aus.

10

Er hatte geglaubt, es allein mit seiner Willensstärke verhindern zu können. Tausend Jahre, dachte er, und Männer machten sich immer noch vor, sie könnten Frauen beherrschen.

Sie führte ihn und hatte ihn eigentlich schon vom ersten Augenblick an geführt. Und jetzt würde er nehmen, was sie ihm anbot, auch wenn dies ein egoistischer Akt war. Aber er würde auch all sein Können einsetzen, um ihr zu geben, was sie verlangte.

»Es ist dumm von dir, deine Unschuld jemandem wie mir zu schenken.« Er fuhr mit der Fingerspitze über ihr Schlüsselbein. »Aber jetzt ist es zu spät, um noch einen Rückzieher zu machen.«

»Jungfräulichkeit und Unschuld sind nicht immer dasselbe. Meine Unschuld habe ich verloren, lange bevor ich dich kannte.« In der Nacht, als ihre Mutter ermordet worden war, dachte sie. Aber daran wollte sie heute Nacht nicht denken.

Heute Nacht wollte sie mit ihm zusammen sein.

»Soll ich mich für dich entkleiden, oder musst du das tun?«

Er lachte leise und ein wenig gequält auf. Dann ließ er seine Stirn an ihre sinken, eine Geste, die sie überraschend zärtlich fand. »So in Eile«, murmelte er. »Manche Dinge genießt man besser, anstatt sie hinunterzuschlingen, vor allem, wenn man sie zum ersten Mal probiert.«

»Siehst du. Jetzt habe ich schon etwas gelernt. Wenn du mich küsst, erwacht etwas in meinem Körper, etwas, das geschlafen hat, bis du kamst. Ich weiß nicht, was du fühlst.«

»Mehr als mir lieb ist.« Er fuhr mit den Fingern durch ihre Haare. Danach hatte er sich schon seit Wochen gesehnt. »Mehr, als für uns beide gut sein kann. Das hier ...« – er küsste sie sanft – »... ist ein Fehler.« Noch einmal küsste er sie, dieses Mal leidenschaftlicher.

Sie schmeckte, wie sie duftete, nach Frühling, Sonnenschein und Jugend. Sie keuchte leise auf, als er mit den Zähnen ganz leicht an ihrer Unterlippe knabberte. Seine Hände glitten durch ihre Haare und ihren Rücken hinunter.

Als sie erbebte, schob er ihr das Nachtgewand von den Schultern, um die zarte Haut dort für seine Lippen zu entblößen. Als sein Mund über ihre Kehle glitt, spürte er das verführerische Pulsieren des Blutes.

Sie zuckte nicht, als seine Zähne sie dort berührten, erstarrte aber, als seine Hand über ihre Brust streifte.

Noch nie hatte sie jemand so intim berührt. Die Hitze, die sie bei der Berührung seiner Hände durchströmte, war ein Schock, ebenso wie das Wissen, dass nur dünner Stoff zwischen seiner Hand und ihrer Haut war.

Und dann war auch diese Barriere entfernt, und ihr Nachtgewand lag zu ihren Füßen. Instinktiv hob sie die Hand, um sich zu bedecken, aber er ergriff sie nur und knabberte mit den Zähnen leicht an ihrem Handgelenk. Dabei beobachtete er sie aufmerksam.

»Hast du Angst?«

»Ein wenig.«

»Ich werde dich nicht beißen.«

»Nein, nein, davor habe ich keine Angst.« Sie drehte die Hand, die er festhielt, sodass ihre Handfläche seine Wange umschloss. »In mir tobt ein solcher Aufruhr. Es stürmt so viel Neues auf mich ein. So hat mich noch nie jemand berührt.« Sie nahm allen Mut zusammen und ergriff seine andere Hand, um sie auf ihre Brust zu legen. »Zeig mir mehr.«

Er fuhr mit dem Daumen über ihren Nippel und beobachtete die Lust, die sich auf ihrem Gesicht abzeichnete. »Hör auf zu denken, Moira.«

Sie fühlte sich schon ganz benommen. Wie konnte sie bei diesem Ansturm von Gefühlen noch einen klaren Gedanken fassen?

Er hob sie hoch und küsste sie leidenschaftlich.

Wieso war auf einmal das Bett unter ihr? Hatte er sie durchs Zimmer getragen? Wie hatte … aber schon wieder versank alles um sie herum, als seine Hände wie flammender Samt über ihren Körper strichen.

Sie war ein Festmahl, und er hatte schon viel zu lange gefastet. Und doch machte er langsam, genoss ihren Duft, ihren Körper. Und mit jedem Seufzer, den sie ausstieß, mit jedem Schauer, der sie überlief, wuchs sein eigenes Verlangen.

Als ihre neugierigen Hände seine Selbstbeherrschung bedrohten, hielt er sie fest, während er langsam und gnadenlos ihre Brüste liebkoste.

Sie näherte sich dem Höhepunkt; er spürte, wie die Wellen sich in ihr aufbauten. Und als er ihren Orgasmus auslöste, bäumte sie sich auf und stieß einen erstickten Schrei aus.

Dann erschlaffte sie unter seinen Händen.

»Oh.« Sie stieß die Luft aus. »Oh, ich verstehe.«

»Nein, das glaubst du nur.« Seine Zunge glitt über ihren Hals. Als sie aufseufzte, fuhr er mit seiner Hand zwischen ihre Beine in ihre nasse Hitze hinein.

Alles um sie herum wurde hell. Das strahlende Licht blendete sie, ihre Haut, ihr Herz. Sie bestand nur noch aus Gefühl, aus Lust. Sie war der Pfeil, den er vom Bogen hoch hinaus in den Himmel schoss.

Seine Hände beherrschten sie, und sie war seine Geisel. Halb wahnsinnig vor Begierde zerrte sie an seinem Hemd.

»Ich muss … ich will …«

»Ich weiß.« Er zog sein Hemd aus, damit sie auch ihn berühren und schmecken konnte. Ihr eifriges Erforschen bereitete ihm Lust, ihr warmer, rascher Atem an seiner Haut, ihre tastenden Hände. Als sie seine Hüften umfasste, half er ihr, sich auch seiner restlichen Kleidung zu entledigen.

Er wusste nicht genau, ob er geschmeichelt oder amüsiert reagieren sollte, als sie erstaunt die Augen aufriss.

»Ich ... ich ... das war mir nicht klar. Ich habe natürlich schon einmal einen Schwanz gesehen, aber ...«

Er musste lachen. »Ach ja, tatsächlich?«

»Ja, natürlich. Die Männer baden hier im Fluss, und – na ja, da ich neugierig bin ...«

»Du hast ihnen nachspioniert. Der Stolz eines Mannes ist nach einem Bad im kalten Fluss, nun, nicht gerade in Höchstform. Ich werde dir aber nicht wehtun.«

Aber das musste er wohl, oder, dachte Moira. Sie hatte von solchen Dingen schon gelesen, und sie hatte natürlich auch die anderen Frauen davon sprechen hören. Aber sie hatte keine Angst vor dem Schmerz. Jetzt fürchtete sie nichts mehr.

Sie legte sich auf den Rücken und wappnete sich für ihn. Aber er begann nur wieder, sie zu berühren und zu erregen, bis sie völlig aufgelöst war.

Er wollte sie nass und bereit haben, und ihr Körper, der vor Erwartung ganz steif geworden war, wurde erneut weich und warm.

»Sieh mich an. Moira, *mo chroi.* Sieh mich an. Sieh mir in die Augen.«

Das konnte er für sie tun. Er konnte diesen schmerzhaften Moment lindern und ihr Lust schenken. Als sich ihre großen, grauen Augen verschleierten, drang er in sie ein und füllte sie aus.

Ihre Lippen zitterten, und sie stöhnte leise und tief auf. Er hielt sie mit seinen Augen gefangen, während er langsam tief in sie hineinstieß.

Auch als er sie aus dem Zauber entließ und sie sich in seinem Rhythmus mit ihm bewegte, blickte sie ihn weiter unverwandt an. Ihr Herz schlug wie eine wilde Trommel gegen seine Brust, so lebendig, dass es ihm schien, als schlüge es in ihm.

Sie kam mit einem Schrei voller Staunen und Entzücken. Und dann endlich ließ er sich auch von seinem eigenen Verlangen überwältigen.

Sie schmiegte sich an ihn wie eine Katze, die Sahne geschleckt hatte. Später würde er sicher bereuen, was er getan hatte, aber für den Augenblick wollte er es ein wenig genießen.

»Ich hatte ja keine Ahnung, dass es so sein könnte«, murmelte sie. »So enorm.«

»Da ich so gut ausgestattet bin, bist du jetzt wahrscheinlich für jeden anderen verdorben.«

»Ich meinte nicht die Größe deines Stolzes, wie du ihn genannt hast.« Lachend blickte sie zu ihm auf. An seinem trägen Lächeln erkannte sie, dass er sie durchaus richtig verstanden hatte. »Über den Akt habe ich natürlich schon gelesen. Medizinische Bücher, Geschichten. Aber die persönliche Erfahrung ist wesentlich befriedigender.«

»Es freut mich, dass ich dir bei deinen Forschungen behilflich sein durfte.«

Sie warf sich auf ihn. »Bevor ich alles kenne, muss ich noch viel mehr Forschungen betreiben. Ich bin gierig nach Wissen.«

»Ach, verdammt, Moira«, sagte er seufzend und spielte mit ihren Haaren. »Du bist perfekt.«

»Ja?« Ihre Wangen wurden vor Freude noch rosiger. »Ich widerspreche dir nicht, da ich mich im Moment auch absolut perfekt fühle. Allerdings habe ich Durst. Gibt es hier irgendwo Wasser?«

Er löste sich von ihr und stand auf, um den Krug zu holen. Sie setzte sich auf, als er ihr einen Becher voll einschenkte, und ihre Haare fielen ihr über Schultern und Brüste. Er dachte, wenn sein Herz schlüge, hätte es bei ihrem Anblick vielleicht ausgesetzt.

Er reichte ihr den Becher und setzte sich ihr gegenüber aufs Bett. »Das ist Wahnsinn, das weißt du.«

»Die ganze Welt ist wahnsinnig geworden«, erwiderte sie. »Warum sollten wir nicht auch daran teilhaben? Ich meine das nicht leichtfertig, Cian«, fügte sie hinzu und legte ihm die Hand auf den Arm. »Ich muss so vieles tun, bei dem ich keine Wahl habe. Aber das hier war meine eigene Entscheidung.«

Sie trank und reichte ihm den Becher, damit er ebenfalls trinken konnte. »Wirst du bedauern, was uns Lust verschaffte und niemandem Schaden zugefügt hat?«

»Du hast dir nicht überlegt, was andere denken könnten, wenn wir das Bett miteinander teilen.«

»Jetzt hör sich das einer an! Gerade du machst dir Sorgen um meinen Ruf! Ich bin eine selbstständige Frau und brauche niemandem Rechenschaft darüber abzulegen, mit wem ich das Bett teile.«

»Da du Königin bist …«

»Deswegen bin ich nicht weniger Frau«, unterbrach sie ihn. »Und zwar eine geallische Frau, und wir sind dafür bekannt, dass wir unseren eigenen Kopf haben. Daran bin ich vor ein paar Stunden auch erinnert worden.« Sie stand auf und wickelte sich in ihren Morgenmantel.

Sie erschien ihm wie in Dunst gehüllt.

»Eine meiner Hofdamen, Ceara – weißt du, wen ich meine?«

»Ja, so eine große, mit dunkelblonden Haaren. Sie hat dich im Zweikampf besiegt.«

»Ja, genau. Ihr Bruder wurde heute getötet. Er war jung, noch nicht einmal achtzehn.«

Bei dem Gedanken daran fuhr ihr erneut ein Stich durchs

Herz. »Ich kam in den Salon meiner Damen, und sie war dort, obwohl ich ihr frei gegeben hatte, damit sie bei ihrer Familie sein konnte.«

»Sie ist loyal und erfüllt ihre Pflicht dir gegenüber.«

»Nicht nur mir gegenüber. Sie fragte mich, ob ich ihr im Namen ihres Bruders etwas gewähren würde.« Moiras Stimme bebte vor Rührung. »Sie will morgen Früh mit ihrem Mann marschieren. Sie will ihre Kinder und die Sicherheit hier zurücklassen und sie gegen die Unsicherheit des Kampfes eintauschen. Sie ist nicht die einzige Frau, die mich gebeten hat, gehen zu dürfen. Wir sind nicht schwach. Wir sitzen nicht hier und warten. Und daran musste ich heute Abend denken.«

»Du lässt sie gehen?«

»Ja, sie und jede andere, die gehen will. Am Ende müssen vielleicht auch einige gehen, die lieber hier blieben. Ich bin nicht zu dir gekommen, weil ich schwach bin oder Trost und Schutz brauchte. Ich bin gekommen, weil ich dich wollte, weil ich das hier wollte.«

Sie legte den Kopf schräg und ließ lächelnd den Morgenmantel zu Boden sinken. »Und anscheinend will ich dich jetzt schon wieder. Muss ich dich erst verführen?«

»Dafür ist es zu spät.«

Ihr Lächeln wurde breiter, als sie aufs Bett zutrat. »Ich habe gehört – und gelesen –, dass ein Mann zwischen den einzelnen Runden ein bisschen Erholung braucht.«

»Du zwingst mich, mich zu wiederholen. Ich bin kein Mann.«

Er packte ihre Hand und warf sie aufs Bett – unter sich.

Lachend zog sie ihn an den Haaren. »Na, in diesem Fall ist das aber ganz praktisch, was?«

Viel, viel später schlief Cian nicht in der gewohnten Stille ein, sondern mit dem stetigen Rhythmus von Moiras Herzschlag.

Und es war auch ihr Herz, das ihn weckte. Er hörte die plötzlichen, raschen Schläge, noch bevor sie aufschrie und im Schlaf um sich schlug.

Er fluchte, als ihm einfiel, dass sie ihr Kreuz nicht trug und er auch keine von Glennas Vorsichtsmaßnahmen gegen Liliths Eindringen getroffen hatte.

»Moira.« Er packte sie an den Schultern und hob sie hoch. »Wach auf.«

Er wollte sie gerade schütteln, als sie die Augen aufschlug. Statt der Angst, die er erwartet hatte, sah er Trauer in ihrem Gesicht.

»Es war ein Traum«, sagte er vorsichtig. »Nur ein Traum. Lilith kann dich in Träumen nicht berühren.«

»Es war nicht Lilith. Es tut mir leid, dass ich dich geweckt habe.«

»Du zitterst ja. Hier.« Er wickelte sie in eine Decke ein. »Ich zünde das Feuer wieder an.«

»Nein, mach dir keine Mühe. Das brauchst du nicht«, sagte sie, als er aufstand. »Ich gehe jetzt besser. Es wird ohnehin gleich hell.«

Er hockte sich wortlos vor den Kamin und legte Torf auf die Glut. »Du willst mir nicht anvertrauen, was los war?«

»Nein, darum geht es nicht.« Sie wäre besser sofort aufgestanden und gleich gegangen, dachte sie. Auf einmal schien sie sich nicht mehr bewegen zu können. »Es war nicht Lilith, es war nur ein schlimmer Traum. Nur …«

Aber sie begann schon wieder zu keuchen.

Statt zu ihr zu kommen, kümmerte Cian sich um das Feuer und ging dann durchs Zimmer, um überall Kerzen anzuzünden.

»Ich kann nicht darüber sprechen. Ich kann nicht.«

»Natürlich kannst du. Vielleicht nicht mit mir, aber mit Glenna. Ich gehe sie wecken.«

»Nein. Nein. Nein.« Moira schlug die Hände vors Gesicht.

Da er nun schon mal wach war und vermutlich nicht wieder einschlafen würde, schenkte er sich selbst einen Becher Blut ein. »Geallische Frauen sind also nicht schwach.«

Sie ließ die Hände sinken und funkelte ihn böse an. »Du verdammter Bastard.«

»Genau. Lauf doch auf dein Zimmer, wenn du nicht anders damit umgehen kannst. Aber wenn du bleibst, erzählst du mir, was los ist. Es ist deine Entscheidung.« Er ließ sich in einen Sessel sinken. »Du bist doch groß in Entscheidungen, also triff jetzt auch eine.«

»Willst du meinen Schmerz, meine Trauer hören? Na ja, warum soll ich es nicht dir erzählen, dem es wahrscheinlich nur wenig bedeutet. Ich habe, wie schon so oft, vom Mord an meiner Mutter geträumt. Und jedes Mal sehe ich es deutlicher als vorher. Zuerst war alles verschwommen und unscharf – wie durch eine verschmutzte Scheibe. Damals war es leichter.«

»Und jetzt?«

»Ich konnte es sehen.«

»Was hast du gesehen?«

»Ich habe geschlafen.« Ihre Augen waren riesengroß und schmerzerfüllt. »Wir hatten zu Abend gegessen, und mein Onkel, Larkin und die Familie waren anwesend. Eine kleine Familienfeier. Das machte meine Mutter gerne alle paar Monate. Nach dem Essen wurde musiziert, und wir haben getanzt. Meine Mutter tanzte so gerne. Es war schon spät, als wir ins Bett gingen, und ich schlief schnell ein. Ich hörte sie schreien.«

»Sonst hat sie niemand gehört?«

Moira schüttelte den Kopf. »Nein. Sie hat gar nicht richtig geschrien, weißt du. Nicht laut jedenfalls. Sie schrie in ihrem Kopf, und ich hörte sie in meinem. Nur ein einziges Mal. Ich dachte, ich hätte es mir eingebildet. Aber ich stand trotzdem auf und ging in ihr Zimmer, um nachzuschauen.«

Sie sah es selbst jetzt vor sich. Sie hatte sich nicht erst die Mühe gemacht, eine Kerze anzuzünden, weil ihr Herz so heftig geschlagen hatte. Sie war einfach aus ihrem Zimmer zu den Gemächern ihrer Mutter gelaufen.

»Ich klopfte nicht, weil ich mir sagte, nein, dann weckst du sie. Ich wollte nur hineinschlüpfen und mich vergewissern, dass sie schlief.

Aber als ich die Tür öffnete, lag sie nicht in ihrem Bett. Ich hörte Geräusche, schreckliche Geräusche. Wie Tiere, wie Wölfe, aber schlimmer. Oh, schlimmer.«

Sie schwieg und versuchte zu schlucken, obwohl ihre Kehle wie ausgetrocknet war. »Die Türen zu ihrem Balkon standen auf, und die Vorhänge bauschten sich im Wind. Ich rief nach ihr. Ich wollte zu den Türen laufen, aber ich konnte nicht. Ich blieb wie angewurzelt stehen und konnte kaum einen Fuß vor den anderen setzen. Ich kann es nicht sagen.«

»Doch, du kannst. Du bist zur Balkontür gegangen.«

»Ich sah ... o Gott, o Gott, o Gott. Ich sah sie auf den Steinen liegen. Und das Blut, so viel Blut. Es waren ... mir wird schlecht.«

»Nein.« Cian stand auf und trat zu ihr. »Dir wird nicht schlecht.«

»Sie rissen an ihr.« Die Worte sprudelten jetzt aus ihr hervor. »Sie zerfleischten sie. Dämonen, Geschöpfe aus Albträumen, zerfleischten meine Mutter. Ich wollte schreien, aber ich konnte nicht. Ich wollte hinrennen und sie verjagen. Einer, einer blickte mich an. Sein Augen waren rot, und sein Gesicht war mit Blut verschmiert. Mit dem Blut meiner Mutter. Er sprang auf die Tür zu, und ich taumelte zurück. Weg von ihr, und dabei hätte ich zu ihr hin gemusst.«

»Sie war tot, Moira, und auch du wärst tot gewesen, wenn du aus der Tür getreten wärst.«

»Aber ich hätte ihr helfen müssen. Er sprang mich an, und

ich schrie und schrie und schrie. Und ich schrie noch, als er abprallte wie an einer unsichtbaren Wand. Und dann wurde alles um mich herum schwarz. Während meine Mutter in ihrem Blut lag, schrie ich nur.«

»Du bist nicht dumm«, sagte Cian gepresst. »Du weißt, dass du unter Schock standest. Du weißt, dass das, was du gesehen hast, dich körperlich genauso getroffen hat wie ein heftiger Schlag. Du hättest nichts tun können, um deine Mutter zu retten.«

»Aber wie konnte ich sie denn da so liegen lassen, Cian? Sie einfach dort liegen lassen?« Jetzt strömten ihr die Tränen über die Wangen. »Ich habe sie doch über alles geliebt.«

»Weil dein Verstand mit dem, was du sahst, nicht umgehen konnte. Für dich war es ein Ding der Unmöglichkeit. Sie war schon tot, bevor du ins Zimmer kamst. In dem Moment, wo du ihren Schrei gehört hast, Moira, war sie tot.«

»Wie kannst du da so sicher sein? Wenn …«

»Es waren Mörder. Sie haben sie sofort getötet. Danach haben sie sich zwar über sie hergemacht, aber das Ziel war der Tod.«

Er nahm ihre kalten Hände in seine, um sie zu wärmen. »Sie hat nur einen winzigen Moment lang Schmerzen verspürt. Vom Rest hat sie nichts mehr mitbekommen.«

Sie blickte ihn unverwandt an. »Schwörst du mir, dass du das glaubst?«

»Ich brauche es nicht zu glauben, ich weiß es, und ich kann es dir auch schwören. Wenn sie sie hätten foltern wollen, dann hätten sie ihr irgendwo aufgelauert, wo sie sich mehr Zeit hätten lassen können. Was du gesehen hast, war eine verdeckte Handlung, damit man sagen würde, es wären wilde Tiere gewesen. Wie bei deinem Vater.«

Langsam stieß sie die Luft aus. Sie sah die schreckliche Logik, die dahinter stand. »Mich hat der Gedanke umgebracht, dass sie noch am Leben war, als ich dazukam. Dass sie noch gelebt hat, während sie ihr Blut tranken. Irgendwie ist es leichter, zu wissen, dass sie bereits tot war.«

Mit dem Handrücken wischte sie sich die Tränen ab. »Es tut mir leid, dass ich dich einen Bastard genannt habe.«

»Ich habe dich wütend gemacht.«

»Absichtlich. Ich habe bisher noch nie jemandem von dieser Nacht erzählt. Ich konnte nicht darüber sprechen.«

»Jetzt hast du es getan.«

»Vielleicht muss ich sie ja jetzt auch nicht mehr so sehen, wie sie in jener Nacht ausgesehen hat. Vielleicht kann ich sie ja jetzt wieder lebendig und glücklich sehen. Hältst du mich ein bisschen fest?«

Er nahm sie in die Arme und strich ihr über die Haare. Sie legte den Kopf an seine Schulter. »Jetzt, wo ich es dir erzählt habe, geht es mir besser. Es war lieb von dir, dass du mich wütend gemacht hast, damit ich darüber sprechen konnte.«

»Jederzeit gerne.«

»Ich wünschte, ich könnte hier bei dir im Dunkeln bleiben. Aber ich muss mich anziehen gehen. Beim ersten Licht brechen die Truppen auf.«

Er küsste sie lange und zärtlich.

Moira öffnete schläfrig die Augen. »Ich habe den Kuss bis zu meinen Fußsohlen gespürt. Hoffentlich bedeutet das, dass ich heute leichter gehen kann.«

Sie erhob sich und griff nach ihrem Nachtgewand. »Du könntest mich eigentlich in den nächsten Stunden ein bisschen vermissen«, sagte sie zu ihm. »Oder mich später einfach anlügen und sagen, du hättest mich vermisst.«

»Wenn ich dir sage, wie sehr du mir gefehlt hast, ist das keine Lüge.«

Als sie angezogen war, umfasste sie sein Gesicht mit beiden Händen und gab ihm noch einen Kuss. »Dann freue ich mich jetzt einfach mal auf die Wahrheit.«

Sie ergriff ihre Kerze und trat an die Tür. Ein letztes Mal lächelte sie ihn an und schob den Riegel zurück.

Vor der Tür stand Larkin, der gerade klopfen wollte.

»Moira?« Er grinste sie verblüfft an. Als er jedoch das zerwühlte Bett sah und Cian, der sich ein Laken um die Taille geschlungen hatte, erlosch sein Lächeln.

Wütend schob er Moira beiseite und stürzte sich auf Cian.

Cian machte sich gar nicht erst die Mühe, den Schlag abzuwehren, sondern nahm ihn ungerührt entgegen. Als die Faust jedoch ein weiteres Mal auf ihn zuschwang, packte er Larkin am Handgelenk. »Einen gestatte ich dir. Aber das reicht auch.«

»Du sollst ihm gar nichts gestatten.« Moira war so geistesgegenwärtig gewesen, die Tür wieder zu schließen. »Wenn du noch einmal zuschlägst, Larkin, dann bekommst du von mir einen Tritt in den Hintern.«

»Du verdammter Bastard. Dafür wirst du dich verantworten.«

»Zweifellos. Aber nicht dir gegenüber.«

»Doch, ich verspreche dir, du bekommst es mit mir zu tun.«

»Hör auf! Ich meine es ernst.«

Als Larkin schon wieder die Fäuste hob, musste Moira den Drang unterdrücken, ihn mit dem Kerzenleuchter zu verprügeln. »Lord Larkin, als deine Königin befehle ich dir, aufzuhören.«

»Ach, hör doch damit auf«, warf Cian lässig ein. »Lass den Jungen doch die Ehre seiner Kusine verteidigen.«

»Ich schlage dich zu Brei.«

Moira riss der Geduldsfaden, und sie drängte sich zwischen die beiden. »Sieh mich an. Du und dein verdammter Dickschädel, Larkin. Sieh mich an. In welchem Zimmer sind wir hier?«

»Im Zimmer von diesem verdammten Mistkerl.«

»Und glaubst du, er hat mich an den Haaren hier hineingeschleift und mir Gewalt angetan? Du bist ein Blödmann! Ich habe an Cians Tür geklopft. Ich bin hier hineinmarschiert und habe mich in sein Bett gelegt, weil ich es wollte.«

»Du weißt nicht, was …«

»Wenn du es wagst, wenn du es *wagst,* mir zu sagen, ich wüsste nicht, was ich will, dann schlage ich *dich* zu Brei.« Sie bohrte ihm einen Finger in die Brust, um ihren Worten Nachdruck zu verleihen. »Ich habe ein Recht auf mein Privatleben, und du hast mir gar nichts vorzuschreiben.«

»Aber er – du. Es schickt sich nicht.«

»So ein Unsinn.«

»Es überrascht mich nicht, dass dein Vetter Einwände dagegen hat, dass du mit einem Vampir schläfst.« Cian ergriff seine Tasse, tauchte einen Finger hinein und leckte das Blut ab. »Hässliche Angewohnheit.«

»Ich lasse nicht zu …«

»Warte«, unterbrach Larkin Moiras wütende Tirade. »Einen Moment. Ich würde gerne mit Cian unter vier Augen sprechen. Nur reden«, fügte er hinzu, bevor Moira widersprechen konnte. »Mein Wort darauf.«

Sie fuhr sich mit der Hand durch die Haare. »Ich habe für solche Albernheiten keine Zeit. Dann redet meinetwegen darüber, obwohl es euch nichts angeht. Ihr tut beide so, als wäre ich geistig minderbemittelt. Ich muss mich jetzt anziehen und zu den Truppen sprechen, die heute marschieren.«

Sie ging zur Tür. »Ich verlasse mich darauf, dass ihr euch meinetwegen nicht gegenseitig umbringt.«

Mit diesen Worten ging sie hinaus und schlug die Tür hinter sich zu.

»Mach schnell«, fuhr Cian ihn an. »Ich bin die Menschen plötzlich leid.«

Die meiste Wut war schon wieder aus Larkins Gesicht verschwunden.

»Du glaubst, ich habe dich geschlagen, weil du ein Vampir bist. Ich hätte genauso reagiert, wenn ich sie bei einem Mann angetroffen hätte. Sie ist schließlich mein Mädchen. Ich habe gar nicht daran gedacht, dass du ein Vampir bist. Ich glaube, ich habe überhaupt nicht gedacht.«

Er stieß die Luft aus. »Und wenn ich jetzt darüber nachdenke, wird alles nur noch komplizierter. Aber du sollst nicht glauben, dass ich dir eine verpasst habe, weil du ein Vampir bist. Tatsache ist, dass ich dich gar nicht so sehe, außer wenn ich unmittelbar darüber nachdenke. Für mich bist du ein Freund. Du bist einer von uns sechsen.«

Hitzig fuhr er fort: »Und eins möchte ich klarstellen: Wenn ich es unmöglich finde, dass du dich an meine Kusine herangemacht hast, so hat das verdammt noch mal nichts damit zu tun, ob du einen Herzschlag hast oder nicht.«

Cian wartete einen Moment. »Bist du jetzt fertig?«

»Ja. Ich möchte eine Antwort haben.«

Cian nickte und ergriff wieder seinen Becher. »Du bringst mich in eine ganz schön schwierige Position. Du bezeichnest mich als Freund und als einen von euch. Ersteres bin ich vielleicht, aber einer von euch werde ich nie sein.«

»Quatsch. Du willst nur vom Thema ablenken. Ich vertraue dir so, wie ich den wenigsten anderen vertraue. Und jetzt hast du meine Kusine verführt.«

Cian lachte auf. »Du traust ihr zu wenig zu. Den Fehler habe ich auch gemacht.« Müßig drehte er das Lederbändchen zwischen den Fingern. »Sie hat mich aufgewickelt wie ein Garnknäuel. Das entschuldigt zwar nicht, dass ich sie nicht weggeschickt habe, aber sie ist ziemlich hartnäckig und besitzt große Überzeugungskraft. Ich konnte – ich habe ihr jedenfalls nicht widerstanden.«

Er blickte zu den Landkarten, denen er keine Aufmerksamkeit mehr geschenkt hatte, seitdem Moira an die Tür geklopft hatte. »Es wird sowieso kein Problem sein, da ich heute Abend weggehe. Wenn das Wetter mitspielt, sogar früher. Ich möchte mir selbst einen Eindruck vom Schlachtfeld verschaffen. Sie ist also sicher vor mir und ich vor ihr, bis das hier vorbei ist.«

»Das kannst du nicht machen. Das geht nicht«, wandte Larkin ein. Cian zog eine Augenbraue hoch. »Wenn du einfach so verschwindest, glaubt sie, es hat etwas mit ihr zu tun, und das wird sie verletzen. Wenn ich dafür verantwortlich bin, dass du gehen willst ...«

»Ich hatte es schon beschlossen, bevor sie gestern Abend hierher gekommen ist. Zum Teil auch, weil ich hoffte, so meine Finger von ihr lassen zu können.«

Frustriert fuhr sich Larkin mit den Händen durch die Haare. »Da du es nicht mehr rechtzeitig geschafft hast, wirst du jetzt warten müssen. Ich bringe dich selbst dorthin, durch die Luft, in ein paar Tagen. Aber wir sechs müssen zusammenbleiben.«

Mittlerweile ruhiger, musterte Larkin Cian. »Wir müssen ein Zirkel bleiben, das ist wichtiger als die Frage, wer bei wem liegt. Und es geht nur euch beide etwas an. Das kann ich jetzt sagen, da mein Blut wieder kühler geworden ist. Es steht mir nicht zu, mich einzumischen. Aber eins«, fuhr er fort, »eins möchte ich dich fragen, als Freund und als ihr Blutsverwandter. Hast du Gefühle für sie? Echte Gefühle?«

»Du spielst die Freundschaftskarte immer dann aus, wenn es dir passt, oder?«

»Du bist mein Freund, und ich empfinde für dich wie für einen Bruder. Das ist die Wahrheit.«

»Ach, verdammt.« Cian knallte den Becher so heftig auf den Tisch, dass das Blut spritzte. »Ihr Menschen bedrängt mich immer mit diesen Gefühlen. Ihr redet sie mir ein, ohne euch darum zu kümmern, wie ich damit fertig werde.«

»Und wie kannst du leben ohne sie?«

»Sehr angenehm. Was für einen Unterschied macht es für dich, was ich empfinde? Sie brauchte jemanden.«

»Nicht jemanden. Dich.«

»Das ist ihr Fehler«, erwiderte Cian ruhig. »Und meine Verdammnis. Ich liebe sie, sonst hätte ich sie schon längst zum Vergnügen genommen. Ich liebe sie, sonst hätte ich sie gestern Abend weggeschickt. Ich liebe sie, sonst wäre ich nicht so verdammt verzweifelt. Und wenn du das irgendjemandem erzählst, dann reiße ich dir den Kopf von den Schultern, Freund oder nicht.«

»In Ordnung.« Larkin nickte. Er stand auf und streckte die Hand aus. »Ich hoffe, ihr macht einander so lange glücklich, wie es euch möglich ist.«

Cian ergriff seine Hand und schüttelte sie. »Was machst du überhaupt um diese Uhrzeit hier?«

»Oh, das hätte ich fast vergessen. Ich dachte, du wärest noch nicht im Bett. Ich wollte dich fragen, ob du etwas dagegen hast, wenn dein Hengst eine unserer Stuten deckt. Sie ist gerade rossig, und Vlad wäre ein guter Erzeuger.«

»Du willst mein Pferd als Deckhengst nehmen?«

»Ja, wenn du nichts dagegen hast. Ich wollte sie heute Morgen zu ihm bringen lassen.«

»Ja, nur zu. Ich bin sicher, dass es ihm gefällt.«

»Danke. Wir bezahlen dir natürlich die übliche Gebühr.«

»Nein, nein, ihr braucht mich nicht zu bezahlen. Wir betrachten dies einfach als Geste unter Freunden.«

»Also unter Freunden. Danke. Ich gehe jetzt rasch noch zu Moira und stelle mich ihrem Zorn, wie ich es verdient habe.« Larkin blieb an der Tür stehen. »Ach, übrigens, die Stute, die ich für deinen Hengst im Sinn habe. Sie ist entzückend.«

Grinsend marschierte er aus der Tür und ließ Cian lachend zurück.

11

Auf Moiras Befehl hin waren alle Fahnen auf halbmast gehisst, und im Morgengrauen spielten die Pfeifer ein Requiem. Im Moment konnte sie nicht mehr für die Toten tun, aber wenn die Götter es zuließen, würde sie die in diesem Krieg Gefallen ehren.

Voller Trauer und Stolz beobachtete sie die Männer und Frauen – die Krieger –, die sich auf den langen Marsch nach Osten vorbereiteten. Von den Frauen und auch von Phelan, dem Mann ihrer Kusine, hatte sie sich schon verabschiedet.

»Majestät.« Niall, der große Wachsoldat, der jetzt einer ihrer zuverlässigsten Captains war, trat vor sie hin. »Soll ich Befehl geben, dass die Tore geöffnet werden?«

»Gleich. Du wolltest heute ebenfalls marschieren?«

»Ich bin Euer ergebener Diener, Mylady.«

»Ich verstehe deinen Wunsch, Niall, aber ich brauche dich hier noch ein bisschen länger. Deine Zeit ist bald gekommen.« Das galt für alle, dachte sie. »Wie geht es deinem Bruder und seiner Familie?«

»Dank Lord Larkin und Lady Blair sind sie in Sicherheit. Das Bein meines Bruders heilt zwar gut, aber er wird leider nicht kämpfen können.«

»Es gibt in diesem Krieg noch andere Aufgaben, als ein Schwert auf dem Schlachtfeld zu schwingen.«

»Jawohl.« Seine Hand schloss sich um den Knauf seines Schwertes. »Aber ich bin bereit, mit meinem zu kämpfen.«

Moira nickte. »Das wirst du auch.« Sie holte tief Luft. »Öffne die Tore.«

Zum zweiten Mal blickte sie ihren Leuten nach, die die Sicherheit des Schlosses verließen. Diese Szene würde sich so lange wiederholen, bis sie schließlich selbst aufbrächen und nur noch die Alten, Schwachen und Kinder zurückblieben.

»Heute ist ein klarer Tag«, sagte Larkin neben ihr. »Sie müssten eigentlich sicher am Stützpunkt ankommen.«

Schweigend blickte Moira zu Sinann, die dastand, ein Kind auf dem Arm, eines im Bauch und ein weiteres, das sich an ihre Röcke klammerte. »Sie hat nicht geweint.«

»Sie würde Phelan nie mit Tränen fortschicken.«

»Sie sind bestimmt wie eine Flut in ihr, und doch würde sie sich auch vor ihren Kinder nie etwas anmerken lassen. Wenn der Mut des Herzens eine Waffe ist, Larkin, dann überwinden wir den Feind mit Leichtigkeit.«

Sie wandte sich zum Gehen, und er schloss sich ihr an. »Ich hatte vorher keine Zeit, um mit dir zu sprechen«, begann er.

»Vor der Zeremonie.« Ihre Stimme war jetzt so kühl wie der Morgen. »Als du in meine Privatsphäre eingedrungen bist.«

»Ich bin nicht eingedrungen. Ich war einfach nur zu einem ungünstigen Moment für alle Beteiligten da. Cian und ich haben alles geklärt.«

»Ach ja?« Sie zog die Augenbrauen hoch und warf ihm einen spöttischen Blick zu. »Das überrascht mich kaum. Männer klären meistens alles untereinander.«

»Red nicht in diesem königlichen Ton mit mir.« Er ergriff sie am Arm und zog sie mit sich in einen der Gärten, damit er unter vier Augen mit ihr sprechen konnte. »Was hast du denn erwartet, wie ich reagieren würde, wenn ich sehe, dass du mit ihm zusammen warst?«

»Vermutlich habe ich erwartet, dass du dich mit einer Entschuldigung zurückziehst, aber das scheint ja zu viel verlangt zu sein.«

»Ja, genau. Wenn ich mir vorstelle, dass ein Mann mit fast ewiger Erfahrung dich verführt …«

»Es war genau andersherum.«

Errötend kratzte sich Larkin am Kopf. »Die Einzelheiten will ich gar nicht wissen. Ich habe mich bei ihm entschuldigt.«

»Und bei mir?«

»Was erwartest du von mir, Moira? Ich liebe dich.«

»Ich erwarte, dass du verstehst, dass ich eine erwachsene Frau bin und selbst entscheiden kann, wen ich als Liebhaber möchte. Und zuck nicht zusammen, wenn ich das Wort ausspreche«, herrschte sie ihn ungeduldig an. »Ich kann regieren. Ich kann kämpfen, und ich kann auch sterben, wenn es sein muss. Aber bei dem Gedanken, dass ich einen Liebhaber habe, reagierst du empfindlich?«

»Ja, aber ich gewöhne mich schon daran. Ich will ja nur, dass du nicht verletzt wirst. Weder in der Schlacht noch im Herzen. Verstehst du das?«

Wie immer glätteten sich ihre Federn, und versöhnlich erwiderte sie: »Ja, das glaube ich dir. Mir geht es ja bei dir nicht anders. Larkin, würdest du sagen, dass ich Verstand und Willenskraft besitze?«

»Manchmal sogar zu viel von beidem.«

»Mit dem Verstand weiß ich, dass ich mit Cian nicht zusammenleben kann, und ich weiß ganz genau, dass es mir eines Tages Kummer und Schmerzen bringen wird. Aber in meinem Herzen brauche ich, was ich jetzt mit ihm haben kann.«

Sie fuhr mit den Fingern über die Blätter eines blühenden Strauches. Bald würden die Blätter fallen, dachte sie, beim ersten Frost. Vieles würde fallen.

»Wenn ich Kopf und Herz zusammennehme, weiß ich, dass es uns beiden besser geht, weil wir zusammen waren. Wie kann man lieben und sich trotzdem abwenden?«

»Ich weiß nicht.«

Sie blickte zum Hof, wo ihre Leute ihren täglichen Pflichten nachgingen. Das Leben ging weiter, dachte sie. Sie würden dafür sorgen, dass es weiterging.

»Deine Schwester hat sich von ihrem Mann verabschiedet und weiß, dass sie ihn vielleicht nie wiedersieht. Aber sie hat vor ihm oder vor den Kindern nicht geweint. Wenn sie weint, dann weint sie allein. Es sind ihre Tränen, die sie vergießt. Und es werden meine Tränen sein, wenn dies hier vorbei ist.«

»Willst du etwas für mich tun?«

»Wenn ich kann.«

Er streichelte ihr über die Wange. »Wenn du Tränen vergießt, denkst du dann daran, dass du dich jederzeit an meiner Schulter anlehnen kannst?«

Moira lächelte. »Ja, das mache ich.«

Sie trennten sich, und Moira ging in den Salon, wo Blair und Glenna bereits den Plan für den Tag besprachen.

»Wo ist Hoyt?«, fragte Moira und schenkte sich eine Tasse Tee ein.

»Bei der Arbeit. Wir haben gestern eine Menge neuer Waffen fertig gemacht.« Glenna rieb sich die müden Augen. »Wir belegen sie alle mit dem Feuerzauber. Ich werde jetzt mit einigen Leuten arbeiten, die hier bleiben, wenn wir alle weg sind. Sie müssen Bescheid wissen über grundlegende Vorsichtsmaßnahmen und so.«

»Ich helfe dir dabei. Und du, Blair?«

»Sobald Larkin nicht mehr den Zuhälter spielt, wollen wir …«

»Bitte was?«

»Er hat eine rossige Stute und mit Cian vereinbart, dass Vlad sie decken soll. Ich dachte, das hätte er dir erzählt.«

»Nein, wir hatten andere Sachen zu besprechen, und er hat es bestimmt vergessen. Dann spielt also Vlad den Deckhengst für uns.« Sie lächelte. Ja, das Leben ging weiter. »Das ist gut. Ein starkes, hoffnungsvolles Signal – und auch klug, weil vermutlich ein wundervolles Fohlen dabei herauskommt. Ach, das wollte er also besprechen, als er vor Sonnenaufgang an Cians Tür geklopft hat.«

»Er wollte Cians Einwilligung haben, damit er … Warte mal.« Blair hob die Hand. »Woher weißt du, dass er vor Sonnenaufgang an Cians Tür geklopft hat?«

»Weil ich gerade das Zimmer verlassen wollte, als Larkin vor der Tür stand.« Moira trank einen Schluck Tee. Blair warf Glenna einen Blick zu.

Dann sagte sie ruhig: »Okay.«

»Wollt ihr Cian nicht dafür verdammen, dass er eine Unschuldige verführt hat?«

Blair fuhr sich mit der Zunge über die Lippen. »Du warst in seinem Zimmer. Ich glaube nicht, dass er dich dort hineingelockt hast, damit du dir seine Zeichnungen anschaust.«

Zufrieden schlug Moira mit der Hand auf den Tisch. »Seht ihr! Ich wusste doch, dass Frauen mehr Verstand haben – und auch ein bisschen mehr Respekt vor meinem Verstand. Und du?« Sie wandte sich an Glenna. »Hast du gar nichts dazu zu sagen?«

»Ihr werdet beide verletzt, und das wisst ihr auch schon. Deshalb kann ich nur sagen, ich hoffe, ihr schenkt euch so viel Glück wie möglich.«

»Danke.«

»Geht es dir denn gut?«, fragte Glenna. »Das erste Mal ist oft schwierig oder ein wenig enttäuschend.«

Moira lächelte. »Es war wunderschön, viel schöner, als ich es mir vorgestellt hatte. Nichts, was ich mir vorher ausgemalt hatte, ist der Wirklichkeit auch nur im Entferntesten nahe gekommen.«

»Wenn ein Mann nach Hunderten von Jahren Übung nicht wirklich gut ist«, warf Blair ein, »dann ist er ein hoffnungsloser Fall. Und Larkin … er ist bestimmt ausgeflippt.«

»Er hat Cian ins Gesicht geboxt, aber sie haben sich wieder vertragen. Männer eben. Wir haben uns darauf geeinigt, dass es meine Entscheidung ist, mit wem ich ins Bett gehe, und jetzt ist alles wieder in Ordnung.«

Einen Moment lang schwiegen die drei Frauen.

»Wir haben nur noch wenig Zeit, bis wir die Sicherheit des Schlosses verlassen müssen. Aber nach Samhain ist ja hoffentlich noch genug Zeit, um über meine Entscheidung zu debattieren.«

»Ja, ich mache mich jetzt auch mal auf den Weg«, erklärte Blair. »Larkin und ich wollen versuchen, ob wir ein paar Drachen rekrutieren können. Er ist immer noch nicht begeistert von der Idee, aber er will es immerhin versuchen.«

»Wenn es möglich wäre, dann gäbe uns das einen großen Vorteil.« Nachdenklich stützte Moira das Kinn in die Hand. »Wir sollten uns auf jeden Fall nur die stärksten aussuchen, auf denen zum Beispiel Bogenschützen reiten könnten.«

»Mit brennenden Pfeilen«, sagte Blair und nickte.

»Sie dürfen allerdings nicht uns treffen«, warf Glenna ein. »Viel Zeit zum Trainieren bleibt uns nicht, aber einen Versuch ist es wohl wert.«

»Ja, Feuer«, stimmte Moira zu. »Das ist eine starke Waffe, und umso stärker, wenn es aus der Luft kommt. Schade, dass du die Sonne nicht auf eine Pfeilspitze bannen kannst, Glenna. Das wäre wirklich das Beste.«

»Ich sehe mal, ob ich Larkin irgendwo finde.« Blair stand auf, zögerte jedoch noch. »Beim ersten Mal war ich siebzehn. Der Typ hatte es eilig, und hinterher dachte ich: Das war es also? Es hat seine Vorteile, wenn man von jemandem entjungfert wird, der ein gewisses Stilgefühl hat.«

»Ja, genau.« Moira lächelte zufrieden. »Das ist der Fall.« Sie spürte, dass Blair und Glenna über ihren Kopf hinweg Blicke wechselten, trank aber ruhig ihren Tee weiter. Als Blair das Zimmer verlassen hatte, fragte Glenna: »Liebst du ihn, Moira?«

»Ich glaube, ich habe in gewisser Weise mein ganzes Leben darauf gewartet, das zu empfinden, was ich für ihn empfinde. Es ist dasselbe Gefühl, was meine Eltern füreinander empfunden haben oder was du für Hoyt empfindest. Glaubst du, ich bilde es mir nur ein, weil er ein Vampir ist?«

»Nein, nein, das nicht. Ich habe selbst starke, aufrichtige Gefühle für ihn. Aber, Moira, du wirst nie mit ihm leben können, und das hat etwas damit zu tun, dass er ein Vampir ist. Und keiner von euch kann etwas daran ändern.«

»Ich habe mir alles angehört, was Blair und er uns über … sagen wir … seine Art berichtet haben.« Und sie hatte zahllose Bücher darüber gelesen, dachte Moira. »Ich weiß, dass er nie altert. Er wird immer so sein wie in dem Moment, als er verwandelt worden ist. Jung, stark und vital. Ich werde mich verändern. Alt, gebrechlich, grau und faltig werden. Ich werde Krankheiten bekommen, er jedoch nie.«

Sie stand auf und trat ans Fenster. »Selbst wenn er mich so liebte wie ich ihn, könnten wir nicht miteinander leben. Er kann nicht hier stehen und sich von der Sonne das Gesicht wärmen lassen. Wir hätten immer nur die Dunkelheit gemeinsam. Er kann keine Kinder zeugen, und noch nicht einmal das bliebe mir von ihm. Ich könnte natürlich denken, ein Jahr oder fünf oder auch zehn mit ihm zusammen. Das könnte ich mir vorstellen und wünschen«, murmelte sie. »Aber wie egoistisch meine eigenen Bedürfnisse auch sein mögen, ich habe eine Pflicht zu erfüllen.«

Sie drehte sich wieder um. »Er könnte nie hier bleiben, und ich kann nicht weggehen.«

»Als ich mich in Hoyt verliebte und glaubte, dass wir nie zusammen sein könnten, hat es mir jeden Tag das Herz gebrochen.«

»Aber du hast ihn trotzdem geliebt.«

»Aber ich habe ihn trotzdem geliebt.«

Moira stand mit dem Rücken zum Fenster, und das Sonnenlicht funkelte auf ihrer Krone. »Morrigan hat gesagt, dies ist die Zeit des Wissens. Ich weiß, dass mein Leben armseliger wäre, wenn ich ihn nicht lieben würde. Je mehr uns das Leben bedeutet, desto mehr kämpfen wir darum. Also habe ich noch eine Waffe in mir. Und ich werde sie benutzen.«

Moira stellte fest, dass es wesentlich anstrengender war, Kindern und alten Leuten beizubringen, sich vor Monstern zu verteidigen, als selbst körperlich zu trainieren. Sie hatte nicht gewusst, wie schwer es war, einem Kind klar zu machen, dass es Monster tatsächlich gab.

Ihr schmerzte der Kopf von all den Fragen, und das Herz tat ihr weh, weil sie so viel Angst gesehen hatte.

Sie trat in den Garten, um ein wenig frische Luft zu schnappen und wieder einmal zum Himmel zu blicken, ob Blair und Larkin nicht endlich zurückkämen.

»Sie werden vor Sonnenuntergang wieder da sein.«

Moira fuhr herum beim Klang von Cians Stimme. »Was machst du hier? Es ist doch noch Tag.«

»Um diese Tageszeit ist es hier sehr schattig.« Er lehnte sich an die Steine, wobei er das direkte Licht vermied. »Es ist hübsch und ruhig hier. Und früher oder später kommst du hier vorbei.«

»Du hast also meine Gewohnheiten studiert?«

»Zum Zeitvertreib.«

»Glenna und ich haben den Kindern und den alten Leuten beigebracht, wie sie sich verteidigen können, wenn sie nach unserem Aufbruch angegriffen werden.«

»Die Tore bleiben verschlossen, und Hoyt und Glenna werden noch einen Schutzschild um das Schloss legen. Sie werden vollkommen sicher sein.«

»Und wenn wir verlieren?«

»Dann können sie sowieso nichts tun.«

»Ich glaube, man kann immer etwas tun, wenn man jemandem eine Waffe in die Hand gibt.« Sie trat auf ihn zu. »Hast du hier auf mich gewartet?«

»Ja.«

»Und was möchtest du tun, jetzt, da ich hier bin?«

Er blieb bewegungslos stehen, aber auf seinem Gesicht zeichneten sich widerstreitende Gefühle ab. Geduldig blickte sie ihn aus ihren grauen Augen an.

Er riss sie an sich und küsste sie leidenschaftlich.

»Eine gute Entscheidung«, stieß sie hervor, als sie wieder sprechen konnte.

Und erneut raubte er ihr mit seinen Küssen den Atem.

»Weißt du eigentlich, was du angerichtet hast?«, sagte er.

Bevor sie antworten konnte, zog er sie auf seinen Rücken.

»Cian, was ...«

»Halt dich besser fest«, befahl er.

Er sprang hoch. Moira keuchte auf und klammerte sich an seinen Hals. Aus dem Stand war er an der Mauer emporgesprungen und lief jetzt weiter nach oben.

»Was machst du da?« Sie riskierte einen Blick nach unten, und ihr blieb fast das Herz stehen. »Du hättest mich warnen können, dass du den Verstand verloren hast.«

»Den habe ich schon verloren, als du in mein Zimmer gekommen bist.« Er schwang sich durch sein Fenster, zog die Vorhänge hinter sich zu und ließ sie zu Boden gleiten. »Das ist der Preis, den du dafür bezahlst.«

»Wenn du wieder hinein wolltest, es gibt Türen ...«

Sie schrie erschreckt auf, als er sie erneut hochhob. Sie hatte das Gefühl, durch die Luft zu schweben. Und dann lag sie plötzlich unter ihm auf dem Bett, und er zerrte an ihrer Kleidung, um ihre bloße Haut zu berühren.

»Warte. Warte. Ich kann nicht klar denken. Ich kann nichts sehen.«

»Zu spät.« Seine Hände glitten über ihren Körper, und

seine Lippen senkten sich wieder auf ihre. Ihr Körper stand in Flammen, und sie bog sich ihm entgegen. Und dann kam sie, und ein stöhnendes Schluchzen entrang sich ihr.

Er packte ihre Handgelenke und zog ihr die Arme über den Kopf. Wehrlos lag sie da, und er drang in sie ein.

Sie wollte wieder aufschreien, aber sie hatte keine Stimme mehr. Sie sah nichts, und da er ihre Hände festhielt, hatte sie auch keinen Halt. Sie konnte nur fühlen, während er in sie hineinstieß und ihren Körper mit dunkler, verzweifelter Lust erfüllte, bis sie sich hilflos wand und seinem Rhythmus entgegenkam.

Dieses Mal überwältigte sie der Höhepunkt, und sie blieb benommen und bewegungslos liegen, während Cian aufstand, um das Feuer und Kerzen zu entzünden.

Sie glaubte zu hören, wie er Flüssigkeit einschenkte, und dann drückte er ihr einen Becher in die Hand. Sie nahm ihn entgegen und trank gehorsam ein paar Schlucke Wasser.

Dann sah sie die rote Brandwunde an seiner Hand. Rasch richtete sie sich auf. »Du hast dich verbrannt. Lass mal sehen. Ich …« Die Wunde hatte die Form eines Kreuzes.

»Ich hätte es ablegen sollen.« Schuldbewusst schob sie Kette und Kreuz unter ihr Mieder.

»Es ist nichts.« Er hob ihr Handgelenk und betrachtete die blauen Flecken. »Ich habe mich bei dir weniger in der Gewalt, als ich gedacht habe.«

»Mir gefällt das. Gib mir deine Hand. Ich kann ein wenig heilen.«

»Es ist nichts.«

»Dann gib mir doch deine Hand. Das ist eine gute Übung für mich.« Erwartungsvoll streckte sie die Hand aus, und zögernd setzte er sich neben sie auf die Bettkante und legte seine Hand in ihre.

»Es gefällt mir wirklich, dass du dich bei mir nicht so gut beherrschen kannst«, fuhr sie fort. »Es ist ein schönes Gefühl, so begehrt zu werden, dass du nicht mehr klar denken kannst, wenn du mich siehst.«

»Das ist schon bei Menschen gefährlich genug. Aber wenn ein Vampir die Beherrschung verliert, tötet er unter Umständen.«

»Du würdest mir nie etwas tun. Du liebst mich.«

Vorsichtig blickte er sie an. »Sex hat selten etwas zu tun mit ...«

»Dass ich unerfahren bin, bedeutet nicht, dass ich dumm bin. Ist es besser?«

»Was?«

Sie lächelte ihn an. »Deine Hand. Sie ist schon nicht mehr so rot.«

»Ja, es ist gut.« Er zog die Hand weg. Die Wunde brannte gar nicht mehr. »Du lernst rasch.«

»Ja. Lernen ist meine Leidenschaft. Ich sage dir, was ich bei dir über mich gelernt habe. Du liebst mich.« Sie streifte mit den Lippen seine Haare. »Wenn es dir nur um Sex gegangen wäre, hättest du mich letzte Nacht viel bereitwilliger genommen. Und du wärest nicht so vorsichtig mit mir umgegangen. Außerdem wärst du nicht neben mir eingeschlafen.«

Bevor er etwas erwidern konnte, hob sie die Hand. »Und noch etwas.«

»Das scheint bei dir immer der Fall zu sein.«

Sie stand auf und richtete ihre Kleidung. »Als Larkin hereinkam, hast du ihn nicht davon abgehalten, dich zu schlagen. Du liebst mich, deshalb hattest du Schuldgefühle, weil du geglaubt hast, mir die Unschuld genommen zu haben. Du liebst mich, weil du mich so genau beobachtest, dass du sogar meinen Lieblingsplatz kennst. Du hast dort auf mich gewartet, und dann hast du mich hierher gebracht, weil du mich brauchtest. Wir brauchen uns gegenseitig, Cian.«

Sie trank einen Schluck Wasser. »Du liebst mich, so wie ich dich liebe.«

»Was gefährlich für dich ist.«

Moira nickte. »Und für dich auch. Aber wir leben in gefährlichen Zeiten.«

»Moira, das kann nie …«

»Sag nicht nie zu mir«, erwiderte sie leidenschaftlich. »Ich weiß. Ich weiß alles über nie. Sag lieber heute. Morgen müssen wir kämpfen, und wer weiß, was danach kommt. Aber mit dir gibt es nur ein Heute. Jeden Tag ein neues Heute.«

»Wein nicht. Es schmerzt mich mehr als die Brandwunde.«

»Nein, ich weine nicht.« Sie schloss einen Moment lang die Augen und drängte die Tränen zurück. »Ich möchte, dass du mir sagst, was ich dir ansehe.«

»Ich liebe dich.« Er trat auf sie zu und berührte sanft ihr Gesicht mit den Fingerspitzen. »Dieses Gesicht, diese Augen, alles, was ich darin sehe. Ich liebe dich. In tausend Jahren habe ich noch nie eine Frau so geliebt.«

Sie ergriff seine Hand und drückte einen Kuss darauf. »Oh, sieh mal! Die Brandwunde ist verschwunden. Die Liebe hat dich geheilt. Das ist die stärkste Magie.«

»Moira!« Er drückte ihre Hand an seine Brust. »Wenn es schlagen würde, würde es für dich schlagen.«

Wieder traten ihr die Tränen in die Augen. »Dein Herz schlägt vielleicht nicht, aber es ist nicht leer. Es ist nicht stumm, weil es zu mir spricht.«

»Und das ist genug?«

»Nichts wird jemals genug sein, aber ich kann mich damit begnügen. Komm, wir …«

Sie brach ab, als draußen Geschrei ertönte. Rasch lief sie ans Fenster und zog einen Vorhang beiseite. Überrascht schlug sie die Hand vor den Mund. »Cian, komm her und sieh dir das an. Die Sonne steht schon tief genug. Sieh dir das an!«

Der Himmel war voller Drachen. Smaragdgrün, rubinrot und golden schwebten sie über dem Schloss wie blitzende Juwelen im weichen Abendlicht. Und ihr Trompeten klang wie ein Lied.

»Hast du jemals so etwas Schönes gesehen?«

Cian legte Moira die Hand auf die Schulter, und sie ergriff sie. »Hör nur, wie die Leute jubeln, wie die Kinder lachen. Das ist der Klang der Hoffnung. Der Klang und der Anblick.«

»Sie hierher zu holen, damit sie sich reiten lassen, und sie dazu zu bringen, sich im Kampf wie Schlachtrösser zu verhalten, sind zwei verschiedene Dinge, Moira. Aber du hast Recht, es ist ein wunderschöner Anblick und ein Klang voller Hoffnung.«

Sie beobachtete, wie die Drachen zur Landung ansetzten. »Es gibt bestimmt wenig, was du in all deinen Jahren nicht getan hast.«

»Wenig«, stimmte er lächelnd zu. »Aber auf einem Drachen bin ich noch nie geritten. Und du hast Recht, ich möchte es gerne. Lass uns hinuntergehen.«

Es war immer noch so hell, dass er den verdammten Umhang gegen das Licht brauchte. Aber trotzdem entdeckte Cian, dass auch er noch überrascht und bezaubert sein konnte – als er in die goldenen Augen eines jungen Drachen blickte.

Die geschmeidigen Körper waren mit großen, leuchtend bunten Schuppen besetzt, die sich glatt wie Glas anfühlten. Die Flügel waren durchsichtig, und sie hielten sie eng an den Körper geklappt, wenn sie grasten. Am faszinierendsten jedoch waren die Augen. Sie schienen vor Interesse und Intelligenz, ja sogar Humor förmlich zu leuchten.

»Wir haben uns gedacht, die Jüngeren sind leichter zu trainieren«, sagte Blair. »Larkin kann hervorragend mit ihnen kommunizieren, selbst in seiner regulären Gestalt. Sie vertrauen ihm.«

»Dadurch fällt es ihm wahrscheinlich noch schwerer, sie in der Schlacht einzusetzen.«

»Ja, mein Mann ist ein Weichei, und wir haben stundenlang darüber diskutiert. Er hat gehofft, er könnte uns überreden, dass wir sie nur zu Transportzwecken benutzen. Aber es verschafft uns einfach einen zu großen Vorteil, wenn wir sie bei der Schlacht einsetzen könnten. Allerdings muss ich zugeben, dass mir selbst nicht so wohl bei dem Gedanken ist.«

»Sie sind wunderschön – und so unverdorben.«

»Letzteres werden wir ändern.« Blair stieß einen Seufzer aus. »Alles ist eine Waffe«, murmelte sie. »Na ja, möchtest du mal in die Luft gehen?«

»Darauf kannst du wetten.«

»Das erste Mal fliegst du mit mir. Ja, ja«, sagte sie, als sie seinen Gesichtsausdruck sah. »Du fliegst dein eigenes Flugzeug, reitest und läufst an Hochhäusern hinauf. Aber du bist noch nie auf einem Drachen geritten, deshalb bin ich beim ersten Mal dabei.«

Langsam ging sie auf einen Drachen in Rubinrot und Silber zu. Sie war auf ihm zurückgeritten und hielt ihm ihre Hand entgegen, damit er ihren Geruch aufnehmen konnte. »Komm her, damit sie dich kennenlernt.«

»Sie?«

»Ja, ich habe mir ihre Wasserleitung angeschaut.« Blair grinste.

Cian legte dem Drachen die Hand auf die Flanke und ließ sie langsam zu seinem Kopf gleiten. »Na, du bist aber prachtvoll.« Leise begann er auf Gälisch zu murmeln. Das Drachenmädchen reagierte mit entzücktem Schwanzwedeln.

»Hoyt geht mit ihnen genauso um wie du.« Blair nickte zu Hoyt hinüber, der vor einem saphirblauen Drachen stand. »Muss wohl in der Familie liegen.«

»Hmm. Warum besteigt denn Ihre Majestät alleine einen Drachen?«

»Sie hat schon einmal auf einem gesessen. Das heißt, sie hat Larkin in Drachengestalt geritten, deshalb weiß sie, wie es geht. Zumal sie auch erst kürzlich geritten ist.«

»Wie bitte?«

»Ich meine nur so. Ihr beide seht wesentlich entspannter aus als gestern.« Sie grinste ihn an und schwang sich auf den Drachen. »Allez hopp!«

Er stieg genauso auf, wie er an Wänden hinaufhuschte, mit einem mühelosen, eleganten Sprung. »Gar nicht so zerbrechlich«, kommentierte er. »Und viel bequemer, als sie aussehen. Eigentlich gar kein großer Unterschied zu einem Pferderücken.«

»Ja, wenn du Pegasus meinst. Auf jeden Fall treibst du sie nicht mit den Hacken oder der Zunge an, sondern du machst einfach ...«

Blair demonstrierte es, indem sie sich vorbeugte und dem Drachen mit der Hand über die Kehle fuhr. Mit einem Geräusch, als wenn Seide sich aufblähte, breitete der Drachen die Flügel aus, und sie stiegen in die Luft.

»Wenn du lange genug lebst«, sagte Cian hinter Blair, »machst du irgendwann einmal alles.«

»Das hier ist bestimmt eins der schönsten Erlebnisse. Aber wir müssen uns auch über die Logistik Gedanken machen. Sie müssen gefüttert und gepflegt werden, und was machen wir mit dem Drachendung?«

»Ich wette, der ist gut für die Rosen.«

Blair warf den Kopf zurück und lachte. »Könnte sein. Wir müssen die Drachen und die Reiter trainieren. Aber diese Schönheiten begreifen schnell. Pass auf.« Sie lehnte sich nach rechts, und der Drache flog in diese Richtung.

»Ein bisschen wie Motorradfahren.«

»Ja, das Prinzip ist in etwa das Gleiche. Du musst dich in die Richtung lehnen, in die du fliegen willst. Sieh dir Larkin an. Was der Mann für eine Schau abzieht!«

Larkin ritt auf einem großen, goldenen Drachen und drehte elegante Schleifen und Loopings.

»Die Sonne ist beinahe untergegangen«, erwiderte Cian. »Warte noch ein paar Minuten, damit ich nicht verbrutzele, und dann zeigen wir ihm was für sein Geld.«

Blair warf ihm einen Blick über die Schulter zu. »Du bist wirklich viel lockerer geworden, das muss ich sagen.«

»Wann hättest du schon jemals ein Blatt vor den Mund genommen?«

»Sie trägt die gesamte Last der Welt, und wenn das, was ihr beide miteinander habt, es ihr ein bisschen leichter macht, bin ich dafür. Larkin hat mir ein wenig von meiner Last genommen, deshalb kann ich nur hoffen, dass es für euch auch so funktioniert.«

»Du überraschst mich, Dämonenjägerin.«

»Ich überrasche mich selbst, Vampir, aber so ist das eben. Die Sonne ist untergegangen. Bist du bereit für eine kleine Vorführung?«

Erleichtert schlug er die Kapuze seines Umhangs zurück. »Dann wollen wir es deinem Cowboy doch mal zeigen.«

12

Davey war jetzt seit fast fünf Jahren bei Lilith. Sie hatte seine Eltern und seine kleine Schwester an einem warmen Sommerabend auf Jamaika abgeschlachtet. Mit dem Pauschalurlaub in der Nebensaison – Flug, Hotel und Frühstück inklusive – hatte Daveys Vater seine Frau zum dreißigsten

Geburtstag überrascht. In ihrer ersten Nacht dort hatten sie berauscht von der Ferienatmosphäre und zahlreichen Cocktails ihr drittes Kind gezeugt.

Das hatten sie natürlich nicht gewusst, und wenn die Dinge anders gelaufen wären, hätte ein drittes Kind Urlaub in den Tropen für die kommenden Jahre auch unmöglich gemacht.

Aber dies war ohnehin ihr letzter Familienurlaub.

Es war während einer von Liliths kurzen und leidenschaftlichen Trennungen von Lora. Aus einer Laune heraus war sie nach Jamaika gereist und vergnügte sich dort mit Einheimischen und ab und zu mit einem Touristen. Aber der Geschmack der Männer, die sie in den Bars aufgabelte, war ihr langweilig geworden.

Sie wollte Abwechslung – etwas Frischeres und Süßeres. Und in der jungen Familie fand sie genau das, was sie suchte.

Den Spaziergang der Mutter und des kichernden kleinen Mädchens am Strand im Mondlicht beendete sie schnell und gewaltsam. Trotzdem hatte es sie beeindruckt, wie heftig sich die Mutter wehrte, um ihr Kind zu beschützen. Als sie ihren Hunger gestillt hatte, hätte sie den Mann und den kleinen Jungen, die nichts von alldem mitbekommen hatten, ruhig weiter in der Brandung spielen lassen können, aber sie wollte sehen, ob auch der Vater für seinen Sohn kämpfen würde.

Und das hatte er getan – und er hatte dem Jungen zugeschrien, er solle weglaufen. »Lauf weg, Davey, lauf weg«, hatte er geschrien. Und die Angst um seinen Sohn hatte sein Blut umso köstlicher gemacht.

Aber der Junge war nicht weggelaufen. Auch er hatte gekämpft, und das hatte sie noch mehr beeindruckt. Er hatte getreten und gebissen und war ihr sogar auf den Rücken gesprungen, um seinen Vater zu retten. Dieser wilde Angriff in Verbindung mit seinem engelsgleichen Gesicht hatte in ihr den Entschluss entstehen lassen, ihn umzuwandeln, statt auch ihn auszusaugen.

Als sie seinen Mund auf ihre blutende Brust gedrückt hatte, hatte sich in ihr ein Gefühl geregt, das sie noch nie für jemanden empfunden hatte. Es war eine beinahe mütterliche Regung, die sie faszinierte und entzückte.

Und so wurde Davey ihr Hündchen, ihr Spielzeug, ihr Sohn, ihr Liebhaber.

Es freute sie, wie schnell und natürlich er sich in die Verwandlung fügte. Als sie und Lora sich wieder versöhnt hatten, wie sie es jedes Mal taten, hatte Lilith ihr gesagt, dass Davey ihr Peter Pan sei. Der kleine Junge, der ewig sechs Jahre alt blieb.

Allerdings musste er wie jeder Sechsjährige versorgt, unterhalten und unterrichtet werden. Und das umso mehr, als ihr Davey ein Prinz war und daher sowohl große Privilegien als auch Pflichten hatte.

Diese besondere Jagd war beides.

Er zitterte vor Aufregung, als sie ihm die grobe Kleidung eines Bauernjungen anzog. Und sie musste lachen, als sie seine leuchtenden Augen sah, während sie ihm Schmutz und Blut ins Gesicht schmierte.

»Kann ich es sehen? Darf ich in deinen Zauberspiegel gucken und es mir anschauen? Bitte, bitte!«

»Natürlich.« Lilith warf Lora einen raschen, amüsierten Blick zu. Lora tat so, als erschauerte sie. Sie reichte Davey den kostbaren Spiegel.

»Du siehst entsetzlich aus«, sagte sie zu Davey. »So klein und schwach. Und … *menschlich!*«

Davey nahm den Spiegel vorsichtig in die Hand und betrachtete sein Spiegelbild. Er entblößte seine Reißzähne. »Es ist wie ein Kostüm«, sagte er kichernd. »Ich kriege einen, den ich ganz alleine töten darf, oder, Mama? Ganz für mich alleine.«

»Wir wollen mal sehen.« Lilith nahm ihm den Spiegel ab und küsste ihn auf die dreckverschmierte Wange. »Du musst eine ganz wichtige Rolle spielen, mein Liebling. Es ist überhaupt die wichtigste Rolle.«

»Ich weiß genau, was ich tun muss.« Aufgeregt hüpfte er auf und ab. »Ich habe geübt und geübt.«

»Ich weiß. Du hast so fleißig gelernt. Ich werde ganz stolz auf dich sein.«

Sie legte den Spiegel beiseite, wobei sie es sich versagte, selbst einen Blick hineinzuwerfen. Loras Verbrennungen waren immer noch deutlich zu sehen, und um ihr den schlimmen Anblick zu ersparen, schaute auch Lilith nur noch in den Spiegel, wenn Lora nicht im Zimmer war.

Als es an der Tür klopfte, drehte sie sich um. »Das wird Midir sein. Lass ihn herein, Davey, und dann geh hinaus und warte bei Lucian.«

»Gehen wir bald los?«

»Ja, in ein paar Minuten.«

Er rannte zur Tür und blieb dann aufrecht stehen, als der Zauberer sich vor ihm verbeugte. Wie ein kleiner Soldat marschierte Davey hinaus und überließ es Midir, die Tür zu schließen.

»Euer Majestät. Mylady.«

»Erheb dich.« Lilith wedelte nachlässig mit der Hand. »Wie du siehst, ist der Prinz vorbereitet. Und du?«

Sein schwarzes Gewand umfloss ihn knisternd. Sein Gesicht war hart und attraktiv, eingerahmt von einer silbernen Mähne. Er blickte Lilith aus schwarzen Augen an.

»Er wird beschützt sein.« Midir blickte zu der großen Truhe am Fußende des Bettes, auf der ein silberner Topf stand. »Ihr habt den Trank angewendet, wie ich Euch angewiesen habe?«

»Ja, und wenn er versagt, Midir, kostet es dich dein Leben.«

»Er versagt nicht. Der Trank und der Zauberspruch, den ich benutzen werde, werden ihn drei Stunden lang vor Holz und Stahl beschützen. Er wird so sicher sein, als läge er in Euren Armen, Majestät.«

»Wenn nicht, töte ich dich höchstpersönlich, und zwar so unangenehm wie möglich. Und damit wir ganz sichergehen, wirst du uns auf dieser Jagd begleiten.«

Einen Moment lang huschten Überraschung und Ärger über sein Gesicht, aber dann neigte er den Kopf und sagte unterwürfig: »Wie Ihr befehlt.«

»Ja. Wende dich an Lucian. Er gibt dir ein Pferd.« Lilith wendete sich ab, um dem Zauberer zu bedeuten, dass er entlassen war.

»Du solltest dir keine Sorgen machen.« Lora trat zu Lilith und schlang die Arme um sie. »Midir weiß, dass es ihn das Leben kostet, wenn unserem süßen Jungen etwas geschieht. Davey braucht das, Lilith. Er braucht Bewegung und Unterhaltung. Und er muss sich auch einmal ein wenig beweisen können.«

»Ich weiß, ich weiß. Er ist unruhig und gelangweilt, und ich kann ihm keinen Vorwurf daraus machen. Es wird schon alles gutgehen«, sagte sie, um sich selbst zu beruhigen. »Ich bin ja die ganze Zeit bei ihm.«

»Lass mich mitgehen. Ändere deine Meinung und lass mich mitgehen.«

Lilith schüttelte den Kopf und hauchte einen Kuss auf Loras entstellte Wange. »Du bist noch nicht stark genug, um zu jagen. Du bist noch zu schwach, Süße, und ich will kein Risiko eingehen.« Sie packte Lora an den Armen. »Ich brauche dich an Samhain – da musst du töten und kämpfen. In der Nacht, in der wir das Tal mit Blut überfluten und uns nehmen, was uns zusteht, will ich dich und Davey an meiner Seite wissen.«

»Ich hasse das Warten fast ebenso wie Davey.«

Lilith lächelte. »Ich bringe dir von unserem kleinen Ausflug heute Abend ein Geschenk mit.«

Davey ritt gemeinsam mit Lilith durch die mondhelle Nacht. Er hatte sein eigenes Pony reiten wollen, aber seine Mama hatte ihm erklärt, dass es nicht schnell genug war. Er liebte Schnelligkeit, liebte es, den Wind zu spüren, wenn er zur Jagd ritt, um zu töten. Es war die aufregendste Nacht, an die er sich erinnern konnte.

Es war sogar besser als das Geschenk, das sie ihm zu seinem dritten Geburtstag gemacht hatte. Damals hatte sie ihn durch die Sommernacht zu einem Pfadfinderlager mitgenommen. Das war vielleicht ein Spaß gewesen! Das Schreien, Rennen und Weinen! Und das Essen!

Es war viel besser, als Menschen in den Höhlen zu jagen oder einen Vampir zu verbrennen, der böse gewesen war. Es war besser als alles, woran er sich erinnern konnte.

Die Erinnerungen an seine menschliche Familie waren nur vage. Manchmal wachte er aus einem Traum auf und war einen Augenblick lang in einem Zimmer mit Bildern von Rennwagen an der Wand und blauen Vorhängen an den Fenstern. Im Schrank waren Monster, und er schrie, bis sie kam.

Sie hatte braune Haare und braune Augen.

Manchmal kam auch der große Mann mit dem kratzigen Gesicht. Er jagte die Monster weg, setzte sich zu ihm ans Bett und strich ihm über die Haare, bis er wieder eingeschlafen war.

Wenn er sich sehr anstrengte, konnte er sich daran erinnern, wie er im Wasser geplanscht hatte, wie der nasse Sand unter den Füßen weggerutscht war und der Mann gelacht hatte, als die Wellen sie nass gespritzt hatten.

Dann hatte er nicht mehr gelacht, sondern geschrien: »Lauf! Lauf weg, Davey, lauf weg!«

Aber er strengte sich nicht oft an.

Es machte viel mehr Spaß, ans Jagen und Spielen zu denken. Wenn er ganz artig war, überließ ihm seine Mutter einen Menschen als Spielzeug. Am besten gefiel ihm ihr Geruch, wenn sie Angst hatten, und die Geräusche, die sie von sich gaben, wenn er begann, sie auszusaugen.

Er war ein Prinz und konnte alles tun, was er wollte. Beinahe alles.

Heute Nacht würde er seiner Mutter zeigen, dass er jetzt ein großer Junge war. Und dann würde es kein Beinahe mehr geben.

Als sie die Pferde zügelten, war ihm vor Aufregung beinahe schlecht. Von hier aus würden sie zu Fuß gehen – und dann kam sein Part. Seine Mutter hielt ihn fest an der Hand, aber er wünschte, sie würde es nicht tun. Er wollte lieber wie Lucian und die anderen Soldaten marschieren. Er wollte ein Schwert tragen statt des kleinen Dolches, den er unter seiner Tunika verborgen hatte.

Und trotzdem machte es Spaß, schneller als jeder Mensch über das Feld auf den Hof zuzugehen.

Wieder blieben sie stehen, und seine Mutter hockte sich hin, um sein Gesicht mit den Händen zu umfassen. »Mach es genauso, wie wir es geübt haben, mein süßer Junge. Du wirst bestimmt wundervoll sein. Und ich bin jede Minute in deiner Nähe.«

Er reckte sich. »Ich habe keine Angst vor ihnen. Sie sind doch nur Essen.«

Lucian schmunzelte. »Er mag zwar klein sein, Euer Majestät, aber er ist durch und durch ein Krieger.«

Lilith erhob sich und wandte sich an Midir. Eine Hand legte sie auf Daveys Schulter. »Dein Leben«, sagte sie ruhig. »Fang an.«

Midir breitete die Arme in seinem schwarzen Gewand aus und begann mit seiner Beschwörungsformel.

Lilith wies die Männer an, auszuschwärmen. Dann schlich sie mit Davey und Lucian näher an den Bauernhof heran.

Durch eines der Fenster drang der schwache Schein des Feuers, das für die Nacht geschürt worden war. Es roch nach Pferden und ein wenig nach Mensch. Hunger und Erregung stiegen in Davey auf.

»Halt dich bereit«, sagte Lilith zu Lucian.

»Mylady, ich würde mein Leben für den Prinzen geben.«

»Ja, ich weiß.« Kurz legte sie die Hand auf Lucians Arm. »Deshalb bist du auch hier. Gut, Davey. Mach mich stolz.«

Drinnen im Haus hielten Tynan und zwei andere Wache. Es war schon fast Zeit, die Ablösung zu wecken, und er sehnte sich nach ein paar Stunden Schlaf. Seine Hüfte schmerzte von dem Angriff am ersten Tag des Marsches, und er hoffte, er würde nicht wieder davon träumen, wenn er die müden Augen schloss.

Gute Männer haben wir verloren, dachte er. Abgeschlachtet.

Die Zeit würde kommen, wenn er diese Männer auf dem Schlachtfeld rächte. Er hoffte nur, wenn er dort stürbe, dass er zuvor tapfer und stark gekämpft und zahlreiche Feinde vernichtet haben würde.

Er bereitete sich gerade darauf vor, den Befehl zur Wachablösung zu geben, als er ein Geräusch hörte. Seine Hand fuhr zu seinem Schwertknauf.

Mit gespitzten Ohren lauschte er. Es konnte ein Nachtvogel gewesen sein, aber es hatte so menschlich geklungen.

»Tynan.«

»Ja, ich habe es auch gehört«, sagte er zu einer der anderen Wachen.

»Es klang wie Weinen.«

»Pass auf. Niemand soll …« Er brach ab, als er eine Bewegung wahrnahm. »Dort hinten, an der nördlichsten Weide. Siehst du es? Ah, in Gottes Namen, es ist ein Kind.«

Ein Junge, dachte er, aber ganz sicher war er sich nicht. Er trug zerrissene, blutige Kleidung und taumelte weinend durch die Dunkelheit, den Daumen im Mund.

»Er muss einem Angriff in der Nähe entkommen sein. Weck die Ablösung auf und passt auf. Ich gehe das Kind holen.«

»Wir sollen nach Sonnenuntergang nicht mehr hinausgehen.«

»Wir können doch das Kind nicht dort draußen lassen. Es scheint verletzt zu sein. Weck die Ablösung auf«, wiederholte Tynan. »Postiert einen Bogenschützen hier am Fenster. Wenn sich draußen außer mir und dem Kind etwas bewegt, zielt aufs Herz.«

Er wartete, bis die Männer bereit waren. Das Kind war zu Boden gesunken. Er sah jetzt deutlich, dass es ein Junge war. Der arme, kleine Kerl jammerte und weinte herzzerreißend.

»Wir könnten es bis zum Tagesanbruch im Auge behalten«, schlug einer der Soldaten vor.

»Haben geallische Männer solche Angst vor der Dunkelheit, dass sie sich drinnen verkriechen, wenn ein Kind blutet und weint?«

Er öffnete die Tür. Er wollte so schnell wie möglich handeln, um das Kind im Haus in Sicherheit zu bringen, zwang sich jedoch, sich langsamer zu bewegen, als der kleine Junge den Kopf hob und ihm voller Entsetzen entgegenblickte.

»Ich tue dir nichts. Ich gehöre zu den Männern der Königin. Ich bringe dich hinein«, sagte Tynan sanft. »Dort ist es warm, und es gibt zu essen.«

Der Junge sprang auf und schrie, als habe Tynan mit einem Schwert nach ihm geschlagen: »Monster! Monster!«

Er begann humpelnd wegzulaufen, und Tynan rannte ihm hinterher. Es war besser, dem Jungen jetzt ein wenig Angst einzujagen, als dass er weglief und damit ein gefundenes Fressen für die Vampire war. Tynan fing ihn ein, als der

Junge gerade über die Steinmauer auf das angrenzende Feld klettern wollte.

»Ruhig, ruhig, du bist in Sicherheit.« Der Junge trat schreiend um sich, und Tynans Hüfte begann erneut zu schmerzen. »Wir müssen hineingehen. Es wird dir keiner mehr etwas tun. Niemand …«

Er glaubte etwas zu hören und packte das Kind fester. Gerade wollte er zum Haus zurücklaufen, als er wieder etwas hörte. Dieses Mal kam es von dem Kind in seinen Armen. Es war ein leises, wildes Grollen.

Der Junge grinste schrecklich und fuhr ihm an die Kehle.

Der Schmerz war ungeheuer und zwang Tynan in die Knie. Es ist kein Kind, dachte er, kein Kind, und wehrte sich verzweifelt. Aber der Vampir riss an ihm wie ein Wolf.

Er hörte Schreie, Rufe, das Sirren von Pfeilen, das Klirren von Schwertern. Und das Letzte, was er hörte, war das schreckliche Geräusch seines eigenes Blutes, das gierig geschlürft wurde.

Sie schossen mit Feuerpfeilen, und trotzdem wurde fast die Hälfte von ihnen verwundet oder getötet, ehe die Dämonen zurückwichen.

»Nehmt den da lebend mit.« Lilith wischte sich das Blut von den Lippen. »Ich habe Lora ein Geschenk versprochen.« Sie lächelte auf Davey herunter, der über der Leiche eines getöteten Soldaten hockte. Es erfüllte sie mit Stolz, dass ihr Junge sich so wacker geschlagen hatte.

Daveys Augen glühten rot, und seine Sommersprossen wirkten wie Goldtupfen auf seinen rosigen Wangen.

Sie hob ihn hoch und hielt ihn über den Kopf. »Seht euren Prinzen!«

Die Vampire, die in dem kurzen Kampf nicht vernichtet worden waren, knieten nieder.

Sie drückte Davey an sich und küsste ihn innig auf den Mund.

»Ich will mehr«, sagte er.

»Ja, mein Liebling, du wirst auch mehr bekommen. Sehr bald schon. Werft ihn über ein Pferd«, befahl sie und wies mit einer nachlässigen Geste auf Tynans leblosen Körper. »Ich habe Verwendung für ihn.«

Sie stieg auf und streckte ihre Arme nach Davey aus. Sie rieb die Wange an seinen Haaren und blickte zu Midir herunter.

»Das hast du gut gemacht«, sagte sie zu ihm. »Du kannst dir von den Menschen jemanden aussuchen, zu welchem Zweck auch immer.«

Das Mondlicht schimmerte auf seinen silbernen Haaren, als er sich tief verbeugte. »Ich danke Euch.«

Moira stand im frischen Wind und beobachtete die Drachen, die mit ihren Reitern über ihr kreisten. Es war ein unglaublicher Anblick, dachte sie. Unter anderen Umständen wäre ihr das Herz aufgegangen. Aber dies hier war kein Schauspiel, es waren militärische Manöver.

Sie lächelte ihrem Onkel zu, der neben sie trat. »Möchtest du nicht auch einmal fliegen?«, fragte sie.

»Das überlasse ich den Jüngeren – und Wendigeren. Es ist ein prachtvoller Anblick, Moira. Und er erfüllt einen mit Hoffnung.«

»Die Drachen haben die Stimmung gehoben. Und im Kampf haben wir durch sie einen Vorteil. Siehst du Blair? Sie reitet auf ihnen, als wäre sie dazu geboren.«

»Man kann sie kaum übersehen«, murmelte Riddock, als Blair ihren Drachen mit atemberaubender Geschwindigkeit zu Boden lenkte und dann wieder aufsteigen ließ.

»Freut es dich, dass sie und Larkin heiraten wollen?«

»Er liebt sie, und ich finde, sie passen gut zueinander. Ja, seine Mutter und ich freuen uns. Und er wird mir jeden Tag fehlen. Er muss mit ihr gehen«, sagte Riddock, bevor Moira etwas erwidern konnte. »Es ist seine Entscheidung, und ich fühle im Herzen, dass er die richtige Wahl getroffen hat. Aber wir werden ihn vermissen.«

Moira lehnte den Kopf an den Arm ihres Onkels. »Ja, das werden wir.«

Sie würde als Einzige zurückbleiben, dachte sie, als sie wieder hineinging. Sie wäre die Einzige aus dem Zirkel sein, die nach Samhain in Geall bliebe. Sie fragte sich, wie sie es wohl ertragen würde.

Das Schloss wirkte ja jetzt schon leer. Viele waren schon vorausgegangen, und die anderen waren eifrig mit ihren Pflichten beschäftigt. Bald würde sie selbst auch aufbrechen. Also war es jetzt an der Zeit, ihren letzten Willen niederzuschreiben, für den Fall, dass sie nicht zurückkehrte.

Sie schloss sich in ihrem Salon ein und nahm ihre Feder zur Hand. Dann jedoch besann sie sich und holte die Schätze heraus, die sie aus Irland mitgebracht hatte.

Sie würde dieses Dokument mit dem Instrument aus einer anderen Welt schreiben. Sie würde einen Füller benutzen.

Welche Wertsachen besaß sie, die nicht automatisch an den nächsten Herrscher Gealls übergehen würden?

Natürlich den Schmuck ihrer Mutter. Sie teilte ihn auf zwischen Blair und Glenna, ihrer Tante und ihrer Kusine und zuletzt auch zwischen ihren Damen.

Das Schwert ihres Vaters sollte Larkin bekommen, beschloss sie, und den Dolch, den er einst getragen hatte, wollte sie Hoyt vermachen. Die Miniatur ihres Vaters würde an ihren Onkel gehen, wenn sie vor ihm stürbe, denn er und ihr Vater waren enge Freunde gewesen.

Cian würde sie Bogen und Köcher hinterlassen und die Pfeile, die sie selbst geschnitzt hatte. Sie hoffte, er würde verstehen, dass sie für sie mehr waren als Waffen. Sie waren ihr ganzer Stolz, und in gewisser Weise liebte sie sie.

Sorgfältig schrieb sie alles auf und versiegelte dann das

Dokument. Sie würde es ihrer Tante zur Aufbewahrung geben.

Jetzt fühlte sie sich besser. Leichter und irgendwie klarer. Sie stand auf und trat an die Balkontüren. Die Vorhänge waren immer noch zugezogen, und sie zog sie zurück, um das weiche Licht hereinzulassen. Vor ihrem geistigen Auge sah sie es noch einmal, die Dunkelheit, das Blut, den zerfetzten Körper ihrer Mutter, die Vampire, die an ihr rissen. Dennoch öffnete sie entschlossen die Tür und trat hinaus.

Die Luft war kühl und feucht, und der Himmel war voller Drachen. Ihre Mutter hätte den Anblick geliebt, die leuchtenden Farben, das Geräusch der Flügel und das Lachen der Kinder unten aus dem Schlosshof.

Moira trat an die Brüstung und legte die Hände auf den Stein. Sie blickte über Geall und schwor, ihr Bestes zu tun.

Moira wäre vielleicht überrascht gewesen, wenn sie gewusst hätte, dass auch Cian einen Großteil seines Tages damit verbrachte, sein Testament zu machen. Natürlich war seine Hinterlassenschaft wesentlich umfangreicher, aber er war ja auch schon viel länger auf der Welt und hatte einiges an Besitz angehäuft.

Es gab keinen Grund, etwas davon zu vergeuden.

Während er schrieb, fluchte er mindestens ein Dutzend Mal über die Feder und wünschte sich sehnlichst einen Computer. Aber er hielt durch, bis er alles zu seiner Zufriedenheit verteilt hatte.

Er war nicht sicher, ob alles auch wirklich so durchgeführt werden konnte. Letztendlich läge es an Hoyt, dachte Cian. Er würde mit ihm sprechen müssen, aber er konnte sich schon darauf verlassen, dass Hoyt die Verpflichtungen erfüllen würde, die Cian ihm vermachen wollte.

Letztendlich hoffte er natürlich, dass es nicht nötig sein würde. Tausend Jahre bedeutete noch lange nicht, dass es ihm leichtfiel, seine Existenz aufzugeben. Und vor allem hatte er nicht vor, zur Hölle zu fahren, bevor er Lilith dorthin geschickt hatte.

»Du hattest immer schon Geschäftssinn.«

Er sprang auf und zog seinen Dolch. Aber dann glitt ihm die Waffe aus den Fingern.

»Nola.« Seine Stimme klang ganz kratzig, als er den Namen aussprach.

Sie war ein Kind, seine Schwester, wie sie es gewesen war, als er sie zum letzten Mal gesehen hatte. Ihre langen, dunklen Haare fielen ihr glatt über die Schultern, ihre Augen waren tief und blau. Sie lächelte.

»Nola«, wiederholte er. »Mein Gott.«

»Ich dachte, du würdest sagen, du hättest keinen Gott.«

»Keinen, den ich anrufen könnte. Wieso bist du hier? Bist du überhaupt hier?«

»Das siehst du doch.« Sie breitete die Arme aus und drehte sich ein wenig.

»Du hast gelebt und bist gestorben. Als alte Frau.«

»Die Frau kanntest du nicht, deshalb bin ich so, wie du mich in Erinnerung hast. Du hast mir gefehlt, Cian. Ich habe nach dir gesucht, obwohl ich es besser wusste. Jahrelang habe ich Ausschau nach dir gehalten und gehofft, dass du wiederkämst. Du und Hoyt. Aber ihr kamt nie.«

»Was hätte ich denn machen sollen? Du weißt doch, wer ich war. Bin. Jetzt verstehst du es.«

»Hättest du mir denn etwas getan? Oder einem anderen aus der Familie?«

»Ich weiß nicht. Ich hoffe nicht, aber ich hatte keinen Grund, es zu riskieren. Warum bist du hier?«

Er streckte die Hand nach ihr aus, aber sie schüttelte den Kopf. »Ich bin nicht aus Fleisch und Blut. Nur eine Erscheinung. Und ich bin hier, um dich daran zu erinnern, dass du vielleicht nicht mehr so bist wie damals, als wir beide noch lebten, aber du bist auch nicht mehr so, wie sie dich gemacht hat.«

Um seine Fassung wiederzugewinnen, bückte er sich nach dem Dolch, der ihm aus der Hand geglitten war, und steckte ihn wieder in die Scheide. »Was spielt das schon für eine Rolle?«

»Es wird eine Rolle spielen.« Auch wenn sie nur eine Erscheinung war, so traten ihr doch Tränen in die Augen, als sie ihn anblickte. »Ich hatte Kinder, Cian.«

»Ich weiß.«

»Stark, geschickt und begabt. Sie waren auch von deinem Blut.«

»Warst du glücklich?«

»O ja. Ich liebte einen Mann, und er liebte mich. Wir hatten unsere Kinder und lebten ein gutes Leben. Und doch haben meine Brüder eine Leere in meinem Herzen hinterlassen, die ich nie füllen konnte, einen kleinen Schmerz. Manchmal habe ich dich und Hoyt gesehen. Im Wasser, im Dunst oder im Feuer.«

»Ich habe Dinge getan, die du besser nicht gesehen hättest.«

»Ich sah dich töten und Blut trinken. Ich sah dich Menschen jagen, wie du einst Wild gejagt hast. Und ich sah dich im Mondschein an meinem Grab stehen und Blumen niederlegen. Ich sah dich neben dem Bruder kämpfen, den wir beide lieben. Ich sah meinen Cian. Weißt du noch, wie du mich zu dir aufs Pferd gezogen hast und mit mir geritten bist?«

»Nola.« Er rieb sich über die Stirn. Es tat zu weh, daran zu denken. »Wir sind beide tot.«

»Und wir haben beide gelebt. Eines Nachts ist sie an mein Fenster gekommen.«

»Sie? Wer?« Ihm wurde eiskalt. »Lilith.«

»Wir sind beide tot«, rief Nola ihm ins Gedächtnis. »Aber

du ballst trotzdem die Fäuste, und deine Augen blitzen wie dein Dolch. Würdest du mich immer noch beschützen?«

Er trat an den Kamin und schob mit der Fußspitze den glimmenden Torf zusammen. »Was ist passiert?«

»Es war mehr als zwei Jahre, nachdem Hoyt uns verlassen hatte. Vater war gestorben und Mutter war krank. Ich wusste, dass sie nicht wieder zu Kräften kommen, dass sie sterben würde. Ich war so traurig und hatte solche Angst. In der Dunkelheit erwachte ich aus dem Schlaf, und da war ein Gesicht an meinem Fenster. Sie war wunderschön. Goldene Haare und ein süßes Lächeln. Flüsternd nannte sie meinen Namen. ›Bitte mich herein‹, sagte sie und versprach mir ein Geschenk.«

Nola warf die Haare zurück und verzog verächtlich das Gesicht. »Sie hielt mich für dumm, da ich nur ein Mädchen und die Jüngste von uns war. Ich trat ans Fenster und blickte ihr in die Augen. Sie hat Macht in den Augen.«

»Hoyt hat dir doch bestimmt gesagt, dass du solche Risiken nicht eingehen darfst. Er hat bestimmt ...«

»Er war nicht da und du auch nicht. In mir war auch Macht. Hast du das vergessen?«

»Nein. Aber du warst noch ein Kind.«

»Ich war eine Seherin, und in meinen Adern floss das Blut der Dämonenjäger. Ich blickte ihr in die Augen und sagte ihr, mein Blut würde sie vernichten. Mein Blut würde die Welt von ihr befreien. Und für sie würde es keine Ewigkeit in der Hölle oder sonstwo geben. Ihre Verdammnis würde das vollständige Ende sein. Sie würde zu Staub, und kein Geist würde überleben.«

»Sie hat sich bestimmt nicht darüber gefreut.«

»Ihre Schönheit bleibt, auch wenn sie ihr wahres Ich zeigt. Das ist eine weitere Macht. Ich hielt Morrigans Kreuz hoch, das ich immer um den Hals trug. Es strahlte wie die Sonne, und sie rannte schreiend davon.«

»Du warst schon immer furchtlos«, murmelte er.

»Sie kam niemals wieder, solange ich lebte, und sie kam auch nie wieder, bis du und Hoyt gemeinsam nach Hause kamt. Zusammen seid ihr stärker als jeder für sich allein. Sie fürchtet und hasst das, aber sie beneidet euch auch darum.«

»Wird er die Schlacht überleben?«

»Das weiß ich nicht. Aber wenn er fällt, stirbt er ehrenvoll. Als Lebender.«

»Ehre ist ein kalter Trost, wenn du in der Erde liegst.«

»Warum bedeutet dir dann deine Ehre so viel?«, fragte sie mit leiser Ungeduld in der Stimme. »Ehre hat dich doch hierher gebracht. Ehre trägt dich mit deinem Schwert in den Kampf. Sie konnte sie dir nicht aussaugen, und das Wenige, was geblieben ist, hat für dich schon gereicht. Du hast diese Entscheidung getroffen. Es stehen dir noch weitere bevor. Denk an mich.«

»Nicht. Geh nicht.«

»Denk an mich«, wiederholte sie. »Bis wir einander wiedersehen.«

Als er wieder alleine war, ließ er den Kopf in die Hände sinken. Er erinnerte sich an viel zu vieles.

13

Das Turmzimmer, in dem Hoyt und Glenna ihre Zaubertricks ausarbeiteten, mied Cian die meiste Zeit. Sie erzeugten häufig Licht, Blitze, Feuer und andere Elemente, die für Vampire nicht so günstig waren.

Aber jetzt brauchte er seinen Bruder.

Bevor er klopfte, stellte er fest, dass die beiden Schutzsymbole an der Tür des Turmzimmers angebracht hatten, um Neugierige fernzuhalten. Er wäre selbst lieber draußen geblieben, musste jedoch mit Hoyt sprechen. Glenna trug nur eine Baumwollhose und ein Tank Top. Die Haare hatte sie sich zusammengebunden, und ihre Haut war schweißbedeckt. Cian zog die Augenbrauen hoch.

»Oh. Störe ich?«

»Nein, es ist leider nichts Körperliches. Es ist nur schrecklich heiß hier drin. Wir arbeiten mit Hitze und Feuermagie. Tut mir leid.«

»Extreme Temperaturen machen mir nicht viel aus.«

»Oh. Gut.« Sie schloss die Tür hinter ihm. »Wir haben die Fenster verrammelt, damit alles im Raum bleibt. Du brauchst dir also wegen des Tageslichts keine Sorgen zu machen.«

»Die Sonne ist sowieso schon fast untergegangen.«

Er blickte zu Hoyt, der an einem riesigen Kupfertrog stand. Er hatte die Hände darüber ausgebreitet, und selbst auf diese Entfernung spürte Cian noch mehr Hitze, Macht und Energie.

»Er lädt die Waffen mit Feuer auf«, erklärte Glenna. »Und ich habe eigentlich an so einer Art Bombe gearbeitet. Etwas, was wir von oben herunterwerfen können.« Sie wischte sich den Schweiß von der Stirn. »Soll ich eine Führung mit dir machen?«

»Eigentlich ... Ich wollte ... Ach, ich rede einfach mit Hoyt, wenn er nicht mehr so viel zu tun hat.«

»Warte.« Glenna konnte sich nicht erinnern, Cian jemals so durcheinander erlebt zu haben. Nein, nicht durcheinander, dachte sie. Aufgeregt. »Er braucht sowieso eine Pause. Und ich auch. Wenn dir die Hitze nichts ausmacht, bleib doch einfach noch ein paar Minuten. Er ist gleich fertig. Ich gehe ein bisschen an die frische Luft.«

Cian packte sie an der Hand, bevor sie sich zum Gehen wandte. »Danke, dass du nicht gefragt hast.«

»Ist schon okay. Und wenn du ein Problem hast, ich bin da.«

Als sie hinausgegangen war, lehnte Cian sich an die Tür. Hoyt blieb mit ausgestreckten Händen vor dem Kessel stehen, aus dem silberner Rauch aufstieg. Seine Augen waren dunkel, wie immer, wenn er seine Macht ausübte.

Es war schon früher so gewesen, dachte Cian, als sie noch Kinder waren.

Wie Glenna hatte auch Hoyt sich für die Arbeit ausgezogen und trug nur ein weißes T-Shirt und ausgebleichte Jeans. Selbst nach all den Monaten war es für Cian immer noch seltsam, seinen Bruder in der Kleidung des einundzwanzigsten Jahrhunderts zu sehen.

Hoyt hatte sich nie für Mode interessiert, dachte Cian. Ihm war es immer nur um Würde und Ziele gegangen. Sie sahen einander zwar ähnlich, gingen aber von völlig verschiedenen Positionen ans Leben heran. Hoyt liebte die Einsamkeit und das Studium, er die Gesellschaft und Geschäfte.

Trotzdem hatten sie sich sehr nahe gestanden und waren zutiefst miteinander verbunden gewesen. Und sie hatten einander auf eine starke, stetige Weise geliebt, dachte Cian jetzt.

Und dann hatte sich die Welt und alles, was darin war, verändert.

Was tat er also hier? Suchte er nach Antworten, nach Trost, obwohl er doch eigentlich wusste, dass es beides für ihn nicht gab? Nichts konnte rückgängig gemacht werden, kein einziger Akt, kein einziger Gedanke, kein einziger Moment. Es war eine alberne Verschwendung von Zeit und Energie.

Der Mann, der wie eine Statue im Rauch stand, war nicht der Mann, den er gekannt hatte, und auch er war nicht mehr derselbe wie früher. Er stieß sich von der Tür ab.

»Warte. Noch einen kleinen Moment.«

Hoyts Stimme hielt ihn auf – und es irritierte ihn, dass sein Bruder gemerkt hatte, dass er gehen wollte.

Hoyt senkte die Hände, und der Rauch verschwand.

»Wir gehen gut bewaffnet in die Schlacht.« Hoyt griff in den Kessel und zog ein Schwert heraus. Er zielte mit der Spitze auf den Kamin, und ein Feuerstrahl schoss heraus.

»Willst du so eins benutzen?« Hoyt musterte die Klinge. »Du bist geschickt genug, um dich nicht zu verbrennen.«

»Ich werde alles benutzen, was mir in die Hände fällt – und ich werde mein Bestes tun, um den weniger erfahrenen Kriegern aus dem Weg zu gehen, die ihr mit Waffen ausstattet.«

»Das ist aber nicht der Grund deines Besuchs hier.«

»Nein.«

Da er nun schon einmal hier war, konnte er auch mit Hoyt reden. Aber er wartete noch ab, bis er alle Waffen aus dem Trog geholt hatte. Im Zimmer roch es nach Kräutern und Rauch, nach Schweiß und Anstrengung.

»Ich habe deine Frau vertrieben.«

»Die finde ich schon wieder.«

»Da sie gerade nicht da ist, kann ich dich ja fragen. Hast du Angst, sie in der Schlacht zu verlieren?«

Hoyt legte das letzte Schwert auf den Arbeitstisch. »Es ist mein letzter Gedanke vor dem Einschlafen und mein erster beim Aufwachen. Die übrige Zeit versuche ich, nicht daran zu denken – oder meinen Wunsch zu verdrängen, sie einzusperren, bis alles vorüber ist.«

»Sie ist eine Frau, die noch nicht einmal du mit deinen Fähigkeiten einsperren könntest.«

»Nein, aber das ändert nichts daran, dass ich Angst um sie habe. Hast du Angst um Moira?«

»Was?«

»Glaubst du, ich weiß nicht, dass du mit ihr zusammen bist? Dass dein Herz bei ihr ist?«

»Eine vorübergehende Verrücktheit. Es wird nicht anhalten.« Als sein Bruder ihn nur ruhig anblickte, schüttelte Cian den Kopf. »Weder sie noch ich haben eine andere Wahl. Was ich bin, verhindert eine gemeinsame Zukunft. Ich kann ihr kein Leben bieten – selbst wenn ich es wollte –, und meine Existenz wird noch lange weitergehen, wenn sie schon tot ist. Aber darüber wollte ich nicht mit dir sprechen.«

»Doch, sag mir zuerst: Liebst du sie?«

Er konnte nur die Wahrheit sagen. »Sie ist ... sie ist wie ein Licht für mich, nachdem ich ewig in der Dunkelheit gelebt habe. Aber ich kenne die Dunkelheit, Hoyt. Ich weiß, wie man dort überlebt, zufrieden und produktiv.«

»Glück scheint nicht dazuzugehören.«

Frustriert erwiderte Cian: »Ich war ganz glücklich, bevor du aufgetaucht bist. Bevor du alles wieder verändert hast. Was stellst du dir denn vor? Soll ich mir das wünschen, was du mit Glenna hast, wenn du überlebst? Was nützt es mir denn? Fängt deshalb mein Herz wieder an zu schlagen? Kann deine Magie das bewirken?«

»Nein, ich habe nichts gefunden, womit ich dich zurückholen könnte. Aber ...«

»Ach, lass es gut sein. Ich bin, was ich bin, und es ist ganz in Ordnung so. Ich beklage mich nicht. Sie ist eine Erfahrung, die ich machen muss. Liebe ist eine Erfahrung, die ich bisher immer vermieden habe.« Er fuhr sich mit den Fingern durch die Haare. »Himmel. Gibt es hier etwas zu trinken?«

»Da steht Whiskey.« Hoyt wies mit dem Kinn auf eine Vitrine. »Ich nehme auch einen.«

Cian schenkte ihnen großzügig ein und setzte sich neben Hoyt auf einen dreibeinigen Schemel. Einen Moment lang schwiegen sie.

»Ich habe eine Art Testament verfasst, falls mich mein Glück an Samhain verlassen sollte.«

Hoyt blickte Cian an. »Ich verstehe.«

»Ich habe beachtliche Werte und Besitztümer angesammelt, und ich habe vorgesehen, dass du dich darum kümmerst.«

»Ja, das werde ich natürlich machen.«

»Das wird keine kleine Aufgabe sein, da sie über die ganze Welt verstreut sind. In meiner New Yorker Wohnung gibt es Pässe und andere Identifikationsdokumente, und du kannst sie gerne benutzen, wenn sie für dich von Wert sind.«

»Danke.«

Cian drehte das Glas zwischen den Fingern. »Es gibt ein paar Dinge, die Moira haben soll, wenn du sie hierher bringen kannst.«

»Das mache ich.«

»Den Club und die Wohnung in New York wollte ich Blair und Larkin hinterlassen. Ich glaube, sie können mehr damit anfangen als du.«

»Ja, sicher. Sie werden dir bestimmt dankbar sein.«

Ärgerlich über den leichten Tonfall seines Bruders fuhr Cian fort: »Nun, du brauchst dich nicht gleich von deinen Gefühlen überwältigen zu lassen, und eigentlich ist es auch wahrscheinlicher, dass ich bei dir die Totenwache halte.«

Hoyt legte den Kopf schräg. »Ach, glaubst du?«

»Ja, verdammt noch mal, das glaube ich. Du hast ja noch nicht einmal dreißig Jahre hinter dir, und bei mir sind es schon fast tausend. Und als wir beide noch lebten, warst du im Kämpfen nie so gut wie ich, ganz gleich, wie viele Tricks du aus dem Ärmel gezogen hast.«

»Aber wie hast du noch gesagt? Wir sind auch nicht mehr, wer wir waren, oder?« Hoyt lächelte freundlich. »Ich möchte, dass wir beide die Schlacht überstehen, aber wenn du fällst, na ja ... Ich werde mein Glas auf dich erheben.«

Beide brachen in Lachen aus.

»Und möchtest du auch Musik bei der Beerdigung?«

»Oh, lass den Scheiß.« Cian funkelte Hoyt an. »Ich bringe dich anständig unter die Erde, und dann tröste ich deine trauernde Witwe.«

»Für dich muss ich wenigstens keine Grube ausheben, da

du ja sowieso nur ein Häufchen Staub sein wirst, aber ich werde dir zumindest die Ehre erweisen, dir einen Stein aufzustellen. ›Hier liegt nicht Cian, denn er ist vom Wind verweht. Er lebte und er starb, und er blieb ewig, wie der letzte Gast, der den Ball verlässt.‹ Gefällt dir das?«

»Ich glaube, ich ändere mein Testament, da ich ja sowieso an deinem Grab ›Danny Boy‹ singen werde.«

»Was ist ›Danny Boy‹?«

»Ein Klischee.« Cian ergriff die Flasche, die er auf den Boden gestellt hatte, und schenkte ihnen noch einmal Whiskey nach. »Ich habe Nola gesehen.«

»Was?« Hoyt ließ den Becher sinken, den er gerade ansetzen wollte. »Was hast du gesagt?«

»In meinem Zimmer. Ich habe Nola gesehen und mit ihr gesprochen.«

»Du hast von Nola geträumt?«

»Habe ich mich nicht deutlich ausgedrückt?«, fuhr Cian ihn an. »Ich habe doch gesagt, ich habe sie gesehen und mit ihr gesprochen. So wach, wie ich jetzt bin und mit dir spreche. Sie war immer noch ein Kind. Jesus, dafür gibt es nicht genug Whiskey in der Welt.«

»Sie ist zu dir gekommen«, murmelte Hoyt. »Unsere Nola. Was hat sie gesagt?«

»Dass sie mich liebt. Und dich. Wir haben ihr gefehlt. Sie hat darauf gewartet, dass wir nach Hause kommen. Verdammt. Verdammt.« Er erhob sich und begann im Zimmer auf und ab zu gehen. »Sie war ein Kind und sah so aus wie beim letzten Mal, als ich sie gesehen habe. Das war natürlich ein Trugbild. Sie ist erwachsen geworden, alt geworden. Dann ist sie gestorben und zu Staub zerfallen.«

»Und warum sollte sie als erwachsene oder als alte Frau zu dir kommen?«, fragte Hoyt. »Sie ist so zu dir gekommen, wie du sie gekannt und dich an sie erinnert hast. Das war ein Geschenk. Warum bist du so wütend?«

Der Schmerz war von der Wut förmlich umgeben. »Du weißt ja nicht, wie es ist, das zu fühlen. Sie sah aus wie damals, aber ich bin nicht mehr derselbe. Sie sprach davon, wie ich sie vor mir aufs Pferd gesetzt habe und mit ihr ausgeritten bin. Und es war wie gestern. Ich kann nicht ständig dieses Gestern im Kopf haben. Ich werde wahnsinnig davon!«

Er drehte sich um. »Wenn das alles hier vorbei ist, wirst du wissen, dass du getan hast, was du konntest, was man von dir verlangt hat – für sie, für die gesamte Menschheit. Dieses Wissen und das Leben, das du mit Glenna führst, wird stärker sein als der Schmerz, den du empfindest, weil du sie zurückgelassen hast. Ich aber muss dahin zurück, wo ich war. Ich muss. Ich kann dies nicht mit mir nehmen und überleben.«

Hoyt schwieg einen Moment lang. »Hatte sie Schmerzen, Angst, war sie traurig?«

»Nein.«

»Und das kannst du nicht mit dir nehmen?«

»Ich weiß nicht, es ist einfach so. Ein Gefühl führt zum anderen, bis du darin ertrinkst. Ich bin ja an den Gefühlen für Moira schon halb ertrunken.«

Um Fassung ringend setzte er sich wieder. »Nola trug das Kreuz, das du ihr gegeben hattest. Sie sagte, sie habe es immer getragen, wie du ihr gesagt hattest. Ich dachte, das solltest du wissen. Und sie hat mir gesagt, dass Lilith zu ihr gekommen ist und versucht hat, sie zu einer Einladung zu überreden.«

Hoyt ballte die Fäuste. »Dieses Höllenluder ist zu Nola gekommen?«

»Ja, und die hat ihr bildlich gesprochen in den Arsch getreten.« Er erzählte Hoyt, was Nola gesagt hatte, und sah den Stolz und die Genugtuung, die sich auf dem grimmigen Gesicht seines Bruders abzeichneten. »Und dann hat sie das Kreuz hochgehoben und sie zum Teufel gejagt. Sie sagt, sie sei erst wiedergekommen, als wir beide wieder da waren.«

»Na, das ist ja interessant. Das Kreuz schützt nicht nur den Träger, sondern macht Lilith auch so viel Angst, dass sie sich davonjagen lässt. Und hinzu kommt noch die Prophezeiung, dass wir sie vernichten werden.«

»Deshalb ist sie auch so entschlossen, uns zu vernichten.«

»Ja. Das kann durch Nolas Drohung noch verstärkt worden sein. Stell dir doch vor, wie es für Lilith sein muss, von einem Kind eingeschüchtert zu werden.«

»Natürlich. Zweifellos will sie gewinnen. Schon um so eine Art Göttin zu werden, aber auch, um uns zu besiegen. Unsere Verbindung ist ihr ein Dorn im Auge. Sie will uns zerstören.«

»Viel Glück hat sie damit bis jetzt nicht gehabt, oder?«

»Und was hältst du davon? Die Götter springen irgendwie nach Belieben mit uns um, nicht wahr? Wir alle, Lilith eingeschlossen, werden auf eine Zeit und einen Ort zugetrieben. Eigentlich möchte ich weder von Dämonen noch von Göttern vorgeführt werden.«

Hoyt zog die Augenbrauen hoch. »Hast du eine andere Wahl?«

»Ständig wird von Wahl geredet, aber wer von uns würde sich denn jetzt noch abwenden? Schließlich haben nicht nur Menschen ihren Stolz. Und so vergeht die Zeit.« Er erhob sich. »Lass uns abwarten, was passiert. Die Sonne ist schon längst untergegangen. Ich gehe ein bisschen an die frische Luft.«

An der Tür drehte er sich noch einmal um. »Sie konnte mir nicht sagen, ob du überlebst.«

Hoyt trank seinen letzten Schluck Whiskey. Er lächelte. »Wie war das noch mal? ›Danny Boy‹?«

Cian ging zu seinem Pferd. Obwohl er wusste, dass es riskant war, sattelte er Vlad und ritt aus. Er brauchte das Tempo, und er brauchte die Nacht. Vielleicht brauchte er ja auch das Risiko.

Der Mond war etwas weiter als halb. Am Ende dieses Zyklus würde Blut die Erde tränken – von Menschen und Dämonen.

Er hatte nie in anderen Kriegen gekämpft, hatte darin nie einen Sinn gesehen. Kriege um Land, Reichtümer und Bodenschätze. Glaubenskriege. Aber dieser Krieg ging auch ihn etwas an.

Nein, nicht nur Menschen hatten Stolz oder Ehre. Oder liebten. Und aus all diesen Gründen war dies auch sein Krieg. Wenn er Glück hatte, würde er eines Tages wieder in Irland reiten – oder wo er sonst wollte. Und er würde an Geall mit seinen hübschen Hügeln und dichten Wäldern denken. Er würde an das üppige Grün und die Wasserfälle denken und an das märchenhafte Schloss auf dem Hügel am Fluss.

Er würde an die Königin denken, an Moira mit den großen, grauen Augen und dem ruhigen Lächeln, hinter dem sich ein kluger, flexibler Verstand und ein tiefes, reiches Herz verbargen. Wer hätte geglaubt, dass er nach all diesen Jahrhunderten noch von einer solchen Frau verführt, bezaubert und überwältigt würde?

Er ließ Vlad über Steinmauern springen und über Felder galoppieren, wo die Nachtluft süß und kühl war. Das Mondlicht tauchte das Schloss in einen silbernen Schimmer, und in den Fenstern glühten Kerzen und Lampen. Sie hatte ihr Wort gehalten, dachte er, und die dritte Fahne gehisst, sodass jetzt Claddaugh, Drache und die goldene Sonne im Wind flatterten.

Er wünschte sich inbrünstig, dass sie Geall und allen Welten die Sonne wiedergeben würde, wenn das Blut geflossen war.

Vielleicht konnte er nicht alle seine Gefühle, Bedürfnisse und Wünsche mit sich zurücknehmen und dabei unversehrt bleiben. Aber dieses Licht, das durch all seine Nächte schimmerte, wollte er von ihr mitnehmen.

Als er zurückkehrte, wartete sie auf ihn, den Bogen in der Hand und das Schwert von Geall gegürtet.

»Ich habe dich ausreiten sehen.«

Er stieg ab. »Du hast mir den Rücken gedeckt, was?«

»Wir waren uns einig, dass keiner von uns alleine ausgeht, vor allem nicht in der Dunkelheit.«

»Ich brauchte es«, sagte er nur und führte den Hengst zu den Stallungen.

»So, wie du geritten bist, schien es mir auch so. Ich habe zwar keine Höllenhunde gesehen, aber du anscheinend. Vertraust du ihn einem der Stallburschen an? Es hilft ihnen, wenn sie etwas zu tun haben, ähnlich wie dir vielleicht ein wilder Ritt hilft.«

»Unter deinem liebenswürdigen Tonfall tadelst du mich, Majestät. Das machst du sehr gut.«

»Ich habe es schon früh von meiner Mutter gelernt.« Sie nahm die Zügel und reichte sie mit Anweisungen dem Burschen, der aus dem Stall angelaufen kam.

Dann blickte sie Cian an. »Bist du in Stimmung?«

»Immer.«

»Ich hätte sagen sollen, in schlechter Stimmung, aber darauf hätte die Antwort wahrscheinlich auch ›immer‹ gelautet. Ich hatte gehofft, dass du mit mir zu Abend isst. Nur wir zwei. Und ich hatte gehofft, dass du heute Nacht bei mir bleibst.«

»Und wenn ich schlechte Laune habe?«

»Dann wird sie vielleicht durch Essen und Wein so weit gemildert, dass du dich doch zu mir legst und bei mir bleibst. Wir können uns allerdings auch beim Essen streiten und dann zu Bett gehen.«

»Ich müsste schon vom Pferd gestürzt sein und mir einen Hirnschaden zugezogen haben, wenn ich dieses Angebot ablehnen würde.«

»Gut. Ich bin hungrig.«

Und wütend, dachte er amüsiert. »Warum hältst du mir nicht endlich deinen Vortrag? Du erstickst sonst daran.«

»Es gibt keinen Vortrag, das ist nicht meine Art.« Wie eine Königin, fand er, ging sie über den Hof. »Ich möchte dir allerdings am liebsten ordentlich in den Hintern treten, weil du ein solches Risiko eingegangen bist. Aber …«

Sie holte tief Luft und schwieg einen Moment, während sie das Schloss betraten. »Ich kann es nachvollziehen, dass du weg musstest. Ich weiß, wie es sich anfühlt, wenn einen der Druck zu zerreißen droht. Ich kann mich dann mit einem Buch zurückziehen und wieder ruhig werden. Du brauchtest eben den schnellen Ritt. Und ich glaube, dass du manchmal einfach die Dunkelheit brauchst.«

Er schwieg, bis sie ihre Gemächer erreicht hatten. »Ich weiß nicht, wie du mich in dieser Hinsicht verstehen willst.«

»Ich habe dich studiert.« Sie blickte ihm in die Augen und lächelte etwas. »Das kann ich gut. Und außerdem bist du jetzt in meinem Herzen, deshalb kenne ich dich.«

»Ich habe dich nicht verdient«, sagte er ruhig. »Das wird mir jetzt klar. Ich habe dich nicht verdient.«

»Ich bin kein Lohn oder Preis. Du brauchst mich nicht zu verdienen.« Sie öffnete die Tür zu ihrem Salon.

Sie hatte Feuer im Kamin gemacht und die Kerzen angezündet. Der Tisch war mit Blumen aus einem der Treibhäuser gedeckt, und kaltes Abendessen und guter Wein standen bereit.

»Du hast dir Mühe gemacht.« Er schloss die Tür hinter sich. »Danke.«

»Ich habe es für mich getan, aber ich bin froh, dass es dir

gefällt. Ich wollte eine Nacht nur für uns alleine. So als ob dies alles nicht passiert. Eine Nacht, in der wir einfach nur dasitzen, reden und essen können. Und in der ich vielleicht ein bisschen zu viel Wein trinke.«

Sie legte Bogen und Köcher beiseite und schnallte sich das Schwert ab. »Eine Nacht, in der wir nicht von Kämpfen, Waffen und Strategie reden und in der du mir sagst, dass du mich liebst. Aber du brauchst es mir eigentlich gar nicht zu sagen, weil ich es in deinen Augen sehe, wenn du mich anschaust.«

»Ich liebe dich. Während des Ritts habe ich zum Schloss geblickt und sah den Kerzenschein in den Fenstern. Und genauso sehe ich dich und denke an dich. Du bist für mich ein stetiges Leuchten.«

Sie trat auf ihn zu und umfasste sein Gesicht mit beiden Händen. »Und ich sehe dich als die Nacht, geheimnisvoll und faszinierend. Ich werde nie wieder Angst vor der Dunkelheit haben, weil ich sie erkannt habe.«

Er küsste sie auf die Stirn, die Schläfen und den Mund. »Ich schenke dir jetzt das erste Glas von zu viel Wein ein.«

Sie setzte sich an den kleinen Tisch und beobachtete ihn. Das war ihr Geliebter, dachte sie. Dieser fremde, faszinierende Mann, in dem Kriege tobten. Und sie würde diese Nacht mit ihm verbringen, sodass sie beide ein paar Stunden Frieden fanden.

Sie legte ihm auf, wohl wissend, dass es die Geste einer Ehefrau war. Aber auch das würden sie in dieser Nacht teilen. Als er ihr gegenübersaß, hob sie ihr Glas. *»Sláinte.«*

»Sláinte.«

»Erzählst du mir von den Orten, an denen du warst? Von deinen Reisen? Ich möchte im Kopf auch dorthin gehen. Ich habe in deiner Bibliothek in Irland die Landkarten studiert. Eure Welt ist so groß. Erzähl mir von den wundervollen Dingen, die du gesehen hast.«

Er nahm sie mit nach Italien während der Renaissance, nach Japan zu Zeiten der Samurai, nach Alaska während des Goldrauschs, in den Dschungel des Amazonas und in die afrikanischen Savannen.

Er versuchte es ihr so mit Worten zu schildern, dass sie die Vielfalt, die Kontraste, die Veränderungen sehen konnte, und er spürte förmlich, wie sie alles aufsog. Sie stellte zahlreiche Fragen, vor allem, wenn das, was er berichtete, dem widersprach, was sie in seiner Bibliothek gelesen hatte.

»Ich habe mich immer gefragt, was hinter dem Meer liegt.« Sie stützte ihr Kinn in die Hand, während Cian Wein nachschenkte. »Andere Länder, andere Kulturen. Wir haben früher anscheinend einmal zu Irland gehört, und deshalb gibt es vielleicht Teile von Italien und Amerika, Russland, all diese wundersamen Orte, in dieser Welt auch. Eines Tages … Ich möchte gerne einen Elefanten sehen.«

»Einen Elefanten.«

Sie lachte. »Jawohl, einen Elefanten. Und Zebras und Kängurus. Ich möchte auch gerne die Gemälde von den Künstlern sehen, die du gesehen hast und die ich in deinen Büchern gefunden habe. Michelangelo und da Vinci, van Gogh, Monet, Beethoven.«

»Beethoven war ein Komponist. Ich glaube nicht, dass er malen konnte.«

»Ja, klar, das stimmt. Die *Mondschein-Sonate* und all diese Symphonien mit Zahlen. Der Wein bringt mich ein bisschen durcheinander. Ich möchte eine Violine und ein Klavier sehen. Und eine elektrische Gitarre. Spielst du diese Instrumente?«

»Es ist eher eine wenig bekannte Tatsache, dass es ursprünglich sechs Beatles gegeben hat. Aber mach dir nichts draus.«

»Ja, ich weiß. John, Paul, George und Ringo.«

»Du hast ein Gedächtnis wie der Elefant, den du gerne sehen möchtest.«

»Solange du dich an mich erinnerst, gehört es dir. Ich werde wahrscheinlich nie im Leben einen Elefanten sehen, aber eines Tages werde ich Orangenbäume haben. Die Samen gedeihen im Treibhaus gut.« Sie hielt Daumen und Zeigefinger nahe zusammen. »So viel Grün kommt schon aus der Erde. Glenna hat mir gesagt, die Blüten duften.«

»Ja, das stimmt.«

»Und ich habe auch noch andere Dinge mitgenommen.«

Ihr Geständnis amüsierte ihn. »Ah, du hast also lange Finger gemacht.«

»Ich habe mir gedacht, wenn sie nicht nach Geall sollen, kommen sie auch nicht mit. Ich habe einen Schössling von deinen Rosen mitgenommen. Na gut, drei Schösslinge. Ich war gierig. Und eine Fotografie, die Glenna von Larkin und mir gemacht hat. Und ein Buch, ich muss gestehen, ich habe ein Buch direkt aus deiner Bibliothek mitgenommen. Ich bin eine Diebin.«

»Welches Buch?«

»Gedichte von Yeats. Ich wollte es vor allem, weil darin stand, dass er Ire war, und es erschien mir wichtig, etwas mitzubringen, das ein Ire geschrieben hat.«

Weil du Ire warst, dachte sie. Weil das Buch dir gehört hat.

»Und die Gedichte waren so schön«, fuhr sie fort. »Ich habe mir gesagt, dass ich es dir zurückgebe, wenn ich sie abgeschrieben habe, aber das stimmt nicht, ich behalte es nämlich.«

Lachend schüttelte er den Kopf. »Betrachte es als Geschenk.«

»Danke, aber ich bezahle es nur zu gerne.« Sie stand auf und trat zu ihm. »Und du darfst den Preis bestimmen.« Sie setzte sich auf seinen Schoß und schlang die Arme um seinen Hals. »Dein Yeats hat etwas geschrieben, bei dem ich an dich denken musste, und vor allem heute Nacht. Er hat geschrieben: ›Ich habe die Träume gebreitet zu deinen Füßen. Tritt sanft, denn du trittst auf meine Träume.‹«

Sie fuhr ihm mit den Fingern durch die Haare. »Du kannst mir deine Träume geben, Cian. Ich werde sanft sein.«

Gerührt legte er seine Wange an ihre. »Du bist etwas ganz Besonderes.«

»Mit dir bin ich mehr, als ich jemals war. Willst du ein wenig mit mir hinausgehen und auf dem Balkon stehen? Ich möchte gerne den Mond und die Sterne anschauen.«

Er erhob sich, aber als er sich zur Balkontür wandte, zog sie ihn zurück. »Nein, im Schlafzimmer.«

Er dachte an ihre Mutter, an das, was sie gesehen hatte. »Bist du sicher?«

»Ja. Ich habe heute alleine dort draußen gestanden. Und jetzt in der Nacht möchte ich mit dir dort stehen. Ich möchte, dass du mich dort küsst, damit ich mich mein ganzes Leben lang daran erinnere.«

»Du musst dir einen Umhang umlegen. Es ist kalt.«

»Geallische Frauen sind hart im Nehmen.«

Und als sie ihn an der Hand mit sich zog und die Balkontüren im Schlafzimmer öffnete, dachte er, ja. Ja, das war sie wirklich.

14

Er küsste sie auf dem Balkon, und sie würde sich immer daran erinnern. An die leise Musik der Nacht, die kühle Luft und an seinen geschickten Mund.

Heute Nacht wollte sie nicht an den Sonnenaufgang und die Pflichten, die er mit sich brachte, denken. Diese Nacht gehörte ihm, allein ihm und ihr.

»Du hast schon viele Frauen geküsst.«

Lächelnd streifte er mit seinen Lippen ihren Mund. »Ja.«

»Hunderte.«

»Mindestens.«

Sie kniff die Augen zusammen. »Tausende.«

»Höchstwahrscheinlich.«

»Hmm.« Sie löste sich von ihm und trat an die Brüstung. Dann drehte sie sich zu ihm um. »Ich glaube, ich erlasse ein Dekret, dass jeder Mann die Königin küssen muss. Dann kann ich aufholen. Außerdem hätte ich so einen Vergleich und wüsste, wie du in dieser Disziplin abschneidest.«

»Interessant. Aber leider wirst du deine Landsleute ziemlich ungeschickt finden.«

»Ach so? Wie kannst du dir da so sicher sein? Hast du jemals einen geallischen Mann geküsst?«

Er lachte. »Du bist ganz schön clever.«

»Das sagt man mir jedenfalls immer.« Sie blieb stehen, als er sich vor sie stellte und die Hände zu beiden Seiten auf die Steinbrüstung legte. »Hast du eine Vorliebe für clevere Frauen?«

»Im Moment ja, vor allem, wenn ihre Augen wie Nebel sind und ihre Haare die Farbe von polierter Eiche haben.«

»Grau und braun. Ich fand diese Farben immer so langweilig, aber wenn ich mit dir zusammen bin, dann fühle ich mich überhaupt nicht langweilig.«

Sie legte ihm die Hand aufs Herz. Es schlug zwar nicht, aber sie sah es in seinen Augen. »Bei dir bin ich weder scheu noch nervös. Das war nur so, bis du mich zum ersten Mal geküsst hast.«

Sie presste einen Kuss auf die Stelle, wo ihre Hand gelegen hatte. »Und dann habe ich natürlich gedacht, ja klar, ich hätte es wissen müssen. In mir hat sich ein Vorhang gehoben, und ich glaube nicht, dass er je wieder fällt.«

»Du bringst mir das Licht, Moira.« Er fügte nicht hinzu, dass es wieder erlöschen würde, wenn er sie verlassen musste.

»Es ist eine sternenklare Nacht, und der Mond scheint so schön.« Sie legte die Hände auf seine Hüften. »Wir lassen die Vorhänge offen, bis es Zeit zum Schlafen ist.«

Sie ging mit ihm hinein. Draußen schrie ein Käuzchen. Es ruft nach seinem Gefährten, dachte sie. Sie wusste, wie es war, sich nach einem Gefährten zu sehnen.

Sie setzte ihr Krönchen ab und griff nach ihren Ohrringen, um sie zu lösen. Als sie merkte, dass er sie beobachtete, wurde ihr klar, dass auch diese kleinen Akte wie das Entkleiden zur Erregung beitrugen.

Also nahm sie die Ohrringe ganz langsam ab und sah ihn dabei an. Sie zog sich die Kette mit dem Kreuz über den Kopf. Es war ein Zeichen dafür, wie sehr sie ihm vertraute.

»Meine Zofen sind nicht da. Schnürst du mir bitte das Mieder auf?«

Sie drehte ihm den Rücken zu und hob ihre Haare.

»Ich glaube, ich entwerfe einen Reißverschluss. Es ist ein einfaches Prinzip und es macht das Anziehen einfacher.«

»Aber ich glaube, es geht viel Charme dabei verloren.«

Sie lächelte ihn über die Schulter hinweg an. »Du hast leicht reden.« Aber sie spürte doch die Schmetterlinge in ihrem Bauch, als er die Schnüre löste. »Welche Erfindung fandest du denn in all den Jahrhunderten am angenehmsten?«

»Sanitäre Einrichtungen.«

Seine rasche Antwort brachte sie zum Lachen. »Larkin und ich haben es auch genossen. Ich habe die Rohre und Tanks studiert, und ich glaube, so etwas Ähnliches wie deine Dusche bekäme ich hin.«

»Königin und Klempner.« Er schob ihr das Kleid von den Schultern. »Deine Talente sind grenzenlos.«

»Ich frage mich, wie ich wohl als Kammerdiener eines Herrn wäre.« Sie drehte sich zu ihm um. »Ich mag Knöpfe«, sagte sie und begann sein Hemd aufzuknöpfen. »Sie sind vernünftig und hübsch.«

Genau wie sie, dachte er und schaute auf sie herunter. Sie fuhr sich durch die Haare.

»Ich glaube, ich sollte sie abschneiden. So wie Blair. Das ist auch vernünftig.«

»Nein, bitte nicht.« Er griff mit beiden Händen hinein. »Sie sind wunderschön. Sie leuchten förmlich auf deiner Haut.«

Geschmeichelt blickte sie zu ihrem Spiegel. Sie zuckte zusammen, als sie feststellte, dass sie nur alleine darin zu sehen war. Rasch wandte sie den Blick ab und lächelte Cian an. »Ja, aber sie machen viel Arbeit …«

»Macht es dir Angst?«

Es hatte keinen Sinn, so zu tun, als verstünde sie ihn nicht. »Nein, es war nur ein kurzer Schock. Ist es schlimm für dich, dass du dein Spiegelbild nicht sehen kannst?«

»Es ist eben so. Man gewöhnt sich daran. Das ist nur eine weitere Ironie. Du bekommst zwar die ewige Jugend geschenkt, kannst dich aber nicht mehr bewundern. Und trotzdem …«

Er drehte sie herum, sodass sie beide in den Spiegel blickten. Dann hob er ihre Haare an und ließ sie wieder los. Lachend beobachtete Moira, wie ihre Haare scheinbar von selbst herumflogen.

»Es gibt immer Gelegenheiten, um sich zu amüsieren«, sagte er. Wieder hob er ihre Haare, und dieses Mal streiften seine Lippen ihren Nackenansatz.

Er hörte, wie sie scharf die Luft einzog, und sah im Spiegel, wie sich ihre Augen weiteten.

»Nein, nein«, murmelte er, als sie sich umdrehen wollte. »Schau einfach hin.« Seine Finger glitten über ihre Schultern bis zum Ansatz ihrer Brüste, die noch vom Mieder umschlossen wurden. »Fühl einfach.«

»Cian.«

»Hast du jemals davon geträumt, dass ein Liebhaber nachts, im Dunkeln, zu dir kommt?« Er schob ihr das Kleid bis zur Taille hinunter und umfasste ihre Brüste. »Dich einfach genommen hat, mit Händen und Lippen deine nackte Haut berührt hat?«

Sie hob die Hände, um sie auf seine zu legen, ließ sie jedoch errötend wieder sinken, weil es im Spiegel so aussah, als ob sie sich selbst anfasste.

Cian lächelte. »Du hast gesagt, ich hätte dir nicht die Unschuld genommen. Da magst du Recht gehabt haben, aber ich glaube, jetzt nehme ich sie dir. Ich sehne mich danach.«

»Ich bin nicht unschuldig«, sagte sie, zitterte aber dabei.

»Mehr, als du ahnst.« Er fuhr mit den Daumen um ihre Brüste und rieb ihre Nippel, bis sie sich erregt aufrichteten. »Hast du Angst?«

»Nein.« Sie erschauerte. »Ja.«

»Ein wenig Angst kann die Erregung steigern.« Er zog ihr das Kleid ganz herunter und flüsterte ihr ins Ohr: »Und jetzt schau dich an. Betrachte deinen Körper.«

Angst mischte sich mit Erregung, und sie fühlte sich hilflos, wie gebannt. Hände und Lippen, die sie nicht sehen konnte, erforschten ihren Körper und nahmen sie in Besitz. Sie sah im Spiegel, wie sie bebte und wie sich die Lust auf ihrem Gesicht ausbreitete.

Die Hände ihres Phantomliebhabers hinterließen eine glühende Spur auf ihrer Haut, und als er dieses Mal ihre Brüste umfasste, legte sie ihre Hände schamlos darüber.

Sie betrachtete sich unentwegt und stöhnte für ihn. Sie war seine Schülerin und würde neuen Erfahrungen und neuem Wissen gegenüber die Augen nie verschließen. Er spürte ihr Zittern und die fast unmerkliche Bewegung ihrer Hüften, als die Lust in ihr erwachte. Im Kerzenschein erblühte ihr Körper wie eine Rose.

Wieder stöhnte sie, als seine Finger über ihren Bauch glitten, und sie drängte sich an ihn.

Er neckte sie nur, streichelte ihre Oberschenkel an der empfindsamen Haut und deutete nur an, welche Freuden sie noch erwarteten, bis ihr Atem fast wie ein Schluchzen klang.

Sie bog sich ihm entgegen, und seine Stimme murmelte Worte, die sie nicht mehr verstand, aber im Spiegel sah sie nur ihre Gestalt, die sich lustvoll wand.

Der Orgasmus überraschte sie, ließ sie atemlos und schlaff zurück. Er drehte sie so schnell zu sich herum, dass sie kaum zu sich kam, und küsste sie leidenschaftlich. Sie klammerte sich an ihn, und ihr Herz hämmerte wie wild.

Cian hatte einen solchen Hunger noch nie verspürt, und trotz seiner Erfahrung war er hilflos, wenn er sie in den Armen hielt. Er drückte sie zu Boden und drang ungestüm in sie ein.

Wieder drehte er ihr Gesicht zum Spiegel, und sie sah, wie sie sich wild aufbäumte und sich dem Rhythmus seiner Stöße anpasste. Und schließlich kamen sie beide, und er vergrub das Gesicht in ihren Haaren, als er sich in sie entleerte.

Moira hätte ewig so liegen bleiben können, aber Cian stand auf und hob sie dabei mühelos mit hoch.

»Es ist albern«, sagte sie und drückte die Nase an seinen Hals, »und ich glaube, es ist auch typisch weiblich. Aber ich liebe es, dass du so stark bist, aber so schwach werden kannst, wenn wir uns lieben.«

»Ein Teil von mir, *mo chroi,* wird immer schwach, wenn es um dich geht.«

Mein Herz, hatte er sie genannt, und ihr Herz machte einen Satz. »Oh, nicht«, sagte sie, als er sie auf das Bett gelegt hatte und die Vorhänge zuziehen wollte. »Noch nicht. Die Nacht ist doch noch lang.« Sie stand auf und griff nach ihrem Nachtgewand. »Ich gehe den Wein holen. Und den Käse«, fügte sie hinzu. »Ich habe schon wieder Hunger.«

Als sie aus dem Zimmer geeilt war, trat er an den Kamin und legte Torf nach. Er verdrängte die Frage, was er da eigentlich tat. Jedes Mal, wenn er mit ihr zusammen war, entstand eine neue Narbe in seinem Herzen, weil er sich vor dem Tag fürchtete, an dem er niemals wieder mit ihr zusammensein würde.

Sie würde es überleben, dachte er. Und er natürlich auch. Das hatten Dämonen und Menschen gemeinsam. Letztendlich starb man nicht an einem gebrochenen Herzen.

Moira kam mit einem Tablett zurück. »Wir können ganz dekadent im Bett essen und trinken.« Sie stellte das Tablett auf das Bett und krabbelte hinein.

»Ja, für heute habe ich dir sicher schon genug gegeben.«

»Ach ja?« Sie schob die Haare zurück und lächelte ihn an. »Und ich habe gehofft, es käme noch etwas. Aber wenn du mir schon alles gezeigt hast, was du kannst, dann können wir uns doch einfach wiederholen.«

»Ich habe Dinge getan, die du dir nicht vorstellen kannst. Dinge, von denen ich auch nicht möchte, dass du sie dir vorstellst.«

»Jetzt prahlst du aber.« Sie zwang sich zu einem unbeschwerten Tonfall.

»Moira …«

»Du brauchst das, was zwischen uns ist, nicht zu bedauern, ebenso wenig wie das, was nicht sein soll.« Ihr Blick war klar und direkt. »Und du brauchst nicht zu bedauern, was du in der Vergangenheit getan hast, wenn du mich ansiehst. Ganz gleich, was es war, es war jedes Mal ein weiterer Schritt auf mich zu. Du wirst hier gebraucht. Ich brauche dich hier.«

Er trat ans Bett. »Verstehst du, dass ich nicht bleiben kann?«

»Ja, ja. Ja. Aber ich will nicht darüber sprechen, nicht heute Nacht. Können wir nicht wenigstens eine Nacht lang die Illusion aufrechterhalten?«

Er strich ihr über die Haare. »Ich kann gar nicht bedauern, was zwischen uns ist.«

»Das reicht mir schon.« Es musste reichen, dachte sie, obwohl die Trauer in ihr mit jeder Minute wuchs.

Sie hob einen der Kelche und reichte ihn ihm mit ruhiger Hand. Als er sah, dass es Blut war, zog er die Augenbrauen hoch.

»Ich dachte, du brauchst es vielleicht, um Energie zu bekommen.«

Kopfschüttelnd setzte er sich neben sie aufs Bett. »Sollen wir mal über die sanitären Einrichtungen reden?«

Sie war sich nicht sicher gewesen, was er sagen würde, aber auf diese Äußerung war sie absolut nicht gefasst gewesen. »Sanitäre Einrichtungen?«

»Du bist nicht die Einzige, die alles studiert. Hinzu kommt die Tatsache, dass ich zugegen war, als so etwas Bestandteil des täglichen Lebens wurde. Ich habe ein paar Ideen, wie man hier für grundlegende Waschmöglichkeiten sorgen könnte.«

Lächelnd trank sie einen Schluck Wein. »Erzähl es mir.«

Sie redeten lange und ausführlich darüber, und zwischendurch ging Moira Papier und Tinte holen, damit Cian ein paar Zeichnungen anfertigen konnte. Dass er sich so für etwas interessierte, das für Menschen seiner Zeit eher selbstverständlich war, zeigte ihr eine weitere Facette seines Wesens.

Aber eigentlich hätte sie das nicht überraschen zu brauchen, dachte sie, wenn sie an seine riesige Bibliothek in Irland dachte. Und das in einem Haus, in dem er sich höchstens ein oder zwei Mal im Jahr aufhielt.

Sie dachte auch, dass er eigentlich genau der Mann war, den sie brauchte. Er hatte eine rasche Auffassungsgabe, war wissbegierig, geschickt mit den Händen und hatte die Seele eines Poeten, jedenfalls der Art nach zu urteilen, wie er ein

Musikinstrument spielte. Und er war auch geschäftstüchtig, rief sie sich ins Gedächtnis.

In Geall, in ihrer Zeit, würde er erfolgreich und wohlhabend gewesen sein, da war sie sich sicher. Angesehen oder sogar berühmt. Andere Männer hätten ihn um Rat gefragt, und Frauen hätten bei jeder Gelegenheit mit ihm geflirtet.

Aber auch sie beide wären sich begegnet, er hätte ihr den Hof gemacht, und sie hätten sich geliebt, ganz bestimmt. Und er hätte an ihrer Seite ein reiches, friedliches Land regiert.

Sie hätten Kinder mit seinen wunderschönen blauen Augen bekommen. Und einen Jungen – zumindest einen Jungen – mit diesem kleinen Grübchen im Kinn wie sein Vater.

Und in stillen Nächten wie dieser hätten sie über ihre Pläne für ihre Familie, ihr Volk und ihr Land gesprochen.

Sie blinzelte, als er ihr über die Wange strich.

»Du musst schlafen.«

»Nein.« Sie schüttelte den Kopf und versuchte, sich wieder auf die Zeichnungen zu konzentrieren – sie wollte die kostbaren Minuten mit ihm nicht durch Schlafen vergeuden. »Ich habe nur gerade an etwas anderes gedacht.«

»Du hast geschnarcht.«

»Du lügst. Ich schnarche nicht.« Aber sie widersprach nicht, als er die Papiere weglegte. Sie konnte kaum noch die Augen offen halten. »Vielleicht sollten wir uns ein bisschen ausruhen.«

Sie stand auf, um die Kerzen zu löschen, während er ans Fenster trat, um die Vorhänge zuzuziehen. Als sie wieder ins Bett gehen wollte, öffnete er gerade die Tür, um hinauszutreten.

»Um Himmels willen, Cian, du bist fast nackt.« Sie ergriff sein Hemd und eilte ihm nach auf den Balkon. »Zieh dir wenigstens das hier über. Die Kälte mag dir ja nichts ausmachen, aber ich möchte nicht, dass meine Wachen uns hier so sehen. Es ist nicht schicklich.«

»Da kommt ein Reiter.«

»Was? Wo?«

»Von Osten.«

Sie blickte nach Osten, sah aber nichts. Allerdings zweifelte sie nicht an Cians Worten. »Ein einzelner Reiter?«

»Zwei, aber der zweite wird vom ersten geführt. Sie kommen im Galopp auf das Schloss zu.«

Sie trat zurück ins Schlafzimmer und begann sich anzuziehen. »Die Wachen haben Anweisung, niemanden hereinzulassen. Ich gehe hinunter. Es könnten Nachzügler sein. Wenn das der Fall ist, können wir sie nicht ohne Schutz außerhalb der Schlossmauern lassen.«

»Lass niemanden herein«, befahl Cian und schlüpfte in seine Jeans. »Auch nicht, wenn du sie kennst.«

»Nein, und die Wachen auch nicht.« Sie verspürte einen leisen Stich des Bedauerns, als sie sich ihre Krone aufsetzte und wieder Königin wurde. Und als Königin hob sie ihr Schwert.

»Es sind bestimmt nur Nachzügler, die etwas zu essen und eine Unterkunft brauchen«, sagte sie.

»Und wenn nicht?«

»Dann sind sie weit geritten, um zu sterben.«

Vom Wachhaus oben auf der Mauer konnte sie die Umrisse der Reiter erkennen. Wie Cian gesagt hatte, waren es zwei, wobei der Erste das Pferd des Zweiten führte. Sie trugen keine Umhänge, obwohl die Luft kühl war und die ersten Anzeichen von Frost zu spüren waren.

Moira blickte zu Niall, der geweckt worden war, als die Wachen die Reiter bemerkt hatten. »Ich möchte einen Bogen.«

Niall winkte einen seiner Männer zu sich heran und nahm ihm Bogen und Köcher ab. »Es macht für den Feind keinen Sinn, direkt auf uns zuzureiten. Zwei gegen uns alle?

Und sie können ja sowieso nicht durch das Tor, wenn wir sie nicht hineinlassen.«

»Vielleicht sind es gar keine Vampire. Aber das Tor wird erst geöffnet, wenn wir es mit Sicherheit wissen. Zwei Männer«, murmelte sie, als die beiden näher kamen. »Der zweite sieht verletzt aus.«

»Nein«, sagte Cian. »Er ist tot.«

»Wie könnt Ihr …« Niall brach ab.

»Bist du sicher?«, fragte Moira leise.

»Er ist ans Pferd gebunden, und er ist tot. Der erste Reiter auch, aber er ist verwandelt worden.«

»Gut.« Moira stieß einen Seufzer aus. »Niall, sag den Männern, sie sollen Ausschau nach weiteren halten. Ohne mein Kommando sollen sie gar nichts machen. Wir werden abwarten, was der Vampir will. Ein Deserteur vielleicht?« Fragend wandte sie sich an Cian, verwarf jedoch die Idee wieder, noch bevor er antwortete. »Nein, ein Deserteur wäre so weit nach Osten oder Norden geritten wie möglich und hätte sich versteckt gehalten.«

»Es könnte ja sein, dass er verhandeln will«, schlug Niall vor. »Vielleicht will er uns ja vormachen, dass der, den er mitbringt, noch lebt, damit wir ihn hereinlassen. Oder er hat Informationen, die für uns nützlich sein könnten.«

»Es macht ja nichts, wenn wir es uns anhören«, begann Moira. Dann ergriff sie Cians Hand. »Der Reiter. Das ist Sean. Sean, der Sohn des Schmieds. O Gott. Bist du sicher, dass er …«

»Ich kenne doch meine eigene Art.« Da seine Augen schärfer waren als Moiras, erkannte er auch den Toten. »Lilith hat ihn geschickt. Sie kann es sich leisten, jemanden zu verlieren, den sie erst kürzlich umgewandelt hat. Sie hat ihn geschickt, weil du ihn kennst und vielleicht Mitleid mit ihm hast. Lass es.«

»Er war doch noch ein Junge.«

»Jetzt ist er ein Dämon. Dem anderen blieb das erspart. Sieh mich an, Moira.« Er packte sie an den Schultern und drehte sie zu sich herum. »Es tut mir leid. Es ist Tynan.«

»Nein. Nein. Tynan ist im Stützpunkt. Wir haben doch gehört, dass er ihn sicher erreicht hat. Er war verletzt, aber er lebte und war in Sicherheit. Es kann nicht Tynan sein.«

Sie stieß Cian weg und beugte sich über die Mauer. Die Männer begannen Sean zu erkennen und riefen nach ihm.

»Es ist nicht mehr Sean.« Sie erhob ihre Stimme, um die Jubelrufe der Männer zu übertönen. »Sie haben den, den ihr kanntet, getötet und einen Dämon mit seinem Gesicht geschickt. Die Tore bleiben verschlossen, und niemand wird die Reiter hereinlassen. Ich befehle es.«

Sie blickte erneut nach unten, und ihr stockte der Atem, als sie sah, dass Cian Recht gehabt hatte. Es war tatsächlich Tynan, oder vielmehr seine verstümmelte Leiche, die auf das zweite Pferd geschnallt war.

Am liebsten hätte sie geweint, hätte sich in Cians Umarmung geflüchtet und geschrien und geschluchzt, um ihre Trauer und ihre Wut loszuwerden.

Aber sie blieb aufrecht stehen. Den Wind, der an ihren Haaren und ihrem Umhang zerrte, spürte sie nicht mehr. »Niemand spricht mit ihm«, sagte sie kalt, während sie einen Pfeil einlegte.

Der Vampir, der einmal Sean gewesen war, winkte den Männern auf der Mauer zu. »Öffnet die Tore! Ich bin es, Sean, der Sohn des Schmieds. Sie sind vielleicht immer noch hinter mir her. Ich habe Tynan hier. Er ist schlimm verletzt.«

»Du kommst nicht hinein«, rief Moira. »Sie hat dich nur getötet und hierher geschickt, damit du noch einmal stirbst.«

»Majestät.« Er verbeugte sich ungeschickt. »Ihr kennt mich.«

»Ja, das tue ich. Wie ist Tynan gestorben?«

»Er ist verletzt. Er hat Blut verloren. Ich bin den Dämonen entkommen und habe es bis zum Stützpunkt geschafft. Aber ich war schwach und selbst verletzt, und deshalb ist Tynan herausgekommen, um mir zu helfen. Sie haben uns angegriffen, und wir sind nur knapp mit dem Leben davongekommen.«

»Du lügst. Hast du ihn getötet? Hat sie dich in einen Vampir verwandelt, damit du einen Freund tötest?«

»Mylady.« Er brach ab, als sie den Bogen hob und mit dem Pfeil auf sein Herz zielte. »Ich habe ihn nicht getötet.« Er hob die Hände, um zu zeigen, dass er keine Waffen dabeihatte. »Es war der Prinz. Der Junge.« Er kicherte und schlug sich dann die Hand vor den Mund. Die Geste erinnerte Moira so sehr an Sean, dass es ihr das Herz zerriss. »Der Prinz hat ihn nach draußen gelockt und ihn getötet. Ich habe ihn Euch nur zurückgebracht, wie es die wahre Königin befohlen hat. Sie schickt eine Botschaft.«

»Und die wäre?«

»Wenn Ihr Euch ergebt und sie als Herrscherin dieser Welt und aller anderen Welten anerkennt, wenn Ihr das Schwert von Geall ihr übergebt und ihr Eure Krone auf den Kopf setzt, werdet ihr alle verschont. Ihr könnt dann hier weiterleben, wie ihr möchtet, weil Geall eine kleine Welt und für sie ohne Interesse ist.«

»Und wenn wir uns weigern?«

Er zog einen Dolch hervor und durchschnitt die Seile, mit denen Tynan aufs Pferd gebunden war. Mit einem achtlosen Fußtritt beförderte er die Leiche zu Boden. »Dann erleidet ihr das gleiche Schicksal wie er. Jeder Mann, jede Frau, jedes Kind. Ihr werdet gefoltert.«

Er riss seine Tunika auf, und das Mondlicht fiel auf die Verbrennungen und Bisswunden auf seinem Oberkörper, die noch nicht verheilt waren. »Jeder, der Samhain überlebt, wird getötet. Wir werden die Frauen vergewaltigen und die

Kinder verstümmeln. Wenn wir fertig sind, wird kein einziges menschliches Herz mehr auf Geall schlagen. Wir sind ewig. Ihr werdet uns nie aufhalten können. Gebt mir Eure Antwort, und ich überbringe sie der Königin.«

»Dies ist die Antwort der wahren Königin von Geall. Wenn die Sonne nach Samhain aufgeht, werden du und deinesgleichen Staub sein, den der Wind ins Meer bläst. Nichts wird von euch in Geall übrig bleiben.«

Sie reichte Niall den Bogen wieder. »Jetzt hast du deine Antwort.«

»Sie wird kommen!«, schrie der Vampir. »Auch zu dem Verräter, der neben dir steht!«

Er trieb das Pferd an und galoppierte davon.

Auf der Mauer hob Moira das Schwert und streckte es aus. Ein Feuerball schoss durch die Luft. Der Vampir schrie auf, und dann rieselte nur noch ein Häufchen Asche zu Boden.

»Er war aus Geall«, murmelte Moira, »und hat es verdient, durch das Schwert zu sterben. Tynan …« Sie brachte kein Wort mehr heraus.

»Ich hole ihn herein.« Cian berührte sie an der Schulter und blickte über sie hinweg zu Niall. »Er war ein guter Mann und ein Freund für mich.«

Mit einem Satz sprang er über die Mauer und schien fast zu Boden zu schweben.

Niall schlug mit der Hand auf den Arm der Wache neben sich, als er sah, dass der Mann verstohlen das Zeichen gegen das Böse machte. »Neben mir steht niemand, der Sir Cian beleidigt.«

Unten hob Cian Tynan hoch. Er blickte nach oben zu Moira.

»Öffnet die Tore«, befahl sie, »damit Sir Cian Tynan wieder heimbringen kann.«

Sie kümmerte sich selbst um den Toten und zog ihm die schmutzigen, zerrissenen Kleider aus.

»Lass mich das tun, Moira.«

Sie schüttelte den Kopf und begann, Tynans Gesicht zu waschen. »Nein, das ist meine Aufgabe. Wir waren seit der Kinderzeit befreundet, und ich muss das für ihn tun. Ich will nicht, dass Larkin ihn sieht, bevor er sauber ist.«

Ihre Hände zitterten, als sie mit dem Lappen vorsichtig über die Kratzer und Bisse wusch, aber sie hörte nicht auf.

»Larkin und Tynan waren Spielkameraden, weißt du. Ob es wohl die Wahrheit war, dass das Kind ihm dies angetan hat?«

Als Cian schwieg, blickte sie ihn an.

»Er ist ihr Kind«, antwortete Cian schließlich. »Er ist bestimmt sehr böse. Lass mich wenigstens Glenna wecken.«

»Sie mochte Tynan. Jeder mochte ihn. Nein, sie braucht jetzt nicht hierher zu kommen. Sie haben meine Mutter auch so zugerichtet. Schlimmer sogar, noch schlimmer. Und davor habe ich mich abgewendet. Jetzt muss ich mich dem Anblick stellen.«

»Soll ich gehen?«

»Glaubst du, nur weil ich diese Verletzungen, diese Bisse und Kratzer sehe, als ob ein Tier ihn angefallen hätte, komme ich auf den Gedanken, dass du so etwas auch tun könntest? Hältst du mich für so schwach an Geist und Herz, Cian?«

»Nein. Ich glaube, die Frau, die ich heute Nacht gesehen und gehört habe, hat den stärksten Geist, das stärkste Herz, das ich jemals gekannt habe. Ich habe noch nie einen Menschen so zugerichtet.«

Er erwiderte ihren traurigen Blick gefasst. »Das zumindest sollst du wissen. Ich habe vieles getan, und manches war unvorstellbar grausam, aber so etwas habe ich nie gemacht.«

»Du hast sauberer und effizienter getötet?«

Die Worte schnitten ihm ins Fleisch wie ein Messer. »Ja.«

Moira nickte. »Lilith hat dich ja auch nicht ausgebildet, sondern dich verlassen, deshalb hast du nur wenig von ihr in dir. Im Gegensatz zu diesem Jungen, den sie ja immer bei sich hat. Außerdem glaube ich, dass man auch noch etwas aus seinem Leben mitnimmt. Bei dem Vampir eben war ja auch noch einiges von Seans Gestik und Tonfall vorhanden, und das wird bei dir nicht anders sein. Ich weiß, dass du kein Mensch bist, Cian, ich weiß aber auch, dass du kein Monster bist. Und ich weiß, dass beides in dir steckt und du dich ständig bemühst, die beiden Seiten im Gleichgewicht zu halten.«

Sie wusch Tynans Leiche so vorsichtig, als ob sie ein Kind wusch. Als sie fertig war, zog sie ihm die Kleider an, die sie sich aus seinem Quartier hatte bringen lassen.

»Lass mich das tun, Moira, um Himmels willen.«

»Ich weiß ja, dass du es gut meinst und nur an mich denkst. Aber ich muss das für ihn tun. Er hat mir den ersten Kuss gegeben.« Ihre Stimme schwankte ein wenig. Sie schluckte und fuhr fort: »Damals war ich vierzehn und er zwei Jahre älter. Es war sehr süß und sehr sanft. Wir waren beide noch sehr schüchtern. Ich liebte ihn, ich glaube, so ähnlich, wie du King geliebt hast. Das hat sie uns genommen, Cian. Sie hat uns die Menschen genommen, aber nicht die Liebe.«

»Ich schwöre bei allen Göttern, dass ich sie für dich vernichte.«

»Einer von uns wird es tun.« Sie beugte sich über Tynan und streifte mit den Lippen seine kalte Wange.

Dann trat sie einen Schritt zurück und sank aufschluchzend zu Boden. Als Cian sich neben sie kniete, schmiegte sie sich an ihn und weinte herzzerreißend.

15

Sie beerdigten Tynan an einem strahlenden Morgen. Schäfchenwolken segelten am Himmel, und in einer Eberesche sang eine Lerche. Der heilige Mann segnete die Erde, bevor sie ihn zu den Klängen von Pfeifen und Trommel begruben.

Die Trauergäste standen dicht gedrängt auf dem sonnenbeschienenen Friedhof und den Hügel hinauf bis zum Schloss. Die drei Fahnen von Geall flatterten auf halbmast.

Moira stand neben Larkin. Sie weinte nicht. Sie hörte Tynans Mutter schluchzen, aber sie wusste, dass sie selbst über Tränen schon hinaus war. Die anderen Mitglieder des Zirkels standen hinter ihr, und es tröstete sie, ihre Anwesenheit zu spüren.

Nun gab es hier, neben den Gräbern ihrer Eltern, schon zwei Steine für Freunde. Und alle waren sie Opfer von Vampiren geworden. Jetzt stand die Schlacht bevor, in der entweder die Menschen oder die Dämonen vernichtet werden würden.

Schließlich zog sich Moira zurück, damit die Familie alleine Abschied nehmen konnte. Als Larkin ihre Hand ergriff, erwiderte sie seinen Griff fest. Sie blickte Cian an. Unter der Kapuze seines Umhangs waren nur die Augen zu sehen. Dann blickte sie die anderen an.

»Wir haben alle zu tun. Larkin und ich müssen noch einmal mit Tynans Familie sprechen, und dann treffen wir uns alle im Salon.«

»Wir gehen schon mal hinein.« Blair trat zu Larkin und legte ihre Wange an seine. Moira konnte nicht hören, was sie leise zu ihm sagte, aber er ließ ihre Hand los und umarmte Blair.

»Wir sind gleich bei euch.« Larkin löste sich von Blair und ergriff erneut Moiras Hand.

Bevor Moira auf Tynans Familie zugehen konnte, baute sich Tynans Mutter vor Cian auf. Die Tränen liefen ihr über die Wangen.

»Ihr und Euresgleichen habt das gemacht. Ihr Vampire habt meinen Jungen getötet.«

Hoyt wollte auf sie zugehen, aber Cian versperrte ihm den Weg. »Ja.«

»Mein Sohn liegt in der Erde, und dabei gehört Ihr in die Hölle.«

»Ja«, wiederholte Cian.

Moira trat auf Tynans Mutter zu, um den Arm um sie zu legen, aber die Frau schüttelte sie ab. »Ihr, Ihr alle.« Sie drehte sich um und hob anklagend den Finger. »Ihr sorgt Euch mehr um diesen Dämon als um meinen Jungen. Jetzt ist er tot. Er ist tot. Und Ihr habt nicht das Recht, an seinem Grab zu stehen.« Sie spuckte vor Cian aus.

Dann schlug sie die Hände vors Gesicht und weinte. Ihr Mann und ihre Töchter führten sie weg.

»Es tut mir leid«, murmelte Moira. »Ich rede mit ihr.«

»Lass sie. Sie hat ja nicht Unrecht.« Cian wandte sich zum Gehen. Niall lief hinter ihm her und hatte ihn eingeholt, als er am Tor angekommen war. »Sir Cian, kann ich mit Euch sprechen?«

»So lange du willst, wenn ich erst einmal aus dieser schrecklichen Sonne heraus bin.«

Warum war er eigentlich auf den Friedhof gegangen? Er hatte doch in seiner Zeit mehr als genug Tote gesehen, hatte genug Weinen gehört. Tynans Mutter war nicht die Einzige, die ihn voller Furcht und Hass betrachtete, und da stand er am helllichten Tag auf dem Friedhof, vor der tödlichen Sonne nur durch einen groben Umhang und einen Zauber geschützt.

Drinnen kühlte sich sein Blut jedoch sofort ab.

»Sag, was du zu sagen hast.« Cian setzte die verhasste Kapuze ab.

»Das werde ich.« Niall, ein großer Mann mit einem offenen, fröhlichen Gesicht, das jetzt ungewöhnlich ernst und grimmig wirkte, nickte. Seine Hand lag auf dem Knauf seines Schwertes, als er begann: »Tynan war mein Freund und einer der besten Männer, die ich gekannt habe.«

»Du sagst nichts, was ich nicht schon vorher gehört habe.«

»Nun, Ihr habt aber noch nicht gehört, dass ich es gesagt habe, oder? Ich habe gesehen, was aus Sean geworden ist, der ein harmloser, oft dummer Junge war. Ich habe gesehen, wie er Tynans Leiche einen Tritt versetzt hat, als wäre sie Abfall, der in die Grube geworfen wird.«

»Für ihn war es auch nichts anderes.«

Wieder nickte Niall, und seine Finger schlossen sich fester um den Schwertknauf. »Ja, das ist aus ihm geworden. Und aus Euch. Aber ich habe gesehen, wie Ihr Tynans Leiche aufgehoben und hereingetragen habt, so wie jeder Mann einen gefallenen Freund tragen würde. Ihr seid nicht wie Sean. Tynans Mutter trauert. Und sie hatte nicht Recht mit dem, was sie am Grab zu Euch gesagt hat. Er würde nicht wollen, dass sie Euch beleidigt. Als sein Freund sage ich Euch das. Und ich sage Euch auch, dass jeder, der an meiner Seite kämpft, auch an Eurer Seite kämpft. Darauf habt Ihr mein Wort.«

Er streckte Cian seine Hand entgegen.

Die Menschen überraschten ihn doch immer wieder. Sie irritierten ihn manchmal, ärgerten ihn und amüsierten ihn, aber immer wieder gelang es ihnen, ihn zu überraschen.

Vermutlich fand er sie deshalb immer noch so interessant, obwohl er schon so lange unter ihnen lebte.

»Ich danke dir. Aber bevor du meine Hand nimmst, musst

du wissen, dass ich genauso bin wie Sean. Es gibt nur einen hauchdünnen Unterschied.«

»So dünn ist er gar nicht. Und die Tatsache, dass Ihr genauso seid, werdet Ihr im Kampf zu nutzen wissen. Ich würde Euch noch vertrauen, wenn ich Euch den Rücken zuwenden würde, Sir Cian. Hier ist meine Hand.«

Cian schüttelte sie. »Ich bin dankbar«, sagte er. Aber als er die Treppe hinaufging, war er allein.

Moira war das Herz schwer, als sie zurück zum Schloss ging, aber sie wusste, es war keine Zeit, um zu trauern und zu trösten. Was Lilith Sean oder Tynan angetan hatte, zielte genau auf ihre Herzen. Heilung fanden sie nur, wenn sie handelten.

»Können wir die Drachen nehmen? Sind sie schon bereit, um Männer zu tragen?«

»Sie sind klug und anpassungsfähig«, erwiderte Larkin. »Jeder, der einen guten Sitz und keine Angst vor der Höhe hat, kann sie leicht reiten. Aber bis jetzt ist es wie ein Spiel für sie. Ich kann nicht sagen, wie sie im Kampf reagieren.«

»Im Moment geht es nur um den Transport. Du und Blair, ihr wisst sicher, welche am besten geeignet sind. Wir brauchen …« Sie brach ab, als ihre Tante über den Hof auf sie zukam. »Deirdre.« Sie küsste sie auf die Wange und hielt sie einen Moment lang fest umschlungen. Sie wusste, dass Larkins und Tynans Mütter sich sehr nahe standen. »Wie geht es ihr?«

»Sie ist untröstlich.« Deirdres Augen waren ebenfalls vom vielen Weinen geschwollen. Sie blickte zu Larkin. »Es ginge jeder Mutter so.«

Er umarmte sie. »Mach dir um mich oder um Oran keine Sorgen.«

»Du verlangst das Unmögliche von mir.« Jetzt lächelte sie sogar ein wenig, aber ihr Lächeln erlosch, als sie sich wieder

Moira zuwandte. »Dies sind schwierige Zeiten, und du hast sicher ganz andere Sorgen, aber ich möchte gerne unter vier Augen mit dir sprechen.«

»Natürlich. Ich bin gleich bei euch«, sagte Moira zu den anderen und legte Deirdre den Arm um die Schultern. »Wir gehen in meinen Salon und trinken Tee.«

»Mach dir keine Umstände.«

»Doch, eine Tasse Tee tut uns beiden gut.« Sie bat eine Dienerin, ihnen Tee in den Salon zu bringen.

»Und wie geht es Sinann?«, fragte sie ihre Tante, als sie die Treppe hinaufgingen.

»Sie trauert um Tynan und macht sich Sorgen um ihren Mann und ihre Brüder. Ich habe ihr nicht erlaubt, heute auf den Friedhof zu kommen. Sie ist so erschöpft, dass sie sich hinlegen musste. Ich mache mir große Sorgen um sie und um das Kind, das sie trägt.«

»Sie ist stark, und sie hat ja dich an ihrer Seite.«

»Wird das ausreichen, wenn Phelan auch fällt? Wenn Oran schon ...«

»Es muss sein. Wir haben keine andere Wahl. Keiner von uns.«

»Keine andere Wahl als den Krieg.« Deirdre betrat den Salon und setzte sich in einen Sessel. Ihr Gesicht wirkte um Jahre gealtert.

»Wenn wir nicht kämpfen, töten sie uns wie Tynan. Oder sie machen mit uns, was sie dem armen Sean angetan haben.« Moira trat an den Kamin, um Torf nachzulegen. Trotz der strahlenden Herbstsonne fror sie jämmerlich.

»Und wie viele werden sterben? Wie viele werden niedergemetzelt?«

Moira richtete sich auf und drehte sich um. Ihre Tante war nicht die Einzige, die diese Fragen stellte und von ihr als Königin die Antwort auf das Unmögliche erwartete.

»Das kann ich nicht sagen. Was erwartest du denn von

mir? Du warst doch die Vertraute meiner Mutter, schon bevor sie Königin war. Was hättest du denn von ihr erwartet?«

»Die Götter haben es dir auferlegt. Was kann ich schon dazu sagen?«

»Du bist von meinem Blut.«

Seufzend blickte Deirdre auf ihre Hände, die müßig in ihrem Schoß lagen. »Ich bin bis auf den Grund meiner Seele erschöpft. Meine Tochter fürchtet um ihren Mann und ich um meinen. Und um meine Söhne. Meine Freundin hat heute ihr Kind beerdigt. Ich weiß, dass es keine andere Wahl gibt, Moira. Wir müssen das Verhängnis tragen.«

Eine Dienerin kam herein und brachte Tee.

»Es ist schon gut«, sagte Moira zu ihr. »Ich schenke ihn selbst ein. Wird Essen in den Familiensalon gebracht?«

Das junge Mädchen knickste. »Jawohl, Euer Majestät. Die Köchin hat sich gerade darum gekümmert, als ich mit dem Tee hinausgegangen bin.«

»Danke. Das ist dann alles.«

Moira setzte sich und schenkte Tee ein. »Da sind auch Kekse. In schweren Zeiten tun einem kleine Freuden gut.«

»Über diese Freuden in schweren Zeiten muss ich mit dir sprechen.«

Moira reichte ihr eine Tasse. »Kann ich irgendetwas tun? Geht es um Sinann und die Kinder?«

»Nein.« Deirdre trank einen kleinen Schluck und stellte die Tasse wieder ab. »Moira, deine Mutter war meine liebste Freundin, und so sitze ich hier an ihrer Statt und spreche mit dir wie mit meiner eigenen Tochter.«

»Das würde ich auch nicht anders erwarten.«

»In Bezug auf diesen Krieg, hast du gesagt, gäbe es keine andere Wahl. Aber du hast weitere Entscheidungen getroffen, die Entscheidungen einer Frau.«

Moira lehnte sich zurück. »Ja.«

»Als Königin, die sich selbst als Kriegerin bezeichnet und sich auch als solche bewiesen hat, hast du das Recht, ja sogar die Pflicht, dein Volk mit allen Waffen, die dir zur Verfügung stehen, zu schützen.«

»Das tue ich und das werde ich.«

»Du glaubst, dass dieser Cian, der aus einer anderen Zeit und von einem anderen Ort kommt, von den Göttern geschickt wurde.«

»Ich weiß es. Er kämpfte an der Seite deines Sohnes, und er hat mir das Leben gerettet. Willst du ihn ebenso verdammen, wie Tynans Mutter ihn verdammt hat?«

»Nein.« Deirdre wählte ihre Worte sorgfältig. »Was den Krieg angeht, so ist er eine Waffe. Indem du ihn benutzt, rettest du möglicherweise dich selbst, meine Söhne, uns alle.«

»Du irrst dich«, erwiderte Moira ruhig. »Er kann nicht benutzt werden wie ein Schwert. Was er tut und weiterhin tun wird, geschieht nach seinem eigenen Willen.«

»Dem Willen eines Dämons.«

Moiras Blick wurde kühl. »Wenn du es so sehen möchtest.«

»Und du hast dir diesen Dämon ins Bett geholt.«

»Ich habe Cian in mein Bett geholt.«

»Wie kannst du das tun? Moira, Moira.« Sie streckte die Hände aus. »Er ist kein Mensch, und doch hast du dich ihm hingegeben. Was kann daraus Gutes entstehen?«

»Für mich ist bereits viel Gutes daraus entstanden.«

Deirdre lehnte sich zurück und presste die Finger an die Augen. »Glaubst du, die Götter haben ihn dir dafür gesandt?«

»Das weiß ich nicht. Hast du dir diese Frage gestellt, als du meinen Onkel nahmst?«

»Wie kannst du das vergleichen?«, fuhr Deirdre sie an. »Hast du kein Schamgefühl, keinen Stolz?«

»Kein Schamgefühl, aber großen Stolz. Ich liebe ihn, und er liebt mich.«

»Wie kann ein Dämon lieben?«

»Wie kann ein Dämon immer wieder sein Leben riskieren, um die Menschheit zu retten?«

»Ich stelle nicht seine Tapferkeit in Frage, sondern dein Urteil. Glaubst du, ich habe vergessen, wie es ist, jung und dumm zu sein? Aber du bist Königin und hast eine Verantwortung deinem Amt und deinem Volk gegenüber.«

»Ich lebe diese Verantwortung in jeder Minute, jeden Tag aufs Neue.«

»Und des Nachts teilst du das Bett mit einem Vampir.«

Moira stand auf und trat ans Fenster.

Die Sonne schien immer noch, hell und golden. Sie funkelte auf dem Gras, auf dem Fluss, auf den durchsichtigen Flügeln der Drachen, die müßig um Schloss Geall herumflogen.

»Ich bitte dich nicht um Verständnis. Ich verlange Respekt.«

»Sprichst du jetzt zu mir als meine Nichte oder als die Königin?«

Moira wandte sich zu ihrer Tante. »Die Götter haben mir beides gegeben. Du machst dir Sorgen um mich, und das akzeptiere ich. Aber du kommst auch mit Vorurteilen und Verdammung, und das akzeptiere ich nicht. Ich vertraue Cian mit meinem Leben. Und ich habe das Recht, ihm auch körperlich zu vertrauen.«

»Und was ist mit deinem Volk? Was ist mit denen, die sich fragen, warum sich ihre Königin mit einem Geschöpf der Dunkelheit einlassen konnte?«

»Sind alle Männer gut, Tante? Sind sie alle freundlich, liebenswert und stark? Ist es nicht unsere Entscheidung, wie wir sein wollen? Mein Volk hat im Moment größere Sorgen als die Frage, was die Königin in der Abgeschiedenheit ihres Schlafgemachs tut.«

Deirdre erhob sich. »Und wird es weitergehen, wenn dieser Krieg vorüber ist? Soll dieser Vampir, den du liebst, an deiner Seite auf dem Thron sitzen?«

Die Sonne schien sogar noch, wenn es im Herzen ganz finster wurde, dachte Moira. »Wenn wir nach diesem Krieg noch leben, wird er in seine Zeit und seine Welt zurückgehen, und ich werde ihn nie wieder sehen. Wenn wir verlieren, gebe ich mein Leben. Wenn wir gewinnen, gebe ich mein Herz. Sprich mir nicht von Entscheidungen und Verantwortungen.«

»Du wirst ihn vergessen. Wenn der Krieg vorüber ist, wirst du ihn und diesen zeitweiligen Wahnsinn vergessen.«

»Sieh mich an«, sagte Moira ruhig. »Du weißt, dass es nicht so ist.«

»Nein.« Deirdres Augen schwammen in Tränen. »Du wirst ihn nicht vergessen. Ich würde es dir gern ersparen.«

»Aber ich möchte keinen Augenblick missen. Mit ihm war ich lebendiger als jemals zuvor und als ich jemals wieder sein werde. Nein, ich möchte keine Sekunde missen.«

Sie saßen alle im Salon und aßen, als Moira eintrat. Glenna nahm die Haube von einem Teller am Kopfende des Tisches.

»Es müsste noch warm sein«, sagte sie zu Moira. »Iss etwas.«

»Ja. Wir müssen essen, um stark zu bleiben.« Aber sie starrte auf den Teller, als wäre er voll bitterer Medizin.

»Und?« Blair lächelte sie an. »Wie war dein Tag bis jetzt?«

Moira lachte kurz und freudlos auf, aber es half, die Situation zu entspannen. »Beschissen. Das ist wohl das passende Wort, oder?«

»Absolut.«

»Nun.« Sie zwang sich zum Essen. »Sie wollte uns mit

ihrem Angriff wie üblich Angst machen und unsere Moral und unseren Kampfeswillen untergraben. Einige werden glauben, was sie uns durch Sean hat mitteilen lassen. Dass sie uns in Frieden lässt, wenn wir uns ergeben.«

»Lügen sind häufiger attraktiver als die Wahrheit«, warf Glenna ein. »Aber so oder so wird die Zeit knapp.«

»Ja, wir sechs müssen uns langsam darauf vorbereiten, das Schloss zu verlassen, um zum Schlachtfeld aufzubrechen.«

»Genau.« Hoyt nickte. »Vorher jedoch müssen wir uns vergewissern, dass die Stützpunkte, die wir eingerichtet haben, noch in unseren Händen sind. Durch Tynans Tod konnten sie vielleicht in dieses Lager eindringen. Schließlich haben wir nur das Wort eines Dämons, dass das Kind ihn alleine getötet hat.«

»Es war das Kind.« Cian trank Tee, der zur Hälfte mit Whiskey versetzt war. »Die Wunden am Körper stammten nicht von einem erwachsenen Vampir«, erklärte er. »Aber das beantwortet natürlich nicht die Frage, ob der Stützpunkt noch in unserer Hand ist.«

»Hoyt und ich können ja nachschauen«, bot Glenna an.

»Das wäre gut, aber es reicht nicht«, sagte Moira. »Wir müssen die Berichte der Überlebenden haben.«

»Wenn es Überlebende gibt.«

»Wenn sie die Basis vernichtet hätten«, sagte Cian, »hätte der Bote, den sie gesandt hat, damit geprahlt, und wahrscheinlich hätte sie dann auch mehr Leichen mitgeschickt.«

»Ja, du hast Recht. Aber wir müssen die Stützpunkte sicher verstärken, damit so etwas nicht wieder geschieht.«

»Du möchtest mit den Drachen hinfliegen.« Larkin nickte. »Deshalb hast du mich gefragt, ob man sie schon reiten kann.«

»Ja, wir sollten so viele wie möglich dafür nehmen. Diejenigen, die von heute an zu Fuß oder mit Pferden ausrücken, sollten aus der Luft beobachtet werden. Wenn ihr, Larkin und Blair, das heute Früh übernehmen würdet, dann könntet ihr ein paar Männer mitnehmen. Ihr könntet mit den Drachen zu allen Stützpunkten fliegen, Waffen und Soldaten dorthin bringen und alles überprüfen. Vermutlich wärt ihr vor Einbruch der Nacht wieder zurück, oder ihr übernachtet in einem der Basislager.«

»Wenn du nur die beiden losschickst, schließt du uns aus«, warf Cian ein. »Außerdem sollte ich gehen.«

»Hey«, sagte Blair. »Wieso willst du alleine allen Spaß haben?«

»Rein praktische Überlegungen. Alle außer Glenna und mir waren schon am Schlachtfeld. Es ist langsam Zeit, dass ich mir auch einmal einen Eindruck verschaffen kann. Außerdem kann ich mit diesem blöden Umhang auch tagsüber unterwegs sein, aber ich reise auch nachts schneller und sicherer als jeder andere von euch. Und da ich selbst ein Vampir bin, erkenne ich die Anzeichen für andere Vampire wesentlich früher als unsere Dämonenjägerin.«

»Da hat er Recht«, meinte Larkin.

»Ich hatte sowieso vor zu gehen und ein bisschen herumzuschnüffeln. Damit schlagen wir zwei Fliegen mit einer Klappe. Und außerdem wird sich die Stimmung hier heben, wenn ich nicht mehr da bin. Ich glaube, da stimmt ihr mir alle zu.«

»Tynans Mutter war außer sich vor Trauer«, murmelte Blair.

Cian zuckte mit den Schultern. »Das ist alles eine Frage der Perspektive – und der Grenzen. Die Zeit wird knapp, und einer von uns sollte sich schon einmal am Schlachtfeld aufhalten, zumal Lilith sicher selbst nachts ein wenig das Gelände auskundschaftet.«

»Du willst also nicht zurückkommen«, sagte Moira langsam.

»Nein, das hat keinen Zweck.« Er blickte sie an, und sie

konnte in seinen Augen lesen. »Einer der Männer kann zurückkommen, um dir Bericht zu erstatten. Und den Rest teile ich euch mit, wenn ihr ankommt.«

»Du hast das bereits entschieden?« Moira sah ihn an. »Ich verstehe. Wir sind ein Zirkel, und zu so einer Entscheidung müssen wir alle etwas sagen, finde ich. Hoyt?«

»Ehrlich gesagt, gefällt mir der Gedanke nicht, dass einer von uns alleine geht. Aber es muss getan werden, und Cian ist sicher der Geeignetste dazu. Wir können ihn ja beobachten, so wie wir Larkin in Irland in den Höhlen beobachtet haben, und wenn nötig, können wir eingreifen.« Er blickte seine Frau an. »Glenna?«

»Ja. Einverstanden. Larkin?«

»Ebenso. Nur eine kleine Änderung. Ich glaube, du irrst dich, wenn du es für falsch hältst, dass zwei gehen. Ich finde, niemand sollte allein aufbrechen. Ich kann dich als Drache dorthin bringen. Und«, fuhr er fort, bevor jemand etwas einwenden konnte, »ich habe mehr Erfahrung mit den Drachen als du, falls es Probleme geben sollte. Also würde ich sagen, wir beide gehen zusammen. Blair?«

»Ja, verdammt, du hast Recht, Drachenjunge. Es mag ja sein, dass du alleine schneller bist, aber wenn du noch Krieger mitnehmen willst, brauchst du einen Drachendompteur.«

»Ja, das ist klüger«, sagte Glenna. »Viel klüger. Ich bin dafür.«

»Ich auch«, schloss sich Hoyt an. »Moira?«

»Dann machen wir es so.« Sie erhob sich. Sie würde die beiden Männer wegschicken, die sie am meisten liebte. »Wir anderen machen die Waffen fertig, sichern das Schloss und kommen in zwei Tagen nach.«

»Ja. Wir schaffen das.« Blair nickte.

»Dann lasst uns loslegen. Larkin, ich überlasse es dir, die Drachen dafür auszusuchen, und dann können Cian und

du gemeinsam überlegen, welche Männer ihr mitnehmt.«
Moira überlegte. »Niall möchte ich hier behalten. Er soll in zwei Tagen mit uns nachkommen. Und jetzt kümmere ich mich um die Vorräte, die ihr mitnehmen müsst.«

Als sie alles erledigt hatte und hoffte, dass sie ruhig genug war, ging Moira zu Cians Zimmer. Sie klopfte und öffnete die Tür, ohne auf sein »Herein« zu warten. Da die Vorhänge zugezogen waren, konnte sie kaum etwas sehen, deshalb streckte sie die Hand aus, um mit ihrer Magie eine Kerze zu entzünden. Anscheinend war sie jedoch nicht so ruhig, wie sie glaubte, da die Flamme heftig aufloderte.

Cian packte ungerührt weiter.

»Du hast mir nichts von deinen Plänen gesagt.«

»Nein.«

»Wolltest du heute Nacht ohne ein Wort gehen?«

»Ich weiß nicht.« Er hielt inne und blickte sie an. Er konnte ihr so vieles nicht geben, da konnte er wenigstens aufrichtig mit ihr sein.

»Ja, ursprünglich hatte ich das vor. Aber dann bist du zu mir gekommen, und ich habe meine Pläne geändert. Beziehungsweise aufgeschoben.«

»Aufgeschoben.« Sie nickte langsam. »Und nach Samhain willst du auch ohne ein Wort verschwinden?«

»Worte würden doch sowieso nichts nützen.«

»Mir schon.« Bei der Erkenntnis, dass sie sich auf das Ende zubewegten, stieg Panik in ihr auf. »Worte wären kostbar für mich. Du willst gehen. Das sehe ich. Du möchtest weg.«

»Ich hätte schon früher gehen sollen. Wenn ich schneller gewesen wäre, wäre ich bereits aus der Tür gewesen, noch bevor du zu mir gekommen bist. Das wäre auch für dich besser gewesen. Das … das mit mir ist nicht gut für dich.«

»Wie kannst du es wagen? Wie kannst du es *wagen*, mit

mir wie mit einem Kind zu sprechen, das zu viele Süßigkeiten haben will? Ich bin es leid, dass man mir ständig sagt, was ich denken, fühlen oder tun soll. Wenn du gehen willst, geh, aber beleidige mich nicht.«

»Dass ich gehe, hat nichts mit dem zu tun, was zwischen uns ist. Es muss einfach so sein. Du und die anderen, ihr habt ja zugestimmt.«

»Wenn wir es nicht getan hätten, hätte das auch nichts geändert.«

Er gürtete sein Schwert. Schon jetzt begann der Schmerz bei ihnen beiden zu wachsen, wie er es von Anfang an gewusst hatte. »Ja, aber so ist es weniger kompliziert.«

»Bist du also mit mir fertig?«

»Und wenn?«

»Dann kämpfst du an zwei Fronten, du Bastard.«

Er musste unwillkürlich lachen. Zwischen ihnen gab es nicht nur Schmerz, stellte er fest. Daran würde er immer denken. »Dann habe ich ja Glück, dass ich nicht mit dir fertig bin. Moira, letzte Nacht wusstest du, dass du den Dämon vernichten musstest, der einmal ein Junge war, den du sehr gemocht hast. Mir war das klar, deshalb habe ich nicht eingegriffen, um es dir zu ersparen. Ich weiß, dass ich gehen muss, und du weißt es auch.«

»Das macht es nicht leichter. Von jetzt an sind wir vielleicht nie mehr allein und können nie mehr ungestört zusammensein. Ich will mehr Zeit – wir hatten nicht genug Zeit, und ich brauche mehr.«

Sie trat zu ihm und schlang die Arme um ihn. »Wir hatten noch nicht einmal unsere Nacht. Sie hat nicht bis zum Morgen gedauert.«

»Aber jede einzelne Minute hat gezählt.«

»Ich bin gierig. Und ich fürchte mich jetzt schon davor, dass du gehst, während ich zurückbleibe.«

Nicht nur heute, dachte er. Sie wussten beide, dass sie nicht nur von heute sprachen. »Ist es bei den Frauen in Geall auch Brauch, dass sie ihren Männern einen Talisman mitgeben?«

»Was möchtest du denn von mir haben?«

»Eine Locke von deinem Haar.« Der Wunsch überraschte ihn und machte ihn auch ein wenig verlegen. Aber er sah ihr an, dass sie sich darüber freute.

»Wirst du diesen Teil von mir immer bei dir tragen?«

»Ja, das werde ich.«

Sie fasste sich an die Haare, hielt dann aber inne und hob die Hand. »Warte, warte. Ich habe etwas für dich. Ich muss es nur rasch holen.« Draußen erklang der Trompetenruf der Drachen. »Oh, sie sind bereit. Ich bringe es dir nach draußen. Geh vorher nicht. Versprich mir, dass du wartest, bis ich mich verabschieden komme.«

»Ich werde warten.« Dieses Mal, dachte er, als sie aus dem Zimmer lief.

Draußen stellte Cian sich in den Schatten und musterte die Drachen, die Larkin ausgesucht hatte. Die Männer hatten sie beide zusammen ausgewählt.

Er runzelte die Stirn, als Glenna ihm eine harte Schlammkugel hinhielt. »Danke, aber ich habe schon gefrühstückt.«

»Sehr komisch. Das ist eine Bombe.«

»Rotschopf, das ist eine Schlammkugel.«

»Ja, ein Ball aus Erde – aus verzauberter Erde, in der sich eine Feuerkugel befindet. Wenn du sie aus der Luft fallen lässt, dann …« Sie gab ein Pfeifgeräusch von sich und simulierte dann eine Explosion. »Theoretisch«, fügte sie hinzu.

»Theoretisch.«

»Ich habe sie getestet, aber natürlich nicht vom Drachen aus. Es wäre nett, wenn du sie irgendwo für mich ausprobieren könntest.«

Stirnrunzelnd drehte er die Kugel zwischen den Fingern. »Ich soll sie einfach fallen lassen?«

»Genau. Irgendwo, wo nichts passieren kann.«

»Und sie explodiert mir nicht in den Händen und verwandelt mich in einen Feuerball?«

»Nein, dazu braucht sie Tempo und Kraft. Aber es kann nicht schaden, wenn du sie erst in einer gewissen Höhe loslässt.« Sie stellte sich auf die Zehenspitzen und küsste ihn auf beide Wangen. »Pass auf dich auf. In zwei Tagen sehen wir uns wieder.«

Immer noch stirnrunzelnd steckte Cian die Kugel in die Waffentasche, die Blair für Larkin entworfen hatte.

»Wir beobachten euch.« Hoyt legte Cian die Hand auf die Schulter. »Versuch Ärger zu vermeiden, bis ich wieder bei dir bin. Und du auch«, sagte er zu Larkin.

»Ich habe ihm schon erklärt, dass ich ihn verprügle, wenn er sich umbringen lässt.« Blair packte in Larkins Haare und zog seinen Kopf zu sich herunter, um ihn zu küssen. Sie wandte sich an Cian.

»Wir machen jetzt aber keine Gruppenumarmung.«

Sie grinste. »Das sehe ich auch so. Halte dich von spitzen, hölzernen Objekten fern.«

»Das habe ich vor.« Er blickte Moira entgegen, die angerannt kam.

»Ich hatte gehofft, schneller zu sein«, sagte sie atemlos. »Ihr seid also bereit. Larkin, pass auf dich auf.« Sie umarmte ihn.

»Du auch.« Er drückte sie noch einmal an sich. »Steigt auf eure Drachen!«, rief er und mit einem letzten strahlenden Lächeln zu Blair verwandelte er sich.

»Ich habe hier, worum du mich gebeten hast.« Moira reichte Cian ein silbernes Medaillon, während Blair Larkin sattelte. »Mein Vater hat es meiner Mutter zu meiner Geburt geschenkt, damit sie eine Haarlocke von mir hineintun konnte. Ich habe noch eine weitere dazugetan.«

Und sie hatte auch alles an Magie, worüber sie verfügte,

hineingegeben. Sie stellte sich auf die Zehenspitzen und legte ihm die Kette um den Hals. Und für alle sichtbar umfasste sie sein Gesicht mit beiden Händen und gab ihm einen langen, zärtlichen Kuss.

»Davon habe ich noch mehr vorrätig«, erklärte sie. »Also tu nichts Dummes.«

Er schlüpfte in den Umhang und zog sich die Kapuze tief ins Gesicht. Als er auf Larkin stieg, hatte er nur Augen für Moira.

»Bis in zwei Tagen«, sagte er.

Der goldene Drache breitete die Flügel aus und flog in den Himmel. Die anderen folgten ihm mit lauten Trompetenstößen.

Während Moira ihnen nachblickte, bis die bunten Punkte nicht mehr zu sehen waren, durchzuckte sie plötzlich die Gewissheit, dass sie nicht mehr als vollständiger Kreis von sechs nach Schloss Geall zurückkehren würden.

Hinter ihr scheuchte Glenna gerade Hoyt weg. Sie legte Blair und Moira die Arme um die Taille. »In Ordnung, Mädels, jetzt wollen wir uns mal ans Packen begeben, damit ihr möglichst schnell wieder mit euren Männern vereint seid.«

16

Er wünschte, es regnete. Oder zumindest, dass eine dichte Wolkendecke die Sonne verdeckte. In dem verdammten Umhang war es so heiß wie in der Hölle, in der er letztendlich landen würde. Er war einfach nicht an extreme Temperaturen gewöhnt.

Untot zu sein, dachte Cian, konnte einen schon verwöhnen.

Auf einem Drachen zu reiten war eine spannende Erfahrung, gar keine Frage. Wenigstens in der ersten halben Stunde. Die zweite halbe Stunde konnte er immer noch damit zubringen, die liebliche grüne Landschaft unter sich zu bewundern.

Aber nach einer Stunde in dieser verdammten Sauna ging es ihm einfach nur noch schlecht.

Wenn er Hoyts Geduld und Würde besäße, würde er wahrscheinlich stählernen Blickes und aufrecht bis zum Jüngsten Tag weiterreiten, auch wenn ihm die unerträgliche Hitze das Fleisch von den Knochen schmolz. Aber er und sein Zwillingsbruder waren schon völlig unterschiedlich gewesen, als er noch kein Vampir war.

Er konnte natürlich meditieren, aber es war vermutlich nicht klug, sich in Trance zu versetzen. Die Sonne wartete nur darauf, ihn in gebratenen Speck zu verwandeln, und in Larkins Satteltasche befand sich eine Bombe, die durchaus einfach nur so hochgehen konnte.

Warum hatte er sich eigentlich auf diese idiotische Angelegenheit eingelassen?

Ach ja. Pflicht, Ehre, Liebe, Stolz – alle diese Begriffe zogen ihn runter, während er sich abstrampelte, an der Oberfläche zu bleiben. Jetzt konnte er nicht mehr zurück. Auch nicht, was seine Gefühle zu Moira betraf.

Mein Gott, er liebte sie. Moira, die Lernbegierige, Moira, die Königin. Die Schüchterne und die Tapfere, die Gerissene und die Ruhige. Es war dumm, destruktiv und hoffnungslos, sie zu lieben. Aber es war eine Tatsache.

Er spürte das Medaillon, das sie ihm um den Hals gelegt hatte – ein weiteres Gewicht. In der einen Minute hatte sie ihn einen Bastard genannt, und in der nächsten hatte sie ihm einen ihrer kostbarsten Schätze geschenkt.

Aber sie hatte ja auch schon einmal mit einem Pfeil auf sein Herz gezielt und sich dann mit einer schlichten Aufrichtigkeit entschuldigt, die zu Herzen ging. Das war wahrscheinlich der Moment gewesen, in dem er sich in sie verliebt hatte.

Er betrachtete die Landschaft, die unter ihm vorbeizog. Gutes Ackerland, dachte er, mit fruchtbarem Boden. Flüsse voller Fische zogen sich durch wildreiche Wälder, und in den fernen Berge gab es Mineralien und Marmor.

Sie hatte Orangensamen mitgebracht. Wer sonst hätte daran schon gedacht?

Sie musste die Schösslinge im Süden pflanzen. Ob ihr das jemand gesagt hatte? Ach, das war ein alberner Gedanke – die Frau wusste doch alles.

Orangensamen und Yeats. Und einen Füller, den er auf ihrem Schreibtisch gesehen hatte.

Sie würde also die Orangenschösslinge in ihrem Treibhaus heranziehen und sie im Süden des Landes pflanzen. Und wenn sie gediehen – woran er nicht zweifelte –, hätte sie eines Tages einen Orangenhain.

Das würde er gerne sehen, dachte er. Er würde gerne die Orangenbäume mit ihren duftenden Blüten sehen, die aus den Kernen aus seiner Küche in Irland entstanden waren.

Er würde gerne ihre schönen Augen aufleuchten sehen, wenn sie sich ein Glas Orangensaft einschenkte, nach dem sie mittlerweile süchtig geworden war.

Wenn Lilith siegte, gäbe es keinen Orangenhain, keine Blüten, überhaupt kein Leben mehr.

Schon jetzt sah er Spuren des Todes, der Vernichtung. Hier und dort ragten verkohlte Überreste eines Bauernhauses oder einer Hütte auf. Kühe und Schafe grasten zwar noch auf den Weiden, aber dazwischen lagen Kadaver, die in der Sonne unter einer schwarzen Fliegenwolke verrotteten.

Das waren Deserteure gewesen, die jede Gelegenheit zum Plündern nutzten.

Jeder Einzelne von ihnen musste gejagt und vernichtet werden. Wenn auch nur einer von ihnen überlebte, würde er andere umwandeln. Das Volk von Geall und ihre Königin würden noch lange nach Samhain äußerst wachsam sein müssen.

Er dachte über das Problem nach, als Larkin endlich zur Landung ansetzte.

»Oh, all euren Göttern sei Dank«, murmelte Cian.

Es war ein hübscher, gepflegter Bauernhof. Überall waren Soldaten, auch Frauen, die mit den Männern trainierten. Aus dem Schornstein stieg Rauch auf, der ihm sagte, dass im Kessel wahrscheinlich ein Eintopf vor sich hinköchelte.

Als Larkin landete, waren sie sofort von Menschen umringt. Cian stieg ab und begann die Vorräte abzuladen. Die Fragen, mit denen alle auf sie einstürmten, konnten Larkin und die anderen Männer beantworten. Er brauchte jetzt erst einmal Schatten und Schutz vor der Sonne.

»Wir hatten überhaupt keine Probleme.« Isleen teilte Eintopf aus, den Cian nicht wollte. Aber über das Blut, das er mitgebracht hatte, machte er sich lieber erst her, wenn er alleine war.

Larkin hingegen stürzte sich sofort auf das Essen. »Danke«, sagte er mit vollem Mund. »Das ist ein leckerer Eintopf.«

»Gern geschehen. Im Großen und Ganzen bin ich hier für das Kochen zuständig, deshalb isst unsere Truppe wohl bei Weitem am besten.« Isleen zeigte ihre Grübchen, als sie lächelte. »Wir trainieren tagsüber, und vor Sonnenuntergang schließen wir alles ab. Seitdem wir hier angekommen sind, haben wir niemanden gesehen.«

»Gut.« Larkin ergriff den Krug, der neben seinem Teller stand. »Könntest du mir dann einen Gefallen tun, Isleen, Liebes? Holst du bitte Eogan – Cearas Eogan. Wir müssen mit ihm reden.«

»Ja, sicher. Ach so, und ihr könnt hier schlafen oder auch oben, wenn euch das lieber ist.«

»Wir fliegen noch heute zum nächsten Stützpunkt weiter und lassen euch nur drei der Männer da, die wir mitgebracht haben.«

»Oh. Ich habe gesehen, der rothaarige Malvin ist auch dabei«, erwiderte sie beiläufig. »Bleibt er vielleicht hier?«

Grinsend aß Larkin weiter. »Das könnte durchaus sein. Und jetzt hol bitte Eogan, Liebes, ja?«

»Du hattest schon mal was mit ihr, oder?«, murmelte Cian.

»Nein, nichts Ernstes jedenfalls. Aber du hast Recht, ein bisschen war da schon.«

»Wie willst du jetzt vorgehen?«

»Eogan ist ein vernünftiger Mann. Er hat von den Männern, die wir mitgebracht haben, bestimmt schon gehört, was mit Tynan passiert ist. Also werde ich die Fragen beantworten, die er dazu hat. Am liebsten wäre mir, du würdest noch einmal alle notwendigen Vorsichtsmaßnahmen mit ihm besprechen. Und wenn dann weiter nichts Wichtiges ist, lassen wir Malvin und zwei andere Männer hier und machen uns auf den Weg zum nächsten Stützpunkt. Hast du gar keinen Hunger?«

»Eigentlich doch, aber ich warte lieber.«

»Ah.« Larkin nickte. »Hast du alles, was du brauchst, dabei?«

»Ja. Die Pferde und Kühe sind vor mir sicher.«

»Ich habe die Kadaver auf der Strecke gesehen. Das sah nicht nach einer Armee aus, sondern eher nach ein paar Deserteuren. Was meinst du?«

»Das sehe ich genauso.«

»Jetzt ist es noch ein Vorteil für uns, wenn sie hier und dort Soldaten verliert«, murmelte Larkin. »Aber später könnte es sich als Problem herausstellen.«

»Ja, du hast Recht.«

»Wir überlegen uns etwas.« Larkin blickte auf, als die Tür aufging. »Eogan. Wir haben einiges zu besprechen und nur wenig Zeit.«

Im nächsten Lager gab es nicht viel zu tun, aber im dritten hatte Lilith ihre Spuren hinterlassen. Zwei der Gebäude waren abgebrannt, und die Felder waren angezündet worden. Die Männer berichteten von einer Nacht voller Feuer und dem Gebrüll der Kühe, die geschlachtet worden waren.

Larkin und Cian sahen sich auf dem Gelände um.

»Es ist genauso, wie du gesagt hast«, stellte Larkin fest. »Sie setzt die Häuser und Höfe in Brand.«

»Es ist nur Stein und Holz.«

Larkin schüttelte den Kopf. »Nein, es ist Vieh und es ist die Ernte. Schweiß und Blut. Heim und Herd.«

»Aber das kann alles wieder aufgebaut werden. Die Männer haben den Angriff ohne Verluste überstanden und sogar ein paar von Liliths Soldaten zum Teufel geschickt. Dein Glas ist auf wundersame Weise halbvoll, Larkin.«

»Ja, ich weiß. Und ich hoffe nur, dass sie sich die Kehle verbrennt, wenn sie versucht, es zu leeren. Lass uns zum nächsten Stützpunkt aufbrechen.«

Im nächsten Lager gab es frische Gräber, verbrannte Erde und Verwundete. Larkin schnürte es den Magen zusammen, als sein jüngerer Bruder Oran auf ihn zugehumpelt kam. Rasch trat er auf ihn zu und umarmte ihn.

»Es wird Mutter freuen, dass du noch unter den Lebenden weilst. Wie schlimm sind deine Verletzungen?«

»Nur Kratzer. Wie ist es zu Hause?«

»Wir haben viel zu tun. Ich habe Phelan in einem der anderen Stützpunkte gesehen. Es geht ihm gut.«

»Das freut mich. Das freut mich wirklich. Aber hier gibt es schlechte Neuigkeiten, Larkin.«

»Wir wissen schon davon.« Er legte Oran die Hand auf die Schulter. Als er von Geall weggegangen war, war sein Bruder noch ein Junge gewesen. Jetzt stand ein Mann vor ihm, dachte Larkin. »Wie viele sind es außer Tynan?«

»Noch drei. Und ein Weiterer wird, fürchte ich, die Nacht nicht überstehen. Zwei andere haben sie gefangengenommen. Ich weiß nicht, ob tot oder lebendig. Es war ein Kind, Larkin, ein Dämonenkind, das Tynan getötet hat.«

»Wir gehen hinein und sprechen darüber.«

Sie setzten sich in die Küche. Cian verstand, warum Larkin sich die Geschichte noch einmal anhörte, obwohl sie das Meiste schon wussten. Es war wichtig, dass Oran sich die Erlebnisse von der Seele redete.

»Ich hatte die Wache davor und schlief noch, als ich den Alarm hörte. Für Tynan war es schon zu spät, Larkin, schon zu spät. Er war alleine hinausgegangen, weil er geglaubt hatte, da draußen wäre ein verletztes, verängstigtes Kind. Der Dämon hat ihn vom Haus weggelockt. Und es standen zwar Bogenschützen bereit, aber als er ihn angriff, war es zu spät.«

Er trank einen Schluck Ale. »Männer stürzten nach draußen. Ich hätte ihnen befehlen sollen, drinnen zu bleiben, aber sie wollten wenigstens versuchen, ihn zu retten. Und deshalb verloren wir noch mehr Leute.«

»Er hätte dasselbe für dich, für jeden von euch getan.«

»Sie nahmen seine Leiche mit.« Orans junges Gesicht war voller Trauer und seine Augen uralt. »Am nächsten Morgen suchten wir nach ihm und den beiden anderen, aber wir fanden nur Blut. Wir fürchten, sie sind verwandelt worden.«

»Tynan nicht«, sagte Cian. »Von den anderen beiden wissen wir nichts, aber Tynan wurde nicht verwandelt. Seine Leiche ist nach zu Schloss Geall gebracht worden. Und wir haben ihn heute Früh beerdigt.«

»Den Göttern sei Dank. Aber wer hat die Leiche gebracht?«

Als Larkin es ihm berichtete, wurde Orans Gesicht hart.

»Der junge Sean. Wir konnten ihn bei dem Hinterhalt an der Straße nicht retten. Sie kamen aus dem Boden wie Höllenhunde. An jenem Tag haben wir außer Sean noch weitere gute Männer verloren. Hat er jetzt Frieden gefunden?« Er blickte Cian an. »Hat er jetzt Frieden?«

»Diese Frage kann ich dir nicht beantworten.«

»Nun, ich glaube schon, genau wie Tynan und die anderen, die wir beerdigt haben. Weder Götter noch Menschen können ihn für das, was ihm geschehen ist, verantwortlich machen.«

Sie verdoppelten die Wachen für die Nacht, und auf Cians Anweisung hin füllten sie kleine Beutel mit Weihwasser, um sie an den Pfeilen zu befestigen. Auch wenn man das Herz dann nicht traf, konnte man doch immerhin beträchtlichen Schaden anrichten, der möglicherweise sogar zum Tode führte.

Zusätzlich waren weitere Fallen aufgestellt worden. Männer, die nicht schlafen konnten, schnitzten Pflöcke.

»Glaubst du, sie plant heute Nacht einen Überfall?«, fragte Larkin Cian.

Sie saßen in einem Raum, der früher einmal als Wohnzimmer gedient hatte und jetzt als Waffenlager genutzt wurde.

»Vielleicht auf einen der anderen Stützpunkte. Hier? Das macht wenig Sinn, es sei denn, sie langweilt sich – oder will ihre Truppen bei Übung halten. Was sie hier vorhatte, hat sie ja getan.« Da sie allein waren, trank Cian Blut aus einem Tonbecher.

»Und was würdest du an ihrer Stelle tun?«

»Ich würde kleine Gruppen losschicken, um die Moral auf den Stützpunkten zu schwächen. Das Problem dabei ist allerdings, dass eure Männer sich nicht unterkriegen lassen, während ihre Soldaten eher dazu neigen, zu desertieren. Andererseits hat sie genug, und deshalb fällt es ihr gar nicht so auf.«

Er trank einen Schluck. »Aber ich bin nicht an ihrer Stelle. Ich persönlich hätte Spaß daran, eins dieser Überfallkommandos aufzuspüren und zu überraschen, noch bevor es sein Ziel erreicht. Und es zu vernichten.«

»Na, ist das nicht ein Zufall?« Larkin grinste. »Ich bin weder an ihrer noch an deiner Stelle, aber ich hatte gerade genau denselben Gedanken.«

»Na, worauf warten wir dann noch?«

Oran hatte zwar Einwände, aber sie bestanden darauf, alleine aufzubrechen. Ein Drache und ein Vampir, hatte Cian argumentiert, konnten schnell und unbemerkt vorwärtskommen.

Falls sie am Boden kämpfen mussten, so war Larkins Waffentasche reichlich bestückt, und Cian steckte sich noch zusätzliche Pflöcke in den Gürtel.

»Bist du bereit?« Larkin verwandelte sich in einen goldenen, geschmeidigen Drachen.

Sie waren übereingekommen, es kurz und knapp zu halten. Wenn sie aus der Luft einen Trupp entdeckten, würden sie zuschlagen – rasch und sauber.

Der Flug durch die mondbeschienene Nacht war belebend, und Cian empfand die ganze Freiheit der Dunkelheit. Er brauchte keinen Umhang und konnte ungeschützt die kühle Luft genießen.

Larkins Drachenflügel machten kaum ein Geräusch, und sie waren so dünn, dass Cian durch sie hindurch die Sterne sehen konnte, die am Himmel blinkten. Dünne Schleierwölkchen zogen über den Himmel hinweg und verdeckten ab und zu den zunehmenden Mond.

Tief unten krochen die ersten Nebelschwaden über den Boden.

Der Genuss des nächtlichen Fluges machte das Unbehagen des Tages wieder wett, und als ob er es spürte, schlug Larkin übermütige Kapriolen. Cian schloss die Augen und genoss das Gefühl.

Plötzlich jedoch schienen eisige, suchende Finger in ihn zu dringen und sein Blut aufzuwühlen. In seinem Kopf flüsterte es, und der Vampir in ihm erwachte.

Als er hinunterblickte, sah er das Schlachtfeld unter sich.

Umgeben von Bergen wartete der Ort der Verdammnis auf Blut.

Er musste sich nur ein wenig vorbeugen und seine Zähne in den Hals des Drachen schlagen, um auf das Blut eines Mannes zu stoßen. Menschenblut, dieses Lebenselixier, dessen Geschmack nichts gleichkam. Ein Geschmack, den er sich seit Jahrhunderten versagte. Und warum? Um unter ihnen leben zu können?

Menschen standen weit unter ihm, sie waren viel geringer als er – Flöhe auf einem Hund. Nichts als Fleisch und Blut, geschaffen einzig, um von ihm gejagt zu werden. Der Hunger nagte an ihm, und Verlangen stieg in ihm auf.

Zitternd wie ein Süchtiger auf Entzug kämpfte er dagegen an. Er würde nicht schwach werden. Er würde nicht wieder zum Gefangenen seines eigenen Blutes werden.

Er war doch viel stärker.

Sein Magen krampfte sich zusammen vor Verlangen und Übelkeit. Er beugte sich vor und sagte zu Larkin: »Geh hier herunter. Bleib in dieser Gestalt. Und halte dich bereit, wegzufliegen und mich zurückzulassen, wenn es sein muss. Du wirst es wissen.«

Dieser verfluchte Ort zerrte an ihm, als sie landeten. Er murmelte, sang und versprach. Er log.

Wie im Fieber sprang er zu Boden. Er schwor sich, er würde den Freund nicht töten, so wie er einst versucht hatte, seinen eigenen Bruder zu töten.

»Es ist dieser Ort. Er ist böse.«

»Ich habe dir doch gesagt, du sollst deine Gestalt nicht ändern. Fass mich nicht an!«

»Ich spüre es in mir.« Larkins Stimme war ruhig und gleichmütig. »In dir muss es brennen.«

Cian drehte sich um. Seine Augen glühten rot, und seine Haut war schweißbedeckt. »Bist du lebensmüde?«

»Nein.« Aber Larkin zog keine Waffe. »Du kämpfst dagegen an, und du wirst nicht zulassen, dass es dich besiegt. Dieser Ort spricht nur einen Teil in dir an, aber in dir steckt mehr. Und das ist es, was Moira liebt.«

»Du weißt nicht, wie groß der Hunger ist.« Tief in seiner Kehle saß ein Grollen, und er konnte Larkins Pulsschlag spüren. »Ich kann dich, den Menschen, riechen.«

»Riechst du Angst?«

Schauer überliefen Cian, und in seinem Kopf schrie es.

»Nein, aber die könnte ich dir beibringen. Angst macht das Blut süßer. Gott, Gott, welcher Wahnsinnige hat diesen Ort geschaffen?«

Seine Beine trugen ihn nicht mehr, deshalb ließ er sich zu Boden sinken. Instinktiv schloss sich seine Hand um Moiras Medaillon, und ihm wurde ein wenig besser, so als ob eine kühle Hand über seine fieberheiße Stirn gestrichen hätte. »Sie bringt mir das Licht. Und wenn ich es von ihr entgegennehme, komme ich mir vor wie ein lebendiger Mann. Aber das bin ich nicht. Es ist schwer, daran erinnert zu werden.«

»Wenn ich dich anschaue, sehe ich einen Mann.«

»Nun, du irrst dich. Aber heute Nacht trinke ich nicht, nicht von dir. Nicht von einem Menschen. Und da ich das jetzt weiß, wird es mich nie wieder so überwältigen können.«

Das rote Glühen verschwand aus seinen Augen, als er Larkin anblickte. »Du warst ein Narr, dass du keine Waffe gezogen hast.«

Statt einer Antwort hob Larkin das Kreuz an der Kette um seinen Hals.

»Ja, vermutlich hätte das ausgereicht«, sagte Cian. Er rieb sich die verschwitzten Handflächen an den Beinen seiner Jeans trocken. »Zum Glück für uns beide brauchen wir es nicht auszuprobieren.«

»Ich fliege dich zurück.«

Cian blickte auf die Hand, die Larkin ihm entgegenstreckte. Menschen, dachte er, vertrauensvoll und optimistisch. Er ergriff sie und zog sich hoch. »Nein, wir machen weiter. Irgendetwas möchte ich heute Nacht noch jagen.«

Er hatte den Kampf gewonnen, dachte Cian, als sie wieder in den Himmel aufstiegen. Aber er konnte nicht leugnen, dass er erleichtert war, von hier wegzukommen.

Erregt nahm er unten eine Bewegung wahr.

Ein Dutzend Vampire, dachte er, die sich zu Fuß so gleitend fortbewegten, wie es seiner Art eigen war. Trotz des Tempos marschierten sie so geordnet, dass es sich ganz offensichtlich um erfahrene, geübte Soldaten handelte.

Larkin hatte sie auch gesehen, und Cian beugte sich vor.

»Sollen wir nicht einmal Glennas neueste Waffe ausprobieren? Wenn sie das nächste Feld überqueren, fliegst du mitten über die Truppe. Aber sie haben Bogenschützen, und wenn sie dich bemerken, musst du sofort ein Ausweichmanöver machen.«

Als Larkin sich auf Position begab, holte Cian die Kugel aus der Waffentasche.

Wie konnte man einen Drachen mit einem Flugzeug vergleichen? Er nahm seine Erfahrung als Pilot zu Hilfe und schätzte Geschwindigkeit und Entfernung ab.

»Bombe los«, murmelte er und ließ die Kugel fallen.

Sie schlug auf, und die verblüfften Vampire blieben stehen und zogen ihre Waffen. Cian wollte Glennas Experiment schon als gescheitert ansehen, als die Kugel in einer riesigen

Flamme explodierte. Die am nächsten standen, lösten sich buchstäblich in Rauch auf, und ein paar andere fingen Feuer.

Cian beobachtete mitleidlos die Panik und schickte seine Pfeile nach unten, um die Übrigen zu erledigen.

Wieder einmal landete Larkin und verwandelte sich. »Na.« Er trat gegen ein Häufchen Asche. »Das ging ja schnell.«

»Mir war es zu distanziert und unpersönlich. Menschlich eben. Es hat einfach nicht denselben Reiz wie eine richtige Jagd. Deshalb benutzen wir ja auch keine Gewehre oder moderne Waffen«, fügte Cian hinzu. »Da fehlt einfach der Reiz.«

»Das tut mir leid, aber das Ergebnis gefällt mir ganz gut. Und Glennas Feuerkugel hat hervorragend funktioniert, oder?«

Larkin begann, die Waffen aufzusammeln, die überall verstreut lagen. Als er sich bückte, pfiff ein Pfeil über seinen Rücken und drang Cian in die Hüfte.

»Oh, Mist! Ich muss einen übersehen haben.«

»Nimm die Waffentasche!« Larkin warf sie Cian zu. »Und steig auf.«

Er verwandelte sich in den Drachen, und Cian sprang auf. Und schon entfaltete der Drache seine Flügel.

»Da, ich sehe sie. Das ist ein zweiter Trupp. Wahrscheinlich Jäger, die nach verirrten Menschen oder Tieren suchen.«

Er nahm den Bogen zur Hand und erlegte ein paar, während die anderen versuchten, sich zu verstecken.

»Das macht so einfach keinen Spaß«, sagte Cian. Er zog sein Schwert und sprang die zehn Meter zum Boden hinunter.

Wenn Drachen fluchen könnten, hätte Larkin es getan.

Sie kamen wie die Punkte eines Dreiecks auf Cian zu, zwei Männer und drei Frauen. Er spaltete den Pfeil, der auf ihn zuflog, noch in der Luft mit einem Hieb seines Schwertes und wehrte den Angriff ab.

Mit dem Kampf befreite er sich von dem, was seit dem Erlebnis auf dem Schlachtfeld noch in ihm war. Wenn er schon kein Blut trinken sollte, dann wollte er es wenigstens vergießen.

Auch der Drache war mittlerweile gelandet und benutzte seinen Schwanz, um einen Angreifer zu Boden zu schlagen. Dann zerriss er ihn mit seinen Klauen.

Cian riss sich den Pfeil aus der Hüfte und stieß ihn einem der Vampire ins Herz.

Als er herumwirbelte, sah er, dass Larkin sich wieder in einen Mann verwandelt hatte und gerade den letzten Angreifer erledigte.

»War es das?«, fragte er atemlos. »War das der Letzte?«

»Nach meiner Rechnung, ja.«

Larkin klopfte sich den Staub ab. »Geht es dir jetzt wieder besser?«

»Fantastisch.« Cian rieb sich die Hüfte. Die Wunde blutete heftig, deshalb riss er sich den Ärmel seines Hemdes ab. »Hilfst du mir mal? Ich will mir rasch einen Notverband machen.«

»Ich soll dir den Arsch verbinden?«

»Es ist nicht mein Arsch, du Blödmann.«

»Aber nahe dran.« Larkin trat zu ihm. »Dann lass mal die Hose fallen, Süßer.«

Cian warf ihm einen finsteren Blick zu, gehorchte aber.

»Was meinst du wohl, was Lilith für eine Laune hat, wenn keiner ihrer Trupps zurückkommt?«

»Sie wird stinksauer sein.« Cian verrenkte sich den Hals, um Larkins Werk zu begutachten. »Stinksauer.«

»Das gibt einem ein gutes Gefühl, was? Du wirst eine Weile ein ganz schönes Loch im Hintern haben.«

»In der Hüfte.«

»Für mich sieht es aus wie dein Hinterteil. Und weißt du was? Ich habe solchen Hunger, dass ich einen ganzen Esel mitsamt Fell verspeisen könnte. Zeit, dass wir uns auf den Heimweg machen, damit wir was zu essen und zu trinken bekommen. So, das langt. Wir haben gute Arbeit geleistet«, fügte er hinzu, als Cian sich die Hose wieder hochzog.

»Zum Glück, ja. Da im Tal hätte es auch anders ausgehen können, Larkin.«

Larkin wischte sich am Gras Cians Blut von den Händen. Gelassen erwiderte er: »Das glaube ich nicht. Ich glaube nicht, dass es anders hätte kommen können. Und wenn dein Hintern dir nicht zu sehr schmerzt, könntest du mir vielleicht jetzt helfen, all die schönen Waffen hier einzusammeln.«

»Lass meinen Hintern aus dem Spiel.«

Gemeinsam begannen sie, Schwerter, Bogen und Pfeile einzusammeln. »Dieser Körperteil von dir kommt bestimmt bald wieder in Ordnung. Und wenn nicht, dann küsst Moira ihn dir sicher, wenn sie ankommen.«

Cian blickte Larkin an, der unbekümmert vor sich hinpfiff. »Du bist ein komischer Vogel, Larkin. Ein verdammt komischer Vogel.«

In Geall wandte sich Moira von der Kristallkugel ab und trat ans Fenster. Mit verschränkten Armen blickte sie hinaus. »Irre ich mich oder wollten sie nur die Stützpunkte überprüfen, ohne irgendwelche Risiken einzugehen?«

»Sie waren ungehorsam«, stimmte Blair ihr zu. »Aber du musst zugeben, dass es ein guter Kampf war. Und diese Feuerkugel ist hervorragend.«

»Die Verzögerung macht mir ein wenig Sorgen.« Glenna beobachtete die beiden weiter, während sie zum Stützpunkt zurückflogen. »Daran arbeite ich noch. Wesentlich mehr Sorgen macht mir allerdings die Wirkung, die das Schlachtfeld auf Cian hatte.«

»Er hat dagegen angekämpft«, erwiderte Hoyt. »Welche

Macht auch immer von ihm Besitz ergreifen wollte, er hat dagegen angekämpft.«

»Ja, das stimmt«, gab Glenna zu. »Aber es ist ihm schwergefallen. Wir sollten auf jeden Fall darüber auch nachdenken. Vielleicht gibt es ja irgendeinen Zauber, der ihn abschirmt.«

»Nein.« Moira drehte sich nicht um. »Das macht er schon selbst. Er braucht das, und genau das macht ihn doch aus.«

»Ja, du hast vermutlich Recht.« Glenna blickte auf Moiras geraden Rücken. »Genauso wie die beiden heute Nacht losziehen mussten.«

»Ja, vielleicht. Sind sie mittlerweile in Sicherheit?«

»Sie setzen gerade zur Landung an«, erwiderte Blair. »Und im Westen gibt es nichts Neues. Na ja, eigentlich ist es ja der Osten, aber das taugt nicht als literarische Anspielung.«

Moira drehte sich um. »Vermutlich können wir jetzt alle ein bisschen schlafen. Heute Nacht wird wohl nichts mehr passieren.«

»Gute Idee.« Glenna ergriff die Kristallkugel.

Sie wünschten einander gute Nacht und gingen getrennter Wege. Aber keiner von ihnen ging ins Bett. Hoyt und Glenna machten sich in ihrem Turmzimmer an die Arbeit. Blair eilte in den leeren Ballsaal, um zu trainieren.

Moira ging in die Bibliothek und suchte alle Bücher über das Tal des Schweigens heraus, die sie finden konnte.

Bis zum Morgengrauen las und studierte sie.

Als sie schließlich an ihrem Fensterplatz einschlief, wie sie es oft als Kind getan hatte, träumte sie von einem großen Krieg zwischen Göttern und Dämonen. Eine Schlacht, die ein ganzes Jahrhundert lang und noch länger gedauert hatte. Ein Kampf, in dem so viel Blut geflossen war, dass es ein Meer füllte.

Und aus dem Meer wurde ein Tal, und das Tal wurde Schweigen.

17

»Sinann, du solltest noch im Bett liegen.«

Sinann drückte sich die Hand auf den Bauch und schüttelte den Kopf. »Nein, Moira, ich kann doch meinen Vater nicht ziehen lassen, ohne mich von ihm zu verabschieden.« Sie blickte zum Hof, wo sich die Männer zum Aufbruch rüsteten. »Es wird uns so leer vorkommen, wenn nur noch so wenige hier sind.« Sie lächelte tapfer, als sie sah, dass ihr Vater ihren Sohn hochhob.

»Wir kommen wieder zurück, und dann wird es ohrenbetäubenden Lärm geben.«

»Ja, bring sie mir zurück, Moira.« Sinanns Stimme klang gepresst. »Meinen Mann, meinen Vater und meine Brüder, bring sie mir zurück.«

Moira ergriff Sinann an den Armen. »Ich werde alles tun, was in meiner Macht steht.«

Sinann drückte Moiras Hand auf ihren Bauch. »Da ist Leben. Spürst du es? Sag Phelan, du hast gespürt, wie sich sein Kind bewegt hat.«

»Ja, das tue ich.«

»Ich werde deine Setzlinge pflegen und jeden Tag eine Kerze anzünden, bis ihr alle heil wieder zu Hause seid. Moira, wie sollen wir es erfahren? Woher sollen wir wissen, ob ihr …«

»Ihr werdet es wissen«, versprach Moira. »Wenn die Götter kein Zeichen unseres Sieges senden, dann werden wir es tun. Und jetzt geh und küss deinen Vater, und ich küsse alle deine anderen Männer für dich, wenn ich sie sehe.«

Moira trat zu ihrer Tante und legte ihr die Hand auf den

Arm. »Ich habe mit den Männern gesprochen, die ich bei dir lassen kann. Sie haben klare Befehle und müssen sie genauestens befolgen. Die Toren bleiben verschlossen, und niemand verlässt das Schloss – weder am Tag noch in der Nacht –, bis ihr die Nachricht bekommt, dass die Schlacht vorüber ist. Ich zähle darauf, dass du als verbleibendes Oberhaupt meiner Familie dafür sorgst, dass diese Befehle befolgt werden. Du regierst an meiner Statt bis zu meiner Rückkehr. Im Falle meines Todes …«

»Oh, Moira.«

»Im Falle meines Todes übernimmst du dieses Amt, bis der nächste rechtmäßige Herrscher gewählt ist.« Sie zog den Ring ab, der ihrer Mutter gehört hatte, und drückte ihn Deirdre in die Hand. »Dies ist ein Zeichen deiner Autorität in meinem Namen.«

»Ich ehre deine Wünsche, deine Befehle und deinen Namen. Ich schwöre es dir, Moira.« Sie ergriff die Hände ihrer Nichte. »Es tut mir leid, dass wir uns gestritten haben.«

»Mir auch.«

Mit Tränen in den Augen lächelte Deirdre zittrig. »Allerdings glaube ich, dass jeder von uns der Ansicht war, Recht zu haben.«

»Ja. Aber ich liebe dich deswegen nicht weniger.«

»Mein Kind.« Deirdre zog sie an sich. »Mein süßes Mädchen. Meine Gebete gehen mit dir. Komm zu uns zurück. Sag meinen Söhnen, mein Herz und mein Stolz sind bei ihnen.«

»Entschuldigung.« Blair legte Moira die Hand auf die Schulter. »Wir sind fertig.«

»Ich sage auch dir Lebwohl.« Deirdre küsste Blair auf die Wange. »Ich vertraue darauf, dass du auf meinen Ältesten achtest.«

»Ich werde mein Bestes tun.«

»Ja, das wird nötig sein. Er ist ziemlich anstrengend.«

Sie öffnete den Mund, um noch etwas hinzuzufügen, holte dann jedoch erst einmal tief Luft. »Ich wollte sagen, pass auf dich auf, aber das wollen Krieger wohl nicht hören. Also sage ich, kämpft gut.«

»Darauf könnt Ihr Euch verlassen.«

Ohne großes Zeremoniell bestiegen sie die Pferde und Drachen. Die Kinder blieben mit einem Teil der Frauen zurück, ebenso die Alten und Schwachen.

Alle hatten Tränen in den Augen. Moira war sich der Tatsache bewusst, dass auf ihr alle Hoffnungen ruhten.

Bring sie zu mir zurück. Wie viele hatten diesen Wunsch im Herzen? Nicht allen würde er gewährt werden, aber sie würde ihr Bestes tun – wie sie es Sinann geschworen hatte.

Sie würde sie nicht im Stich lassen.

Moira gab Niall, der die Bodentruppen anführte, ein Zeichen. Als die Tore geöffnet wurden, reckte sie das Schwert von Geall hoch in die Luft und zog einen Feuerbogen in den blassen Morgenhimmel über dem Schloss.

Die Drachenreiter erreichten die Basis als Erste und mobilisierten die Truppen dort, damit sie sich auf den Weg zum Schlachtfeld machten. Vorräte und Waffen wurden aufgeladen, und wer nicht auf Drachen oder Pferden reiten konnte, wurde zumindest von Reitern am Boden und in der Luft flankiert. Zu Land und in der Luft zogen sie quer durch Geall.

Bei der nächsten Gelegenheit machten sie Rast, damit die Tiere und die Drachen saufen konnten.

»Wollt Ihr Tee, Mylady?« Ceara trat zu Moira, die am Fluss stand.

»Wie? Oh, danke.« Moira nahm den Becher entgegen.

»Ich habe noch nie einen solchen Anblick gesehen.«

»Nein.« Moira blickte zu den Tieren und fragte sich, ob sich ihnen ein solcher Anblick wohl je noch einmal bieten würde. »Du reitest mit deinem Mann, Ceara?«

»Ja, Mylady. Wir sind gleich fertig.«

»Wo ist das Kreuz, das du gewonnen hast, Ceara? Das, was du da trägst, ist aus Kupfer.«

»Ich ...« Ceara betastete ihr Kreuz. »Ich habe es bei meiner Mutter gelassen. Majestät, ich wollte, dass meine Kinder beschützt sind, wenn ...«

»Ja, natürlich ...« Sie drückte Cearas Hand. »Natürlich.« Sie drehte sich um, als Blair auf sie zukam.

»Wir sollten wieder aufbrechen. Die Reittiere sind ausgeruht. Wir haben alles gepackt, wenn man mal von den Waffen und Vorräten absieht, die bei der Mannschaft bleiben, die den Stützpunkt noch bis morgen hält.«

»Die Truppen hinter uns müssten lange vor Sonnenuntergang eintreffen.« Moira blickte zum Himmel. »Haben sie genügend Schutz, wenn sich das Wetter ändert?«

»Ich denke schon. Lilith hat möglicherweise ein paar Heckenschützen angesetzt, aber damit werden die Truppen schon fertig. Wir müssen los, Moira.«

»Ja, wir müssen unseren Zeitplan einhalten«, stimmte Moira zu. »Dann gib Befehl zum Aufbruch.«

Es war bereits weit nach Mittag, als die Ersten am Zielort ankamen. Die Männer kamen aus dem Haus und jubelten ihnen zu. Unter ihnen war Larkin, und als er Moira auf einem Drachen sah, verwandelte er sich ebenfalls in einen und gesellte sich zu ihnen. Er umkreiste sie mit eleganten Flügelschwüngen und ordnete sich dann neben Blairs Drachen ein. Moira stockte der Atem, als Blair sich auf den Rücken ihres Drachen stellte und einfach in die Luft sprang. Erneut ertönten Jubelrufe, als sie auf Larkins Rücken landete.

Es ist wie eine Vorführung, dachte Moira, weil jetzt auch andere Reiter gewagte Sprünge und Kapriolen machten. Vielleicht brauchten sie diese alberne Spielerei in den letzten Stunden des Tageslichts. Die Nacht würde noch früh genug hereinbrechen.

Als sie gelandet waren, wollte sie sich um ihren Drachen kümmern, aber Larkin hob sie hoch, wirbelte sie herum und gab ihr einen schnalzenden Kuss.

»Das stimmt mich nicht weicher dir gegenüber«, erklärte sie. »Ich habe ein Hühnchen mit dir zu rupfen. Ihr solltet nur zu den Stützpunkten fliegen und Berichte sammeln und euch nicht mitten in der Nacht in Schwierigkeiten stürzen.«

»Wir tun das, was wir tun müssen.« Er küsste sie noch einmal. »Und es ist doch alles gutgegangen, oder?«

»Ach ja?«

»Ja. Ihm geht es auch gut. Geh hinein. Hier sind genug Leute, die sich um die Drachen und um die Pferde kümmern können. Ihr habt eine lange Reise hinter euch, aber Blair sagt, es gab keine Probleme.«

»Nein, keine.« Sie ließ sich von ihm nach drinnen mitziehen.

Auf dem Herd stand ein Kessel mit Eintopf, und es roch nach Männern und Schlamm. Auf einem Tisch, um den sich sonst sicher eine Familie versammelt hatte, waren Landkarten ausgebreitet. Die Vorhänge an den Fenstern waren handgewebt und bunt, und die Wände waren sauber und weiß verputzt.

An jeder Tür und an jedem Fenster standen Waffen.

»Du hast ein Zimmer oben, wenn du dich ein bisschen ausruhen möchtest.«

»Nein, es geht mir gut. Aber ich könnte einen Whiskey vertragen, falls es hier so etwas gibt.«

»Ja, das gibt es.«

Sie sah seinem Gesicht an, dass Blair hinter ihnen ins Haus gekommen war.

»Die Tiere sind versorgt«, begann Blair. »Vorräte und Waffen abgeladen. Hoyt kümmert sich darum. Wie sieht es hier aus?«

»Die Soldaten schlafen in den Ställen, der Scheune, dem Taubenschlag, dem Räucherhaus und auch hier im Haus. Der Speicher ist geräumig genug, und man kann ihn als eine Art Kaserne benutzen.«

Da er, während er redete, Whiskey einschenkte, blickte er Blair fragend an, aber sie schüttelte den Kopf.

»Das Wohnzimmer dient als Hauptwaffenlager«, fuhr er fort. »Und auch die anderen Gebäude sind bis unters Dach mit Waffen gefüllt. Die Männer machen Tag- und Nachtschichten, und jeden Tag wird trainiert. Wie du weißt, gab es Überfälle, aber seit Cian und ich hier sind, ist nichts mehr passiert.«

»Dafür habt ihr schon gesorgt, was?«, warf Moira ein und trank einen Schluck.

»Ja, wir haben es Lilith gezeigt. Gestern haben wir einen weiteren Mann verloren, der bei dem Überfall verletzt worden war, bei dem Tynan getötet wurde. Er hatte einen schweren Tod.«

Moira blickte auf ihr Glas. »Gibt es noch mehr Verwundete?«

»Ja, aber die können herumlaufen. An der Küche ist noch so eine Art Anbau, und dort werden die Verwundeten gepflegt.«

»Glenna wird sich darum kümmern. Gut.« Moira trank den restlichen Whiskey aus. »Wir wissen alle, dass wir drinnen nicht genug Platz für alle Truppen haben. Heute Nacht sind fast tausend hier, und noch einmal halb so viel werden in den nächsten zwei Tagen hier eintreffen.«

»Dann sollten wir uns lieber daranmachen, schon einmal ein Feldlager zu errichten«, sagte Blair.

Es erfüllte sie mit Stolz, ihr Volk gemeinsam arbeiten zu sehen, dachte Moira. Die Zelte wurden aufgeschlagen, und die einen sammelten Holz und Torf für die Kochstellen, während die anderen die Vorräte abluden und wegräumten.

»Da hast du deine Armee«, sagte Glenna zu ihr.

»Ich hoffe, dass hier eines Tages wieder Getreide angebaut werden kann. Aber es sind unglaublich viele. Ich hätte nie gedacht, dass es so viele sind. Kannst du einen Schutzkreis um sie schlagen?«

Glenna verzog entschlossen das Gesicht. »Liliths Hündchen hat den gesamten Stützpunkt abgeschirmt. Du glaubst doch wohl nicht etwa, dass Hoyt und ich da nicht mithalten könnten?«

»Ich käme nicht im Traum auf den Gedanken.«

»Es ist allerdings schon ein ziemlich großer Kreis«, gab Glenna zu. »Und bald geht die Sonne unter. Wir sollten also bald beginnen. Wir könnten dich brauchen.«

»Das hatte ich gehofft.«

Moira schritt mit ihnen das Feld von einem Ende zum anderen ab und sammelte dabei Grashalme, kleine Steine und ein bisschen Erde, wie Glenna sie angewiesen hatte. In der Mitte trafen sie sich wieder.

Da die Truppen mitbekommen hatten, dass ein magisches Ritual stattfinden sollte, war es ganz still geworden, und man konnte die Macht beinahe hören.

Sie riefen die Schutzgeister des Ostens, Westens, Nordens und Südens an. Und sie riefen Morrigan an.

»Die uralten Mächte rufen wir heute hier, sie mögen schützen Mensch und Tier. Kein Feind soll Gras, Erde, Stein durchdringen, und Leid soll niemand über sie bringen. Schutz sei das Licht des Tags und der Nacht. Unser Blut besiegele die Macht.«

Moira machte es Glenna und Hoyt nach und schnitt sich mit einem Athame in die Handfläche, die sie dann um die Erde, das Gras und die Steine, die sie gesammelt hatte, schloss. Die Hitze fuhr durch sie hindurch, und Wind kam auf, zerrte an den Zelten und rauschte durch das Gras, bis die Ränder des Feldes von einem Lichtwirbel umgeben waren.

Wie Glenna und Hoyt warf sie die blutgetränkte Erde weg und spürte, wie es unter ihren Füßen bebte, als drei kleine Flammen aufflackerten und erstarben. Als sie sich an den Händen nahmen, hatte sie das Gefühl, von der Kraft weggetragen zu werden.

»Flammet auf und schließt den Kreis«, rief sie mit den beiden anderen, »Blut und Feuer vermischen sich heiß. Das Böse kann hier nicht hinein, und wie wir es wollen, so soll es sein.«

Das Feld war umgeben von roten Flammen, die dann mit einem Donnerschlag verschwanden.

Moira nahm alles nur noch wie durch einen Nebel hindurch wahr. Sie hatte das Gefühl, sich unter Wasser zu befinden.

Als sie wieder zu sich kam, kniete sie auf dem Boden. Glenna packte sie an den Schultern und rief ihren Namen.

»Es geht mir gut. Es geht mir gut. Es war nur ... es war so viel. Ich muss erst mal wieder zu Atem kommen.«

»Lass dir Zeit. Es war ein mächtiger Zauber, vor allem, weil wir Blut genommen haben.«

Moira blickte auf den Schnitt in ihrer Hand. »Alles ist eine Waffe«, stellte sie fest. »Genau wie Blair sagt. Man kann alles nehmen, solange es funktioniert.«

»Hier hat es gewirkt«, sagte Hoyt ruhig.

Moira blickte auf und sah Cian außerhalb des Kreises stehen. Obwohl er sich die Kapuze seines Umhangs tief ins Gesicht gezogen hatte, sah sie seine Augen und die Wut, die darin stand.

»Komm, stütz dich auf mich«, sagte Glenna. »Du bist weiß wie die Wand.«

»Nein, es geht schon.« Zwar wackelten ihre Knie noch wie Pudding, aber Moira machte tapfer ein paar Schritte vorwärts. »Die Männer dürfen mich nicht schwach sehen. Mir ist nur ein bisschen übel.«

Als sie über das Feld auf ihn zukam, drehte Cian sich auf dem Absatz um und ging zurück zum Haus.

Er wartete drinnen auf sie. Offensichtlich hatten die anderen mitbekommen, dass er schlechte Laune hatte, denn er war allein.

»Versucht ihr, sie umzubringen, bevor Lilith es schafft?«, wollte er wissen. »Was denkt ihr euch dabei, sie in magische Rituale einzubeziehen, mit denen ihr euch euren eigenen Hurrikan zusammenbrauen könntet?«

»Wir brauchten sie«, erwiderte Hoyt. »Es ist nicht leicht, einen so großen Bereich mit einem Schutz zu umgeben. Und es scheint ja zu funktionieren, sonst hättest du ja nicht am Rand stehen bleiben müssen.«

Er hatte nicht nur stehen bleiben müssen, sondern das Gefühl gehabt, einen heftigen Stromschlag verpasst zu bekommen. Beinahe wunderte er sich, dass ihm die Haare nicht zu Berge standen. »Sie ist nicht stark genug, um ...«

»Sag mir nicht, wozu ich stark genug bin. Ich habe das getan, was notwendig war. Du bist doch auch im Tal des Schweigens gewesen. War das nicht dasselbe? Jetzt ist beides geschehen, und wir sind beide noch da und können uns darüber streiten, also ist doch alles gutgegangen. Man hat mir gesagt, ich hätte ein Zimmer oben. Weiß jemand, wo es ist?«

»Erste Tür links«, fuhr Cian sie an.

Hochmütig, wie er fand, stieg sie die Treppe hinauf, und er folgte ihr fluchend.

Sie setzte sich in den Sessel am Kamin und ließ den Kopf zwischen die Beine sinken.

»Mir ist schwindelig, und du brauchst mich nicht noch auszuschimpfen. Gleich geht es mir wieder besser.«

»Mir kommt es jetzt schon so vor.« Er goss Wasser in einen Becher und hielt ihn ihr hin. »Trink das, du bist leichenblass. Ich hab schon Leichen gemacht, die mehr Farbe hatten als du.«

»Na, das ist ja eine nette Bemerkung.«

»Die Wahrheit ist selten nett.«

Sie lehnte sich zurück und musterte ihn, während sie das Wasser trank. »Du bist ärgerlich, und das ist in Ordnung, weil ich auch ärgerlich auf dich bin. Du wusstest, dass ich hier war, bist aber nicht heruntergekommen.«

»Nein, ich bin nicht heruntergekommen.«

»Du bist ein großer Narr, nichts anderes. Du glaubst, ich ließe dich in Ruhe, wenn du dich von mir fernhältst. Es dauert nur noch ein paar Tage, bis das Ganze vorüber ist, und deshalb ziehst du dich von mir schon mal zurück. Aber ich werde weiter auf dich zugehen, bis du mit dem Rücken an der Wand stehst. Ich habe nicht nur gelernt, zu kämpfen, sondern ich habe auch gelernt, mit unfairen Mitteln zu kämpfen.«

Sie erschauerte. »Es ist kalt hier. Und nach dem Zauber habe ich keine Kraft mehr übrig, um das Feuer im Kamin anzuzünden.«

Er trat an den Kamin, und noch bevor er sich hinhocken konnte, um nach der Zunderschachtel zu greifen, nahm sie seine Hand und drückte sie an ihre Wange.

Daran zerbrach er beinahe. Er hob sie aus dem Sessel und begann sie leidenschaftlich zu küssen.

»Ja, das ist schon besser«, sagte sie atemlos. »Jetzt ist mir gleich viel wärmer. Die Stunden kamen mir endlos vor, seitdem du gegangen warst. So wenig Zeit nur noch für die Ewigkeit.«

»Sieh mich an. Ja, das ist dein Gesicht.« Er drückte sie an sich, und sie legte den Kopf auf seine Schulter.

»Hast du mein Gesicht vermisst?«

»Ja. Du brauchst gar nicht mit unfairen Mitteln zu kämpfen. Du bist doch immer bei mir.«

»Es ist einfacher, sich zu streiten, weil es dann nicht so wehtut.« Sie schloss die Augen für einen Moment und löste sich dann von ihm. »Ich habe dir die Viella mitgebracht.

Ich habe gedacht, du möchtest vielleicht ein wenig darauf spielen. Es sollte hier auch Musik geben, ebenso wie Licht und Lachen und all das, wofür wir zu sterben bereit sind.«

Sie trat ans Fenster. »Die Sonne geht unter. Willst du heute Nacht wieder zum Schlachtfeld?« Sie drehte sich zu ihm um. »Wir haben gesehen, dass du vor zwei Nächten mit Larkin da warst, und gestern Nacht bist du alleine dort gewesen.«

»Ich werde jedes Mal ein bisschen stärker, wenn ich dorthin gehe. Es wäre nicht gut für euch, wenn das, was dort ist, mich überwältigen würde.«

»Du hast Recht, und heute Nacht gehe ich mit dir. Du vergeudest nur deine Zeit, wenn du mir widersprichst, Cian«, fuhr sie fort, als er den Mund öffnete. »Ich komme mit. Schließlich ist Geall mein Land, und alles hier gehört mir. Ich war seit meiner Kindheit nicht mehr dort, außer in meinen Träumen. Ich muss es sehen, und zwar in der Nacht, wie an Samhain. Und deshalb gehe ich entweder mit dir oder alleine.«

»Ich will aber! Ich will! Bitte, bitte, bitte!«

Lilith hatte langsam das Gefühl, ihr platze der Kopf vom ständigen Jammern und Quengeln des Jungen. »Davey, ich habe Nein gesagt. Bald ist Samhain, und es ist viel zu gefährlich für dich, das Haus zu verlassen.«

»Ich bin ein Soldat.« Zornig verzog er das Gesicht. »Lucian hat das auch gesagt. Ich habe ein Schwert.«

Er zog das kleine Schwert aus der Scheide, das sie ihm nach seinem erfolgreichen Überfall hatte anfertigen lassen.

»Es ist doch nur ein Jagdtrupp«, sagte Lilith.

»Aber ich will jagen. Ich will kämpfen!« Davey fuchtelte mit seinem Schwert herum. »Ich will *töten.*«

»Ja, ja, ja.« Lilith machte eine abwehrende Geste. »Das

darfst du auch, nach Herzenslust. *Nach* Samhain. Und jetzt will ich nichts mehr hören.«

Ihre Augen färbten sich rot. »Ich habe für heute genug von dir. Du bist noch zu jung und zu klein. Und jetzt ist Schluss. Geh auf dein Zimmer und spiel mit dieser verdammten Katze, die du unbedingt haben wolltest.«

Er funkelte sie böse an und entblößte knurrend die Reißzähne. »Ich bin nicht zu klein. Ich hasse die Katze. Und ich hasse dich.«

Er stürmte davon.

Lilith warf die Hände in die Luft. »Der Junge macht mich wahnsinnig!«

»Wenn du mich fragst, braucht er mal eine ordentliche Tracht Prügel!«

Wütend fuhr Lilith zu Lora herum. »Ich frage dich aber nicht. Ich weiß, was er braucht. Ich bin seine Mutter.«

»*Bien sur.* Du brauchst mich ja nicht so anzufauchen, nur weil er ein verzogenes Gör ist.« Schmollend sank Lora in einen Sessel. Ihr Gesicht war mittlerweile fast völlig verheilt, aber die Narben, die zurückgeblieben waren, brannten wie Gift. »Es ist leicht zu sehen, woher er sein schlechtes Benehmen hat.«

»Vielleicht bist du ja diejenige, die mal eine ordentliche Tracht Prügel braucht«, giftete Lilith.

Da Lora wusste, dass Lilith ihr in ihrer jetzigen Laune Schlimmeres zufügen konnte, zuckte sie nur mit den Schultern. »Ich habe dir doch nicht seit einer Stunde in den Ohren gelegen, oder? Ich habe dich sogar bei Davey unterstützt, und jetzt lässt du es an mir aus. Vielleicht sind wir ja alle ein bisschen überreizt, aber wir beide sollten wenigstens zusammenhalten.«

»Du hast ja Recht, du hast ja Recht.« Lilith fuhr sich mit den Händen durch die Haare. »Ich habe Kopfschmerzen davon bekommen.«

»Er ist so stolz auf sich, weil er draußen einen getötet hat, deshalb testet er seine Grenzen aus.«

»Ich kann ihn nicht herauslassen.«

»Nein, natürlich nicht.« Lora wedelte mit der Hand. »Das hast du absolut richtig gemacht. Wir haben schon zwei Jagdtrupps verloren, und Davey hat da draußen nichts verloren. Ich finde ja nach wie vor, du solltest ihm einmal ordentlich den Hintern versohlen.«

»Ja, wahrscheinlich. Ach, könntest du dafür sorgen, dass der Jagdtrupp ausrückt? Vielleicht haben sie ja heute Nacht mehr Glück und stoßen auf ein paar Menschen. Die Soldaten sind das Schafsblut leid.«

»Oh, und noch etwas«, fügte sie hinzu, als Lora hinausging. »Ich möchte eine Kleinigkeit essen – um mich zu beruhigen. Haben wir noch Kinder übrig?«

»Ich schaue mal nach.«

»Auf jeden Fall etwas Kleines. Ich habe heute Nacht nicht viel Appetit. Man soll es mir auf mein Zimmer bringen, ich brauche Ruhe.«

Als sie alleine war, lief sie wie ein gefangenes Tier im Käfig hin und her. Ihre Nerven waren zum Zerreißen gespannt. Sie musste an so vieles denken und hatte eine so große Verantwortung.

Der Verlust der Truppen war besorgniserregend. Deserteure waren schon immer ein Problem gewesen, aber sie schickte jede Nacht Soldaten aus, um sie aufzuspüren und zu vernichten. Und dass zwei komplette Schwadronen desertiert waren, war einfach nicht möglich.

Ob die Menschen noch mehr Fallen aufgestellt hatten? Sie bereiteten ihr große Probleme – aber sie würden teuer dafür bezahlen müssen, wenn sie mit ihnen fertig wäre.

Niemand verstand, wie schwer die Verantwortung auf ihr lastete. Sie musste Welten vernichten, und sie war umgeben von Narren und Dummköpfen.

Und jetzt benahm sich auch noch ihr Davey, ihr kleiner Liebling, wie ein ungezogenes Balg. Er war aufsässig und wandte sich gegen sie, was sie normalerweise bei niemandem duldete. Sie wusste nicht, ob sie stolz oder wütend sein sollte. Aber er sah so süß aus, wenn er sein Miniaturschwert schwang, dachte sie. Und wie er aus dem Zimmer gestampft war!

Sie ging zur Tür und trat hinaus, damit sie die Nachtkühle auf der Haut spüren konnte. Der arme Junge fühlte sich hier im Haus eingesperrt. Sie auch. Aber bald …

Natürlich, natürlich, was war sie doch für eine schreckliche Mutter! Sie würde hier, in dem geschützten Bereich, eine Jagd für ihn veranstalten. Nur sie beide. Es würde ihren Appetit anregen und ihre Laune heben. Und Davey würde begeistert sein.

Erfreut über die gute Idee, lief sie nach unten.

»Davey? Wo ist mein böser kleiner Junge? Ich habe eine Überraschung für dich.«

Sie öffnete die Tür zu seinem Zimmer. Eine Welle von Gestank schlug ihr entgegen. Überall war Blut, auf dem Fußboden, an den Wänden und auf dem königsblauen Bettüberwurf, den sie ihm hatte machen lassen. Er hatte die Katze in Stücke gerissen. Und es war, wie sie sich erinnerte, eine sehr große Katze gewesen.

Sie seufzte, musste dann aber unwillkürlich lachen. Was für ein temperamentvoller Junge ihr kleiner Liebling doch war.

»Davey, du ungezogener Junge. Komm sofort aus deinem Versteck heraus, sonst überlege ich es mir mit der Überraschung noch.« Sie verdrehte die Augen. Es war wirklich anstrengend, Mutter zu sein. »Ich bin nicht böse auf dich, mein Schatz. Mir geht nur im Moment so viel im Kopf herum, und ich hatte ganz vergessen, dass wir beide auch ein bisschen Spaß haben müssen.«

Suchend blickte sie sich im Zimmer um, konnte ihn jedoch nirgendwo entdecken. Besorgt eilte sie wieder hinaus. Im Flur traf sie auf Lora, die eine Frau an ihrer Halsfessel hinter sich herzerrte.

»Kinder haben wir keine mehr, aber die hier ist klein.«

»Nein, nein, jetzt nicht. Ich kann Davey nicht finden.«

»Ist er nicht in seinem Zimmer?« Lora warf einen Blick hinein. »Ah, er ist einfallsreich. Vielleicht versteckt er sich ja irgendwo, weil du böse mit ihm bist.«

»Ich habe so ein …« Lilith presste sich die Hand auf den Bauch. »So ein komisches Gefühl. Ich möchte, dass er gefunden wird. Sofort.«

Sie stellten eine Suchmannschaft zusammen und durchsuchten das gesamte Herrenhaus, die Außengebäude, den Park und die Felder im geschützten Bereich. Lilith krampfte sich der Magen zusammen, als sie feststellte, dass auch sein Pony nicht da war.

»Er ist weggelaufen. Er ist davongelaufen. Oh, warum habe ich nicht dafür gesorgt, dass er in seinem Zimmer bleibt? Ich muss ihn finden.«

»Warte, warte.« Lora packte Lilith am Arm. »Du darfst den Sicherheitsbereich nicht verlassen.«

»Ich muss ihn aber finden.«

»Wir finden ihn schon. Wir schicken ihm die besten Fährtensucher hinterher. Wir nehmen Midir zu Hilfe. Und ich gehe selbst.«

»Nein.« Lilith rang um Fassung. »Das ist zu gefährlich für dich. Lucian. Hol Lucian. Er soll in Midirs Zimmer kommen. Beeil dich.«

Sie bemühte sich um Selbstbeherrschung. Um zu regieren, war Hitze erforderlich, aber auch Eis. Und die Kälte brauchte sie jetzt, bis der Prinz in Sicherheit war.

»Ich verlasse mich auf dich, Lucian.«

»Mylady, ich finde ihn. Ich verspreche Euch bei meinem Leben, dass ich ihn sicher wieder nach Hause zurückbringe.«

»Ich weiß.« Sie legte ihm die Hand auf die Schulter. »Ich vertraue niemandem mehr als dir. Bring ihn mir wieder, und ich werde dir alles gewähren, was du willst.«

Heftig wandte sie sich an Midir. »Finde ihn! Such den Prinzen in deinem Glas.«

»Ich tue mein Bestes.«

An der Wand hing ein großer, ovaler Spiegel. Man konnte den Zauberer in seinem schwarzen Gewand darin sehen, aber nicht die drei Vampire, die ihn beobachteten.

Rauch wirbelte über das Glas, und in dem Dunst begann sich langsam die Nacht abzuzeichnen. Und in der Dunkelheit sah man den Schatten des Jungen auf einem Pony.

»Oh, da ist er, da ist er!« Lilith schrie auf und ergriff Loras Hand. »Sieh nur, wie gut er reitet, wie gerade er im Sattel sitzt. Wo ist er? Wo in diesem verfluchten Land ist der Prinz?«

»Er reitet hinter dem Jagdtrupp her«, erklärte Lucian. »Auf das Schlachtfeld zu. Ich kenne das Land, Mylady.«

»Dann beeil dich, beeil dich. Ungezogenes Gör«, murmelte sie. »Dieses Mal höre ich auf dich, Lora. Wenn er wieder zu Hause ist, versohle ich ihm den Hintern. Behalt ihn im Auge, Midir. Kannst du ihn oder seine Illusion zu mir schicken?«

»Ihr verlangt viele Zaubereien auf einmal, Majestät.« Mit wallendem Gewand trat er an sein Kohlebecken und hielt die Hände darüber, bis blassgrüner Rauch aufstieg.

»Ich brauche mehr Blut«, sagte er zu ihr.

»Menschenblut vermutlich.«

Seine Augen glitzerten. »Das wäre das Beste, aber das Blut eines Lamms oder eines Zickleins tut es auch.«

»Es geht hier um den Prinzen«, erwiderte Lilith kalt. »Wir

nehmen nur das Beste. Lora, hol die Frau, die zu mir hinaufgebracht werden sollte. Midir kann sie haben.«

Davey ritt rasch durch die Dunkelheit. Er fühlte sich stark und gut. Er würde es ihnen allen zeigen, dass er der größte Krieger aller Zeiten war. Der Prinz des Blutes, dachte er lächelnd. Alle würden sie ihn so nennen müssen, auch seine Mutter.

Sie hatte gesagt, er sei klein, aber das stimmte gar nicht.

Er hatte ursprünglich vorgehabt, dem Jagdtrupp hinterherzureiten und ihnen dann zu befehlen, sich von ihm anführen zu lassen. Niemand würde es wagen, dem Prinz des Blutes den Gehorsam zu verweigern. Und er durfte als Erster töten.

Aber etwas zog ihn in eine andere Richtung, weg von dem Duft seiner eigenen Art. Etwas Starkes und Verführerisches. Er musste nicht bei dem Jagdtrupp bleiben und wie ein kleines Kind hinter ihnen herlaufen. Sie waren doch alle viel geringer als er. Er wollte lieber der Musik folgen, die in seinem Blut summte, und dem Geruch des uralten Todes.

Er ritt jetzt langsam, und Erregung stieg in ihm auf. Da draußen im Dunkeln wartete etwas Wundervolles auf ihn.

Das Schlachtfeld lag im Mondlicht, und die Schönheit ließ ihn erschauern. Und er sah Gestalten dort stehen. Zwei Menschen, dachte er, und ein Drache.

Er würde sie alle nehmen, sie schlachten und aussaugen. Und er würde ihnen die Köpfe abschlagen und sie seiner Mutter vor die Füße legen.

Niemand würde ihn jemals wieder klein nennen.

18

Eine Faust presste Moiras Brust zusammen, und sie bekam nur mit Mühe Luft, als sie neben Cian am Rand des Schlachtfeldes im Tal des Schweigens stand.

»Was fühlst du?«, fragte sie ihn.

»Fass mich besser nicht an. Ich habe das Gefühl, ich werde in zwei verschiedene Richtungen gezogen.«

»Empfindest du Schmerzen?«

»Ja, aber gemischt mit Faszination. Und Durst. Ich kann das Blut im Boden riechen. Ich rieche auch dich und kann deinen Herzschlag hören.«

Und doch waren seine Augen Cians Augen, dachte sie. Sie glühten nicht rot, wie in der Nacht, als er mit Larkin hier gewesen war. »Die Vampire werden hier stärker sein als an jedem anderen Ort. Und es werden wesentlich mehr sein als ihr. Sie werden kämpfen, ohne an ihr eigenes Überleben zu denken.«

»Du glaubst, dass wir verlieren. Dass wir alle hier sterben werden.«

Die Wahrheit, dachte er, war ein besserer Schutz für sie als beschönigende Behauptungen. »Ich glaube, dass unsere Chancen, sie zu besiegen, immer geringer werden.«

»Da magst du Recht haben. Ich erzähle dir, was ich von diesem Ort weiß.«

Sie blickte über die Ebene, die man *Ciunas* nannte. »Vor langer, langer Zeit, vor der Trennung der Welten, als es nur eine einzige Welt gab statt vieler, existierten nur Götter und Dämonen, aber noch keine Menschen. Beide waren stark, kampflustig und gierig, und jeder von ihnen wollte die Herrschaft. Zwar waren die Götter grausam, aber sie jagten und töteten weder ihre eigene Art noch die Dämonen zum Zeitvertreib und als Nahrung.«

»Das war also die Grenze zwischen Gut und Böse?«

»Irgendwo muss es ja eine Grenze geben, selbst wenn sie nur darin besteht. Es herrschte Krieg, schon eine Ewigkeit. In diesem Tal hier fand die letzte Schlacht statt, die blutigste, gewalttätigste und fruchtloseste. Es gab keinen Sieg, nur ein Meer von Blut, das dieses Tal überschwemmte. Mit der Zeit trocknete es ein, und der Boden hier blieb tief von Blut getränkt.«

»Warum hier? Warum in Geall?«

»Ich glaube, das Tal des Schweigens war der Preis für den Jahrhunderte währenden Frieden und Wohlstand, den die Götter für Geall bestimmten. Der Ausgleich sozusagen.«

»Und jetzt ist Zahltag?«

»Ja, Cian. Jetzt lassen die Götter die Menschen mit den Dämonen kämpfen, die ja auch einmal Menschen waren. Die Vampire sollen gegen ihren Ursprung und ihre Beute kämpfen. Wenn wir nicht siegen, gehen alle unter. Aber Lilith begreift nicht, was passiert, wenn sie die Schlacht gewinnt.«

»Meine Art geht unter.« Er nickte. Zu dieser Schlussfolgerung war er auch schon gekommen. »Im Chaos gedeiht nichts.«

Moira schwieg einen Moment lang. »Du bist jetzt ruhiger, weil du nachdenkst.«

Cian lachte. »Ja, du hast Recht. Aber es ist trotzdem der letzte Ort in der Welt, an dem ich ein Picknick veranstalten würde.«

»Nach Samhain machen wir ein Mondschein-Picknick. Larkin und ich haben hier einen Lieblingsplatz. Er ist …«

Cian packte ihr Handgelenk. »Schscht. Da ist etwas …«

Schweigend zog Moira einen Pfeil aus dem Köcher.

Im Schatten grinste Davey und zog sein kostbares Schwert. Jetzt würde er kämpfen wie ein Prinz. Er würde schlagen und beißen.

Und trinken, trinken, trinken.

Er beugte sich im Sattel vor und wollte gerade einen Kriegsschrei ausstoßen, als Lilith vor ihm auftauchte.

»Davey! Du drehst sofort um und kommst nach Hause!«

Der Junge zog eine Schnute. »Ich jage gerade!«

»Du jagst nur dann, wenn ich es dir erlaube. Ich habe keine Zeit für diesen Unsinn. Ich muss mich um den Krieg kümmern!«

Davey verzog eigensinnig das Gesicht. Seine Augen glühten in der Dunkelheit. »Ich will aber kämpfen. Ich werde die Menschen töten, und dann kannst du mich nicht mehr wie ein Baby behandeln.«

»Ich habe dich gemacht, und ich kann dich auch wieder vernichten. Du tust jetzt sofort, was ich … was für Menschen?«

Er zeigte mit seinem Schwert darauf. Lilith drehte sich um und bekam es wirklich mit der Angst zu tun. Sie versuchte, ihm in die Zügel zu greifen, aber ihre Hand glitt natürlich durch den Hals des Ponys.

»Hör mir zu, Davey. Nur einer davon ist ein Mensch. Der Mann ist Cian. Er ist sehr mächtig, sehr stark und sehr alt. Du musst weglaufen. Lass das Pony rennen, so schnell es kann. Du solltest jetzt gar nicht hier sein. Wir sollten jetzt nicht hier sein.«

»Ich habe Hunger.« Er verdrehte die Augen, und seine Zunge glitt über Reißzähne und Lippen. »Ich will den Alten töten und die Frau trinken. Sie gehören mir, mir. Ich bin der Prinz des Blutes.«

»Davey, nein!«

Aber er trieb sein Pony an, und es machte einen Satz vorwärts.

Es ging alles so schnell, dachte Moira. Cians Schwert blitzte auf, als er es aus der Scheide zog. Der Reiter flog aus der Dunkelheit heran, und ihr Pfeil war bereit.

Dann sah sie, dass es ein Kind war, ein kleiner Junge auf einem stämmigen Pony. Ihr Herz machte einen Satz, und ihr ganzer Körper zuckte. Ihr Pfeil flog weit am Ziel vorbei.

Das Kind schrie, heulte und knurrte. Ein Wolfsjunges auf der Jagd.

Hinter dem Pony flog Lilith, ein Dämon in Smaragdgrün und Gold, mit gefletschten Zähnen und Händen wie Klauen.

Moiras zweiter Pfeil glitt durch ihr Herz hindurch in die Luft.

»Sie ist nicht real!«, schrie Cian. »Aber er. Nimm den Drachen und verschwinde.«

Sie griff nach einem dritten Pfeil, aber Cian schob sie beiseite und sprang selbst über das Pony hinweg, das auf sie zukam.

Ein kleiner Junge, dachte Moira. Ein kleiner Junge mit glühend roten Augen und spitzen Reißzähnen. Er schwenkte ein kurzes Schwert. Liliths Schreie drangen wie Eiszapfen in Moiras Kopf, als der Junge vom Pony heruntersprang und zu Boden fiel. Sie sah, dass er blutete, wo die Felsen ihm Arme und Knie aufgeschürft hatten, und er weinte auch wie ein kleiner Junge, der sich wehgetan hatte.

Alles in ihr wollte abwehren, als Cian auf ihn losging. Lilith versuchte vergeblich, ihn aufzuhalten. Moira senkte den Bogen.

Wie eine Furie schoss ein zweiter Reiter aus der Dunkelheit heran. Es war kein Junge, sondern ein bewaffneter Krieger, der bereits sein Breitschwert schwang.

Cian wirbelte herum und wehrte den Schlag ab.

Die Schwerter klirrten, und ihr tödlicher Klang hallte

durch das Tal. Cian sprang hoch und warf den Reiter mit einem gezielten Fußtritt vom Pferd.

Moira, die ihr Ziel nicht klar treffen konnte, warf den Bogen weg und zog ebenfalls ihr Schwert. Bevor sie jedoch Cian zu Hilfe eilen konnte, richtete sich der Junge auf alle viere auf. Er hob den Kopf und starrte sie aus seinen rot glühenden Augen an.

»Nicht.« Moira wich einen Schritt zurück, als Davey sich anschickte, zu springen. »Ich will dir nicht wehtun.«

»Ich reiße dir die Kehle auf.« Zähnefletschend umkreiste er sie. »Und trinke und trinke. Du musst wegrennen. Ich mag es am liebsten, wenn sie versuchen, wegzulaufen.«

»Ich werde nicht weglaufen. Aber du solltest es besser.«

»Davey, lauf! Lauf weg!«

Sein Kopf fuhr zu Lilith herum. Er knurrte wie ein tollwütiger Hund. »Ich will spielen. Verstecken. Du bist dran.«

»Ich spiele nicht mit.« Moira bewegte sich mit ihm im Kreis und versuchte, ihn mit Schwerthieben zurückzudrängen.

Beim Sturz vom Pferd hatte er sein Schwert verloren, aber Moira sagte sich, dass sie ihres benutzen würde, wenn er sie ansprang. Er war trotzdem nicht unbewaffnet: Seine Reißzähne waren scharf und spitz.

Sie wirbelte herum und trat ihm in den Bauch, um ihn abzuwehren, Liliths Gestalt schwebte über ihm. Sie zischte: »Dafür töte ich dich. Aber vorher ziehe ich dir die Haut ab. Lucian!«

Lucian schlug auf Cian ein. Sie waren beide blutbeschmiert, und ihre Augen leuchteten rot. Sie sprangen einander an und prallten mitten in der Luft heftig aufeinander.

»Lauf weg, Davey!«, schrie Lucian. »Lauf weg!«

Davey zögerte, und ein Ausdruck trat in sein Gesicht, hinter dem Moira für einen Moment das Kind, das er einmal gewesen war, zu erkennen glaubte. Angst, Unschuld und Verwirrung. Und dann rannte er los wie ein Kind, humpelnd, weil er sich das Knie aufgeschlagen hatte. Mit wachsender Geschwindigkeit schoss er auf die klirrenden Schwerter zu.

Moira ließ ihr Schwert fallen und hob ihren Bogen auf. Einen Moment zu spät jedoch, denn Davey war Cian schon auf den Rücken gesprungen und biss zu. Wenn sie jetzt schoss, konnte der Pfeil auch Cians Herz durchbohren.

Cian schlug einmal kurz nach hinten aus, und der Junge flog durch die Luft. Als er hart aufschlug, drückte er sich die Fäuste in die Augen und schrie nach seiner Mutter.

Wieder rief Lilith: »Lucian, der Prinz! Hilf dem Prinzen!«

Seine Loyalität und seine treuen Dienste kamen ihn teuer zu stehen. Für den Bruchteil einer Sekunde blickte er zu Lilith, und Cian schlug ihm mit einem einzigen Schwerthieb den Kopf ab.

Davey rappelte sich auf. Auf seinem Gesicht breitete sich wilde Panik aus.

»Schieß«, rief Cian, als der Junge begann wegzulaufen. »Schieß.«

Wilde Schreie, wildes Weinen hallten durch die Luft. Die Gestalt eines Kindes, das auf blutenden, müden Beinchen lief. Lilith, der Angst und Entsetzen ins Gesicht geschrieben standen, stellte sich zwischen ihren Sohn und Moira, die Arme flehend ausgebreitet.

Moira blickte ihr genau in die Augen. Und unter Tränen schoss sie den Pfeil ab.

Der Aufschrei war grauenhaft menschlich. Der Pfeil flog durch Lilith hindurch genau in das Herz desjenigen, was einmal ein kleiner Junge gewesen war, der mit seinem Vater in der warmen Brandung gespielt hatte.

Dann stand Moira allein mit Cian am Rand eines Tals, das vor Blutdurst summte.

Cian bückte sich und ergriff die Schwerter. »Wir müssen weg hier, sofort. Sie wird schon weitere Truppen losgeschickt haben.«

»Sie hat ihn geliebt.« Ihre eigene Stimme klang Moira fremd und dünn in den Ohren. »Sie hat das Kind geliebt.«

»Nicht nur Menschen empfinden Liebe. Wir müssen gehen.«

Benommen versuchte sie, ihre Aufmerksamkeit Cian zuzuwenden. »Du bist verletzt.«

»Und ich habe nicht vor, hier noch mehr Blut zu verlieren. Steig auf.«

Sie nickte und hob ebenfalls ihre Waffen auf, bevor sie auf den Drachen stieg. »Sie hat ihn getötet«, murmelte Moira, als Cian hinter ihr auf den Rücken des Drachens sprang. »Aber sie liebte ihn.«

Weiter sagte sie nichts, als sie zurückflogen.

Glenna übernahm sofort das Kommando, als sie ins Haus kamen, und scheuchte sie ins Wohnzimmer, um erste Hilfe zu leisten.

»Ich bin nicht verletzt«, erklärte Moira, setzte sich aber doch. »Ich bin nicht angefasst worden.«

»Bleib einfach sitzen.« Glenna machte sich bereits an Cians Hemdknöpfen zu schaffen. »Runter mit dem Hemd, mein Schöner, damit ich mir den Schaden ansehen kann.«

»Ein paar Kratzer, ein paar Bisse.« Er zuckte zusammen, als Glenna ihm aus dem Hemd half. »Er konnte gut mit dem Schwert umgehen und war schnell auf den Füßen.«

»Ich würde sagen, du warst besser und schneller.« Blair reichte ihm einen Becher Whiskey. »Du hast einen bösen Biss hinten an der Schulter, Kumpel. Hat dieser Typ etwa wie ein Mädchen gekämpft?«

»Nein, das war der Junge«, sagte Moira, bevor Cian antworten konnte. Sie lehnte den Whiskey ab, den Blair ihr anbot. »Liliths Junge, den sie Davey nennt. Er kam auf einem kleinen Pony angeritten und schwenkte ein Schwert, das nicht größer war als ein Spielzeug.«

»Es war kein Junge«, warf Cian ein.

»Nein, das weiß ich.« Moira schloss die Augen.

»Das hat ein Kindervampir gemacht?«, fragte Blair.

»Nein.« Cian blickte sie verärgert an. »Für was hältst du mich? Lilith hatte einen Soldaten – einen erfahrenen, gut trainierten Soldaten – hinter dem Welpen hergeschickt, und abgesehen von dem Biss war er es, der mich so zugerichtet hat.«

»Wie soll ich einen Vampirbiss bei einem Vampir behandeln?«, fragte Glenna.

»Wie jede andere Wunde. Das Weihwasser kannst du dir mit Sicherheit sparen. Der Biss wird genauso schnell heilen wie alles andere.«

»Es war dumm und riskant, nachts dorthin zu gehen«, sagte Hoyt.

»Es war nötig«, gab Cian zurück. »Für mich jedenfalls. Und ich weiß jetzt zumindest, dass mich auch an diesem Ort nichts davon abhält, einen anderen Vampir zu Staub zu machen. Moira.« Cian wartete, bis sie wieder die Augen öffnete und ihn anblickte. »Es musste sein. Möglicherweise hat sie hinter diesem Lucian noch andere losgeschickt. Wenn ich dem Kind nachgelaufen wäre, hätte ich dich alleine lassen müssen. Er war trotz seiner geringen Größe ein Feind.«

»Das weiß ich«, erwiderte sie. »Er hat Tynan umgebracht und versucht, Larkin zu töten. Und er hätte heute Nacht auch versucht, uns beide zu töten. Aber trotzdem, ich habe einen Moment lang sein wahres Gesicht gesehen. Er war so klein und süß. Und ich habe Liliths Gesicht gesehen, und es war das Gesicht einer Mutter, die außer sich war vor Angst um ihr Kind. Nichts, was jetzt noch kommt, kann schlimmer sein. Aber ich kann damit leben.«

Sie stieß zitternd die Luft aus.

»Ich glaube, ich brauche jetzt doch einen Whiskey. Wenn ihr nichts dagegen habt, nehme ich ihn mit nach oben. Ich bin müde.«

Cian wartete, bis Moira aus dem Zimmer gegangen war. »Lilith wird sie angreifen. Sie kann zwar nicht körperlich ins Haus eindringen, aber sie wird in ihre Träume kommen.«

Hoyt erhob sich. »Ich kümmere mich darum. Der Schutz, den wir haben, müsste eigentlich stark genug sein.«

»Sie will mich jetzt bestimmt nicht sehen«, murmelte Larkin. »Keinen von uns«, fügte er mit einem ruhigen Blick auf Cian hinzu. »Sie muss einfach eine Weile allein sein. Und dann kommt sie schon damit klar.«

Er setzte sich gegenüber von Cian. »Hast du eben gesagt, der, mit dem du gekämpft hast, hieß Lucian?«

»Ja, das stimmt.«

»Das war der, mit dem ich in den Höhlen aneinandergeraten bin. Der Junge war auch dabei. Ich glaube, du hast einen von Liliths besten Männern erwischt. Eine Art General. Dank dir und Moira ist das heute eine harte Nacht für Lilith.«

»Sie wird sich dafür rächen wollen. Wir haben zerstört, was ihr am nächsten stand, und sie wird blutige Rache üben wollen.«

»Lass sie nur kommen«, sagte Blair.

Sie hätte sich am liebsten auf der Stelle gerächt, so wahnsinnig waren ihre Wut und ihre Trauer. Sechs Wachen und Midirs Magie mussten sie festhalten, während Lora ihr mit Beruhigungsmitteln versetztes Blut einflößte.

»Ich töte euch alle! Jeden Einzelnen von euch! Nehmt die Hände weg, sonst hacke ich sie euch ab und werfe sie den Wölfen zum Fraß vor!«

»Haltet sie fest!«, befahl Lora und flößte Lilith gewaltsam noch mehr Blut ein. »Du kannst heute Nacht nicht zu ihrem Stützpunkt gehen und sie angreifen. All deine Pläne und Strategien wären zunichte gemacht.«

»Es ist sowieso alles verloren. Sie hat ihm einen Pfeil durchs Herz geschossen.« Lilith fletschte die Zähne und biss einem der Vampire in die Hand. Ihre eigenen Schreie mischten sich mit denen des Verletzten.

»Wenn ihr sie loslasst, nehme ich euch mehr als nur die Hand«, warnte Lora. »Du kannst nichts mehr für ihn tun, meine Liebste.«

»Es ist ein Traum. Es ist nur ein Traum.« Blutige Tränen rannen Lilith übers Gesicht. »Er kann nicht weg sein.«

»Komm, komm.« Lora gab den anderen ein Zeichen, sich zurückzuziehen, und nahm Lilith in die Arme. »Jetzt geht! Verschwindet! Hinaus!«

Sie setzte sich mit Lilith auf den Fußboden und wiegte sie in ihren Armen.

»Er war mein Kostbarstes«, schluchzte Lilith.

»Ich weiß, ich weiß. Meins auch.«

»Ich will, dass das Pony gefunden wird. Es soll geschlachtet werden.«

»Ja, wie du willst. Jetzt komm.«

»Er wollte doch nur spielen.« Trost suchend lehnte sie den Kopf an Loras Schulter. »In ein paar Tagen hätte ich ihm jeden Wunsch erfüllen können. Und jetzt … ich schäle ihr die Haut von den Knochen und gieße ihr Blut in eine silberne Wanne. Ich werde darin baden, Lora. Ich schwöre es.«

»Wir baden gemeinsam darin, während wir von diesem Abtrünnigen, der Lucian getötet hat, trinken.«

»Lucian, Lucian.« Die Tränen liefen schneller. »Er hat bei dem Versuch, Davey zu retten, seine Ewigkeit gegeben. Wir errichten ihm eine Statue, beiden. Wir zermahlen die Knochen der Menschen und bauen die Statuen aus ihrem Staub.«

»Das würde ihnen bestimmt gefallen. Komm jetzt mit mir. Du musst dich hinlegen.«

»Ich fühle mich so schwach und so müde.« Mit Loras Hilfe erhob sie sich. »Lass alle Menschen, die wir noch im Vorrat haben, hinrichten und aussaugen. Nein, nein, sie sollen zuerst gefoltert werden. Langsam. Ich will im Schlaf ihre Schreie hören.«

Moira träumte nicht. Sie fiel einfach ins Leere. Als sie langsam wieder erwachte, dachte sie, dass sie diese friedvollen Stunden wahrscheinlich Hoyt zu verdanken hatte. Stunden des Friedens, in denen sie nicht das Gesicht eines Kindes gesehen hatte, das zu einem Monster wurde.

Jetzt wartete Arbeit auf sie. Es waren nur noch ein paar Tage bis zur Schlacht. Die Vampirkönigin mochte ja trauern, aber die Königin von Geall würde die notwendigen Schritte tun.

Sie setzte sich auf. Im Sessel neben dem Kamin saß Cian. »Der Morgen ist noch lange nicht angebrochen«, sagte er. »Du kannst ruhig noch weiterschlafen.«

»Nein, ich habe genug geschlafen. Wie lange sitzt du schon hier?«

»Ich achte nicht auf die Zeit.« Sie hatte geschlafen wie eine Tote, dachte er. Und er hatte zwar nicht auf die Zeit geachtet, aber auf ihren Herzschlag.

»Was machen deine Wunden?«

»Sie heilen.«

»Wenn ich nicht so schwach gewesen wäre, hättest du nicht so viele Verletzungen davongetragen. Es wird nicht wieder vorkommen.«

»Ich habe dir doch gesagt, du solltest gehen. Traust du mir nicht zu, mit zwei Vampiren fertig zu werden, vor allem wenn einer davon nur halb so groß ist wie ich?«

Moira lehnte sich zurück. »Clever von dir, das jetzt so zu

drehen. Du tust so, als ginge es gar nicht um meinen Mangel an Rückgrat.«

»Wenn du weniger Rückgrat und mehr Verstand hättest, wärst du gegangen, als ich es dir gesagt habe.«

»Quatsch. Die Zeit, wegzulaufen, ist schon lange vorbei, und ich hätte dich nie allein gelassen. Ich liebe dich. Ich hätte ihn sofort mit dem Schwert erledigen sollen. Stattdessen habe ich die ganze Zeit versucht, ihn zu dir zu treiben, damit nicht ich ihn vernichten musste. Dieser Augenblick der Schwäche hätte uns beide teuer zu stehen kommen können. Glaub mir, ich habe es jetzt endgültig begriffen.«

»Und dieses unangebrachte Schuldgefühl?«

»Das bleibt vielleicht noch ein bisschen länger, aber das macht nichts. Wir haben nur noch zwei Tage Zeit. Zwei Tage.« Sie blickte zum Fenster. »Es ist ganz still. Diese Zeit vor der Morgendämmerung ist immer so still. Sie hat einen kleinen Jungen getötet, und sie hat ihn geliebt.«

»Ja, aber deswegen sind sie trotzdem Monster.«

»Zwei Tage«, wiederholte sie flüsternd. Etwas in ihr starb bereits. »Wenn die Schlacht vorüber ist und ganz gleich, ob wir siegen oder nicht, wirst du durch den Tanzplatz wieder zurückgehen. Ich werde dich nie wiedersehen, dich nie mehr berühren, nie mehr aufwachen und feststellen, dass du in der Dunkelheit über mich gewacht hast, während ich schlief.«

»Ja, ich werde gehen«, sagte Cian nur.

»Kommst du zu mir und hältst mich, bevor die Sonne aufgeht?«

Er erhob sich und trat an ihr Bett. Dort setzte er sich neben sie und zog sie an sich, sodass ihr Kopf an seiner Schulter lag.

»Sag mir, dass du mich liebst.«

»So wie ich noch nie jemanden geliebt habe.« Er küsste sie.

»Berühr mich.« Sie drängte sich an ihn. »Nimm mich.«

Was hatte er schon für eine Wahl? Sie schürte sein Verlangen, bis er lichterloh in Flammen stand. Er drückte seine Lippen auf ihre Brust.

»Nimm mehr. Mehr.«

Keuchend zerrte sie an seinen Kleidern, bedeckte sein Gesicht mit Küssen. Alles in ihr schmerzte vor heißem Verlangen nach Liebe, nach *Leben.*

Wenn sie in der Schlacht sterben sollte, dann würde sie es akzeptieren. Aber wie sollte sie Tag für Tag, Nacht für Nacht ohne ihr Herz leben?

Sie bestieg ihn, und ihre Haare fielen nach vor, als sie sich zu ihm beugte, ihm in die Augen blickte und forderte: »Liebe mich.«

»Ja.«

Er umfasste ihre Hüften, während sie ihn dem Höhepunkt entgegentrieb.

»Berühr mich. Schmeck mich. Nimm mich.« Mit einem Aufschrei drückte sie ihren Hals an seinen Mund. »Verwandle mich.«

Er konnte die Flut nicht mehr aufhalten, und sie zitterten beide, als der Orgasmus sie überwältigte. Und dabei rieb sie die ganze Zeit ihre pochende Halsschlagader an seinen Lippen.

»Mach mich zu dem, was du bist. Lass mich mit dir eine Ewigkeit erleben.«

»Hör auf.« Er schob sie so heftig zur Seite, dass sie fast zu Boden gefallen wäre. »Willst du mich benutzen?«

»Ja.« In ihr brannten Tränen. »Alles will ich benutzen. Warum sollten wir uns gefunden haben, um uns gleich wieder zu verlieren? Zwei Tage, es sind nur noch zwei Tage. Ich will mehr.«

»Es gibt nicht mehr.«

»Es könnte aber so sein. Lilith liebte, was sie geschaffen hatte, ich habe es gesehen. Du liebst mich jetzt, und ich liebe dich. Wenn du mich verwandelst, würde die Liebe nicht aufhören.«

»Du weißt nichts davon.«

»Doch.« Sie packte ihn am Arm. »Ich habe alles darüber gelesen. Wir können doch nicht einfach auseinandergehen. Warum sollte ich denn eher auf dem Schlachtfeld als von deiner Hand sterben? Wenn du mich verwandelst, ist es kein echter Tod.«

Cian riss sich los. Seufzend umfasste er ihr Gesicht. »Nicht um alles in der Welt ...«

»Wenn du mich liebtest ...«

»Dieser Satz ist ein armseliger weiblicher Trick. Er ist deiner nicht wert. Wenn ich dich weniger liebte, würde ich vielleicht genau das tun, was du von mir verlangst. Das habe ich früher schon gemacht.«

Er trat ans Fenster.

Der Morgen graute, aber er brauchte die Vorhänge nicht zuzuziehen, es regnete.

»Vor langer Zeit bedeutete mir einmal eine Frau etwas. Und sie liebte mich beziehungsweise den, für den sie mich hielt. Ich verwandelte sie, weil ich sie behalten wollte.« Er drehte sich um. Moira kniete auf dem Bett und weinte leise. »Sie war schön, amüsant und intelligent. Ich glaubte, wir würden ein interessantes Paar abgeben. Und das waren wir auch fast zehn Jahre lang, bis sie in eine gut gezielte Fackel hineinlief.«

»Bei uns wäre es nicht so.«

»Sie tötete doppelt so gerne wie ich. Am liebsten mochte sie Kinder. Auch nach der Verwandlung war sie noch schön, amüsant und intelligent, nur dass sie diese Eigenschaften dazu nutzte, Kleinkinder zu bezaubern.«

»Ich könnte nie ...«

»Doch, du könntest«, erwiderte er gepresst. »Und du würdest es wahrscheinlich auch. Ich will nicht das hellste

Licht meines Lebens in ein Monster verwandeln. Nein, ich möchte nicht, dass du so wirst wie ich.«

»Ich sehe kein Monster, wenn ich dich anschaue.«

»Wenn ich das täte, worum du mich bittest, dann wäre ich wieder eines. Nicht nur du würdest verwandelt, Moira. Willst du mich von Neuem verdammen?«

Sie schlug sich die Hände vors Gesicht. »Nein. Nein. Aber dann bleib doch wenigstens.« Sie ließ die Hände sinken. »Bleib einfach bei mir. Oder nimm mich mit dir. Wenn Geall erst einmal wieder in Sicherheit ist, kann ich es meinem Onkel …«

»Und dann? Willst du mit mir in den Schatten leben? Ich kann dir keine Kinder schenken. Ich kann dir kein wirkliches Leben bieten. Wie wirst du dich in zehn, in zwanzig Jahren fühlen, wenn du alterst und ich nicht? Wenn du in den Spiegel schaust und dich so siehst, wie du mich nie sehen wirst? Wir haben uns diese Wochen bereits gestohlen. Du wirst dich damit begnügen müssen.«

»Kannst du es denn?«

»Es ist mehr, als ich jemals gehabt habe. Ich kann kein Mensch mehr sein, Moira, noch nicht einmal für dich. Aber ich kann Schmerz empfinden, und du tust mir jetzt weh.«

»Es tut mir leid, es tut mir leid, ich habe das Gefühl, als ob mich eine riesige Faust zusammendrückt. Ich hatte nicht das Recht, dich darum zu bitten, das weiß ich. Ich wusste eigentlich auch vorhin schon, dass es egoistisch und falsch war. Und schwach«, fügte sie hinzu, »obwohl ich doch eigentlich geschworen hatte, nie wieder schwach zu sein. Ich weiß, dass es nicht sein kann. Was ich jedoch nicht weiß, ist, ob du mir verzeihen kannst.«

Er trat wieder an ihr Bett und setzte sich. »Die Frau, die ich verwandelte, wusste bis zu jenem Moment nicht, dass ich ein Vampir bin. Wenn sie es gewusst hätte, wäre sie schreiend weggerannt. Du weißt, was ich bin. Du hast mich darum gebeten, weil du ein Mensch bist. Wenn ich dich nicht um Verzeihung bitten muss, weil ich ein Vampir bin, brauchst du mich auch nicht um Verzeihung zu bitten, weil du ein Mensch bist.«

19

Fast den ganzen Tag über half Moira Glenna dabei, Feuerbälle zu formen und mit einem Zauber zu versehen. Alle zwei Stunden wurden die neu geschaffenen Bomben aus dem Turm abgeholt und ins Waffenlager geschafft.

»Ich hätte nie geglaubt, dass ich das einmal sagen würde«, erklärte Moira, nachdem sie vier Stunden durchgearbeitet hatten, »aber Magie kann langweilig sein.«

»Hoyt würde sagen, dass das hier schon an Wissenschaft grenzt.« Glenna wischte sich mit dem Arm über das verschwitzte Gesicht. »Sicher, beides kann sterbenslangweilig sein. Aber wir brauchen viel weniger Zeit, weil du mir hilfst. Hoyt brütet mit Cian über strategischen Fragen und Landkarten.«

»Das ist wahrscheinlich noch langweiliger.«

»Bestimmt.«

Glenna widmete sich wieder den gehärteten Lehmkugeln. Sie breitete die Hände darüber aus und sprach ihre Zauberformeln. Moira sah ihr an, dass die ständige Ausübung der Macht ihren Tribut forderte.

Die Schatten unter Glennas grünen Augen wurden von Tag zu Tag tiefer. Und ihr Gesicht wurde immer blasser.

»Du solltest mal eine Pause machen«, sagte Moira, als Glenna mit einer Reihe fertig war. »Geh ein bisschen an die frische Luft und iss einen Happen.«

»Ich will diese hier noch fertig machen, aber ich muss erst

mal durchatmen. Es stinkt nach Schwefel hier drinnen.« Sie trat ans Fenster und lehnte sich hinaus, um die kühle, frische Luft einzuatmen. »Oh, das ist ein Anblick! Moira, komm her und schau dir das an. Die Drachen kreisen über der Zeltstadt.«

Moira trat neben sie und beobachtete die Szene, die sich ihnen bot. Auf den meisten Drachen saßen Reiter, die ihnen Wendungen und Drehungen beibrachten.

Sie lernten schnell, dachte Moira, und außerdem waren sie ein farbenprächtiger Anblick am wolkenverhangenen Himmel.

»Du würdest das jetzt sicher am liebsten zeichnen oder wenigstens eine Skizze machen, oder?«

»Ich werde in den nächsten zehn Jahren nichts anderes tun, als das zu zeichnen, was ich in den letzten Monaten gesehen habe.«

»Ich werde dich schrecklich vermissen, wenn die Schlacht vorüber ist und du nicht mehr hier bist.«

Verständnisvoll legte Glenna Moira den Arm um die Schultern und drückte ihr einen Kuss in die Haare. »Du weißt doch, wenn es einen Weg gibt, um dich zu besuchen, werden wir auch kommen. Wir haben den Schlüssel, wir haben das Portal, und was wir hier getan haben, sollte uns den Segen der Götter sichern.«

»Ja, bestimmt. So schrecklich die letzten Monate waren, sie haben mir so viel gegeben. Dich und Hoyt und Blair. Und …«

»Cian.«

Moira wandte den Blick nicht von den Drachen ab. »Er wird mich nicht mehr besuchen kommen, ob mit oder ohne Segen der Götter.«

»Das weiß ich nicht.«

»Doch. Selbst wenn es ihm möglich wäre, wird er nicht mehr kommen.« Kleine Tode, dachte Moira, jeden Tag, jede Stunde. »Ich wusste es schon die ganze Zeit. Dass ich es gerne anders hätte, ändert nichts daran. Das gehörte zu den Dingen, die Morrigan mir über die Zeit des Wissens gesagt hat. Ich soll meinen Kopf und mein Herz benutzen. Mein Kopf und mein Herz wissen, dass wir nicht zusammen sein können. Wenn wir es versuchten, würde es uns beide zerstören. Ich habe versucht, das zu leugnen, und habe mich dadurch ins Unrecht gesetzt. Und ihm habe ich wehgetan.«

»Wie?«

Bevor Moira antworten konnte, trat Blair ein. »Was ist los? Eine Gespräch unter Mädchen? Was ist das Thema? Mode, Essen oder Männer? Oh, oh«, fügte sie hinzu, als sie die Gesichter der Freundinnen sah, »es muss sich wohl um Männer handeln, und anscheinend habt ihr keine Schokolade zur Hand. Hört mal, ich lasse euch gleich wieder in Ruhe. Ich wollte euch nur schnell sagen, dass die letzten Truppen eben gesichtet worden sind. Sie werden innerhalb einer Stunde hier sein.«

»Das sind ja gute Neuigkeiten. Aber bleib doch noch einen Moment. Du sollst auch hören, was ich gerade gestehen wollte. Schließlich seid ihr beide die besten Freundinnen, die ich je gehabt habe und je haben werde.«

»Deine Stimme klingt so ernst, Moira. Was hast du gemacht? Wolltest du zu Lilith überlaufen?«

»Gar nicht so weit davon entfernt. Ich habe Cian gebeten, mich zu verwandeln.«

Blair trat einen Schritt näher. »Ich sehe gar keine Bisswunden an deinem Hals.«

»Warum seid ihr denn nicht wütend oder zumindest überrascht?«

»Ich glaube«, sagte Glenna langsam, »ich hätte an deiner Stelle vielleicht nicht anders gehandelt. Zumindest hätte ich den Wunsch gehabt. Wenn die Schlacht vorüber ist, gehen

Blair und ich mit unseren Männern weg. Du kannst das nicht. Sollen wir dich dafür verurteilen, dass du einen Weg suchst, um das zu ändern?«

»Ich weiß nicht. Es wäre vielleicht einfacher für mich. Ich habe seine Gefühle für mich als Waffen benutzt. Ich habe ihn angebettelt, er solle mich beißen, als wir intim miteinander waren.«

»Ja, klar, das war unter der Gürtellinie«, erklärte Blair. »Aber ich hätte ebenfalls diesen Zeitpunkt gewählt. Er hat es abgelehnt, und daran kann man ohne jeden Zweifel erkennen, wie viel du ihm bedeutest. Das ist doch auch schon was. Dann weiß du wenigstens, es geht ihm genauso schlecht wie dir, wenn ihr euch nicht mehr seht.«

Moira lachte überrascht auf. »Meinst du das ernst?«

»Na ja, ich wollte die Stimmung ein wenig auflockern, aber letztendlich stimmt es doch, oder?«

»Ach, na ja, vielleicht habe ich ja ein bisschen Glück und sterbe morgen Nacht in der Schlacht. Dann bin ich wenigstens hinterher nicht elend und allein.«

»Genau, positives Denken. Das ist der Schlüssel!« Blair umarmte sie. Hinter Moiras Rücken jedoch wechselte sie einen besorgten Blick mit Glenna.

Auch für die letzten Truppen war es wichtig, von ihrer Königin willkommen geheißen zu werden. Daher ging Moira in der Dämmerung zwischen den Zelten umher und sprach mit so vielen Soldaten wie möglich. Sie war gekleidet wie eine Kriegerin. Der Umhang wurde mit einer einfachen Brosche zusammengehalten, und an der Seite trug sie das Schwert von Geall.

Es war schon längst dunkel, als sie zum Haus zurückkehrte. Dort fand die letzte Strategiesitzung mit ihrem Zirkel statt.

Die anderen saßen bereits an dem langen Tisch, nur Larkin stand abseits und blickte finster ins Feuer. Das war etwas Neues, dachte sie.

Sie legte ihren Umhang ab und blickte die anderen an. »Warum macht Larkin so ein besorgtes Gesicht?«

»Setz dich«, erwiderte Glenna. »Hoyt und ich haben euch etwas zu sagen. Wenn es funktioniert«, fuhr sie fort, »Würden wir die Schlacht gewinnen.«

Während Moira zuhörte, zog sich ihr der Magen zusammen. So viele Risiken, dachte sie, so viele Unwägbarkeiten, und so viele Möglichkeiten, zu scheitern. Vor allem für Cian.

Aber als sie ihm in die Augen blickte, sah sie, dass er seine Entscheidung bereits getroffen hatte.

»Die Hauptlast liegt bei dir«, sagte sie zu ihm. »Der Zeitpunkt … wenn er nur geringfügig abweicht …«

»Wir alle sind daran beteiligt. Wir alle wussten von Anfang an, welches Risiko wir auf uns nehmen.«

»Keiner von uns sollte mehr riskieren als die anderen«, unterbrach ihn Larkin. »Möglicherweise opfern wir dabei einen von uns, ohne dass es nötig ist …«

»Glaubst du, das fällt mir leicht?«, sagte Hoyt ruhig. »Ich habe meinen Bruder schon einmal verloren, und dann habe ich ihn wiedergefunden. Und wenn ich das jetzt tue, könnte ich ihn erneut verlieren.«

»Anscheinend hat hier niemand Vertrauen in meine Fähigkeiten.« Auf dem Tisch stand ein Krug, in den Cian sich Ale einschenkte. »Es interessiert anscheinend niemanden, dass ich über neunhundert Jahre überlebt habe.«

»Doch, ich würde dich sofort einstellen.« Blair hob ihren Becher. »Ja, natürlich ist es riskant, aber wenn es funktioniert, dann ist es großartig. Ich denke, du schaffst es.« Sie stieß mit Cian an. »Also, meine Stimme hast du.«

»Ich bin kein Stratege«, begann Moira. »Und meine Magie ist nur begrenzt. Aber du kannst das?«, fragte sie Hoyt.

»Ich glaube, dass es funktionieren würde.« Er griff nach Glennas Hand.

»Es ist uns eigentlich nur eingefallen, weil du auf Schloss Geall etwas über Symbole gesagt hast«, meinte Glenna. »Und wir benutzen geallische Symbole. Es müsste ein starker Zauber sein, und trotz des Blutes, das man dazu braucht, ist er rein.«

»Außerdem glaube ich, dass wir mehr wahre Macht haben als Midir.« Hoyt blickte sie an. »Gemeinsam werden wir ihn und die Vampire vernichten.«

Moira wandte sich an Cian. »Und wenn du erst später kämst? Wenn alles vorbereitet ist, könnten wir dir doch ein Signal geben …«

»Es ist wesentlich, dass Liliths Blut auf dem Schlachtfeld vergossen wird. Sie muss von einem von uns sechs verwundet werden. Und sie gehört mir«, erwiderte Cian. »Ob ich es überstehe oder nicht, sie gehört mir. Für King.«

Für King, dachte Moira. Und auch für ihn selbst. Auch er war einmal unschuldig gewesen. Auch er war einmal ein Opfer gewesen, und sein Leben war ihm genommen worden. Sie hatte sein Blut vergossen und ihn mit ihrem genährt. Und jetzt war diese Verbindung vielleicht lebenswichtig für die Menschheit.

Sie stand auf und trat zu Larkin. »Ihr habt bereits entschieden. Vier von sechs, also wird es geschehen wie geplant, ganz gleich, was Larkin und ich dazu sagen. Aber am besten ist es natürlich, wenn wir zusammenstehen, wenn der gesamte Zirkel zustimmt.« Sie ergriff Larkins Hand. »Es ist das Beste.«

»Ja, gut. In Ordnung.« Larkin nickte. »Wir sind uns also einig.«

»Wenn wir vielleicht alles noch einmal durchsprechen könnten.« Moira trat wieder an den Tisch. »Ich könnte dann die einzelnen Details an die Soldaten weitergeben.«

Es würde wie ein brutaler, blutiger Tanz werden, dachte Moira. Und die Schlacht würde von Schwert, Opfer und Magie bestimmt werden. Und von Blut natürlich. Blut floss immer.

»Dann treffen wir also am Morgen die ersten Vorbereitungen.« Moira schenkte jedem einen Schluck Whiskey ein. »Jeder von uns übernimmt seinen Part, und wenn die Götter es zulassen, beenden wir den Kampf. Und ich finde es sehr passend, dass wir ihn mit den Symbolen von Geall beenden. Auf uns also, und zur Hölle mit ihnen!«

Als sie getrunken hatten, trat sie zur Viella. »Würdest du etwas spielen?«, fragte sie Cian. »Wir sollten Musik haben, und wir werden sie in die Nacht hinausschicken. Ich hoffe, sie hört sie und zittert.«

»Du kannst doch gar nicht spielen«, begann Hoyt.

»Ich habe früher auch kein Chinesisch gesprochen. Die Dinge ändern sich.« Trotzdem kam sich Cian ein wenig seltsam vor, als er sich setzte und anfing, das Saiteninstrument zu stimmen.

»Was ist das?«, fragte Blair. »Eine Art Violine?«

»Ja, ein Vorläufer davon.« Langsam begann er zu spielen, und das seltsame Gefühl wich, als die traurige Melodie erklang.

»Das ist ja hübsch«, sagte Glenna. »Ein bisschen traurig.« Sie holte Papier und Holzkohle und begann, Cian zu skizzieren, während er spielte.

Von draußen fielen Flöten und Harfen ein und mischten sich mit den Klängen der Viella.

Jeder Ton war wie eine Träne, dachte Moira.

»Das kannst du wirklich gut«, sagte Larkin, als die letzten Töne verklungen waren. »Und du hast auch ein Herz für Musik. Aber kannst du nicht mal etwas Lebhafteres spielen? Du weißt schon, mit einem kleinen Hüpfer darin.«

Larkin holte seine Flöte und blies eine rasche, fröhliche

Melodie, sodass die melancholische Stimmung wie weggeblasen war. Wieder fielen von draußen Trommeln und Pfeifen ein, und Moira klatschte im Takt dazu.

»Na los!« Larkin drückte seine Flöte Blair in die Hand und ergriff Moiras Hände. »Dann wollen wir ihnen doch mal zeigen, wie in Geall getanzt wird.«

Lachend führte Moira mit ihrem Vetter einen irischen Schritttanz vor. Cian beugte sich tiefer über seine Viella und lächelte in sich hinein.

»Das lassen wir aber nicht auf uns sitzen!« Hoyt zog Glenna hoch.

»Ich kann das nicht.«

»Doch, klar kannst du das. Das liegt im Blut.«

Die Dielenböden knarrten unter ihren Füßen, und die Musik und das Lachen drangen nach draußen. Es war so menschlich, dachte Cian, in so einer Situation Freude zu empfinden.

Dort wirbelte sein würdevoller Bruder, der Zauberer, seinen sexy Rotschopf herum, und sie kicherte wie ein kleines Mädchen, während sie versuchte, die richtigen Schritte zu tun.

Die abgebrühte Dämonenjägerin schwang ihre Hüften und mischte den Volkstanz mit modernen Hip-Hop-Elementen, was ihren Gestaltwandler zum Grinsen brachte.

Und die loyale Königin von Geall, die die Last der Welt auf ihren Schultern trug, glühte vor Freude über die Musik.

Sie konnten morgen alle sterben, aber bei den Göttern, heute Abend tanzten sie. Und Lilith würde sie und ihr Licht trotz all ihrer Jahrhunderte nie begreifen.

Zum ersten Mal glaubte Cian daran, dass die Menschheit triumphieren würde. Sie konnte nicht ausgelöscht werden. Sie würden kämpfen und bluten. Und tanzen.

Als Hoyt eine Pause machte, um einen Schluck Ale zu trinken, murmelte Cian ihm zu: »Schick sie zu ihr.«

Hoyt blinzelte. »Was hast du gesagt?«

Cian blickte ihn an. Er lächelte jetzt nicht mehr, obwohl die Musik, die er spielte, so fröhlich wie ein roter Ballon war. »Schick Lilith die Musik. Sie soll sie hören!«

»Ja, das tun wir.« Hoyt legte Cian die Hand auf die Schulter. »Verdammt, das tun wir.«

Die Macht wärmte Cians Schulter, als er weiterspielte.

In der Dunkelheit beobachtete Lilith ihre Truppen bei einem Übungskampf. So weit sie blicken konnte – und sie hatte scharfe Augen –, sah sie Vampire, Halbvampire und menschliche Diener in einer Armee, die sie seit Jahrhunderten aufgebaut hatte.

Morgen, dachte sie, würden sie über die Menschen hereinbrechen wie eine Plage, bis das Tal ein See von Blut war.

Und darin würde sie die Hure ertränken, die sich selbst als Königin bezeichnete, für das, was sie Davey angetan hatte.

Lora trat zu ihr und legte ihr den Arm um die Taille. »Die Kundschafter sind wieder da«, sagte sie. »Wir haben dreimal mehr Soldaten als der Feind. Midir ist unterwegs, wie du befohlen hast.«

»Von hier aus kann man gut sehen. Davey hätte den Anblick genossen.«

»Morgen um diese Zeit wird er gerächt sein.«

»O ja. Aber das ist nicht das Ende.« Sie spürte Midir, der gerade auf das Dach kletterte, auf dem sie und Lora standen. »Es beginnt bald«, sagte sie, ohne sich zu ihm umzudrehen. »Wenn du versagst, schlitze ich dir höchstpersönlich die Kehle auf.«

»Ich werde nicht versagen.«

»Wenn es morgen beginnt, stehst du an deinem Platz, auf dem hohen Felsplateau im Westen, wo alle dich sehen können.«

»Majestät ...«

Jetzt drehte sie sich um und blickte ihn aus ihren blauen Augen kalt an. »Hast du geglaubt, ich würde dich hier lassen, abgeschirmt unter dem Schutzschild? Du tust, was ich dir sage, Midir. Und du stellst dich auf das Felsplateau, damit unsere und ihre Truppen deine Macht sehen. Deine Magie sollte besser stark sein, sonst bezahlst du während der Schlacht oder danach den Preis dafür.«

»Ich diene Euch seit Jahrhunderten, und noch immer vertraut Ihr mir nicht.«

»Zwischen uns gibt es kein Vertrauen, Midir. Nur Ehrgeiz. Natürlich wäre es auch mir lieber, du bliebest am Leben.« Sie lächelte dünn. »Selbst nach meinem Sieg habe ich noch Verwendung für dich. In Schloss Geall sind Kinder, und wenn ich gesiegt habe, will ich sie alle. Unter ihnen werde ich den nächsten Prinzen aussuchen. Die anderen werden ein großartiges Festmahl ergeben. Du stehst auf dem Felsen«, sagte sie und drehte sich wieder um. »Und du wirst deinen dunklen Schatten werfen. Es gibt keinen Grund zur Sorge, denn schließlich hast du ja im Rauch gesehen, was letztendlich herauskommt. Und du hast es mir unzählige Male gesagt.«

»Ich wäre Euch von größerem Nutzen, wenn …«

»Schweig!«, herrschte sie ihn an und hob die Hand. »Was ist das für ein Geräusch? Hört ihr es?«

»Es klingt wie …« Lora blickte stirnrunzelnd in die Dunkelheit. »Musik?«

»Ihr Zauberer schickt sie.« Midir blickte auf und erhob die Hände. »Ich spüre seine blasse, geringe Macht in der Nacht.«

»Sie soll aufhören! Ich will heute Abend nicht verspottet werden. Ich will es nicht. Musik!« Sie spuckte aus. »Menschlicher Müll!«

Midir verschränkte die Arme. »Ich kann tun, was Ihr befehlt, meine Königin, aber sie machen nur einen kleinen, dummen Versuch, Euch zu ärgern. Seht doch, wie Eure Truppen sich auf die Schlacht vorbereiten. Und wie verbringt Euer

Feind die letzten Stunden?« Er schnipste mit den Fingern, und Funken sprühten hervor. »Sie spielen wie sorglose Kinder, vergeuden die wenige Zeit, die ihnen noch bleibt, mit Musik und Tanz. Aber wenn Ihr es wünscht …«

»Warte …« Erneut hob Lilith die Hand. »Lass sie ihre Musik haben. Sollen sie sich doch zu Tode tanzen. Geh wieder an deinen Kessel und deinen Rauch. Und bereite dich auf deinen Platz morgen vor. Sonst stoße ich mit deinem Blut auf meinen Sieg an.«

»Wie Ihr wünscht, Majestät.«

»Ich frage mich, ob er wohl die Wahrheit gesagt hat«, sagte Lora, als sie wieder allein waren. »Vielleicht hat er ja auch nur gezögert, seine Macht gegen sie einzusetzen.«

»Es spielt keine Rolle. Wenn alles nach meinem Wunsch geht, wenn ich diese Menschen vernichtet und ihre Kinder verspeist habe, brauche ich ihn nicht mehr.«

»*Certainement.* Außerdem könnte sich seine Macht gegen dich wenden, wenn er erst einmal hat, was er will. Was willst du mit ihm machen?«

»Er wird eine schöne Mahlzeit abgeben.«

»Wirst du sie teilen?«

»Nur mit dir.«

Lilith wandte sich wieder dem Kampftraining zu. Aber die Musik, diese verdammte Musik, trübte ihre Stimmung.

Es war schon spät, als Cian sich neben Moira legte. In diesen letzten Stunden bestand der Zirkel aus drei Teilen. Er hatte die Kerzenflammen auflodern sehen und wusste, dass auch Hoyt und Glenna beieinander lagen. Bei Larkin und Blair war es sicher nicht anders.

»Es war von Anfang an so bestimmt«, sagte Moira leise. »Wir sechs bilden den Kreis, und unsere Verbindung zueinander stärkt ihn. Wir sollen voneinander lernen und uns lieben. Und heute Nacht strahlt dieses Haus vor Liebe. Es ist eine andere Art der Magie, und sie kann sie uns nicht nehmen.«

Sie hob den Kopf und blickte ihn an. »Es war Verrat, um was ich dich gebeten habe. Es war Verrat an uns allen und an allem, was wir bisher getan haben. Du warst stärker, und das bin ich jetzt auch. Ich liebe dich mit jeder Faser meines Seins. Das ist ein Geschenk für uns beide, das uns niemand nehmen kann.«

Sie berührte das Medaillon, das er trug. Es enthielt mehr als eine Haarlocke von ihr, es enthielt ihre Liebe. »Lass es nicht hier, wenn du gehst. Ich möchte wissen, dass du es immer bei dir hast.«

»Ich gebe dir mein Wort darauf. Ich liebe dich mit allem, was ich bin und nicht sein kann.«

Sie legte die Hand auf sein stilles Herz. Tränen traten ihr in die Augen, aber sie drängte sie zurück. »Keine Reue?«

»Nein.«

»Ich auch nicht. Lieb mich noch einmal«, murmelte sie. »Lieb mich noch ein letztes Mal vor dem Morgengrauen.«

Sie liebten sich zärtlich und langsam, und mit ihren Küssen und Berührungen legten sie Balsam auf die Wunden, die sie ertragen mussten.

Moira ließ die Augen geöffnet, und im Moment des Höhepunkts sah sie die Lust auf seinem Gesicht.

»Sag es mir noch einmal«, flüsterte sie. »Noch ein einziges Mal.«

»Ich liebe dich. In alle Ewigkeit.«

Dann lagen sie zusammen in der Stille. Es war alles gesagt.

In der letzten Stunde vor der Morgendämmerung standen die sechs auf und bereiteten sich auf den Marsch zum Schlachtfeld vor.

Mit Pferden, Drachen, zu Fuß und in Wagen und Karren

machten sie sich auf den Weg. Wolken trieben am Himmel entlang, verdeckten jedoch nicht die Sonne. Das Licht leitete sie zum Tal des Schweigens.

Die Ersten, die eintrafen, legten Fallen in den Höhlen und im Schatten aus, während Wachen über das Tal kreisten und Ausschau nach Angreifern hielten.

Und sie stießen auf Fallen, die für sie ausgelegt waren. Unter den Füßen eines Mannes entstand eine Blutpfütze und saugte ihn in die Tiefe. Schwarzes Pech brodelte und brannte durch Stiefel und Fleisch.

»Midirs Werk!«, fluchte Hoyt.

»Tu was dagegen«, befahl Cian. »Sonst bricht hier eine Panik aus, bevor wir überhaupt angefangen haben.«

»Halbvampire«, schrie Blair vom Rücken eines Drachen herunter. »Ungefähr fünfzig. Erste Linie, los!« Sie steuerte den Drachen nach unten, um die Führung zu übernehmen.

Pfeile flogen und Schwerter klirrten. In der ersten Stunde verloren die geallischen Truppen fünfzehn Männer. Aber sie hielten stand.

»Sie wollten uns nur einen Vorgeschmack geben.« Mit blutbespritztem Gesicht stieg Blair von ihrem Drachen ab. »Aber wir haben es ihnen gezeigt.«

»Die Toten und Verwundeten müssen versorgt werden.« Moira blickte auf die Gefallenen. »Hoyt drängt Midirs Zauber zurück. Ist es sehr anstrengend für ihn?«

»Er hat schon genug Kraft. Ich kreise noch ein bisschen und schaue nach, ob es noch weitere Überraschungen für uns gibt.« Blair sprang wieder auf ihren Drachen.

»Wir waren auf die Fallen und auf einen Angriff bei Tageslicht nicht vorbereitet.« Larkin steckte sein Schwert in die Scheide. »Aber wir haben es gut gemacht. Es kann nur noch besser werden.«

Er zog Moira zur Seite, damit nur sie hören konnte, was er ihr zu sagen hatte. »Glenna hat gemeint, es seien schon welche hier, unter der Erde. Hoyt kann jetzt nicht mit ihr arbeiten, aber sie meint, mit Cian zusammen kann sie wenigstens ein paar aufspüren und sie erledigen.«

»Gut. Selbst eine Handvoll sind schon ein Sieg. Ich muss die Bogenschützen aufstellen.«

Es war mittlerweile schon nach Mittag. Zweimal öffnete sich die Erde, über die Glenna mit einem Weidenzweig ging. Und dann kam eine Stichflamme, als der Vampir, der dort versteckt war, von der Sonne beschienen wurde und zu Asche zerfiel.

Wie viele mochten da unten noch sein?, fragte sie sich. Hundert? Fünfhundert?

»Er hat abgebrochen.« Hoyt wischte sich den Schweiß von der Stirn. »Midirs Fallen sind geschlossen.«

»Du hast ihn besiegt.«

»Das weiß ich noch nicht. Möglicherweise versucht er es auf andere Art. Aber für den Moment ist er blockiert. Dieses Feld erschüttert einen bis auf den Grund der Seele. Das ganze Böse hier raubt einem den Atem. Ich helfe jetzt Cian und Glenna.«

»Nein, du musst dich einen Moment lang ausruhen und wieder zu Kräften kommen. Ich helfe ihnen.«

Hoyt nickte. Grimmig blickte er über das Tal dorthin, wo Glenna und Cian arbeiteten. »Sie werden sie nicht alle finden können. Nicht in diesem Boden.«

»Nein. Aber jeder Einzelne ist einer weniger.«

Als sie bei den beiden ankam, sah sie jedoch, dass die Arbeit ihren Tribut forderte. Glenna war blass, und kalter Schweiß stand ihr auf der Stirn. »Du musst dich ausruhen«, sagte Moira zu ihr. »Erhol dich ein bisschen. Ich mache für dich weiter.«

»So viel Macht besitzt du nicht. Ich komme ja schon an meine Grenzen.« Dankbar nahm Glenna die Wasserflasche entgegen, die Moira ihr reichte.

»Wir haben bisher erst ein Dutzend heraufgeholt. Noch zwei Stunden …«

»Sie muss eine Pause machen. Du musst unbedingt eine Pause machen.« Cian ergriff Glenna am Arm. »Du bist völlig fertig. Es hilft doch nichts, wenn du bis Sonnenuntergang keine Kraft mehr hast.«

»Ich weiß aber, dass noch mehr da sind. Noch viel mehr.«

»Dann sind wir darauf gefasst, wenn der Boden sie ausspuckt. Geh, Hoyt braucht dich. Er ist selbst völlig erschöpft.«

»Hoyt vorzuschieben war eine gute Strategie«, sagte Cian anerkennend zu Moira, als Glenna wegging.

»Ja, aber es stimmt leider auch. Es raubt ihnen alle Kraft. Und deiner Stimme höre ich auch an«, fuhr sie fort, »Wie müde du bist. Du nützt uns auch nichts, wenn du bei Sonnenuntergang völlig erschöpft bist.«

»Dieser blöde Umhang bringt mich um. Die Alternative ist allerdings auch nicht angenehm. Außerdem muss ich mal was zu mir nehmen«, gab er zu.

»Dann geh oben auf das Felsplateau und kümmere dich darum. Wir haben für jetzt doch sowieso alles getan, was wir konnten.«

Gemeinsam machten sie sich daran, den steilen Hang zu den anderen hinaufzuklettern. Moira erschauerte, als sie oben angelangt waren. Selbst ohne Midirs Zauber schien der Boden an ihren Füßen zu ziehen.

Cian holte seine Wasserflasche heraus. Sie wusste, dass sie Blut enthielt.

»Sie warten alle auf dich«, sagte Blair. »Die Soldaten haben ganz schön die Hosen voll.«

»Wenn du damit sagen willst, dass sie nicht kämpfen wollen …«

»Lass nicht den gesamten geallischen Stolz an mir aus.«

Blair hob die Hand. »Ich meine doch nur, dass sie angefeuert werden müssen. Du musst eine Rede halten.«

»Ja«, warf Glenna ein. »Sie müssen bereit sein, zu kämpfen und auch zu sterben. Du musst sie daran erinnern, warum sie hier sind.«

»Das muss ich tun?«

»Kein anderer hat einen solchen Einfluss auf sie.« Cian schraubte seine Wasserflasche wieder zu. »Du bist die Königin, und wir mögen für sie zwar so eine Art Generäle sein, aber eigentlich blicken sie nur zu dir auf.«

»Ich wüsste gar nicht, was ich sagen sollte.«

»Dir fällt schon etwas ein. In der Zwischenzeit holen Larkin und ich schon einmal die Leute zusammen.«

»Was soll ich denn bloß sagen?«, fragte sich Moira.

»Was sie hören müssen.« Glenna drückte Moiras Hand. »Du machst das schon.«

20

»In meinem Kopf herrscht völlige Leere.«

»Von da kommt es auch nicht, jedenfalls nicht nur.« Glenna reichte Moira ihre Krone. »Kopf und Herz, weißt du noch? Hör einfach auf beides, dann wirst du schon das Richtige sagen.«

»Ich wünschte, du könntest die Rede halten. Es ist albern, aber ich habe weniger Angst davor, mit meinen Leuten zu sterben, als zu ihnen zu sprechen.« Moira lächelte gequält.

»Leg den um.« Blair hielt Moira ihren Umhang hin. »Das ergibt ein gutes Bild, wenn er sich im Wind bauscht. Und red laut genug, Kind, damit dich auch alle verstehen können.«

»Puh.« Moira stieß die Luft aus und schwang sich auf Cians Hengst. »Dann also los.«

Sie trieb das Pferd an den Rand des Felsplateaus. Das Herz schlug ihr bis zum Hals. Dort stand ihr Volk, mehr als tausend Männer und Frauen. Die Sonne stand schon tief und leuchtete auf den Gesichtern derer, die bereit waren, auf dem Schlachtfeld ihr Leben zu lassen.

Und auf einmal verstand ihr Kopf die Worte in ihrem Herzen.

»Volk von Geall!«

Sie jubelten, als sie die vorderste Linie entlangritt. Selbst die Verwundeten riefen ihren Namen.

»Volk von Geall! Ich bin Moira, die Kriegerkönigin. Ich bin eure Schwester, und ich bin eure Dienerin. Wir haben uns auf Befehl der Götter hier an diesem Ort versammelt, und ich kenne zwar nicht jedes Gesicht und weiß nicht jeden Namen, aber jeder Mann und jede Frau hier ist mein.«

Der Wind zerrte an ihrem Umhang. »Wenn heute Abend die Sonne untergeht, bitte ich euch zu kämpfen, auf diesem Schlachtfeld, das heute bereits mit unserem Blut getränkt wurde. Ich bitte euch darum, aber ihr kämpft nicht für mich. Ihr kämpft nicht für die Königin von Geall.«

»Wir kämpfen für Moira, die Königin!«, rief jemand, und die anderen fielen jubelnd ein.

»Nein, ihr kämpft nicht für mich! Ihr kämpft nicht für die Götter, und ihr kämpft auch heute Nacht nicht für Geall. Ihr kämpft nicht für euch, noch nicht einmal für eure Kinder. Auch nicht für eure Gatten oder eure Eltern.«

Die Leute wurden still, während Moira weiter die Reihen abschritt. »Nicht für sie seid ihr hier in dieses Tal gekommen, wo auch euer Blut den Boden tränken kann. Ihr seid hier für die gesamte Menschheit. Für die gesamte Menschheit steht ihr hier. Ihr seid die Auserwählten. Ihr seid die Gesegneten. Alle Welten und jedes Herz, das darin schlägt, sind jetzt in eurem Herzen, in eurer Welt. Wir, die Auserwählten, sind eine Welt, ein Herz, ein Ziel.«

Ihr Umhang bauschte sich im Wind, und die untergehende Sonne glitzerte auf ihrer goldenen Krone und auf dem Schwert. »Wir werden diese Nacht nicht versagen. Wir können gar nicht scheitern, denn wenn einer von uns fällt, wird bereits der Nächste das Schwert oder die Lanze ergreifen, wird mit Pflock oder Fäusten die Pestilenz bekämpfen, die die gesamte Menschheit bedroht. Und wenn auch er fällt, dann wird schon wieder ein anderer an seine Stelle treten, und noch ein anderer und immer mehr, denn wir sind die Welt, und der Feind weiß nicht, mit wem er es zu tun hat.«

Ihre Augen waren grau wie Rauch, und ihr Gesicht leuchtete vor Leidenschaft. Ihre Stimme drang klar und laut durch die Luft.

»Hier auf diesem Schlachtfeld werden wir sie sogar noch weiter als bis zur Hölle jagen. Heute Nacht werden wir nicht unterliegen, sondern über den Feind triumphieren. Ihr seid das Herz, das sie niemals haben werden. Ihr seid der Atem und das Licht, das sie nie wieder sehen werden. Nach dieser Nacht wird man von Samhain singen, von der Schlacht im Tal des Schweigens. Die Menschen werden am Feuer sitzen und den Ruhm unserer Taten besingen. Und das wird heute Nacht geschehen. Die Sonne geht unter.«

Sie zog ihr Schwert und zeigte nach Westen, wo die Sonne wie ein glühender roter Feuerball am Horizont stand. »Wenn es dunkel wird, werden wir unsere Schwerter erheben und mit Kopf und Herz gegen sie kämpfen. Und bei den Göttern, ich schwöre, wir werden die Sonne wieder aufgehen lassen.«

Eine Flamme züngelte an ihre Schwertspitze und fuhr in den Himmel.

»Nicht schlecht«, sagte Blair, als die Truppen erneut in

tosenden Jubel ausbrachen. »Dein Mädchen kann gut mit Worten umgehen.«

»Sie ist … brillant.« Cian wandte den Blick nicht von Moira. »Was sollen sie gegen so viel Licht ausrichten?«

»Sie hat die Wahrheit gesagt«, bemerkte Hoyt. »So etwas wie uns haben die Vampire noch nie erlebt.«

Die Bataillone bezogen Position, und Moira kam zu ihnen zurückgeritten und sprang vom Pferd.

»Es ist Zeit«, sagte sie und streckte die Hände aus.

Sie fassten sich alle an den Händen, um ein letztes Mal den Kreis zu bilden. Dann ließen sie sich los.

»Bis dann.« Blair strahlte alle an. »Auf sie mit Gebrüll, Cowboy.« Sie sprang auf ihren Drachen und schoss in den Himmel.

Larkin schwang sich ebenfalls auf den Rücken seines Drachens. »Der Letzte, der im Gasthaus ankommt, wenn das hier vorüber ist, muss einen ausgeben.« Er flog in die entgegengesetzte Richtung von Blair.

»Licht und Liebe. Lasst uns ihnen ordentlich in den Hintern treten.« Hoyt und Glenna gingen auf ihren Posten, aber Glenna hatte den Blick bemerkt, den die beiden Brüder miteinander gewechselt hatten. »Was ist mit Cian? Lüg mich nicht an. Wir haben beide den Tod vor Augen.«

»Er hat mich gebeten, ihm mein Wort zu geben, dass wir nicht auf ihn warten, wenn wir den Zauber anbringen können.«

»Aber wir können doch nicht …«

»Es war das Letzte, worum er mich gebeten hat. Wir können nur hoffen, dass wir nicht vor der Wahl stehen.«

Moira stand bei Cian. »Kämpf gut«, sagte sie zu ihm. »Und lebe noch weitere tausend Jahre.«

»Meine größte Hoffnung«, log er. Er zog ihre Hand an die Lippen und drückte einen Kuss darauf. »Kämpf gut, *mo chroi,* und lebe.«

Bevor sie noch etwas sagen konnte, war er auf sein Pferd gesprungen und davongaloppiert.

Von der Luft aus rief Blair die Kommandos und suchte den Boden auf verdächtige Bewegungen ab. Die Sonne sank, und die Täler lagen schon im Dunkeln. Und im Schutz der Dunkelheit strömten Unzählige aus der Erde und aus Felsspalten.

»Show Time«, flüsterte Blair und wandte sich nach Süden, als ein Regen von Pfeilen, die Moira und ihre Bogenschützen abschossen, niederging. Rasch blickte sie zu Niall, der mit seinen Soldaten auf sein Signal wartete.

Noch einen kleinen Moment, dachte Blair, als die Vampire ausschwärmten.

Dann zückte sie ihr Feuerschwert und ging hinunter. Die Männer griffen an, und sie warf die erste Bombe.

Feuer flammte auf, und man hörte die Schreie der Vampire. Aber immer mehr kamen aus dem Boden.

Cian hatte seinen Umhang abgeworfen und ritt mit erhobenem Schwert seinen Männern voran. Mit einem Kampfschrei stürzte er sich auf die nicht enden wollende Masse der Angreifer und schlug eine breite Bresche in die feindlichen Linien. Aber sofort schloss sie sich wieder, und er war mit seiner Truppe umringt von Vampiren.

An einem Abhang stand Moira und packte ihre Streitaxt fester. Das Herz schlug ihr bis zum Hals, als sie sah, dass die Vampire die Front im Osten durchbrachen. Sie führte ihre Männer an die eine Flanke, Hoyt seine an die andere, sodass sie den Feind in die Zange nahmen. Aber schon nahte die nächste Welle von Liliths Armee.

»Pfeile!«, schrie Moira, als ihr Köcher leer war, und ein gefüllter wurde ihr zugeworfen.

Sie spannte ein und schoss so lange, bis sie vor lauter Rauch nichts mehr sehen konnte. Dann zog sie ebenfalls ihr Schwert und stürzte sich mitten ins Getümmel.

Es war schlimmer als alles, was sie jemals gefürchtet und geträumt hatte, schlimmer als alles, was die Götter ihr gezeigt hatten. Die Krieger wateten durch Asche, die das Schlachtfeld bedeckte wie grauer Schnee, und überall lagen die Leichen von Gefallenen. Blut spritzte und färbte das gelbliche Gras rot.

Die Schreie von Menschen und Vampiren hallten durch die Nacht.

Sie wehrte einen Schwertstoß ab, und durch das monatelange harte Training drehte sich ihr Körper instinktiv um die eigene Achse, und mit einem Siegesschrei schlug sie dem Gegner den Kopf ab.

Durch den Dunst hindurch sah sie, wie Blairs Drache, von zahllosen Pfeilen durchbohrt, zur Erde taumelte. Sie packte einen der Pflöcke, von denen der Boden übersät war, und warf ihn einem Vampir durchs Herz, der sich von hinten auf Blair stürzen wollte.

»Danke, Liebes.« Blair schob Moira beiseite und schlug einem weiteren Vampir den Schwertarm ab. »Wo ist Larkin?«

»Ich weiß nicht. Es kommen immer mehr.«

»Denk an deine Rede.« Blair sprang auf, wehrte mit den Füßen einen Vampir ab und rammte ihm dann einen Pflock durchs Herz.

Dann war sie in einer Rauchwolke verschwunden, und Moira kämpfte weiter um ihr Leben.

Blair war umgeben von Vampiren und schlug wild mit dem Schwert um sich. Als ihre Angreifer schreiend von ihr abließen, weil es von oben Weihwasser regnete, kam Larkin durch den Rauch geflogen und packte sie am erhobenen Arm, um sie hinter sich auf den Drachen zu ziehen.

»Gut gemacht!«, sagte sie zu ihm. »Lass mich wieder herunter. Da, auf dem großen, flachen Felsen.«

»Nein, ich will absteigen«, erwiderte er. »Jetzt bin ich an

der Reihe. Weihwasser haben wir keins mehr, aber es sind noch zwei Feuerbälle da. Lilith stürmt im Moment vom Süden heran.«

»Ich werde dafür sorgen, dass ihr warm wird.«

Larkin sprang ab, und Blair flog auf die Angreifer zu.

Auch Hoyt versuchte den Qualm zu durchdringen. Er spürte Midirs dunklen Sog, aber um ihn herum war es so schwarz, dass er sich nicht ganz sicher war, ob er in die richtige Richtung ging.

Dann jedoch sah er Glenna, die sich zu einem Felsplateau vorkämpfte. Und dort stand wie eine schwarze Krähe Midir. Entsetzt beobachtete Hoyt, wie eine Hand aus einer Erdspalte schoss und sich um Glennas Bein legte. In seinem Kopf hörte er sie schreien, als sie wild um sich trat, damit sie nicht in den Abgrund gezogen wurde. Obwohl er wusste, dass er viel zu weit weg war, rannte er auf sie zu. Und er blieb auch nicht stehen, als sie Feuer aus den Fingerspitzen auf ihren Angreifer schoss. Da er ihre Macht spürte, schleuderte Midir einen pechschwarzen Blitz, und Glenna taumelte zurück.

Wahnsinnig vor Angst kämpfte Hoyt wie ein Besessener. Er achtete nicht auf die Wunden, die ihm zugefügt wurden, während er sich den Weg zu ihr bahnte. Und er sah das Blut auf ihrem Gesicht, als sie Midirs Blitz mit weißem Feuer beantwortete.

Der Pflock verfehlte Cians Herz um Haaresbreite, und vom Schmerz wurden ihm die Knie weich. Noch im Fallen spaltete sein Schwert seinen Angreifer in zwei Hälften. Er rollte zur Seite, ergriff eine Lanze, die neben ihm in der Erde steckte, und stieß sie dem nächsten Vampir mitten ins Herz. Und schon sprang er wieder auf und beförderte den Nächsten mit einem der zahllosen Holzpflöcke, die den steinigen Boden bedeckten, ins Nichts.

Er sah Blair durch den Rauch von Brandpfeilen und Feuerkugeln hindurch auf sich zufliegen und sprang hinter sie auf den Rücken des Drachen, bevor sie eine weitere Bombe werfen konnte.

»Ich habe dich gar nicht gesehen«, rief sie.

»Das habe ich gemerkt. Wo ist Moira?«

»Ich weiß nicht. Übernimm mal. Ich springe hier ab.«

Sie sprang auf eine Felsplatte und schleuderte noch im Sprung mit beiden Händen Holzpflöcke. Vom Rücken des Drachen aus ließ er sein flammendes Schwert wirbeln.

Dann sah er Glenna, die sich auf ein Felsplateau hinaufkämpfte. Ihre Streitaxt glühte, aber jedes Mal, wenn sie ihre Angreifer erledigt hatte, kamen neue auf sie zu.

Als Cian die schwarze Gestalt auf der Klippe erblickte, verstand er auch, warum so viele Vampire auf eine einzelne Frau losgingen. Er rauschte durch die Luft, um der Frau seines Bruders zu Hilfe zu kommen.

Mit einem einzigen heftigen Schlag des Drachenschwanzes beförderte er drei gegen den Felsen, in die mit Pflöcken und Weihwasser gefüllten Fallen. Sein Schwert erledigte zwei weitere, und auch Glennas feurige Axt verwandelte die Feinde in glühenden Staub.

»Soll ich dich mitnehmen?« Er packte sie um die Taille und zog sie hinter sich auf den Rücken des Drachen.

»Midir, der Bastard.«

Cian zog den Drachen hoch. Aber als er mit dem Drachenschwanz gegen Midir ausholte, prallte er ab, als hätte er gegen Felsen geschlagen.

»Er hat sich mit einem Schutzschild umgeben. Der Feigling.« Keuchend suchte Glenna das Schlachtfeld nach Hoyt ab. Der Druck auf ihrem Brustkorb ließ nach, als sie sah, dass er sich nach oben zu Midir durchkämpfte.

»Lass mich am Felsplateau herunter und flieg weiter.«

»Den Teufel werde ich tun.«

»Aber es muss so sein, Cian. Hier geht es um Magie gegen

Magie. Deshalb bin ich hier. Such die anderen und macht euch bereit, denn bei allen Göttinnen und Göttern, wir werden es schaffen.«

»Okay, Rotschopf. Ich baue auf dich.«

Er flog zum Felsplateau und ließ sie hinunter. Dann ließ er sie bei dem schwarzen Magier zurück.

»Ah, die rote Hexe ist gekommen, um zu sterben.«

»Wegen der schönen Umgebung bin ich bestimmt nicht hier.« Sie hob die Hand und warf eine flammende Streitaxt. Seine Augen weiteten sich, also hatte ihr Angriff ihn überrascht. Die glühende Schneide der Axt durchschnitt den Schutzschild, aber sie verfehlte ihr Ziel. Glenna wurde zurückgeschleudert und prallte hart auf den Boden.

Obwohl sie selbst über Macht verfügte, verbrannte die glühende Hitze dieses schwarzen Blitzes ihr die Handflächen. Sie hielt sie hoch in die Luft, während sie sich aufrappelte.

»Du kannst nicht siegen«, verkündete er, und die Dunkelheit um ihn herum schimmerte um ihn. »Ich habe das Ende und deinen Tod gesehen.«

»Du hast das gesehen, was dir der Teufel, dem du dich verkauft hast, gezeigt hat.« Wieder schleuderte sie Feuer, und obwohl er es mit einer nachlässigen Bewegung seines Handgelenks zurückschickte, wusste sie, dass er das Brennen genauso spürte wie sie. »Das Ende bestimmen wir selbst.«

Eisige Wut verzerrte sein Gesicht, und er ließ einen schneidenden Wind aufkommen, der ihr die Haut wie mit Messern zerstach.

Sie hielten stand, dachte Blair. Sie glaubte, dass sie standhielten, aber für jeden Fußbreit Grund, den die Gealler eroberten, kamen neue Vampire aus der Nacht.

Sie hatte den Überblick verloren, wie viele sie bereits getötet hatte. Aber es war noch lange nicht genug. Überall lagen Leichen, und selbst ihre Kraft erreichte ihre Grenzen.

Sie mussten jetzt langsam mal das Kaninchen aus dem Hut ziehen, dachte sie und stieß einen Kampfschrei aus, als sie einen Vampir vernichtete, der einen Gefallenen aussaugte.

Als sie herumwirbelte, sah sie Glenna und Midir auf dem hohen Felsen miteinander kämpfen.

Sie ergriff eine Lanze und schleuderte sie auf zwei Vampire, die Rücken an Rücken kämpften. Die Holzwaffe durchbohrte die Herzen von beiden.

Etwas sprang sie von oben an. Sie nahm es nur aus den Augenwinkeln wahr, und als sie mit ihrem Schwert ausholte, klirrte es gegen Loras.

»Ach, da bist du.« Lora ließ ihre Klinge heruntergleiten, bis sie mit Blairs Waffe ein V bildete. »Ich habe dich schon gesucht.«

»Ich war unterwegs. Du hast da was auf dem Gesicht. Ach, du lieber Himmel, ist das eine Narbe? Habe ich das etwa gemacht? Ich Böse.«

»Ich werde dir gleich das ganze Gesicht herunterreißen.«

»Du weißt schon, dass das Wunschdenken ist, oder? Und außerdem ist es eine eklige Vorstellung. Haben wir jetzt genug geplaudert?«

»Mehr als genug.«

Die Schwerter sangen, als sie weggezogen wurden. Und dann klirrten sie aufeinander.

Blair begriff sofort, dass sie dem schwierigsten Gegner ihres Lebens gegenüberstand. Lora mochte ja aussehen, wie man sich eine Domina in einem schlechten Pornofilm vorstellte, aber kämpfen konnte das französische Luder.

Und sie konnte auch etwas einstecken, dachte Blair, als sie ihr die Faust ins Gesicht rammte. Die Reißzähne kratzten an ihrer Haut, und der brennende Schmerz drang Blair bis auf die Knochen.

Sie lief auf die gezackte Spitze eines Felsens und schwang von dort aus das Schwert. Lora glitt in die Luft, als ob sie

Flügel hätte, und während Blair sie verfehlte, schlitzte sie ihr mit der Spitze ihres Schwertes die Wange auf.

»Oh, gibt das etwa eine Narbe? Ich Böse.« Lora landete neben ihr auf dem Felsen.

»Sie wird heilen. Aber bei dir geschieht das nicht mehr.«

Sie parierte einen Schlag und verletzte Lora am Arm. Dann jagte sie eine Feuersalve hinterher.

Loras Schwert schlug die flammende Klinge jedoch beiseite, und das Feuer erstarb.

»Hast du etwa geglaubt, darauf wären wir nicht vorbereitet gewesen?« Lora fletschte die Zähne. »Midirs Magie ist größer, als eure Zauberer es sich je erhoffen könnten.«

»Warum haben dann nicht alle eure Krieger Schwerter wie deins? Das hat er wohl nicht geschafft.« Blair sprang hoch und trat nach Lora. Der Vampir holte mit dem Schwert aus, und als Blair den Schlag parierte, übersah sie den Dolch in Loras anderer Hand. Sie taumelte vor Schmerzen, als er sich ihr in die Seite bohrte.

»Sieh nur all das schöne Blut, das aus dir herausfließt. Mmmh, lecker.« Entzückt lachte Lora, als Blair auf die Knie sank. Und ihre Augen glühten rot, als sie zum tödlichen Schlag ausholte.

Mit einem wahnsinnigen Geheul stürzte sich der goldene Wolf auf sie. Er biss wild um sich, aber als er Lora an die Kehle gehen wollte, fluchte Blair laut.

»Nein! Sie gehört mir! Du hast mir dein Wort gegeben.« Keuchend vor Anstrengung stand sie auf. Der Dolch steckte immer noch in ihrer Seite. »Hau ab, Wolfsjunge. Los, hau ab.«

Der Wolf verwandelte sich in einen Mann. Larkin trat einen Schritt zurück. »Na, dann beeil dich aber auch«, herrschte er sie an. »Und hör auf, herumzuspielen.«

»Er steht wohl unter deinem Pantoffel, was?« Lora umkreiste sie beide – die blutende Frau und den unbewaffneten

Mann. »Aber er hat Recht, wir sollten wirklich aufhören, herumzuspielen. Ich habe viel zu tun.«

Sie zog ihr Schwert, und Blair parierte den Schlag. Die Muskeln in ihren Armen schmerzten, und die blutende Wunde verursachte ihr Höllenqualen.

»Er steht nicht unter dem Pantoffel«, keuchte sie. »Und du bist erledigt.«

Sie riss sich den Dolch aus der Seite und stieß ihn Lora in den Bauch.

»Das tut weh, aber es ist Stahl.«

»Und jetzt das.« Mit aller Kraft schob sie Loras Schwert beiseite und versenkte ihres im Brustkorb des Vampirs.

»Was soll das?« Lora hob erneut ihr Schwert. »Wer ist jetzt erledigt?«

»Du«, erwiderte Blair, als die Klinge in Loras Brust aufflammte.

Brennend und schreiend taumelte der Vampir rückwärts. Blair riss das Schwert heraus und schlug ihr den brennenden Kopf ab.

»Fix und fertig.« Blair schwankte und wäre hingefallen, wenn Larkin sie nicht aufgefangen hätte.

»Ist es schlimm? Ist es schlimm?« Er drückte ihr die Hand auf die blutende Seite.

»Nein, nur eine Fleischwunde. Sie hat keine Organe getroffen. Ich brauche nur einen kleinen Verband, um die Blutung zu stoppen, und dann kann ich weitermachen.«

»Dann kümmern wir uns mal darum. Steig auf.«

Er verwandelte sich in einen Drachen, und Blair krabbelte auf seinen Rücken. Als sie aufstiegen, sah sie Glenna auf dem Felsplateau mit Midir kämpfen. Und sie sah die Freundin fallen.

»O Gott, sie ist verletzt. Er hat sie getroffen. Wie schnell kannst du dort sein?«

Nicht schnell genug, dachte Larkin.

Glenna schmeckte Blut im Mund, und auch ihr Gesicht blutete aus mehreren Schnitten. Sie wusste, dass sie ihn verletzt hatte, wusste, dass sie seinen Schutzschild durchdrungen hatte. Seine Macht war geschwächt, aber auch sie verlor mit jedem Tropfen Blut Macht.

Sie hatte alles getan, was sie konnte. Aber es war nicht genug gewesen.

»Dein Feuer kühlt ab. Es glüht ja nicht einmal mehr.« Midir trat über den verkohlten, blutigen Boden näher an sie heran. »Trotzdem könnte es sich für mich lohnen, es mir mit deinem armseligen Rest von Leben zu nehmen.«

»Es wird dich ersticken«, keuchte Glenna. Auch er hatte geblutet, dachte sie. »Ich schwöre es dir.«

»Ich werde es ganz verschlucken. Es ist ja nicht mehr viel. Siehst du, was da unten passiert? Dort werdet ihr Menschen von den Vampiren überwältigt. Alles geschieht, wie ich es vorhergesagt habe. Und wenn ihr fallt, wird meine Macht wachsen. Nichts hält mich mehr auf. Nichts und niemand.«

»Doch, ich!« Hoyt sprang blutig und zerschunden auf das Felsplateau.

»Nimm dies!« Midir schleuderte einen schwarzen Blitz.

Er prallte auf Hoyts gleißend weißen Blitz und blutige Flammen loderten auf. Beide Männer wurden zu Boden geworfen. Glenna rollte sich aus der Gefahrenzone und richtete sich auf alle viere auf.

Sie sammelte all ihre Macht, um sie Hoyt zu schicken. Mit zitternder Hand umfasste sie das Kreuz, das sie um den Hals trug, und murmelte eine Beschwörung, um Hoyt Kraft zu geben. Sein Kreuz blitzte silbern auf, als sich seine Magie mit der von Glenna verband. Er ergriff ihre Hand, und sie erhob sich. Mit der anderen Hand erhob Hoyt sein Schwert, und weiße Flammen schlugen daraus hervor.

»Wir töten dich«, begann Hoyt und wehrte einen Blitz mit seinem Schwert ab. »Wir stehen für die Reinheit der Magie, für das Herz der Menschheit. Wir besiegen dich, wir zerstören dich, wir schicken dich ins ewige Feuer.«

»Sei verflucht!«, schrie Midir und hob beide Arme, um Blitze zu schleudern. Ein Ausdruck von Furcht huschte über sein Gesicht, als Glenna sie mit einer Handbewegung zu Asche werden ließ.

»Nein. Du bist verflucht!« Hoyt senkte das Schwert, und das weiße Feuer schoss mitten durch Midirs Herz.

Wo er zu Boden sank und starb, wurde die Erde schwarz.

Ich muss höher hinauf, dachte Moira. Sie musste die Bogenschützen neu formieren. Im Norden war die Linie bereits wieder durchbrochen worden. Suchend blickte sie sich nach einem Pferd oder einem Drachen um, mit dem sie so schnell wie möglich dort sein konnte, wo sie am meisten gebraucht wurde.

Als sie aufblickte, sah sie Hoyt und Glenna in strahlend weißes Licht gebadet vor Midir stehen. Neue Hoffnung keimte in ihr auf, und sie schwang das Schwert mit frischer Kraft. Sie traf einen Vampir, der sie angriff, an der Seite, und als sie erneut ausholte, nahm Riddock ihn von hinten.

Er kämpfte sich mit einer Hand voll Männern zur durchbrochenen Linie vor. Er lebt, dachte sie. Ihr Onkel lebte. Sie wollte auf ihn zurennen, stolperte aber über einen Gefallenen. Als sie sich bückte, starrten ihr Isleens tote Augen entgegen.

»Nein. Nein. Nein.«

Isleens Kehle war aufgerissen, das Lederbändchen, an dem sie ein Holzkreuz getragen hatte, war durchgebissen und voller Blut. Fassungslos vor Trauer nahm Moira die Tote in die Arme.

Sie war noch warm. Wenn sie schneller gewesen wäre, hätte sie Isleen retten können.

»Isleen. Isleen.«

»Isleen. Isleen«, ahmte Lilith sie spöttisch nach.

Sie war für die Schlacht in Rot und Silber gekleidet und trug auf dem Kopf eine Tiara. Ihr Schwert war blutig bis zum juwelenbesetzten Knauf. Angst und Wut überwältigten Moira, und sie sprang auf.

»Sieh mal einer an.« Die Anmut und die Kraft, mit der Lilith das Schwert schwang, machte Moira klar, dass die Vampirkönigin die Kampfkunst beherrschte.

»Klein und unbedeutend, mit Schlamm und Tränen bedeckt. Es erstaunt mich beinahe, dass ich so viel Zeit damit verbracht habe, deinen Tod zu planen, wo doch alles so einfach ist.«

»Du wirst nicht siegen.« Königin gegen Königin, dachte Moira und wehrte Liliths ersten Hieb ab. Leben gegen Tod. »Wir drängen euch zurück. Wir geben nie auf.«

»Oh, bitte«, sagte Lilith abschätzig. »Eure Linien bröckeln wie Lehm, und ich habe immer noch zweihundert in Reserve. Aber darum geht es jetzt nicht. Es geht nur um dich und mich.« Lilith zuckte nicht mit der Wimper, als sie den Soldaten, der sie von hinten angriff, an der Kehle packte. Sie brach ihm das Genick und warf ihn achtlos weg, während sie weiter Moira mit dem Schwert attackierte.

»Midir ist durchaus von Nutzen«, sagte Lilith, als das Feuer von Moiras Schwert erstarb. »Ich werde mir mit dir Zeit lassen. Du hast meinen Davey getötet.«

»Nein, das hast du selbst getan. Ich hoffe, das unschuldige Kind, das er einmal war, verflucht dich.«

Lilith streckte die Hand aus, die Finger gekrümmt wie die Giftzähne einer Schlange. Mit ihren Nägeln kratzte sie Moiras Wange auf.

»Tausend Schnitte.« Sie leckte sich das Blut von den Fingern. »Ich werde dir tausendfach die Haut aufschlitzen, und meine Armee wird sich an dir satt trinken.«

»Du wirst sie nicht noch einmal anfassen.« So langsam, als wäre die Zeit stehen geblieben, ritt Cian auf dem Rücken seines Hengstes auf sie zu. »Nie mehr.«

»Ach, bist du gekommen, um deine Hure zu retten?« Lilith zog einen goldenen Pflock aus ihrem Gürtel. »Vergoldete Eiche. Ich habe ihn für dich machen lassen. Ich habe dich geschaffen, und ich werde dich auch vernichten. Sag mir doch, erregt dich all dieses Blut nicht? Warme Teiche voller Blut, Körper, die noch warm sind und darauf warten, ausgesaugt zu werden. Ich weiß doch, dass du es schmecken möchtest. Ich habe es dir eingegeben, und ich kenne dich, wie ich mich selbst kenne.«

»Du hast mich nie gekannt. Geh«, sagte er zu Moira gewandt.

»Ja, lauf weg. Ich finde dich schon.«

Sie flog auf Cian zu und sprang dann hoch, um über seinem Kopf zuzuschlagen. Er parierte den Hieb und schnellte zurück, wobei die Absätze seiner Stiefel ihr Gesicht nur um Haaresbreite verfehlten.

Sie bewegten sich so schnell, in einem so unheimlichen Tempo, dass Moira ihre Bewegungen nur verschwommen wahrnahm. Das war sein Kampf, das wusste sie. Er musste ihn kämpfen, aber sie würde ihn nicht im Stich lassen.

Sie sprang auf seinen Hengst und trieb ihn einen blutverschmierten Abhang hinauf, bis sie über ihren Köpfen stand. Dort schoss sie Feuersalven mit ihrem Schwert, um Liliths Männer daran zu hindern, zu ihrer Königin zu gelangen. Sie und das Schwert von Geall würden bis zuletzt für ihren Geliebten einstehen.

Lilith war eine erfahrene Kämpferin, das wusste Cian. Schließlich hatte sie sich genau wie er viele Jahrhunderte lang der Kampfkunst widmen können. Ihre Kraft und Geschwindigkeit waren ebenso groß wie seine, vielleicht sogar größer. Sie parierte seine Hiebe, trieb ihn zurück und wich seinen Angriffen geschickt aus. Sie befanden sich hier auf ihrem Grund, und sie nährte sich aus der Finsternis. Die Schreie und das Blut um sie herum verliehen ihr Kraft.

Cian kämpfte nicht nur gegen sie, sondern auch gegen das Böse, das dieses Schlachtfeld in ihm geweckt hatte. Einen Moment lang war er unachtsam, und sie schlug ihm das Schwert aus der Hand und zielte mit dem Pflock auf sein Herz.

Er traf ihn mit einer solchen Wucht, dass er zurücktaumelte. Aber als ihr Triumphschrei verhallt war, stand er heil und unverletzt da.

Sie starrte ihn fassungslos an. »Wie das?«, sagte sie nur.

Cian spürte den Abdruck von Moiras Medaillon auf seinem Herzen, aber der Schmerz war süß. »Ein Zauber, den du niemals begreifen wirst.« Seine Schwertspitze glitt über die Narbe des Pentagramms, und das Blut, das aus der Wunde drang, war dick und schwarz wie Teer.

Schmerz und Wut ließen ihren Augen rot glühen, und schreiend griff sie ihn erneut an. Er schlug zurück und wehrte sie ab. Das Medaillon, das wie ein zweites Herz zu pulsieren schien, verlieh ihm neue Kraft.

Wieder schlug sie ihm das Schwert aus der Hand, und es fiel klirrend auf den Felsen. »Erst du! Und dann deine Hure!«

Als sie auf ihn zusprang, packte er ihr Handgelenk mit seiner blutigen Hand. Sie lächelte ihn an. »Also so. Das ist auch poetischer.«

Sie fletschte die Zähne, um ihn in den Hals zu beißen. Und er stieß ihr den Pflock, den sie für ihn gemacht hatte, mitten ins Herz.

»Ich würde ja sagen, fahr zur Hölle, aber selbst die Hölle will dich nicht.«

Ihre Augen wurden weit und blau. Er spürte, wie das Handgelenk sich auflöste.

Und dann lag nur noch ein Häufchen Asche zu seinen Füßen.

»Ich habe dich vernichtet, wie du mich vor so langer Zeit vernichtet hast«, verkündete er. »Das ist poetisch.«

Der Boden unter seinen Füßen begann zu beben. Jetzt beginnt es also, dachte er.

Der schwarze Hengst sprang vom Felsen herunter, und Moira stürzte sich in seine Arme. »Du hast es geschafft. Du hast sie vernichtet. Du hast gesiegt.«

»Das hier hat mich gerettet.« Er zog ihr Medaillon hervor und zeigte ihr die tiefe Delle, wo der Pflock darauf getroffen war. »Du hast mich gerettet.«

»Cian.« Als der Felsen hinter ihr aufplatzte wie eine Eierschale, drehte sie sich erschrocken um. »Du musst weg. Beeil dich. Lauf. Es hat begonnen. Ihr Blut, ihr Ende war das Letzte, was noch gefehlt hat. Sie haben mit dem Zauber begonnen.«

»Du hast sie besiegt, du hast den Kampf gewonnen. Denk immer daran.« Er zog sie in die Arme und küsste sie leidenschaftlich. Dann sprang er auf sein Pferd und war verschwunden.

Um sie herum herrschte Chaos. Die Verwundeten schrien und stöhnten, und der Feind zog sich in heillosem Durcheinander zurück.

Über allem flog ein goldener Drache mit Blair auf dem Rücken. Moira hob die Arme, damit Larkin sie mit den Tatzen aufnehmen konnte. Sie flogen über das bebende Tal zum Felsplateau.

Als sie landeten, ergriff Hoyt Moiras Hand. »Es muss jetzt sein.«

»Aber wir wissen doch nicht, ob Cian …«

»Ich habe ihm mein Wort gegeben. Es muss jetzt sein.« Sie packten sich alle an den Händen und hoben die Gesichter zum schwarzen Himmel empor.

»In diesem einst verdammten Tal siegten wir trotz der Überzahl. Blut wurde vergossen in der schwärzesten Nacht, doch jetzt herrscht wieder die lichte Macht. Schwarze Magie und Dämonen starben von unserer Hand, und nun ist es wieder unser Land. Zum Schaden unserer Feinde soll die Sonne aufgehen, und wie wir es wollen, so wird es geschehen.«

Der Boden bebte, und Sturm kam auf.

»Wir rufen die Sonne!«, rief Hoyt. »Wir rufen das Licht!«

»Wir rufen den Morgen!«, fiel Glennas Stimme ein, und die Macht wuchs. »Verbrenne die Nacht.«

»Steige im Osten auf«, rief Moira und blickte in den Rauch, der um den Zirkel herumwirbelte. »Breite dich aus bis in den Westen.«

»Sie kommt!«, schrie Blair. »Seht mal! Schaut nach Osten!«

Über den Gipfeln der Berge wurde der Himmel heller, und das Licht breitete sich aus, bis es so hell war wie am Mittag.

Unten im Tal wurden fliehende Vampire zu Nichts verbrannt.

Auf dem felsigen Boden begannen Blumen zu blühen.

»Siehst du das?« Larkin packte Moiras Hand fester. Seine Stimme klang ganz andächtig. »Das Gras wird grün.«

Sie sah es, und sie roch auch den süßen Duft der weißen und gelben Blumen, die darauf erblüht waren. Die Leichen der Gefallenen lagen auf einer sonnenbeschienenen Wiese.

Cian jedoch war nirgends zu sehen.

21

Obwohl die Schlacht gewonnen war, gab es noch viel zu tun. Moira und Glenna kümmerten sich um die Verwundeten. Blair und Larkin durchkämmten mit Freiwilligen die Gegend, um versprengte Vampire zu erlegen, die Schutz vor der Sonne gefunden hatten. Hoyt begleitete die weniger schwer Verletzten zurück zum Stützpunkt.

Moira wusch sich erneut das Blut von den Händen und richtete sich auf, um ihren schmerzenden Rücken zu strecken. Als sie Ceara erblickte, die benommen umherlief, eilte sie zu ihr.

»Du bist ja verletzt.« Sie legte die Hand auf die Wunde an Cearas Schulter. »Komm, ich verbinde dich.«

»Mein Mann.« Ceara stützte sich schwer auf Moira und blickte sich suchend um. »Eogan. Ich kann meinen Mann nicht finden. Er ist ...«

»Hier. Er ist hier. Ich bringe dich zu ihm. Er hat schon nach dir gefragt.«

»Verwundet?« Ceara schwankte. »Er ist ...«

»Er ist nicht schwer verletzt, ich schwöre es dir. Und wenn er dich sieht, wird er bestimmt noch schneller gesund. Da, dort drüben ist er. Siehst du ihn? Er ist ...«

Weiter kam Moira nicht, weil Ceara mit einem Aufschrei zu ihrem Mann rannte und neben ihm zu Boden sank.

»Es tut so gut, das zu sehen. Es tut meinem Herzen gut.«

Lächelnd drehte sich Moira um. Riddock saß mit verbundenem Arm und Bein auf einem umgedrehten Vorratsfass.

»Ich wünschte, alle Liebenden könnten wieder vereint sein. Aber ... wir haben so viele verloren. Mehr als dreihundert Tote, und das sind nur geschätzte Zahlen.«

»Und wie viele leben, Moira?« Er sah die Wunden, die sie am Körper davongetragen hatte, und in ihren Augen stand die größte Verletzung, die ihrem Herzen zugefügt worden war. »Ehre die Toten, aber freue dich an den Lebenden.«

»Ja, sicher.« Suchend blickte sie sich um. Angst hatte sie nur um einen Einzigen. »Bist du stark genug, um nach Hause zu reiten?«

»Ich breche mit den letzten Soldaten auf. Ich bringe unsere Toten nach Hause, Moira. Überlass das mir.«

Sie umarmte ihn und ging wieder an ihre Pflichten. Gerade gab sie einem Soldaten einen Schluck Wasser, als Ceara wieder auf sie zutrat. »Sein Bein, Eogans Bein ... Glenna hat gesagt, er wird es nicht verlieren, aber ...«

»Dann wird er es auch nicht. Sie würde dich oder ihn nie belügen.«

Ceara holte tief Luft und nickte. »Ich möchte gerne helfen.« Sie fasste sich an ihre verbundene Schulter. »Glenna hat sich um mich gekümmert und gesagt, es sei nicht schlimm. Ich habe Dervil gesehen. Sie ist sehr gut durchgekommen. Sie hat nur ein paar Schrammen und Kratzer.«

»Ich weiß.«

»Euren Vetter Oran habe ich auch gesehen, und er hat gesagt, Sinanns Phelan sei bereits auf dem Weg zurück zu Schloss Geall. Aber Isleen habe ich noch nicht gefunden. Habt Ihr sie gesehen?«

Moira half dem Soldaten, sich wieder hinzulegen, dann erhob sie sich. »Sie hat nicht überlebt.«

»Nein, Mylady, das kann nicht stimmen. Ihr habt sie sicher nur nicht gesehen.« Ceara blickte über die unzähligen Feldbetten. »Es sind so viele.«

»Doch, ich habe sie gesehen. Sie ist in der Schlacht gefallen.«

»Nein. O nein.« Ceara schlug die Hände vors Gesicht. »Ich muss es Dervil sagen.« Tränen flossen ihr über die Wangen, als sie die Hände wieder sinken ließ. »Sie versucht gerade, Isleen zu finden. Ich sage es ihr, und wir … Ich kann es nicht fassen, Mylady. Ich kann es nicht fassen.«

»Moira!«, rief Glenna quer über das Feld. »Ich brauche dich hier.«

»Ich sage es Dervil«, sagte Ceara und eilte davon.

Moira arbeitete, bis die Sonne wieder unterging, und dann flog sie erschöpft und krank vor Sorge mit Larkin zu dem Bauernhof, wo sie die letzte Nacht verbringen würde.

Er war bestimmt dort, sagte sie sich. Er musste dort sein. Dort war er geschützt vor dem Sonnenlicht und half bestimmt bei der Organisation für den Transport der Verwundeten. Natürlich, er war ganz sicher da.

»Es ist fast dunkel«, sagte Larkin, als er wieder seine Gestalt angenommen hatte und neben ihr stand. »Und heute Nacht wird in Geall nichts anderes auf die Jagd gehen als die Tiere, die von der Natur dazu geschaffen worden sind.«

»Ihr habt keine überlebenden Vampire mehr gefunden, oder?«

»Nur Asche. Selbst in den Höhlen und im tiefsten Schatten war nur Asche, als ob die Sonne, die wir beschworen haben, durch alles hindurchgebrannt und ihnen kein Fleckchen gelassen hätte, an dem sie überleben konnten.«

Ihr Gesicht wurde noch blasser, und er ergriff sie am Arm.

»Bei ihm ist es etwas anderes, das weißt du doch. Und er hatte ja auch den Umhang, den er bestimmt rechtzeitig übergeworfen hat. Du glaubst doch nicht etwa, dass unsere eigene Magie einem von uns Schaden zufügen könnte?«

»Nein, natürlich nicht. Nein, du hast Recht. Ich bin einfach nur müde.«

»Dann isst du jetzt etwas und legst dich hin.« Er führte sie ins Haus.

Hoyt stand bei Glenna und Blair, und bei ihrem Anblick wurden Moira die Knie weich.

»Er ist tot.«

»Nein.« Hoyt trat auf sie zu und ergriff ihre Hände. »Nein, er hat überlebt.«

Tränen, die sie seit Stunden zurückgehalten hatte, liefen ihr jetzt über die Wangen. »Schwörst du? Er ist nicht tot. Hast du ihn gesehen, mit ihm gesprochen?«

»Ich schwöre es.«

»Setz dich hin, Moira, du bist völlig erschöpft.«

Aber sie lehnte Glennas Angebot ab und blickte Hoyt an. »Ist er oben?« Ein Schauer durchrann sie, als sie begriff, was sein Gesichtsausdruck bedeutete. »Nein«, sagte sie langsam. »Er ist nicht oben. Er ist überhaupt nicht im Haus oder in Geall. Er ist gegangen. Er ist zurückgegangen.«

»Er dachte … ach, verdammt, Moira, es tut mir so leid. Er wollte unbedingt sofort aufbrechen. Ich gab ihm meinen Schlüssel, und er ist mit einem Drachen zum Tanzplatz geflogen. Er sagte …«

Hoyt nahm einen versiegelten Brief vom Tisch. »Er bat mich, dir dies hier zu geben.«

Sie starrte darauf und nickte dann. »Danke.«

Die anderen schwiegen, als sie den Brief an sich nahm und alleine nach oben ging.

Sie schloss sich in das Zimmer ein, das sie mit ihm geteilt hatte, und entzündete die Kerzen. Eine ganze Weile saß sie da und drückte den Brief ans Herz, bis sie schließlich die Kraft fand, ihn zu öffnen.

Moira,

es ist am besten so. Der vernünftige Teil in dir versteht das. Ich hätte nur den Schmerz verlängert, wenn ich länger geblieben wäre, und es ist jetzt schon genug für Dutzende von Leben. Dich zu verlassen ist ein Akt der Liebe, und ich hoffe, das verstehst du auch. Ich habe so viele Bilder von dir in meinem Kopf. Wie du auf dem Boden in meiner Bibliothek sitzt und meine Bücher durchblätterst. Wie du mit King oder Larkin gelacht hast, als du in diesen ersten Wochen noch nicht mit mir gelacht hast. Kampfesmutig oder gedankenverloren. Ich habe dir nie gesagt, wie oft ich dich beobachtet habe, dich begehrt habe.

Ich sehe dich im Morgennebel, wie du das glänzende Schwert aus dem Stein ziehst, wie du einen Drachen fliegst, wie Pfeile von deinem Bogen schwirren.

Ich sehe dich im Kerzenlicht, wie du die Arme nach mir ausstreckst und mich in ein Licht einhüllst, das ich nie zuvor gekannt habe, nie kennen werde.

Du hast deine und meine Welt gerettet und alle Welten, die es sonst noch geben mag. Ich glaube, du hattest Recht, als du sagtest, wir seien dazu bestimmt gewesen, einander zu finden, weil wir sonst nie die Kraft besessen hätten, diese Welten zu retten.

Jetzt ist es Zeit zu gehen. Ich bitte dich, sei glücklich, bau deine Welt, dein Leben wieder auf und genieße beides. Weniger haben wir nicht verdient.

Bei dir war ich irgendwie wieder ein Mann.

Dieser Mann liebte dich über alle Maßen. Alles in mir liebte dich, seit Jahrhunderten schon. Wenn auch du mich geliebt hast, tust du, worum ich dich bitte.

Lebe für mich, Moira. Auch in einer anderen Welt werde ich wissen, dass du es tust, und froh sein.

Cian

Sie weinte. Ein Menschenherz musste so viele Tränen vergießen. Sie lag auf dem Bett, auf dem sie sich ein letztes Mal geliebt hatten, drückte den Brief an ihr Herz und weinte, bis sie keine Tränen mehr hatte.

New York, acht Wochen später

Er verbrachte die meiste Zeit im Dunkeln, und er trank sehr viel Whiskey. Wenn ein Mann die Ewigkeit vor sich hatte, konnte er es sich wohl leisten, zehn oder zwanzig Jahre zu grübeln, dachte Cian. Vielleicht auch ein ganzes Jahrhundert lang, schließlich hatte er seine große Liebe aufgegeben.

Er würde natürlich darüber hinwegkommen. Natürlich. Er würde sich wieder um seine Geschäfte kümmern. Eine Zeit lang würde er reisen. Und er würde zunächst ein bisschen mehr trinken. Das schadete einem Untoten nicht.

Er wusste, dass es ihr gut ging und dass sie das Monument plante, das sie im nächsten Frühjahr im Tal des Schweigens errichten wollten. Sie hatten ihre Toten begraben, und sie selbst hatte jeden einzelnen Namen – fast fünfhundert – bei der Gedenkfeier vorgelesen.

Er wusste es, weil die anderen mittlerweile auch zurück waren und darauf bestanden hatten, ihm Einzelheiten zu erzählen, die er gar nicht hören wollte.

Wenigstens waren Blair und Larkin jetzt in Chicago und würden ihm nicht auf die Nerven gehen. Man sollte doch meinen, dass sie nach der langen Zeit, die sie mit ihm verbracht hatten, wüssten, dass ihm jetzt nicht nach Gesellschaft zumute war.

Er wollte im Selbstmitleid baden, verdammt noch mal. Und seiner Schätzung nach würden die anderen tot sein, bis er damit fertig wäre.

Er schenkte sich noch einen Whiskey ein. Zumindest war er noch nicht so tief gesunken, ihn direkt aus der Flasche zu trinken.

Und jetzt bestürmten ihn auch noch Glenna und Hoyt mit der Bitte, Weihnachten mit ihnen zu verbringen. Weihnachten, du liebe Güte! Was hatte er mit Weihnachten am Hut? Hoffentlich fuhren sie bald wieder nach Irland in das

Haus zurück, das er ihnen geschenkt hatte, und ließen ihn in Ruhe.

Ob es in Geall wohl auch Weihnachten gab?, fragte er sich und fuhr mit dem Finger über das zerbeulte Medaillon, das er Tag und Nacht trug. Er hatte nie danach gefragt, aber warum sollte er auch? Wahrscheinlich hatten sie dort ein Julfest mit Lagerfeuern und Musik. Ihm war es doch ohnehin gleichgültig.

Aber Moira sollte auf jeden Fall feiern. Sie sollte tausend Kerzen entzünden und Schloss Geall mit ihrem Glanz erstrahlen.

Wann zum Teufel würde dieser Schmerz endlich nachlassen? Wie viele Ozeane von Whiskey würde er brauchen, um ihn zu betäuben?

Er hörte den Aufzug summen und blickte finster zur Tür. Er hatte dem verdammten Doorman doch gesagt, er solle niemanden zu ihm lassen. Irgendwann würde er dem Idioten das Genick brechen müssen. Aber es war ohnehin egal, denn er hatte als weitere Barriere den Mechanismus von innen verriegelt. Man konnte zwar mit dem Aufzug hinauffahren, aber nicht zu ihm hereinkommen.

Er fluchte, als die Türen aufglitten und Glenna heraustrat.

»Ach, du lieber Himmel«, sagte sie ungeduldig und schaltete das Licht an.

Es schmerzte ihm in den Augen, deshalb fluchte er laut.

»Ach, du.« Sie stellte die große, elegant verpackte Schachtel ab, die sic mitgebracht hatte. »Sitzt hier im Dunkeln wie ein …«

»Wie ein Vampir. Hau ab.«

»Es stinkt nach Whiskey.« Als ob ihr die Wohnung gehörte, trat sie in die Küche und begann Kaffee zu kochen. Während er durchlief, kam sie wieder ins Wohnzimmer. Cian saß noch genauso da wie vorher.

»Dir auch frohe Weihnachten.« Glenna legte den Kopf schräg. »Du brauchst eine Rasur, einen Haarschnitt, und da es hier nicht nur nach Whiskey stinkt, wahrscheinlich auch ein Bad.«

Er starrte mürrisch vor sich hin. »Willst du mir den Rücken einseifen, Rotschopf?«

»Wenn es sein muss. Warum wäschst du dich nicht selbst, Cian, und kommst mit mir in meine Wohnung? Wir haben jede Menge zu essen übrig. Es ist Weihnachten«, fügte sie hinzu, als er sie verständnislos anblickte. »Fast neun Uhr am Weihnachtsabend, und ich habe meinen Mann alleine zu Hause gelassen, weil er genauso eigensinnig ist wie du und nicht hierher kommen will, wenn du ihn nicht einlädst.«

»Das ist ja auch in Ordnung so. Ich will keine Reste. Und auch nicht den Kaffee, den du da kochst.« Er hob sein Glas. »Ich habe alles, was ich brauche.«

»Gut. Dann besauf dich weiter, stink und fühl dich elend. Aber vielleicht willst du das hier.«

Sie trat zu der Schachtel, nahm sie und legte sie ihm in den Schoß. »Mach sie auf.«

Er musterte sie desinteressiert. »Aber ich habe kein Geschenk für dich.«

Sie hockte sich vor ihn. »Mein Geschenk ist es, wenn du die Schachtel aufmachst. Bitte. Es ist mir wichtig.«

»Gehst du, wenn ich sie aufmache?«

»Sofort«

Er hob den Deckel mit dem Silberpapier und der prächtigen Schleife und schob das knisternde Seidenpapier beiseite.

Und Moira blickte ihn an.

»Oh, verdammt, verdammt, Glenna.« Weder der Whiskey noch seine Willensstärke konnten etwas gegen ihr Bild ausrichten. Seine Stimme bebte, als er das gerahmte Porträt herausnahm. »Es ist wunderschön. Sie ist wunderschön.«

Glenna hatte Moira in dem Moment festgehalten, als sie das Schwert aus dem Stein gezogen hatte. Und sie hatte die neue Königin, die das glänzende Schwert zum Himmel reckte, die verträumte und doch machtvolle Atmosphäre, den silbrigen Dunst und die tiefen, grünen Schatten fantastisch eingefangen.

»Ich habe gedacht oder gehofft, dass dieses Bild dich daran erinnert, wozu du beigetragen hast. Ohne dich hätte sie nicht da gestanden. Ohne dich gäbe es kein Geall mehr. Ich wäre nicht hier ohne dich, und keiner von uns hätte ohne dich überlebt.« Sie legte die Hand auf seine. »Wir sind immer noch ein Zirkel, Cian. Und wir werden es immer sein.«

»Es war richtig, dass ich sie verlassen habe. Es war richtig.«

»Ja.« Sie drückte seine Hand. »Du hast das Richtige getan, es war ein gewaltiger Akt der Liebe. Aber zu wissen, dass es richtig war, ändert nichts am Schmerz.«

»Nein, dagegen gibt es kein Mittel.«

»Ich würde ja sagen, dass die Zeit alle Wunden heilt, aber ich bin mir nicht sicher, ob das stimmt.« Voller Mitgefühl blickte sie ihn an. »Ich will dir nur sagen, du hast Freunde und Familie, die dich lieben und immer für dich da sein werden. Es gibt Menschen, die dich lieben, Cian, und die deinen Schmerz mitfühlen.«

»Ich kann nicht nehmen, was ihr mir geben wollt. Noch nicht jedenfalls. Aber dafür«, er fuhr mit dem Finger um den Rahmen, »dafür danke ich dir.«

»Gern geschehen. Da sind auch noch Fotografien, die ich in Irland gemacht habe. Ich dachte, du wolltest sie vielleicht gerne haben.«

Er schob die nächste Schicht Seidenpapier beiseite, hielt dann jedoch inne. »Ich muss einen Moment allein sein.«

»Ja, sicher. Ich gehe in die Küche und kümmere mich um den Kaffee.«

Als er alleine war, holte er den braunen Umschlag aus der Schachtel und öffnete ihn.

Er enthielt Dutzende von Fotos. Eines von Moira inmitten seiner Bücher und mit Larkin draußen. Eins von King, wie er in der Küche am Herd stand, von Blair, konzentriert und schweißüberströmt, während des Trainings mit einem Schwert. Es gab sogar ein Foto von Hoyt und ihm, von dem er gar nichts gewusst hatte.

Während er sie alle genauestens studierte, wechselten seine Gefühle zwischen Freude und Trauer.

Als er endlich aufblickte, stand Glenna mit einem Becher Kaffee in der Tür. »Ich schulde dir mehr als nur ein Geschenk.«

»Nein, du schuldest mir gar nichts. Cian, wir gehen über Silvester zurück nach Geall. Wir alle.«

»Ich kann nicht.«

»Nein«, sagte sie nach einer Weile, und an ihrem verständnisvollen Blick zerbrach er beinahe. »Ich weiß, dass du nicht mitkommen kannst. Aber wenn du uns eine Nachricht mitgeben möchtest …«

»Das geht nicht. Es gibt zu viel und gleichzeitig zu wenig zu sagen. Bist du sicher, dass ihr zurück könnt?«

»Ja. Wir haben Moiras Schlüssel und außerdem die Zusage von Morrigan höchstpersönlich. Du warst nicht mehr da, als sich die Götter bedankt haben.«

Sie trat zu ihm und stellte den Kaffeebecher auf den Tisch neben ihm. »Falls du deine Meinung ändern solltest, wir brechen an Silvester erst gegen Mittag auf. Anschließend gehen Hoyt und ich nach Irland. Wir hoffen, du kommst uns dort einmal besuchen. Blair und Larkin übernehmen meine Wohnung hier.«

»Vampire von New York, hütet euch!«

»Ganz genau.« Sie beugte sich vor und küsste ihn. »Frohe Weihnachten.«

Er trank zwar den Kaffee nicht, aber er trank auch keinen Whiskey mehr. Das war doch schon einmal ein erster Schritt. Die Stunden verstrichen, und es ging schon auf Mitternacht zu, als er immer noch dasaß und Moiras Porträt studierte.

Ein Lichtwirbel ließ ihn aufspringen. Da es die nächstbeste Waffe war, ergriff er die Whiskeyflasche am Hals. Und da er noch lange nicht betrunken genug für Halluzinationen war, musste die Göttin, die in seinem Wohnzimmer stand, wohl real sein.

»Na, den Tag heute kann ich mir ja rot im Kalender anstreichen. Hat so jemand wie du überhaupt schon mal so jemanden wie mich besucht?«

»Du bist einer von den sechs«, sagte Morrigan.

»Ich war es.«

»Du bist. Und doch hältst du dich wieder fern von ihnen. Sag mir, Vampir, warum hast du gekämpft? Für mich oder meinesgleichen doch nicht.«

»Nein, nicht für die Götter. Warum?« Er zuckte mit den Schultern und nahm, in einer Art respektloser Geste, einen Schluck aus der Flasche. »Es war eine Beschäftigung.«

»Es ist albern, mir etwas vormachen zu wollen. Du hast es für richtig gehalten, fandest, dass es den Kampf wert war, selbst wenn die Schlacht deine Existenz beendet hätte. Ich kenne deine Art, seit der Erste durch das Blut kroch. Keiner von ihnen hätte getan, was du getan hast.«

»Du hast meinen Bruder hergeschickt, damit ich auch ganz bestimmt mitmachte.«

Bei seinem Tonfall zog die Göttin die Augenbrauen hoch, dann nickte sie zustimmend. »Ich habe deinen Bruder auf die Suche nach dir geschickt, aber die Entscheidung hast du aus freiem Willen getroffen. Du liebst diese Frau.« Sie zeigte auf Moiras Porträt. »Diese Menschenfrau.«

»Glaubst du, wir können nicht lieben?« Cians Stimme

bebte vor Wut und Trauer. »Glaubst du, wir sind nicht fähig zur Liebe?«

»Ich weiß, dass ihr lieben könnt, aber bei deiner Art halten sich normalerweise Liebe und Egoismus die Waage. Nicht bei dir.« Mit wallendem Gewand trat sie an das Porträt. »Sie hat dich gebeten, sie zu verwandeln, aber du hast dich geweigert. Wenn du getan hättest, was sie von dir verlangte, hättest du sie behalten können.«

»Wie ein verdammtes Haustier? Behalten können? Ich hätte sie getötet, sie verflucht und dieses Licht aus ihr vertrieben.«

»Du hättest ihr die Ewigkeit geschenkt.«

»Eine Ewigkeit voller Dunkelheit und Durst nach Menschenblut. Ein Leben, das kein Leben ist. Sie wusste nicht, was sie von mir verlangt hat.«

»Doch, sie wusste es. Sie hat ein starkes Herz und einen scharfen Verstand, und Mut, und doch hätte sie dir ihr Leben gegeben. Du hast es doch gut, oder nicht? Du bist reich und kultiviert, besitzt schöne Häuser.«

»Das stimmt. Ich habe etwas aus meinem toten Ich gemacht. Warum nicht?«

»Und du genießt es auch – wenn du nicht gerade im Dunkeln sitzt und über das nachdenkst, was nicht sein kann. Du genießt deine Ewigkeit, deine Jugend, deine Stärke und dein Wissen.«

Er grinste höhnisch. »Wäre es dir lieber, ich würde mich wegen meines Schicksals ständig bedauern? Endlos meinen eigenen Tod beklagen? Verlangen die Götter das von mir?«

»Wir verlangen gar nichts. Wir haben gebeten, und du hast gegeben. Mehr gegeben, als wir für möglich gehalten haben. Wenn es anders wäre, wäre ich nicht hier.«

»Gut. Und jetzt kannst du wieder gehen.«

»Und«, fuhr sie in genau dem gleichen leichten Tonfall fort, »ich würde dich nicht vor diese Wahl stellen. Weiterleben, reicher werden. Jahrhundert um Jahrhundert, alterslos, ohne Krankheit, mit dem Segen der Götter.«

»Das habe ich schon, auch ohne euren Segen.«

Ihre Augen funkelten, aber er war sich nicht sicher, ob sie zornig war oder sich über ihn lustig machte. »Aber jetzt wird es dir geschenkt, als dem Einzigen deiner Art. Du und ich wissen mehr vom Tod als jeder Mensch. Und wir fürchten ihn mehr. Du brauchst nicht zu sterben. Oder du darfst sterben.«

»Was? Durch den Pflock von der Hand eines Gottes?« Cian lachte verächtlich und nahm noch einen Schluck Whiskey aus der Flasche. »Verbrannt im ewigen Feuer? Eine Reinigung für meine schwarze Seele?«

»Du kannst sein, was du warst, und ein Leben haben, das irgendwann wie jedes Leben endet. Du kannst leben und altern und krank werden und eines Tages den Tod erleben wie ein Mensch.«

Die Flasche glitt ihm aus den Fingern und zerschellte auf dem Fußboden. »Was?«

»Das ist deine Wahl«, sagte Morrigan und hob beide Hände. »Ewigkeit, an der du dich mit unserem Segen erfreuen kannst. Oder eine Handvoll Jahre als Mensch. Was willst du, Vampir?«

In Geall hatte es geschneit, und eine dünne Schneedecke bedeckte das Land. Die Morgensonne glitzerte darauf, und sie funkelte auf den Eiszapfen, die von den Bäumen hingen.

Moira reichte Sinann ihren Säugling. »Sie wird mit jedem Tag hübscher. Ich könnte sie stundenlang anschauen. Aber ich muss jetzt mit den Vorbereitungen weitermachen. Unsere Gäste kommen am Nachmittag.«

»Du hast alle, die ich liebe, wieder zu mir zurückgebracht.« Sinann drückte ihr Kind an sich. »Ich wünschte, ich könnte dir auch geben, was du liebst.«

»Ich hatte in wenigen Wochen ein ganzes Leben.« Moira gab dem Baby einen letzten Kuss, drehte sich jedoch überrascht um, als Ceara hereingestürmt kam.

»Majestät. Da ist jemand … unten ist jemand, der Euch zu sehen wünscht.«

»Wer?«

»Ich … man hat mir nur gesagt, ein Besucher, der weit gereist ist, um mit Euch zu sprechen.«

Moira zog die Augenbrauen hoch. »Na, wer auch immer es sein mag, er hat dich völlig durcheinandergebracht.«

Zu ihrer Kusine gewandt sagte sie: »Bis später dann.«

Sie ging hinaus und strich sich dabei die Hose glatt. Sie bereiteten seit Tagen schon alles für Silvester und für ihre Gäste vor. Sie freute sich so, sie endlich wiederzusehen und mit ihnen zu sprechen. Larkin hatte ja noch nicht einmal seine jüngste Nichte gesehen.

Ob sie wohl Nachricht von Cian mitbringen würden?

Entschlossen presste sie die Lippen zusammen. Keiner sollte ihr ihren Kummer anmerken. Es waren Festtage, eine Zeit zum Feiern, und sie durfte die Freude der Gealler ganz gewiss nicht dämpfen.

Als sie die Treppe hinunterging, begann ihre Haut zu prickeln. Ein Schauer rann ihr über den Rücken.

Ihr Herz schlug schneller, und sie begann zu laufen. Und dann geschah, was sie nie für möglich gehalten hätte. Er stand da und schaute zu ihr hinauf.

»Cian.« Die Freude brach aus ihr heraus. »Du bist zurückgekommen.« Sie hätte sich ihm in die Arme geworfen, aber er blickte sie so aufmerksam, so seltsam an, dass sie sich nicht sicher war, ob er sie auch willkommen heißen würde. »Du bist zurückgekommen.«

»Ich habe mich gefragt, was ich in deinem Gesicht sehen würde. Können wir unter vier Augen miteinander sprechen?«

»Ja, natürlich. Wir …« Verwirrt blickte sie sich um. »Es sieht so aus, als ob wir hier alleine sind. Alle sind weg.« Wo sollte sie mit ihren Händen hin, um ihn nicht anzufassen? »Wie bist du hergekommen? Wie …«

»Es ist Silvester«, sagte er. »Das Ende des Alten, der Beginn des Neuen. Ich wollte dich zum Jahreswechsel sehen.«

»Ich wollte dich immer sehen, ganz gleich, wann oder wo. Die anderen kommen auch in ein paar Stunden. Und du bleibst, oder? Bitte sag, dass du über das Fest bleibst.«

»Das kommt darauf an.«

Ihre Kehle brannte, als ob sie Feuer geschluckt hätte. »Cian, das, was du mir geschrieben hast, war richtig, ich weiß, aber es war so schwer, dich nicht wiederzusehen. Wir hatten unseren letzten gemeinsamen Moment auf dem Schlachtfeld. Und ich wollte …« Jetzt flossen doch die Tränen, und sie konnte sie kaum noch zurückdrängen. »Ich wollte doch nur einen Moment mehr. Und jetzt habe ich ihn.«

»Würdest du auch mehr als einen Moment nehmen, wenn ich ihn dir geben könnte?«

»Ich verstehe nicht.« Dann aber lächelte sie unter Tränen, als er das Medaillon hervorzog. »Du trägst es ja immer noch.«

»Ja, ich trage es immer noch. Es ist mein wertvollster Besitz. Ich habe dir nichts von mir zurückgelassen. Und jetzt frage ich dich, würdest du denn mehr nehmen als diesen einen Moment, Moira? Würdest du das nehmen?« Er ergriff ihre Hand und legte sie auf sein Herz.

»Oh, ich hatte schon Angst, du wolltest mich nicht mehr anfassen.« Sie zitterte vor Erleichterung. »Cian, du weißt doch, du musst wissen, dass ich …«

Ihre Hand, die er an seine Brust drückte, zitterte, und sie riss die Augen auf. »Dein Herz. Dein Herz schlägt.«

»Einmal habe ich dir gesagt, dass es nur für dich schlagen würde, wenn es schlüge. Und das tut es jetzt.«

»Es schlägt unter meiner Hand«, flüsterte sie. »Wie ist das möglich?«

»Ein Geschenk der Götter zum Julfest. Sie haben mir zurückgegeben, was mir genommen wurde.« Er zog auch das Silberkreuz hervor, das neben dem Medaillon hing. »Vor dir steht ein Mann, Moira.«

»Du bist ein Mensch«, flüsterte sie. »Du lebst.«

»Ich bin ein Mann, der dich liebt.« Er zog sie zu den Türen, riss sie auf und ließ das Sonnenlicht hereinströmen. Und weil es ihm immer noch so wundersam erschien, hob er sein Gesicht, schloss die Augen und badete in dem hellen Licht.

Sie konnte die Tränen jetzt nicht mehr zurückhalten. »Du lebst«, schluchzte sie. »Du bist zu mir zurückgekommen, und du lebst.«

»Vor dir steht ein Mann«, sagte er noch einmal. »Ein Mann fragt dich, ob du mit ihm sein Leben teilen willst, ob du mit ihm leben willst. Wenn du mich so nimmst, wie ich bin, und mit mir lebst, wird Geall meine Welt sein, so wie du meine Welt bist. Es wird mein Herz sein, wie du mein Herz bist. Wenn du mich willst.«

»Ich war doch vom ersten Moment an dein, und ich werde es bis zum letzten Moment sein. Du bist zu mir zurückgekommen.« Sie legte eine Hand auf sein Herz und die andere Hand auf ihres. »Und mein Herz schlägt wieder.«

Sie schlang die Arme um ihn, und die, die sich im Hof und auf den Treppen versammelt hatten, jubelten, als die Königin von Geall ihren Liebsten in der Wintersonne küsste.

»Und so lebten sie«, sagte der alte Mann, »und sie liebten sich. Der Kreis wurde stärker und bildete neue Kreise, wie Wellen in einem Teich. In dem Tal, das einmal das Tal des Schweigens gewesen war, rauschte der Sommerwind durch das grüne Gras. Vieh weidete dort, und man hörte Musik und das Lachen der Kinder.«

Der alte Mann strich dem kleinsten Kind, das auf seine Knie gekrabbelt war, über die Haare. »Geall blühte unter der Herrschaft von Moira, der Kriegerkönigin, und ihrem Ritter. Für sie leuchtete selbst in der dunkelsten Nacht ein Licht.

Und damit schließt sich der Kreis der Geschichte vom Zauberer, der Hexe, der Kriegerin, der Gelehrten, dem Gestaltwandler und dem Vampir.«

Er tätschelte dem Kind auf seinem Schoß den Rücken. »Hinaus mit euch, solange die Sonne noch scheint.«

Lärmend stürmten die Kinder nach draußen, und er lächelte, als er hörte, wie sie sich schon an der Tür zu zanken begannen, wer Zauberer und wer Königin sein sollte.

Weil seine Sinne in manchen Teilen immer noch schärfer waren, hob Cian die Hand und legte sie über Moiras, die von hinten an den Sessel herangetreten war.

»Du erzählst die Geschichte gut.«

»Es ist leicht zu erzählen, was man selbst erlebt hat.«

»Es ist leicht zu übertreiben, was war«, korrigierte sie ihn und trat vor ihn. »Aber du bist dicht bei der Wahrheit geblieben.«

»War die Wahrheit nicht schon seltsam und magisch genug?«

Ihre Haare waren schneeweiß, und als sie jetzt lächelte, war ihr Gesicht runzelig vom Alter. Und schöner als jemals zuvor.

»Geh ein wenig mit mir spazieren, bevor es dunkel wird.« Sie half ihm aus dem Sessel und hakte sich bei ihm ein. »Und bist du bereit für die Invasion?«, fragte sie.

»Wenn sie endlich da sind, hörst du wenigstens auf, so nervös zu sein.«

»Ich freue mich nur so, alle wiederzusehen. Unser erster Zirkel, und die Kreise, die daraus entstanden sind. Es ist immer so lange, ein ganzes Jahr darauf warten zu müssen, trotz der kleinen Besuche zwischendurch. Und die Geschichte hat einem alles wieder so klar vor Augen geführt, nicht wahr?«

»Ja. Und, bedauerst du etwas?«

»Wenn es um dich geht, bedauere ich gar nichts. Wir hatten ein so schönes Leben, Cian. Jetzt sind wir im Winter unseres Lebens angelangt, aber ich spüre seine Kälte nicht.«

»Na, ich schon, wenn du dir nachts die Füße an meinem Hintern wärmst.«

Sie lachte und küsste ihn mit all der Wärme und der Liebe von sechzig Jahren Ehe.

»Das ist unsere Ewigkeit, Moira«, sagte er und wies auf ihre Enkel und Urenkel. »Dort ist unsere Ewigkeit.«

Hand in Hand gingen sie durch das weiche Sonnenlicht. Zwar waren ihre Schritte langsam und gemessen, aber sie gingen durch die Höfe und die Gärten hinaus durch die Tore, während hinter ihnen der fröhliche Lärm der spielenden Kinder erschallte.

Hoch oben auf den Schlosszinnen flatterten die drei Symbole von Geall, der Claddaugh, der Drache und die Sonne – Gold auf Weiß.

Glossar irischer Wörter, Personen und Orte

A chroi (ah-rie) Gälischer Kosename, der »mein Herz«, »mein geliebtes Herz«, »mein Liebling« bedeutet

A ghrá (ah-ghra) Gälischer Kosename, der »meine Liebe«, »Lieber« bedeutet

A stór (ah-stor) Gälischer Kosename, der »mein Liebling« bedeutet

Aideen (Ae-dien) Moiras junge Kusine

Alice McKenna, Nachfahrin von Cian und Hoyt Mac Cionaoith

An Clar (Ahn-klar) Das heutige County Clare

Ballycloon (ba-lu-klun)

Blair Nola Bridgit Murphy Eine vom Kreis der sechs, »die Kriegerin«; eine Dämonenjägerin, die von Nola Mac Cionaoith, Cians und Hoyts jüngerer Schwester, abstammt

Bridgets Brunnen Friedhof im County Clare, der nach der heiligen Bridget benannt ist

The Burren Eine Karst-Kalkstein-Landschaft im County Clare mit Höhlen und unterirdischen Flüssen

Cara (karu) Gälisch für »Freund«, »Verwandter«

Ceara Eine der Frauen aus dem Dorf

Cian (Key-an) *Mac Cionaoith/McKenna* Hoyts Zwillingsbruder, ein Vampir, Lord of Oiche, einer vom Kreis der sechs, »der, der verloren ist«

Cirio Liliths menschlicher Liebhaber

Ciunas (siunas) Gälisch für »Schweigen«; die Schlacht findet statt im Valley of Ciunas – dem Tal des Schweigens

Claddaugh Das keltische Symbol für Liebe, Freundschaft und Treue

Cliffs of Mohr (oder auch Moher) Die Festungsruine im Süden Irlands, auf einer Klippe namens »Moher O'Ruan« nahe dem Hag's Head

Conn Larkins Hund in der Kindheit

Davey Der Sohn von Lilith, der Vampirkönigin, ein Kind-Vampir

Deirdre (Dier-dre) *Riddock*, Larkins Mutter

Dervil (Dar-vel) Eine der Frauen aus dem Dorf

Eire Gälisch für Irland

Eogan (O-en) Cearas Mann

Eoin (O-an) Hoyts Schwager

Eternity (Ewigkeit) Der Name von Cians Nachtclub in New York City

Faerie Falls Die Feen-Wasserfälle, ein imaginärer Ort in Geall

Fàilte à Geall (Fallche ah Gi-all) Gälisch für »Willkommen in Geall«

Fearghus (Fergus) Hoyts Schwager

Gaillimh (Gall-yuv) Das heutige Galway, die Hauptstadt von West-Irland

Geall (Gi-all) Bedeutet auf Gälisch »Versprechen«; die Stadt, aus der Moira und Larkin kommen und die Moira eines Tages regieren wird

Glenna Ward Eine aus dem Kreis der sechs, »die Hexe«; lebt in New York City unserer Zeit

Hoyt Mac Cionaoith/McKenna (Khi-nie) Einer aus dem Kreis der sechs, »der Zauberer«

Isleen Eine Dienerin auf Schloss Geall

Jarl (Yarl) Liliths Erzeuger, der Vampir, der sie in einen Vampir verwandelt hat

Jeremy Hilton Blair Murphys Ex-Verlobter

King Der Name von Cians bestem Freund, den Cian als Kind aufgenommen hat. Der Manager des Eternity-Clubs

Larkin Riddock Einer aus dem Kreis der sechs, »der Gestaltwandler«, ein Vetter von Moira, der Königin von Geall

Lilith Die Vampirkönigin oder auch Königin der Dämonen. Sie führt den Krieg gegen die Menschheit an; Cians Erzeugerin, die ihn in einen Vampir verwandelt hat

Lora Ein Vampir. Liliths Liebhaberin

Lucius Loras Vampir-Liebhaber

Malvin Dorfbewohner, Soldat in der Armee von Geall

Manhattan Stadtteil von New York, wo sowohl Cian McKenna als auch Glenna Ward leben

Mathair (maahir) Gälisches Wort für Mutter

Michael Thomas McKenna Nachfahre von Cian und Hoyt

Mac Cionaoith

Mick Murphy Blair Murphys jüngerer Bruder

Midir Vampirzauberer von Lilith

Miurnin (auch *miurneach* [mornakh]) Gälisch für »Süße«, »Geliebte«

Moira Eine aus dem Kreis der sechs, »die Gelehrte«; eine Prinzessin, zukünftige Königin von Geall

Morrigan Göttin des Kampfes

Niall (Neil) Krieger in der Armee von Geall

Nola Mac Cionaoith Hoyts und Cians jüngste Schwester

Ogham (ä-gem) Das irische Alphabet aus dem fünften/sechsten Jahrhundert

Oiche (Ii-hih) Gälisch für »Nacht«

Oran (Oren) Riddocks jüngster Sohn, Larkins jüngerer Bruder

Phelan (Fe-len) Larkins Schwager

Prinz Riddock Larkins Vater, regierender König von Geall, Moiras Onkel mütterlicherseits

Region von Chiarrai (Ki-ju-rie) Das heutige Kerry, im äußersten Südwesten Irlands gelegen und manchmal auch als »das Königreich« bezeichnet

Samhain (Sam-en) Keltisches Fest am Ende des Sommers; die Schlacht findet an diesem Feiertag statt

Sean Murphy Blair Murphys Vater, ein Vampirjäger

Shop Street Das kulturelle Zentrum von Galway

Sinann (Schi-non) Larkins Schwester

Sláinte (Slon-che) Gälischer Ausdruck für »Prost!«

Slán agat (schlan a-gat) Gälisch für »Auf Wiedersehen«; es wird zu der Person gesagt, die da bleibt

Slán leat (schlan li-aht) Gälisch für »Auf Wiedersehen«; es wird zu der Person gesagt, die geht

Tuatha de Danaan (Tu-aha dai Don-nan) Walisische Götter

Tynan (Ti-nin) Wache auf Schloss Geall

Vlad Cians Hengst